F. PAUL WILSON
MATTHEW J. COSTELLO

Geheimakte Proteus

Buch

Tristan ist ein perfekter Spion, aber er hat weder Familie noch Freunde. Er ist ein künstliches Wesen, dessen DNS so programmiert ist, dass er in wechselnde Identitäten verwandelt werden kann, in »Masquen«. Doch er strebt nach der »Selbstheit«, die ihm das Bürgerrecht und eine permanente Gestalt einbringen würde. Er bewegt sich in einem Netz aus Spionage und Verschwörung durch eine Welt, in der Firmen-Stadtstaaten Krieg um das Herrschaftsmonopol führen. Um sein Ziel zu erreichen, dringt Tristan in das Nervenzentrum der Gesellschaft ein – und wird so zur Zielscheibe der rivalisierenden Mächte. Der aus den Fugen geratene Planet bewegt sich auf ein Finale zu, das alle Kräfte, auch die revolutionäre Gegenmacht Proteus, zu verschlingen droht.

Autoren

F. Paul Wilson ist Arzt und preisgekrönter Autor zahlreicher Romane, darunter einige New-York-Times-Bestseller. Er lebt in New Jersey.
Matthew J. Costello ist Verfasser von Sachbüchern und Romanen. Er gehört zur ersten Garde der amerikanischen Spannungsautoren.

Vom gleichen Autorenteam im Taschenbuch lieferbar:

Die Manipulation. Roman (43896)

Von F. Paul Wilson im Taschenbuch lieferbar:

Der Spezialist. Roman (35194)
Die Kommission. Roman (44258)
Die Prüfung. Roman (43583)
Leiser Verdacht. Roman (44396)
TWINS. Roman (08126)

F. PAUL WILSON
MATTHEW J. COSTELLO

Geheimakte Proteus

Roman

Ins Deutsche übertragen
von Heinz Zwack

BLANVALET

Die Originalausgabe erschien unter dem Titel
»Masque«
bei Aspect/WarnerBooks, New York.

Umwelthinweis:
Alle bedruckten Materialien dieses Taschenbuches
sind chlorfrei und umweltschonend.

Blanvalet Taschenbücher erscheinen im Goldmann Verlag,
einem Unternehmen der Verlagsgruppe Bertelsmann.

Deutsche Erstveröffentlichung 3/2001

Umschlaggestaltung: Design Team München
Umschlagfoto: Stone/Poulides
Satz: deutsch-türkischer fotosatz, Berlin
Druck: Elsnerdruck, Berlin
Verlagsnummer: 35397
Redaktion: Alexander Groß
V. B. · Herstellung: Katharina Storz/HN
Printed in Germany
ISBN 3-442-35397-1
www.blanvalet-verlag.de

1 3 5 7 9 10 8 6 4 2

An die Mannschaft des Sci-Fi-Kanals *FTL NewsFeed*
für treue und brillante Dienste in den Jahren 2142-2146.

Das hier ist für euch.

Prolog

Der dicke Mann atmete schwer. Er stand in der Tiefe der gewaltigen Schlucht zwischen zwei leeren schwarzen Gebäuden, deren Träger und Säulen wie die Skelette gigantischer vorgeschichtlicher Geschöpfe aussahen, die man mit Speeren zur Strecke gebracht und dann zum Verfaulen liegen gelassen hatte.

Wenigstens verfaulen sie langsam, dachte er. Von den Gebäuden war genug übrig geblieben, um Tausende von Outsiders unterzubringen.

Der Rand des Dschungels. Der Machtbereich des Glom endete bereits Meilen davor, aber diese Stadtwildnis war keine Freizone. Hier gab es nichts außer Meilen verlassener, ausgebrannter Gebäude. Konnte man sich einen gefährlicheren Ort vorstellen? Finster wie der interstellare Weltraum, in dem es nur gespenstisch schimmernde Lichter gab, die wie Schatten über die Gebäude huschten, Lichter von Outsiders, die ihn sehen konnten … ihn beobachten konnten …

Sie würden wissen, dass er allein war. Sie würden annehmen, dass er aus dem warmen Herzen des Ramschs gekommen war, aus einem der Gloms. Er würde möglicherweise Waffen haben oder eine Spleißkarte oder einen Credit Chip – alles so gut wie Metall.

Falsch, in allen Punkten, aber sie konnten Dinge mit ihm tun … Dinge, vor denen seine Phantasie zurückschauderte.

Er blieb stehen und lauschte.

Er hörte Schreie, die Stimme zuerst schwach, dann lauter werdend, erregter. Gut, sie waren also noch da, er hatte sie nicht verloren. Er leckte sich über die Lippen, ließ den Blick über die zerbröckelten Wände auf beiden Seiten wandern und setzte sich dann wieder in Bewegung.

Der dicke Mann kam an eine Straßenkreuzung, der Randstein war dort zu einem gerundeten glatten Höcker abgewetzt. Andere skelettartige Gebäude reichten bis in weite Ferne.

Und jetzt sah er sie. Fünf Gestalten, die eine sechste verfolgten. Er war ihnen von der westlichsten Stelle von Flagge Glom gefolgt, durch das Labyrinth der Outsider Camps, die die Grenze wie ein Gürtel umschlangen und sich daran festsaugten.

Der dicke Mann war den fünf gefolgt, die ihrerseits den einsamen Mimik jagten.

Jetzt schob er sich dichter an die Seite eines der Gebäude, aber nicht so dicht, dass sich da eine Schlinge herausschlängeln und ihn in den Gestank und die Finsternis hineinziehen konnte.

Trotzdem durften die Männer ihn nicht sehen ... und er musste noch näher heran.

Wer waren diese fünf? Jäger, die den Mimik wegen eines Kopfgelds schnappen wollten? Ein Mimik fliegt aus irgendeinem Grund in den Ramsch, und man ruft die Jäger. Das kommt immer wieder vor. Die Mimiks kommen nie sehr weit.

Sie wissen alle, dass es keinen Sinn hat, aber die Verzweiflung ist manchmal stärker als die Vernunft.

Möglicherweise waren die fünf Bluts. In dem Fall war der Mimik dem Untergang geweiht. Bluts gaben den Mimiks die Schuld für all ihre Probleme. Mimiks hatten den großen Zusammenbruch verursacht ... Mimiks nahmen allen die Arbeit weg, ließen den Reals nichts übrig ... Mimiks waren eine Schande für die Brüderschaft aller Menschen.

Also lass sie uns alle töten.

Sie würden den verhassten Mimik in Stücke reißen, und das würde das Ende sein.

Der Dicke hatte nicht den Nerv, dabei zuzusehen. Es war ja schon schlimm genug, eine Straßenschlacht zwischen Mimiks zu beobachten.

Einer der kleinen Aphorismen, die offiziellen Wetfitti, die den ganzen Ocean erfüllten, kam ihm plötzlich in den Sinn. *Die Welt ist gut und wird ständig besser.* Na klar – und die Gloms wollen nur Frieden und Harmonie für die ganze Welt.

Hm, und ich habe eines der besten Rohrbahn-Systeme im Ramsch. Für einen vernünftigen Preis können sie es haben.

Der dicke Mann schob sich an die nächste Ecke heran. Dahinter sah er ältere Gebäude, sogar ein paar Eisenbetonungeheuer aus dem zwanzigsten Jahrhundert, in der Dunkelheit kauernd, zu armseligen Haufen zerfallend, die das Wort »Gebäude« nicht mehr verdienten. In den höhlenähnlichen Öffnungen flackerten Feuer.

Ein eisiger Windstoß erfasste ihn ... heute Nacht könnte es Frost geben. Schlechte Nachrichten für jeden, der keine Energiezuteilung hatte, und das betraf praktisch jeden außerhalb der Gloms.

Der Mimik schrie jetzt. Der Dicke konnte nicht verstehen, was er schrie. Noch nicht. Er drückte sich enger an den alten Beton des Gebäudes, presste sich gegen die Mauer. Die fünf Schläger, wer auch immer sie sein mochten, konnten ebenso gut kehrtmachen und auf ihn losgehen. Und wenn sie dahinterkamen, dass er sie verfolgt hatte, gab es nichts, was ihn retten konnte.

Noch ein paar Schritte. Er hörte den Mimik schreien, er brüllte vor Angst.

Dann schoss etwas aus der Dunkelheit hervor und schlang sich um den Hals des dicken Mannes. Er schaffte es gerade noch, die Hand unter die Schlinge zu schieben, ehe sie sich straffte. Er kämpfte gegen die aufwallende Panik an und malte sich dabei die grauhaarige Gestalt am anderen Ende der Schlinge aus. Hoffentlich war sein Angreifer allein. Wenn nicht, dann konnte sein Leben binnen Sekunden zu Ende sein.

Die freie Hand des dicken Mannes schob sich hinter seinen Gürtel, tastete nach seinem Pulser – blieb aber leer.

Die Schlinge straffte sich und zog ihn in die Dunkelheit hinein. Er biss die Zähne zusammen.

Das Schreien und Brüllen des Mimik schien wie eine Begleitmusik zu dem, was mit ihm geschah.

Wo war seine Waffe? Hatte er sie verloren, während er hinter dem Mimik und seinen Jägern herrannte? Hatte er das Klappern überhört, als sie auf den Boden gefallen war?

Er packte das Kabel mit der freien Hand und riss daran, legte sein ganzes, nicht unbeträchtliches Gewicht hinein. Die meiste Zeit war ihm seine Körperfülle von Nachteil, aber jetzt verschaffte sie ihm einen Vorteil. Ein menschliches Bündel aus Haut und Knochen purzelte aus dem Schatten heraus und krachte auf das Pflaster.

Als das Kabel sich gelockert hatte, nutzte der dicke Mann die Gelegenheit, griff noch einmal an den Gürtel, und diesmal spürte er die Waffe genau dort, wo sie sein sollte. Er zog sie heraus und drückte die Mündung gegen die schorfige Kopfhaut des armen Teufels.

»Tut mir Leid, Bruder«, flüsterte er. »Ich weiß, dir geht's dreckig, aber das ist keine Entschuldigung.«

Er drückte ab, und das Knochenbündel sackte in sich zusammen, als ein Ultraschallpuls sein Gehirn in eine Gallertmasse verwandelte.

»Frieden, Bruder«, flüsterte der dicke Mann und verspürte

ein leichtes Gefühl der Übelkeit, als er seine Waffe wieder wegsteckte.

Er sah wieder zu der Straßenecke.

Verdammt! Der Mimik hatte sich bewegt, und seine Verfolger waren hinter ihm her. Er konnte sie nicht sehen, konnte sie nicht einmal mehr hören. Vielleicht war schon alles vorbei, und er hatte diese mitternächtliche Jagd vergeblich riskiert.

Er bewegte sich so schnell, wie seine Körperfülle das zuließ, versuchte dabei keine zu schweren Schritte zu machen, war aber hauptsächlich von der Sorge getrieben, ihm könnte etwas von dem Geschehen entgehen.

Der dicke Mann entdeckte sie nach der nächsten Straßenecke. Er blieb nur ein paar Meter von der Stelle entfernt stehen, wo sie sich mitten auf einer ehemaligen Straße zusammendrängten, ihr Opfer umkreisten. Der in die Enge getriebene Mimik in Männermasque, noch keine zwanzig Jahre alt, schrie laut, und seine Stimme hallte von den kalten Mauern wider, die rings um sie aufragten.

»Nein ... bitte!«

»Ganz ruhig, Clown«, sagte einer der Verfolger, »wir sagen dir doch dauernd, dass wir dir nicht wehtun werden.«

Der Mimik drehte sich ständig im Kreis, studierte die Männer. Der dicke Mann sah etwas in seiner Hand. Keine Waffe. Wenn er eine gehabt hätte, hätte er sie gegen die Verfolger einsetzen können, als sie noch hinter ihm hergerannt waren. Nein, es sah eher wie eine Klinge aus ... irgendetwas Scharfkantiges.

Und warum töten sie ihn dann nicht? Warum stehen diese fünf Männer da und reden auf ihn ein?

»Flux doch, Mimik!«, sagte einer der Männer.

»Los doch! Wir wollen sehen, wie du dich veränderst.«

Der Mimik drehte sich langsam im Kreis. Er wirkte ebenso verwirrt, wie der dicke Mann es war. Was ging hier vor? Wenn sie Bluts wären, hätten sie ihn bereits getötet. Und radikale

Imagisten würden wahrscheinlich dasselbe getan haben – wenn auch die Prediger der großen Wahren Form im Ocean behaupten, dass sie für die armen Missgeburten bloß »ewige Freiheit« wollten.

Und Jäger hätten dem verängstigten Mimik einfach einen Kragen angelegt und ihn zu seinem Besitzer zurückgeschleppt, was schließlich seinen Tod in der Arena bedeutet hätte.

Wer waren also diese Männer, was machten sie? Das war es, was der dicke Mann in Erfahrung bringen sollte. Das waren die Anweisungen Okasans. Die Augen offen halten, auf jede irgendwie ungewöhnliche gegen Mimiks gerichtete Aktivität achten, auf alles, was irgendwie aus dem üblichen Rahmen fällt.

Aber dem dicken Mann war jetzt ziemlich unwohl zumute. Das hier war für seinen Geschmack etwas zu ungewöhnlich.

»Los schon, Mimik, schieb schon deine Schablone rein. Wir wollen was sehen.«

Der Mimik musterte die zornigen Gesichter. Er sah aus wie ein Tier, von dem man ein Kunststück verlangt und das weiß, dass es am Ende Prügel statt eines Leckerbissens bekommt.

Einer der Männer zog eine Waffe heraus – die Normalversion des Minipulsers, den der Dicke bei sich trug. Dieses Modell konnte man ganz nach Wunsch und Bedarf so programmieren, dass sein Strahl entweder jemanden zehn Minuten bewegungsunfähig machte oder ein Loch in eine Stahlwand riss. Die Standardwaffe der Glompolizei.

Der Mimik stand mit geweiteten Augen da, ganz sicher ebenso verängstigt wie jeder Mensch, den der dicke Mann bisher zu Gesicht bekommen hatte. Seine Instinkte drängten ihn zu helfen, etwas zu tun, um die Chancen des armen Teufels zu verbessern. Aber er durfte nur zusehen und musste Okasan dann sagen, was er gesehen hatte.

»Drück deinen Knopf«, bellte eine Stimme.

Der Mimik nickte resigniert.

Warum wartet er so lange?, fragte sich der dicke Mann. Ist doch keine große Sache. Wahrscheinlich nichts, was der Mimik nicht schon dutzende Male beim Kampf in der Arena getan hatte. Und wenn er ein Agent war, dann fluxte er vielleicht ein paarmal die Woche.

Warum war er jetzt so nervös?

Der Mimik sagte: »Ich weiß, ihr habt etwas mit mir gemacht. Was habt ihr –?«

»Maul halten!«, herrschte einer der Männer ihn an.

Die Augen des Mimik reflektierten das spärliche Licht, als er sich umblickte. Der dicke Mann sah sich ebenfalls um. Er fragte sich, ob die Tausende in den verwobenen Stahlnestern zusahen.

Einer der Männer im Kreis trat einen Schritt näher. »Hör auf, Zeit zu schinden, Nachmacher!«

Und jetzt bemerkte der dicke Mann etwas Seltsames an den Augen des Mimik. Eine Traurigkeit, so etwas wie Resignation. Seine Hand tastete über seinen Unterleib, öffnete den Interfaceschlitz, zog die dort verwahrte Schablone heraus. Er blickte sich erneut um und blinzelte ein paarmal.

Und dann begann er zu fluxen.

Seine Gesichtszüge veränderten sich, das Fleisch ging auf wie Teig, als hätte die darunterliegende Skelettstruktur es losgelassen.

Und dann ein zischendes Geräusch. Einer der Männer im Kreis, der dicht bei dem Mimik stand, bewegte sich nach rechts, versperrte dem dicken Mann die Sicht. Wieder ein Zischen, dann ein schreckliches, tiefes Stöhnen, ein trauriges animalisches Geräusch, der Schrei von etwas Sterbendem, der sich plötzlich zu einem kreischenden Brüllen erhob. Ein schreckliches Geräusch, wie man es früher in – wie hießen die doch? – Schlachthäusern gehört haben musste.

Was zum Teufel ist das?, dachte er. Was geht hier vor? Wenn ich es nur *sehen* könnte.

Das Kreischen ging in ein grässliches Gurgeln über, und dann hörte er ein klatschendes Geräusch, als etwas auf das Pflaster fiel.

Der dicke Mann zog sich zurück, versuchte sich langsam zu bewegen und wollte doch schleunigst hier weg. Sein rechter Fuß stieß an einen Stein, worauf dieser ein Stück wegrollte.

Er ließ die Männer nicht aus den Augen. Hatten sie es gehört? Nein. Sie umringten immer noch den Mimik, der jetzt den Augen des dicken Mannes verborgen war. Und sie waren verstummt, als wäre ihre Brutalität von dem, was sie sahen, gesättigt.

Der dicke Mann zog sich noch ein Stück weiter zurück, dann drehte er sich um und entfernte sich mit schnellen Schritten. Und als er sich weit genug entfernt glaubte, richtete er sich auf und rannte zurück in die zivilisierteren Bereiche des Ramsch.

Dabei suchte er die ganze Zeit die Gebäude nach den flackernden Lichtern ab, hielt Ausschau, ob da jemand riskierte, ihn anzugreifen. Den Pulser behielt er in der Hand.

Während er lief, bemühte er sich, das, was er gesehen – und *nicht* gesehen – hatte, zu begreifen.

Ein Mimik war aufgespürt und in die Enge getrieben, aber nicht getötet worden, sondern wurde einfach dazu gezwungen, in Flux zu gehen. Aber etwas war passiert. Etwas Tödliches.

Aber was?

Eines wusste der dicke Mann: Der Vorgang, dessen Zeuge er gerade geworden war, war weder für seine noch für die Augen irgendeines anderen außerhalb jenes Kreises bestimmt gewesen. Und sein Leben würde wertlos sein, wenn er öffentlich über das sprach, was er hier in dieser Nacht gesehen hatte.

Aber Okasan würde er es sagen.

Okasan würde es verstehen. Okasan würde es erklären. Okasan wusste alles.

TEIL EINS

IN DIE WÄLDER

1

»Euer Lordschaft, es ist jetzt Zeit. Kommen Sie, bitte ... Sie wollen doch sicherlich Ihre Besprechung nicht verpassen, Lord Tristan. Mr. Cyrill wartet bestimmt schon.«

Tristan schlug die Augen auf.

Blau ... sein Einzimmerabteil war in weichem Blau beleuchtet, fast als ob er sich unter Wasser befände. Tristan hatte noch nie eines der Meere der Welt aus erster Hand zu sehen bekommen und doch ...

Der Name Cyrill ließ ihn hellwach werden, während Regis weiterplapperte.

»Er erwartet Sie in einer knappen Viertelstunde, Lord Tristan, und Sie *wissen*, dass er es nicht mag, wenn man ihn warten lässt.«

Tristan glitt aus dem Bett, und Regis zog sich zurück. Als seine Füße den Boden berührten, veränderte der Raum die Farbe. Das blaue Licht wurde zu einem rötlichen Orange, und ein paar Stellen im Raum begannen in einem schwachen weißen Licht zu leuchten.

Die Anordnung von Seifenblasen, die er am vergangenen Abend betrachtet hatte, schwebte immer noch am Fußende seines Bettes.

Tristan warf jetzt einen Blick darauf, eine Anordnung seiner antiken Lieblingsvids, fast alle schwarzweiß. Das Fehlen von Farbe schien sie realer zu machen, so als kämen sie aus einer anderen Welt, einem Planeten ohne Farbe, aber angefüllt mit Emotionen, angefüllt mit Menschen, die ihm etwas bedeuteten.

Seine Welt hatte Farbe. Keine Emotionen, keine Glaubensgrundsätze, keine Menschen – aber Farbe im Überfluss.

Tristan trat näher an die schwebenden Bilder heran.

Die Vids waren in Schlüsselszenen erstarrt, Momenten, die Tristan besonders interessierten. Ein Mann stand an der Brücke einer Kleinstadt, riesige Schneeflocken flogen ihm ins Gesicht. Sollte er springen oder nicht? War sein Leben wirklich sinnlos?

Wie konnte das sein?, dachte Tristan. Mit einer Frau und Kindern und der Stadt voller Menschen, die ihn liebten?

Das nächste Bild ließ Tristan lächeln. Ein Mann namens Rick saß an einem Tisch, eine Zigarette in der einen, ein Glas in der anderen Hand; er redete mit der schönsten Frau der ganzen Welt.

Die soeben seinen Club betreten hatte.

Tristan streckte die Hand aus und schob sie durch das Bild, worauf das flache Schwarzweißbild auf seiner Hand tanzte.

Er wünschte, er könnte in diese Welt hineintreten.

Er schüttelte den Kopf. Es war wie Träumen. Wenn er diese Vids ansah, träumte er von einer Welt, die es wahrscheinlich nie gegeben hatte.

»Nachrichten aufrufen, Regis.«

»Oh, da ist nichts, was Sie wirklich interessiert, Euer Lordschaft. Und Sie sind bereits spät dran.«

»Abspielen«, sagte Tristan und dachte, dass er sich jetzt wirklich einmal die Zeit nehmen musste, seinen PDA neu zu programmieren.

Das mit dem englischen Butler wurde allmählich langweilig. Er war auf die Idee gekommen, nachdem er sich all diese alten Vids angesehen hatte, die Schwarzweiß-Flachis; er hatte gedacht, es könnte vielleicht Spaß machen, einen eigenen Butler zu haben. Aber im wirklichen Leben, Tag für Tag, ging einem das ganz schön auf die Nerven.

Vor dieser Reprogrammierung war Regis ein Kardinal gewesen und hatte Tristan mit »Euer Heiligkeit« angesprochen.

Spaß … für eine Weile.

Alles wurde mit der Zeit lästig. Oder langweilig. Besonders, wenn das Leben so streng definiert war. Das Mimikgehege verfügte über alle Annehmlichkeiten … mit Ausnahme der Bewegungsfreiheit. Kein Mimik durfte das Gehege verlassen, wenn sein Roaming-Grid nicht von Glom freigegeben war. Tristan konnte sich die verlockenden Holovisionen all der Orte, die so ganz anders als die Gloms waren, nur ansehen. Da gab es Dschungel, üppig und in allen Grünschattierungen, fleckige Schlangen, die sich in den Bäumen versteckten, und seltsame kleine Säugetiere mit dunklen gehetzten Augen. Wie wunderbar es doch sein müsste, tatsächlich zu *ihnen* zu gehen, dachte er. Oder man stelle sich die Berge, diese gewaltigen zackigen Gipfel vor. *Man stelle sich vor,* an diesen felsigen Klippen emporzuklettern, den harten Stein und den eisigen Wind auf der Haut zu spüren.

Tristan *konnte* es sich vorstellen, und das machte sein Leben, dieses Gefangensein, noch viel unerträglicher.

Aber heute würde er nach draußen gehen und sich bewegen, wenn auch nur in der von Menschen geschaffenen Welt des Glom. Ja, heute würde ein guter Tag sein.

Er drehte sich um und sah sein Abbild in dem großen, glitzernden Spiegel an der Wand. Seine Gesichtszüge waren ausdruckslos, mit flachen Wangenknochen, einer rudimentären Nase, einem Schlitz als Mund und fast weißen Iriden. Sein glatter, nackter Körper stand schlank und blass da, ohne Geschlechtsorgane.

Er trat einen Schritt auf den Spiegel zu. Seine Schablonen

lagen auf der Anrichte, auch die neuen, die Cyrill herübergeschickt hatte.

Eine Kugel aus Licht materialisierte sich hinter ihm in der Luft, als Regis anfing, seine persönlichen Nachrichten ablaufen zu lassen.

»Lord Tristan, mir wäre es wirklich lieber, wenn Sie auf die heutigen –«

Die Stimme eines Ansagers unterbrach Regis.

»In den Freizonen ist es zu einer neuen Welle von Gewalttätigkeiten gegen Mimiks gekommen.«

Tristan warf einen Blick auf seinen PDA. »Du versuchst immer noch, mich abzuschirmen, Regis?«

Dann wandte er sich wieder dem Holo zu. Aber sicher, dachte er, in der Freizone konnte einem Mimik alles Mögliche passieren. *Wenn er kein Glom hinter sich hatte, war ein Mimik so gut wie tot.* Das hämmerten einem die Gloms ständig ein.

Die Seifenblase füllte sich mit real wirkenden Bildern von zwei rennenden Mimiks. Die sie verfolgende Menge schrie hinter den Flüchtigen her, und ihre Schreie füllten Tristans Apartment.

»Bringt sie um, die Nachmacher! Bringt sie um, die Missgeburten!«

Bluts auf der Pirsch … wie viele von ihnen wohl im Ramsch unterwegs waren?

Einige aus der schreienden Menge trugen Waffen – Stöcke, Steine, Messer. So primitiv. Ekel durchfuhr Tristan, aber er sah trotzdem hin, beobachtete fasziniert. An der Szene war etwas so Urtümliches, fast wie ein Rassengedächtnis.

Aber Mimiks hatten keine Rasse.

In der Kugel bogen die Mimiks um eine Ecke. Die Robocams folgten ihnen, zeichneten das Geschehen von oben und von hinten auf, kippten die Bilder in den Ocean, damit jeder sich das Vergnügen machen konnte, die Bilder zu sehen, zu ändern oder sie seiner Vidsammlung hinzuzufügen.

Einfach wieder ein Satz Bilder, um damit zu spielen.

Die Stimme des Ansagers, distanziert und ausdruckslos, beschrieb das, was jeder sehen konnte.

»Wir verfolgen zwei entkommene Mimiks, die von Bluts identifiziert worden sind. Die Menge hat die Verfolgung aufgenommen und will den beiden Flüchtigen den Garaus machen.«

»Lord Tristan, Sie sollten sich wirklich beeilen. Mr. Cyrill erwartet Sie –«

Tristan hob eine Hand.

Der Mob hatte jetzt die beiden Mimiks erreicht und überflutete sie wie eine strömende Wassermasse. Fäuste hoben sich, Messerklingen blitzten, selbst im schwachen Morgenlicht – silbern zuerst, dann rot. Die Kamera verweilte. Sicher ... auch nicht anders als die Arena, nicht sehr jedenfalls ... einfach auch Unterhaltung, eine Show.

Der Kopf des Ansagers schwebte über dem Gemetzel.

»Wir haben jemanden aus der Menge gefragt, ob er Reue darüber empfinde, diese hilflosen Mimiks anzugreifen und zu töten.«

Plötzlich füllte sich die Blase mit einem geröteten Vollmondgesicht, brutal und streitsüchtig. Tristan trat unwillkürlich einen Schritt zurück.

»Warum denn? Die verdammten Dinger sind keine Menschen, und doch nehmen diese Genmonster uns die Arbeit weg, uns, der *menschlichen* Familie. Das ist der Preis dafür, unsere Jobs zu stehlen. Jeder tote Mimik macht einen Job für einen richtigen Menschen frei.« Er hob die Faust. »Die Brüderschaft der Menschen, für immer vom selben Blut!«

»Lord Tristan«, sagte Regis, »Sie haben jetzt nicht einmal mehr sieben Minuten. Ich schlage vor, Sie –«

Tristan sagte: »Aus.« Die Seifenblase reagierte darauf, indem sie über dem Gesicht kollabierte, es gleichsam zerquetschte.

Das kümmert mich nicht, dachte Tristan.

Nein, das Einzige, was ihn augenblicklich kümmerte, war der Auftrag, für den er trainiert hatte. Er begann heute.

Tristan wandte sich wieder dem Spiegel zu. Er nahm die zwei Vier-Zentimeter-Disketten von der Anrichte. Sie waren beide flexibel, halb durchsichtig und fühlten sich beinahe wie schwielige Haut an. Aber die Erste bestand aus einem Stück, eine typische ROM-Schablone von Cyrill – der Ansatzpunkt für den neuen Auftrag.

Die andere war etwas Neues, sie hatte ein abnehmbares Siegel: Kaze Gloms beschreibbare Schablone. Aber im Augenblick musste er die ROM-Schablone aktivieren.

Männlich oder weiblich, fragte er sich. Mal sehen, was sie diesmal für mich vorbereitet haben.

Er griff nach unten und strich mit der Fingerspitze über seine linke Unterleibshälfte, schob die Haut auseinander und öffnete einen sechs Zentimeter breiten Schlitz. Er schob die neue Diskette hinein und strich dann mit dem Finger wieder über die Öffnung. Der Schlitz verschwand, ohne eine Spur zu hinterlassen.

Und jetzt begann der Flux. Er konzentrierte sich, als die Wetware anfing, den Code auf der Diskette zu lesen, zu digitalisieren, und die Sequenzdaten anschließend auf bioelektrischem Weg an seine Zellkerne weitergab. Jetzt würde der Augenblick –

Da! Er verspürte die vertraute Aufwallung, als seine mDNS auf den neuen genetischen Code zu reagieren begann. Seine Zellen, zuerst eine nach der anderen, dann in Kaskaden von Milliarden – Gehirnzellen, Blutzellen, Nervenzellen –, begannen den Code zu kopieren, ihn nachzuahmen.

Er hatte sich gestern Abend darauf vorbereitet, sich mit Nährstoffen voll gestopft – Kohlenhydrate und Aminosäuren.

Alles war nur ein physischer Vorgang ... nur physische Veränderungen.

Wenigstens redeten sich das alle ein, die mit Mimiks arbeiteten.

Aber Tristan war sich dessen nicht so ganz sicher.

Er blickte in seinen Spiegel. Sein Gesicht fing bereits an, sich zu ändern, ein kantiges Kinn begann sich vorzuschieben, und seine Augen nahmen eine eierschalenblaue Färbung an.

Gut aussehende Masque, dachte Tristan. Da würde mich interessieren, wer die Spender sind ... oder waren.

Auftragsmasquen waren immer Komposite, für die speziellen Bedürfnisse der jeweiligen Aufgabe zusammengefügte Einzelkomponenten. Es sei denn natürlich, man musste eine real existierende Person verkörpern.

Ein Druck wuchs in seinen Knochen, als sein Körper sich zu strecken begann. Jetzt kam der schmerzhafte Teil, als die Haut zu ziehen anfing und die Zellen Mühe hatten, mit den schnellen Änderungen Schritt zu halten. Er wusste, wenn er jetzt sein Neuronet überprüfte, würden seine persönlichen Werte eine geradezu irrsinnige Beschleunigung von Atmung und Puls zeigen, als ob sie außer Kontrolle geraten wären. Er hatte schon Geschichten von Mimiks gehört, die nach zu häufigem Fluxen gestorben waren.

Nur Geschichten.

Schwitzend und ächzend lehnte er sich an die Wand. Sein Atem ging schwer, rasselnd, als er seinen neuen Körper gebar.

Als er die Augen wieder öffnen konnte, war die erste Stelle, auf die sein Blick fiel, sein Unterleib.

Heute bin ich ein Mann. Nicht, dass es darauf ankam.

Nicht, dass es darauf ankam. Das war es, was er sich einredete.

Aber im Laufe der Jahre hatte er festgestellt, dass er dazu neigte, sich als »Er« zu sehen – ein Hinweis darauf, dass seine Quellen-DNS vermutlich mit einem Y-Chromosomen angefangen hatte.

Er sah auf seine Hände – gute, starke Finger, muskulöse Unterarme.

Langsam legten sich die Schmerzen, und er warf einen Blick auf sein Spiegelbild.

Das bin ich heute.

Nicht schlecht. Glattes braunes Haar, klare blaue Augen, kräftiges Kinn, schlanker, muskulöser Körperbau. Er lächelte. Hübsche Zähne.

»Du hübscher Teufel«, murmelte er. Das stammte auch aus irgendeinem alten Vid.

Ein Phänotypus, mit dem man sich sehen lassen konnte. Die Schablone, die man ihm für seinen letzten Auftrag gegeben hatte, hatte ihn in eine gebeugte rattengesichtige Frau verwandelt. Er hatte jede Sekunde in *jener* Masque gehasst.

Er spürte, wie seine Kräfte nach dem Flux schwanden. Er würde eine kleine Stärkung brauchen.

»Sie haben leider keine Zeit für das Frühstück, Euer Lordschaft«, erklärte ihm Regis.

»Ich werde während der Konferenz essen.«

»Euer *Lordschaft*! Das wäre beleidigend.«

Tristan ignorierte ihn. Er ging durch Regis hindurch und kam auf der anderen Seite heraus – das tat er bewusst. Ich mag ja ein Mimik sein, aber wenigstens bin ich körperlich.

Körperlicher, als man es von einem Personal Data Avatar sagen konnte. Und noch dazu von einem verdammt lästigen.

Ich mag zwar Eigentum sein, aber dich zumindest besitze ich.

Tristan nahm eine Kombi aus dem Kleiderschrank, schlüpfte in das einteilige Stück und wartete, bis der Smartstoff seine

Größe seinem neuen Körper angepasst hatte. Gewöhnlich brauchte er keine Kleidung, um sich mit Cyrill im Ocean zu treffen. Er konnte splitternackt hier sitzen und bei der Besprechung in einer mit Edelsteinen besetzten Rüstung erscheinen. Aber er wusste nicht, wie viel Zeit er haben würde, bis er mit dem Einsatz beginnen musste.

Und er wusste, dass Cyrill den neuen Phänotyp sehen wollte.

»Scann mich«, sagte er.

»Ja, Mylord.«

Laserblitze schossen fächerartig aus der Wandeinheit, hüllten ihn einen Augenblick lang ein und verloschen dann wieder. Sein neues Image war bereit, in den Ocean zu tauchen.

»Lord Tristan«, sagte Regis. »Ich empfange gerade eine Nachricht. Mr. Cyrill trifft in der ICE-Box ein. Er wird erwarten, dass Sie dort sind und auf ihn warten!«

»Ich weiß, Regis.« Er schnappte sich eine Tube Konzentrat und warf Regis, der einen angemessen besorgten Gesichtsausdruck zur Schau stellte, einen ernsten Blick zu. »Ich weiß, und vielen Dank.«

Tristan machte es Spaß, Cyrill warten zu lassen.

Er blinzelte zweimal mit dem rechten Auge, dann einmal mit dem linken und aktivierte damit sein Neuronet. Er hatte es so programmiert, dass es in drei Sekunden in Cyrills supergesicherten virtuellen Konferenzraum klinken würde.

Zwei.

Eins.

»Ich tauche, Regis. Und dass mir keine Klagen kommen.«

Tristans Abteil löste sich in einem grellen Blitz auf. Ein Wirbel von Regenbogenfarben, donnernde Musik, ein Augenblick des Schwindels.

2

Willkommen im Ocean. Schwimmen lernen ... oder ertrinken. Tristan hob seine reale Hand und sah, wie seine virtuelle Hand sich bewegte. Ein kurzer Stoß, und er war an der Tür zu dem virtuellen Raum. Heute kein Schwimmen, kein Surfen. Die Adresse für den Besprechungsraum war voreingestellt.

Die ICE-Haus-Tür stand vor ihm, sie sah aus wie wertvolles, edel geschnitztes Holz. Nur jemand, der für ein Treffen mit Cyrill freigegeben war, konnte sie passieren. Tristan drückte die Klinke herab, und die Tür öffnete sich so real wie jede Tür, die er jemals gesehen hatte.

Für das Innere hatte Cyrill ein Sternenschiffmotiv gewählt – eine riesige Brücke mit einem Panorama-Ausblick auf den interstellaren Weltraum.

Cyrill stand an einem der riesigen Bullaugen und blickte auf das Lichtermeer der Galaxien hinaus ... wandte ihm den Rücken zu.

Tristan konnte sofort erkennen, dass er ein wenig verärgert war.

Die virtuelle Tür schloss sich sanft hinter Tristan, wobei ein authentisch klingendes »Klick« zu hören war. Und immer noch drehte Cyrill sich nicht um.

»Du kommst spät, Tristan.«

»Ich bin auf eine Menge Gegenströme gestoßen.«

Jetzt drehte sich Cyrill um. Er trug einen grauen Geschäftsanzug, der zu den gedämpften Farben des Raums und seinem strahlend weißen Haar passte. Natürlich hatte Tristan keine Ahnung, ob Cyrill wirklich so aussah. Vielleicht war das ein Aussehen, das er sich nur für Tristan zulegte ... vielleicht hatte er für jeden Mimikagenten, den er führte, einen anderen Avatar.

»Humor, was? Ich wusste gar nicht, dass Mimiks zu Humor neigen.«

»Das liegt vielleicht an meiner Garderobe.«

»Weil wir schon davon sprechen ...« Cyrill musterte ihn von oben bis unten. »Hübsches Phäno. Diese neue Schablone sieht gut an dir aus.«

»Hoffentlich ist sie gut geschrubbt«, sagte Tristan.

Cyrill hob die Augenbrauen und trat in dem virtuellen Raum einen Schritt näher auf Tristan zu.

»Geschrubbt? Was –? Jetzt hör schon auf, Tristan. Von einem Komposit kann man keinen Psycker bekommen.«

»Ich schon.«

»Ja, das sagst du, aber die Fachleute sagen alle, dass das nicht möglich ist.«

»Vielleicht bin ich besonders sensibel.«

»Vielleicht. Und vielleicht ist das auch der Grund, warum du ein Spitzenagent bist. Wenn ja, solltest du damit leben.«

»Vielleicht«, sagte Tristan langsam, »erklärt das auch meinen Humor.«

»Das, oder die viele Freizeit. Zu viele Stunden, in denen du nicht im Einsatz bist und dich zwischen den alten Vidinseln im Ocean treiben lässt. Du hast Jahrhunderte schlechter Medien aufgesaugt.« Cyrill fixierte Tristan. »Bei dieser Schablone brauchst du keine Angst zu haben. Sie ist speziell dafür konstruiert, die besonderen Charakteristika und Wesenszüge einzuschließen, die du bei der ersten Etappe deines Auftrags benötigen wirst –«

Wie jede andere Schablone, die du mir schickst, wollte Tristan sagen, zwang sich aber, geduldig zu sein.

» – der Auftrag, der dir die Selbstheit einbringen wird.«

Tristan nickte. Natürlich. Das war das Ziel. Das musste er sich immer wieder vorsagen: Selbstheit. Das ist es, was ich am Ende bekomme, wenn all das getan ist. Wenn ich lebe.

»Also, wollen wir anfangen? Wie du ja sicherlich aus deinen VR-Trainingssitzungen erraten hast, hat Kaze Glom einen außergewöhnlichen Auftrag für dich.«

Als Cyrill sich abwandte, bemerkte Tristan, wie das Bild seines Führers durch sein eigenes fuhr, wie zwei Geister, die in der Nacht aufeinander stoßen. Dieser Bruch der virtuellen Etikette – sich zu verhalten, als ob jemand nicht da wäre – verstimmte Tristan ein wenig.

Aber es war ein Spiel. Er drückte sich schnell etwas aus der Konzentrattube in den Mund und schluckte, während Cyrill ihm den Rücken zuwandte.

Aufgrund der monatelangen Planungs- und Ausbildungssitzungen wusste er, dass dieser Einsatz sehr umfangreich sein würde.

Und, wenn die Versprechen gehalten wurden, sein letzter.

Cyrill ließ in ihrem virtuellen Raum eine kleine Holoblase erscheinen. Sie füllte sich mit dem dreidimensionalen Bild einer riesigen, sich in unmögliche Höhen reckenden Struktur, hundert knochige Finger, die in den Weltraum zeigten.

»Du kennst diesen Ort?«

Natürlich, dachte Tristan. Wer kennt ihn nicht? »Die Zitadelle von Flagge.«

»Richtig. Das Machtzentrum von Flagge Glom.«

Die Zitadelle erinnerte Tristan an ein altes Vid, das er einmal gesehen hatte … einen Ort, der sich Oz nannte. Nur dass Oz grün und wunderschön war. Die Zitadelle war ein hoffnungslos dunkler Ort. Ein schwarzes Loch, aus dem keinerlei Licht drang.

Das massiv wirkende Bild hörte auf, sich zu drehen und kam dann wie durch eine Zoomlinse näher.

»Die Zitadelle … das undurchdringliche Herz von Flagge.« Cyrill lächelte. »Angefüllt mit Geheimnissen. Eine veritable Schatzkammer voller Geheimnisse.«

»Die niemand, außer dem inneren Kreis von Flagge, jemals zu Gesicht bekommen wird«, sagte Tristan.

Cyrills Lächeln wurde breiter. »Manche würden sagen, dass seine Verteidigungseinrichtungen undurchdringlich sind.«

Er spielt mit mir. Macht sich über mich lustig. Spricht von Selbstheit und jetzt –

»Aber wir wissen, dass das nicht stimmt.«

Tristan rieb sich das Kinn, fühlte die ihm fremden Konturen.

»Und das«, sagte Cyrill, »das ist dein Auftrag.«

Tristan wandte den Blick von dem Holo ab. Cyrill lächelte jetzt nicht mehr.

»Du wirst da hineingehen, Tristan. In die Zitadelle.«

Tristan spürte, wie sich in seinem Magen etwas verkrampfte. »Wer macht jetzt die Witze?«, sagte er.

»Kein Witz«, erwiderte Cyrill und schüttelte den Kopf. »Denk darüber nach. Hunderte von Leuten gehen da jeden Tag ein und aus. Ohne das geringste Problem –«

»Sicher. Weil ihre Genome stimmen. Aber jemand aus unserem Glom?«

»Vertrau mir, Tristan. Es ist zu schafffen. Du wirst es tun.«

»Wie?« Der Krampf um seine Magenpartie verstärkte sich.

All die VR-Trainingssitzungen, all die virtuellen Umgebungen aus dem Datencenter, das virtuelle Verschmelzen mit einem holographischen Datameister, das Nachahmen seiner Bewegungen, Schritt für Schritt ... aber *dort* hineinzugehen ... in das Datencenter der Zitadelle ... das hatte er sich nicht einmal in seinen kühnsten Träumen ausgemalt. –

»Hör gut zu.« Das Holo wechselte zu einer Luftansicht des Flagge Quarter, einer autarken Megalopolis innerhalb des Ramsch. Und in ihrem Zentrum die gigantische Zitadelle. »Du weißt, dass Flagge sein Nervenzentrum, das zu Recht den Namen Zitadelle trägt, mit den modernsten Einrichtungen der Abwehrtechnik umgeben hat.«

Tristan fragte sich, weshalb Cyrill das sagte – als ob das etwas wäre, das nur für Flagge galt. Er wusste genau, dass das auch für Kaze Glom eine Selbstverständlichkeit war. Für alle Gloms.

»Aber einmal angenommen, du würdest die Außenverteidigung passieren und tatsächlich das Herz von Flagge betreten, die Zitadelle betreten?«

Cyrill hielt inne. Je länger Tristan ihn ansah, desto mehr wuchs seine Überzeugung, dass der reale Cyrill, oder wie auch immer sein Name lauten mochte, keinerlei Ähnlichkeit mit diesem »Elder Statesman« von Kaze Glom hatte.

»Was würdest du in der Zitadelle finden? Nur das allerfeinste ICE – ob du nun versuchst, von außen aus dem Ocean in das System einzudringen oder durch die Struktur selbst, die automatisierten Verteidigungsanlagen würden den Eindringling identifizieren und ihn, sie oder es liquidieren.« Wieder ein Grinsen. »Unverzüglich.«

»Dann ist es also unmöglich. Wir alle wissen das.«

»Keine Sorge, Tristan. Ich sehe, was du denkst ... dass wir dich möglicherweise für ersetzbar halten. Nichts könnte weiter von der Wahrheit entfernt sein. Aber ich habe mit dem *Bosu* selbst gesprochen –«

Wieder eine Pause. Der Bosu. Der Spitzenmann. Der Vorsitzende von Kaze Glom, Kennedy Otari, einer der zwei mächtigsten Leute auf dem ganzen Planeten.

» – ich habe dem Bosu gesagt, dass es für diesen Einsatz nur einen einzigen Mimikagenten gibt ... und dass das du bist.«

Normalerweise hätte ihn ein so seltenes Kompliment von Cyrill in Hochstimmung versetzt. Aber hier und jetzt an diesem Ort, vor sich das Bild der Zitadelle, vermittelte es ihm eher ein Gefühl des Untergehens.

»Ich höre.«

»Kein System ist vollkommen. Flagge Glom hat eine Achillesferse. Flagge Glom hat Abweichler in seiner Mitte, einige davon in recht hohen Positionen. Und wir haben Maulwürfe, die mit diesen Dissidenten arbeiten. Das ist alles eine höchst komplexe Situation, die wir schon lange vor deinem Beginndatum eingeleitet haben, Tristan.«

»Und –?«

»Wir können dich hineinbringen.«

Tristan starrte durch ein Bullauge auf die kreisenden Galaxien hinaus. Ein verblüffender Effekt. Die Rotation einer Galaxie dauerte Millionen von Jahren. Hier drinnen vollzog sie sich innerhalb von Minuten.

»Und sobald du drinnen bist, folgst du einfach den Prozeduren, die du gelernt hast. Du gehst zum Datencenter, klinkst dich in Datasphere 87342J ein und bringst mir eine Probe aus diesem lieben kleinen Katzenauge zurück.«

Ein Modell einer Datasphere tauchte in der schwebenden Holokammer auf. Ein winziger gelber Ball, nicht viel größer als ein Backenzahn. Seine glatte Oberfläche war nur durch einen schmalen, halbmondförmigen Schlitz unterbrochen. Aber der Virus, dessen Wirt die Datasphere war, enthielt ein ganzes Universum von Informationen, die in seine RNS eingeschrieben waren.

Viren waren unersetzlich geworden. Ganz gleich, welches ICE eingesetzt wurde, von Ocean aus zugängliche Informationen waren immer verletzbar.

Nur Daten mit einem isolierten, designierten Leser waren sicher; und wenn die Daten außerhalb des Lesers gelagert waren, nicht zugänglich und weggesperrt, bis sie benötigt wurden, waren sie doppelt sicher. *Niemals* online gebracht. All die Geheimnisse, die Programme, die auf der RNS im Katzenauge gespeichert waren, blieben in Sicherheit.

Besonders, wenn das Katzenauge in der Zitadelle begraben war.

Er zuckte mit den Achseln. »Nichts dabei. Da bin ich bis zum Mittagessen zurück.«

Cyrills Lächeln wirkte gequält. »Schon wieder Humor. Sehr gut. Aber das ist eine äußerst ernste Angelegenheit.«

»Warum ist dieses Katzenauge so wichtig?«

»Nun ja, weil sein Virus mit sämtlichen langfristigen Zielen von Flagge und den dafür geplanten Maßnahmen codiert ist. Alle sicher in dieser winzigen Kugel versteckt: Flagges Ein-, Zwei-, Drei-, Vier- und Fünfjahrespläne.« Cyrill lachte. »Die goldene Gans des Flagge-Imperiums.«

»Wenn die es erfahren – ich meine, dass sich jemand Zugang zu ihren Geheimnissen verschafft hat –, wird Flagge dann nicht einfach seine Pläne ändern?«

»Umso besser! All ihre Pläne und die Basisarbeit gehen dann einfach ins Leere. Wir werden jede strategische Maßnahme kennen, die sie geplant hatten, hier ebenso wie Off-World. Für Flagge Glom wird das ein schwerer Schlag sein, eine kleine Katastrophe, und für Kaze Glom ein unglaublicher Segen. Damit wir uns richtig verstehen, Tristan, ich spreche hier nicht von gewöhnlichen Vorteilen. Was du bei diesem Einsatz tust, könnte das Ende der Glomkriege bedeuten. Flagge wird als mächtiger Spieler ausscheiden.«

»Aber wird das nicht ohnehin geschehen?«, sagte Tristan. »Ich meine, die beschreibbare Schablone von Kaze wird die Mimik-Technologie revolutionieren. Flagge hat nichts, was dem auch nur annähernd nahe kommt, und sie sind vermutlich auch Jahre davon entfernt, etwas in dieser Richtung zu entwickeln.«

»Richtig. Sie wissen nicht einmal, dass es so etwas wie beschreibbare Schablonen gibt. Und noch dazu ist das etwas so Fortschrittliches, dass sie, selbst wenn sie eine stehlen würden, nicht über die Technologie verfügen würden, sie zu kopieren.«

»Genau was ich sage. Kaze wird ab dem nächsten Jahr ein *Monopol* auf dem Mimikmarkt haben.«

»Davon gehen wir aus, ja, aber Märkte sind etwas Sprunghaftes. Wer weiß schon, wie sie nächstes Jahr sein werden? Eine Probe aus diesem Katzenauge wird der Todesstoß für sie sein. Flagge wird um eine Fusion mit Kaze nicht herumkommen.«

»Eine Welt ohne Glomkriege«, sagte Tristan leise. »Das kann man sich kaum vorstellen.«

»Wir führen jetzt unseren Krieg seit dem Zusammenbruch. Das ist eine lange Zeit. Aber das wird den Krieg beenden. Ein Glom – das unsere – wird die Kontrolle übernehmen. Stell dir nur einmal vor, was das für die Marsbasis und die Mondkolonien bedeuten würde!«

Tristan hatte inzwischen angefangen, über die Realität des Einsatzes nachzudenken. Er hielt ihn immer noch für unmöglich. Und was Cyrill da von einer Fusion sagte, glaubte er nicht. Kaze Glom würde das Katzenauge dazu benutzen, um Flagge Glom zu zerstören.

Aber dagegen hatte er nichts einzuwenden.

Schließlich war Kaze Glom seine Heimat. Und Flagge würde nicht das erste Glom sein, an dessen Zerstörung er entscheidend mitgewirkt hatte. Wie viele waren es jetzt? Das Erste war Lexor gewesen, als er gerade angefangen hatte. Er war damals noch Praktikant gewesen, und als Kaze Lexor geschluckt hatte, war seine Belohnung die Beförderung zu einem vollwertigen Agenten gewesen. Rapalan war das Nächste gewesen und dann Mertex. Und jedes zerstörte Glom wurde schnell in das Territorium des Eroberers eingegliedert, gleichsam absorbiert. Die Räuber wurden größer … und weniger.

Aber noch nie war ein Glom verschwunden, das so groß war wie Flagge. Wie herrlich, sich auf dem Höhepunkt des Spiels zurückzuziehen.

Er würde Flagge nicht vermissen. Niemand würde das.

»Und vertrau mir«, sagte Cyrill. »Du wirst hineingehen und wieder hinausgehen. Ich habe alle Vorbereitungen getroffen, wir werden –«

Ein greller weißer Blitz erfüllte den Raum, als ob der Link, die Verbindung zwischen Tristan und Cyrill in diesem virtuellen Raum, reißen würde.

Aber das war nicht das Problem.

Wieder ein Blitz, und plötzlich ein neuer Link, eine neue Verbindung ... eine neue Präsenz.

Erstaunlich! Jemand drang in Cyrills ICE-Haus ein – durchbrach die besten elektronischen Sperren, die Kaze Glom gegen ein solches Eindringen errichtet hatte, und trat die virtuelle Tür ein.

Tristan blickte gebannt auf die Stelle, wo das Holobild des Eindringlings Gestalt annahm. Die Lichtpunkte flossen in der Gestalt einer alten Frau zusammen, die einen schäbigen Überwurf und einen Schal trug, wie eine jämmerliche Bettlerin aus der Freizone.

Eine Bettlerin, die das modernste ICE knacken konnte.

Das Bild der Frau hatte noch etwas Mühe, stabil zu bleiben. Sie begann zu sprechen, aber im Audio entwickelte sich ein kratzendes Zischen.

Tristan überwand seine Verblüffung und wandte sich Cyrill zu. Sein Führer verschaffte sich hektisch Zugang zu seinem eigenen Neuronet, alarmierte die elektronische Sicherheit von Kaze.

Dann wandte sich Tristan wieder der Frau zu. Er spürte keine Feindseligkeit, keine von ihr ausgehende Bedrohung. Sein ursprünglicher Schock ging in Verblüffung über. Er konnte sich einfach nicht vorstellen, wie sie sich Zugang zu diesem, angeblich sicheren, Raum hatte verschaffen können.

Sie starrte ihrerseits Tristan an.

Ihre Stimme wurde von einem Zischen … zu Sprache. Und sie sprach zu ihm.

» – *mit dir sprechen.*«

Tristan schüttelte den Kopf. Sie sah vielleicht aus wie eine jämmerliche Bettlerin aus der Freizone, aber ihre Stimme klang ungewöhnlich. Sie trat näher.

»*Du hast mich nicht gehört?*« Die Stimme war jetzt klar, die Übertragung unbehindert. »*Ich bin Okasan. Und ich muss mit dir sprechen.*«

Über ihrem Kopf erschien in flackernder Schrift das Wort *OKASAN;* dazu ein Ideogramm, das unter ihren Füßen schwebte.

Okasan! Tristan hatte den Namen, die *Legende* von Okasan gehört. Andere Mimiks flüsterten eine Geschichte von einer Frau, die der Mimikerlöser war, eine Frau, die Mimiks rettete und ihnen ihre Freiheit gab. Tristan hatte gedacht, dass das eine Geschichte war, die aus der Hoffnungslosigkeit der Arena erwachsen war. Wenn man vor sich nur den Tod und endlosen Schrecken sieht, braucht man vielleicht den Glauben an etwas anderes.

»*Ich werde veranlassen, dass jemand Kontakt zu dir aufnimmt … dass jemand dich zu mir bringt –*«

»Mach dir keine Sorgen, Tristan«, sagte Cyrill. »Die Polizei ist schon unterwegs. Wir werden dieses Miststück gleich haben.«

Das Bild flackerte erneut, und die Worte der alten Frau waren verzerrt.

Sie streckte ihre gespenstische Hand nach Tristan aus, als könnte sie ihn berühren. »*Wenn mein Bote zu dir kommt – ich kann dir nicht sagen, wo oder wann oder wer –, dann musst du ihm folgen.*«

Tristan sagte nichts.

»*Du musst ihm folgen, Tristan. Folge ihm.*«

Dann war nur noch ein Zischen zu hören, und das Bild zersprang in winzige Würfel, die sich eine Sekunde lang noch einmal zusammenfügten und dann völlig verschwanden.

Und dann waren er und Cyrill wieder allein.

Cyrill war seine Wut deutlich anzusehen. »Wie zum Teufel ist sie hier reingekommen?«

»Diese Frau«, setzte Tristan an. »Auf dem Zeichen stand, dass sie Okasan sei –«

Cyrill machte eine weit ausholende, wegwerfende Handbewegung. Tristan spürte, dass Cyrill, wenn das ein realer Raum gewesen wäre, vielleicht angefangen hätte, Dinge von den Wänden zu reißen, Medien von ihren Regalen zu fegen.

»*Okasan*? Tristan, du bist viel zu intelligent, um auf solchen Blödsinn hereinzufallen. Okasan? So jemanden gibt es nicht. Es gibt keinen ›Mimikerlöser‹.« Cyrill atmete tief durch, war sichtlich bemüht, seine Fassung zurückzugewinnen. »Willst du wissen, wer sie wirklich ist?«

»Ich habe das Gefühl, dass Sie es mir ohnehin sagen werden.«

»Schon wieder Humor? Bei einem Mimik ist das nicht gerade ein anziehender Wesenszug, Tristan.« Wieder tiefes Durchatmen. »Ich würde an deiner Stelle darauf achten.«

Ein guter Rat, räumte Tristan innerlich ein. Sein Mundwerk hatte ihm schon früher gelegentlich Ärger eingetragen.

»Verstanden«, sagte er.

Cyrill nickte. »Diese … Okasan ist in Wirklichkeit eine Agentin der Kirche der Wahren Form. Sie ist ein Imagist. Du weißt, was das bedeutet.«

Tristan wusste es. Der wichtigste Glaubenssatz der Kirche der Wahren Form war die Unverletzbarkeit der menschlichen Gestalt; sie forderte das Ende aller Designergene, der Nanoformierung und die Liquidierung aller Mimiks. »Mimik-Genozid.«

»Richtig. Schluss mit Selbstheit … oder der Integration von Mimiks in die Gesellschaft. Diese Leute sind der Ansicht, es sei ihre heilige Pflicht, den Planeten von Mimiks zu befreien.«

»Wie die Bluts.« Es war schön, geliebt zu werden.

»Die Bluts sind bloß eine gewalttätige Hassgruppe. Die Imagisten wollen Gesetze ändern, wollen ein *Verbot* für das Klonen von Mimiks und die Zerstörung aller existierenden Mimiks. Sie sind auf lange Sicht für uns alle eine viel größere Bedrohung.«

»Und diese Okasan ist eine von ihnen?«

»Ganz ohne Zweifel. Ich weiß nicht, wie sie es geschafft hat, hier einzudringen. Aber die Polizei sagt, sie könne unmöglich etwas gehört haben. Sie hat nur projiziert – keine Aufnahmefähigkeit. Zumindest in dem Punkt sind unsere Systeme sicher.«

»Aber warum?«

»Ich habe nicht die leiseste Ahnung. Ich habe gesehen, dass ihre Lippen sich bewegt haben, aber ihr Audio blieb stumm. Ich weiß nicht, was sie wollte. Vermutlich gar nichts – bloß willkürliche Belästigung.«

Kein Audio? Dachte Tristan. Aber *ich* habe sie doch gehört. Er wollte das gerade erwähnen, als Cyrill weitersprach.

»Gut, dass sie nichts hören konnte, sonst müssten wir abbrechen. Dieser Einsatz darf durch nichts gestört werden, Tristan. Durch nichts.«

Tristan beschloss, für sich zu behalten, was die alte Frau gesagt hatte. Wenn er erwähnte, dass Okasan wusste, dass er zu einem Einsatz unterwegs war, würde man ihn abziehen, und jemand anders – jemand wie dieser Mutagen Argus – würde den Einsatz bekommen.

»Bereit für deine Einsatzvorbereitung?«

Tristan nickte.

»Dann achte jetzt auf die Blase.«

Plötzlich stand eine Karte von Kaze Glom im Raum, aber dann wanderte der Betrachtungspunkt, zeigte eine weite Fläche, die die große Freizone nördlich von Kaze Quarter einschloss. Früher hatten sich entlang der Küste große Städte erhoben, waren gewachsen, ineinander verschmolzen … aber nach dem Zusammenbruch war aus ihnen der *Ramsch* geworden, beherrscht von Zerstörung, Chaos und Krawallen … bis die Gloms die Ordnung wiederhergestellt hatten.

So schilderte es zumindest die offizielle Geschichtsschreibung.

Jetzt ragten die großflächigen Zentren der Gloms aus dem Ramsch, bewaffnete Konzentrationen von Macht und Ordnung, die eine auf den Kräften der Wirtschaft und einem geheimen Krieg basierende neue Weltregierung darstellten.

Wie es wohl gewesen sein mochte, fragte sich Tristan, vor dem Zusammenbruch durch die alten Städte zu reisen, bevor es eine nordamerikanische Föderation mit einer Marionettenregierung gab, die in Wirklichkeit lediglich den Gloms diente? Die Städte in den alten Vids schienen so aufregend, voller Energie und Leben – ganz anders als die Gloms.

»Dort, du siehst die Freizone nördlich von hier. Ich werde jetzt dein Neuronet dafür freigeben, durch jene Zone zu reisen. Dein Peiler wird ausgeschaltet, niemand wird wissen, dass du ein Mimik bist.« Er sah Tristan an. »Es sei denn natürlich, du sagst es ihnen.«

Das Bild schob sich näher an die Karte der Freizone heran.

»Wir laden dir das unmittelbar in dein Neuronet.«

»Ich hatte mir schon –«

»So, siehst du jetzt dieses Gebäude dort? Das ist Smalley's.«

Tristan kannte es gut. Eine riesige schicke Bar, in der Spione, Wet Heads und Schwarzmarkthändler aus sämtlichen Gloms verkehrten.

»Das ist gefährliches Gebiet, Tristan, besonders für einen ungebundenen Mimik. Pass also auf, was du sagst.«

»Richtig. Keine Witze.«

Ein Seufzen. »Unser Agent wird dort Kontakt mit dir aufnehmen –«

»Und der ist?«

»Kann ich dir nicht sagen. Zu riskant, wenn es in dein Neuronet geladen wird. Aber die Kontaktperson wird einen Codeschlüssel haben, der dich durch Flagge Quarter zum nächsten Kontaktpunkt lenken wird.«

»Und was passiert dort?«

»Dort triffst du auf ein Team von Agenten, die werden bis dahin einen Flagge Datameister gekidnappt haben –«

»Wirklich?«

»*Ich* mache keine Witze, Tristan. Du wirst die beschreibbare Schablone dazu benutzen, das Genom des Datameisters zu kopieren. Keine Ahnung, wer oder was das sein wird. Diese Information habe ich noch nicht. Und dieser Flagge IDplant, mit dem man dich ausgestattet hat, weißt du noch? Du wirst alles von dem IDplant des Datameisters auf dein eigenes kopieren. Und von dem Punkt an wirst du, soweit die Sicherheitsleute von Flagge das erkennen können, jener *Datameister* sein. Unsere Agenten werden anschließend den Datameister beseitigen, und du kannst die Zitadelle betreten ... die Stelle des D-m einnehmen.«

Er erinnerte sich an eine Stelle aus einem Vid.

»Ein Kinderspiel.«

Cyrill schüttelte den Kopf. »Wie ich schon sagte ... zu viel freie Zeit, Tristan. Aber das alles wird sich ja nun ändern, wie?«

Die Seifenblase präsentierte den Einsatzplan in Textformat.

»Sobald du dich im Inneren der Zitadelle befindest, handelst du nach deiner VR-Ausbildung, begibst dich in das Datencenter, nimmst ein Muster von dem Auge und gehst wieder hinaus. Einfach, oder?«

»Sicher. Besonders wenn es darum geht, mit einem Stück von dieser unersetzlichen Datasphere einfach abzuhauen. Das sollte *wirklich* einfach sein.«

»Ja, wenn *du* ein Datameister bist.«

»Und wenn man mich erwischt?«

»Werden wir natürlich strikt in Abrede stellen, irgendetwas über dich zu wissen. Du kennst die Regeln: Dies ist ein Krieg, und du bist Soldat ... *unser* Soldat. Aber das wissen nur wir. Rechne also nicht mit irgendwelchen Rettungstrupps oder sonstiger Hilfe, die die weiße Weste von Kaze Glom in irgendeiner Weise beschmutzen könnten. Sobald du hier weggehst, bist du auf dich selbst gestellt.«

Als ob das je anders gewesen wäre ...

»Aber warum uns damit aufhalten? Du solltest dir besser klarmachen, dass dies dein letzter Einsatz sein wird. Stell dir vor ... du bist dann ein Teil dieser Welt. Es gibt dann keine Peiler mehr für dich. Du wirst mit den Menschen identisch sein.«

Mit den Menschen identisch. Integration. Selbstheit. Keine Implants, keine Fluxe mehr. Er würde als Mensch leben. *Frei.*

Und was dann?

Tristan wusste genau, was er tun würde, was er schon immer hatte tun wollen: *Reisen.* Hingehen, wohin er wollte, wann immer er wollte, die wunderschönen exotischen Orte sehen ... auf Berge klettern, in den Dschungel gehen. Schon der bloße Gedanke daran ließ ihn schwindeln.

Mit Ausnahme dieser einen Furcht. Er konnte all das tun – aber nur, wenn noch irgendwelche schönen, exotischen Orte existierten.

Aber es musste sie noch geben. Plätze mit hohen Bäumen, in denen der Wind wehte, und endlose Seen mit blaugrünem

Wasser unter noch blauerem Himmel. Töne, Orte wie jene, die er in den Vids gesehen hatte. Und er würde in dem Augenblick, in dem er frei war, anfangen, nach ihnen zu suchen.

Eine Welt, die er erforschen konnte, sobald er frei war.

Aber im Augenblick war schon allein der Gedanke an Selbstheit, und wie nahe sie ihm gerückt war, beinahe zu schön, um sich länger damit zu befassen.

Cyrill trat einen Schritt zurück. Diese Besprechung war beinahe beendet.

»Aber die Uhr läuft. Du triffst dich mit unserem Agenten in der Bar um null-neunhundert. Das lässt dir nicht viel Zeit. Er wird eine Stunde auf dich warten … und dann das Schlimmste annehmen.«

»Warum ein so knapper Zeitplan? Ich hätte mir bei einem so wichtigen Einsatz ein wenig mehr Spielraum erwartet.«

»Das hat sich alles erst gestern so ergeben. Das Fenster – also die Verfügbarkeit des Codeschlüssels und der Zeitraum, in dem man den Datameister entführen kann, ohne dass ihn jemand vermisst – besteht nur eine kurze Zeit.«

»Warum bekomme ich nicht den Meisterschlüssel?«

»Meisterschlüssel? Nein, tut mir Leid. Das ist unmöglich.«

»Sie vertrauen mir nicht?«

»Doch, natürlich.«

»Dann geben Sie mir einen Meisterschlüssel. Ich könnte ihn brauchen.«

Cyrill schüttelte den Kopf. »Wenn es bei mir läge, würde ich das tun. Du würdest ihn sofort bekommen. Aber das geht nicht. Meine Vorgesetzten würden beunruhigt sein, würden befürchten, dich nie wiederzusehen. Keiner von uns ist völlig frei, weißt du.«

»Sie sind kein Sklave. Sie sind kein Mimik.«

»Nein, aber du … du bist Eigentum von Kaze, Tristan.«

Das ist mir wohl bewusst, vielen Dank.

Wie konnte er das vergessen? Geklont mit dem Goleman-Chromosom, jenem magischen Komplex aus synthetischen Genen, die die Stelle des normalen menschlichen Sexchromosoms einnahmen und seine DNS, seine spezielle mDNS, kontrollierten und es möglich machten, jede andere nachzuahmen. Er war speziell von Kaze Glom *geschaffen* worden, um für Kaze Glom zu arbeiten, um für Kaze Glom als Mimikagent zu *existieren* –

Ihr besitzt mich, aber verdammt noch mal, Ihr *schuldet* mir auch etwas.

»Ich weiß, ich –«

»Und als solches muss deine Bewegungsfreiheit eingeschränkt werden. Bis zur Selbstheit natürlich.«

Bis der Tod oder die Selbstheit uns trennen. Selbstheit ... eine Karotte an einem sehr langen Stock.

Nur noch ein Einsatz, und ich bekomme sie.

»Du hast nur sechsunddreißig Stunden. Das ist unser Fenster. Dann wird der Datameister, den wir uns als Ziel gewählt haben, versetzt und hat keinen Zugang mehr zu Datasphere 87342J. Ich erwarte, bis zum Anbruch der morgigen Nacht, eine Probe aus jenem Katzenauge zu haben.« Cyrill hob die rechte Hand und machte eine Freundschaftsgeste, die von allen Kazes benutzt wurde. »Sechsunddreißig Stunden ... viel Glück.«

»Ich werde zurückkommen. Mit dem Katzenauge.«

Aber Cyrill hatte bereits angefangen zu verblassen; sein Bild löste sich in einem Farbwirbel auf. Tristan war allein im Raum, dann endete seine Verbindung, und er befand sich wieder in seinem Abteil.

3

Regis stand neben dem Spiegel.

»Das klingt *ungemein* aufregend, Lord Tristan. Aber ehe Sie gehen, sollte ich –«

»Aus, Regis«, sagte Tristan.

Regis verschwand.

Wenn Tristan ihn brauchte, konnte er sich jederzeit auf seinem Netz Zugang zu ihm verschaffen. Jetzt musste er weiter.

Phantastisch, dachte er. Ich komme hier raus. *Raus!* Ihm war vor Vorfreude fast schwindlig.

Aber wie würde er am besten zur Freizone kommen? Die Rohrbahnen waren schnell, aber da war das ständige Sabotageproblem. Es gab immer irgendwelche Splittergruppen, die mit einem der Gloms ein Hühnchen zu rupfen hatten oder sich langweilten oder einfach verrückt waren. Und das ließen sie an den Rohrbahnen aus.

Er ging zu der Tür, die in den Hauptkorridor des Mimikgeheges führte. Die Innenwände hatten immer noch ihre Holzstruktur, und darüber war Tristan froh. Das natürliche Aussehen von Holz hatte etwas Warmes, Schönes an sich, selbst wenn es auf der ganzen Welt keine Axt gab, die scharf genug war, um hineinzuhacken. Echtes Holz war selten und teuer. Aber man konnte alles so gestalten, dass es wie Holz aussah.

Draußen war es anders. Der letzte Schrei in den Gloms nannte sich »orgallisch«, und das sagte ihm überhaupt nicht zu. Warum ein Gebäude aus Holz wachsen lassen, das so zäh wie Stahl war, und dann seine Außenschicht abändern, damit sie wie Stahl aussah? Das ergab einfach keinen Sinn. Wenn man ein Gebäude nanoformen will, das wie Stahl aussieht, warum dann nicht das verdammte Ding mit Stahl bauen, echtem Stahl?

Aber Tristan wusste, dass er sich in der Minderheit befand. »Echt« war nicht mehr wichtig. Das Wort war zu einem archaischen Begriff geworden.

Der zylindrisch geformte Mimikkomplex schwebte am Rande der Wohnkomplexe von Kaze, von den umliegenden Gebäuden und dem Rest von Kaze Glom durch mehrere Schutzschichten hermetisch getrennt – hermetisch vom Rest der *Welt* getrennt –, Schutzschichten, die alles abhielten, seien es nun Pulserstrahlen oder Viren.

Separat und ungleich, ein Luxusgefängnis.

Plötzlich packte eine Hand seine Schulter, packte ihn fest und stieß ihn in eine Wandnische. Tristans Kopf krachte schmerzhaft gegen die glatte Wand.

Er wirbelte herum, um zu sehen, wer ihn angegriffen hatte.

Das Gesicht war dicht bei seinem, und Tristan registrierte den abgestandenen Geruch von SynFood.

»Wie geht's deiner Mutter, Tristan?«

Tristan erkannte Argus' Eigenmasque – seine Alltagsidentität, die er im Gehege trug. Und wenn es je einen Beweis dafür gegeben hatte, dass Mimiks Psycker bekommen, dann war es dieses Geschöpf. Argus hatte zu viele Schurkenschablonen getragen, hatte zu viele Einsätze für Kaze Glom erledigt, bei denen es hart hergegangen war.

Wie hatte ein führender Imagist die Mimiks bezeichnet? »... Monstrositäten ohne Vergangenheit und ohne Zukunft.«

Aber das war falsch. Wir *haben* eine Vergangenheit. Und sie wächst mit jeder Schablone, die wir benutzen. Alle möglichen Winzigkeiten sickern ein, ein Kaleidoskop von Phänotypen und Persönlichkeiten.

Argus schickte sich an, Tristans Kopf erneut gegen die Wand zu stoßen, aber jetzt riss Tristan den Arm hoch und blockte ab. Argus' Gesicht ließ Überraschung erkennen.

»Oh, dann hast du diesmal wohl eine starke Masque? Vielleicht hättest du Lust, auszuprobieren, wie stark sie ist?«

Argus versuchte einen erneuten Stoß, aber Tristan war wieder zu schnell für ihn. Nur dass Tristan diesmal, statt nur Argus' Arm wegzuschieben, den anderen Mimik am Handgelenk packte und es ohne nachzudenken ruckartig nach rechts herumdrehte.

Argus stieß einen Grunzlaut aus und riss sein Handgelenk weg.

»Wie geht's *deiner* Mutter, Argus?« Tristan hatte den bei Mimiks üblichen Gruß immer als ziemlich albern empfunden. »Und seit wann lauerst du vor meiner Tür?«

»Lang genug, Tristan. Ich habe dir sogar heute Morgen beim Tauchen zugesehen. In das ICE-Haus konnte ich natürlich nicht, aber ich weiß, dass du dich mit Cyrill getroffen hast.«

»Schon möglich. Und?«

Argus riskierte es, wieder näher zu rücken. Er senkte die Stimme.

»Es ist so – ich bin nur noch ein paar Einsätze von der Selbstheit entfernt. Das hat Cyrill mir gesagt. Aber den Einsatz hat er dir gegeben.« Er musterte Tristan von Kopf bis Fuß, verschaffte sich einen Eindruck von der neuen Schablone. »Neue Masque und all das … stark, schnell. Den hätte ich kriegen sollen.«

Tristan stieß sich von der Wand ab. »Warum kommst du nicht mit?«

»Wüsste nicht, warum ich das nicht könnte, wenn es der Mühe wert ist.«

Konnte er das?, fragte sich Tristan. Er hatte Gerüchte über Mimiks mit heißen Codeschlüsseln gehört, die Zugang zu gesperrten Roaming Grids ermöglichten. Aber ihm hatte man nie einen angeboten – nicht, dass er ihn je annehmen würde, nicht, wo er so dicht vor der Freiheit stand.

»Wiedersehen, Argus.«

Argus hob seine Faust. War er so dumm, es noch einmal zu versuchen? Tristan hätte ihm liebend gern den Gefallen getan, aber die Uhr lief bereits.

»*Mir* hätte er gehört, verdammt.«

Er packte Tristan am Kragen seiner einteiligen Kombi, und Tristan reagierte ohne nachzudenken. Wieder packte er Argus' Arm, aber diesmal weiter oben, am Ellbogen. Dann drehte er ihn zu sich her und wieder zurück, bis Argus mit gesenktem Kopf vor ihm auf dem Boden kniete.

»Lass mich los!«, keuchte Argus.

»Na schön«, sagte Tristan. »Aber dein retrogenomisches Gesicht will ich nie wieder sehen. Kapiert?«

Ein zusätzlicher Druck auf den verdrehten Arm machte dem anderen klar, dass er es ernst meinte, und veranlasste Argus zu einem weiteren Stöhnen.

Ich *mag* diese Masque, dachte Tristan. O ja ... gute Reflexe für den Kampf. Ein gewisses Maß an Aggressivität war genetisch und konnte nützlich sein. Aber das war natürlich kein Zufall. Er fragte sich, was da in der Masque sonst noch für Überraschungen für seinen Einsatz auf ihn lauerten.

Argus stand langsam auf. Er entfernte sich rückwärts von Tristan, und sein Mund verzog sich zu einem bösartigen Grinsen. »Wir sind noch nicht fertig, Tristan.«

Er drehte sich um und verschwand in dem leicht gewundenen Gang.

Tristan atmete durch. Ich hätte ihn töten können, dachte er. Dann wären meine Probleme mit ihm zu Ende gewesen. Und noch etwas ... die *Vorstellung*, Argus zu töten, war angenehm, so als ob er vielleicht Spaß daran haben würde.

Er hatte schon früher getötet ... wenn es zum Einsatz gehört hatte. Er hatte andere Mimiks getötet, und er hatte Menschen getötet. Einfach, weil es notwendig gewesen war ...

Aber der Gedanke, Argus zu töten, war *angenehm*.

Tristan nahm den Fallschacht ins Erdgeschoss und eilte dann durch den Gang zur Rohrbahnstation. Ein erwartungsvolles Vibrieren hatte jedes seiner Axone erfasst. Ja, er brach zu seinem letzten Einsatz auf, aber noch erregender war die Aussicht, jetzt gleich Kaze Quarter zu verlassen und in die Freizone zu kommen.

Die *Frei*zone – schon der bloße Name war erregend.

Er trat auf die Rampe, die zu den Rohrbahnen führte und –

die Welt und alles in ihr verlor jegliche Farbe, als wäre sie plötzlich von einer Art kosmischen Bleiche durchtränkt, und dann verblassten die Umrisse in ein weißes Niemandsland, in dem es kein Oben, kein Unten und kein Links und kein Rechts gab.

Verdammt! Das dürfte nicht sein. Cyrill hatte sein Roaming Grid erweitert.

Tristan streckte die Hand aus und fand ein Geländer. Er kämpfte gegen das Schwindelgefühl an und klammerte sich fest wie ein Hhhelll Junkie mit einer Überdosis und arbeitete sich dann langsam an dem Geländer entlang, wieder die Rampe hinunter.

Sobald er die Rampe verlassen hatte, kehrte die Welt wieder zurück.

»Regis!«, flüsterte er.

Sein PDA erschien auf der Rampe. »Ja, Lord Tristan?«

»Warum hatte ich gerade einen White-Out? Cyrill hat doch den neuen Schlüssel heruntergeladen, als wir im Ocean waren.«

»Ja, Mylord. Aber der Code ist nicht in Ihr Grid installiert worden. Ich war dabei, Ihnen das vorzuschlagen, aber da haben Sie mich ›geaust‹.«

Tristan schloss die Augen und bemühte sich, ins Gleichgewicht zu gelangen. Ja, das hatte er getan, weil er es so verdammt eilig gehabt hatte, hier herauszukommen.

»Würdest du den Code freundlicherweise jetzt installieren?«

»Ist erledigt, Mylord.«

»Danke. Habe ich noch etwas vergessen?«

»Nein, Mylord.«

»Aus, Regis.«

Nur um sicherzugehen, führte er seine Blinzelsequenz durch, worauf am oberen Rand seines Gesichtsfelds ein Streifen von Icons erschien: eines für den Zugang zu seinem Roaming Grid; ein anderes, um ihn Ereignisse aufzeichnen und wieder abspielen zu lassen; eine Datei für persönliche Erinnerungen und schließlich sein Logic-Icon, ein direkter Link zu Regis und den Datenspeichern des Ocean. Er aktivierte das Grid-Icon.

Sein Roaming Grid breitete sich vor seinem Gesichtsfeld aus. Kaze Quarter, die Weite der Feizone und Smalley's Smart Bar waren grün maskiert. Alles, was jenseits davon lag ... die anderen Freizonen, Flagge Quarter, alles von einem roten Rand umgeben. Alles ihm immer noch verschlossen.

Aber die Freizone im Norden war offen – und das war jetzt das Entscheidende.

»Aus«, sagte er und trottete die Rampe hinauf.

Minuten später befand er sich an einem Knotenpunkt von Kazes Rohrbahnen. Massen von Schlurfern, den Unglücklichen, die immer noch irgendwohin zur Arbeit gehen mussten, um am Leben zu bleiben, hasteten links und rechts an ihm vorbei, eilten zur nächsten Rohrbahn. Schlurfer ... sie alle klebten an Jobs, die tatsächlich ihre körperliche Anwesenheit erforderten. Eine Stufe oberhalb des Cro-Magnon. Vielleicht.

Niemand Wichtiger kam hier durch. Jeder, der auch nur einen Funken Bedeutung hatte, klinkte sich einfach in den Ocean. Und wenn man irgendwo hinmusste, kannte man den Slogan: »Floaters – The Only Way to Go!«

Wenn man es sich leisten konnte.

Er reihte sich zwischen ihnen ein und rannte zu den Rohrbahnen in Richtung Norden. Die Menschenmenge wurde zu einem lebenden, sich bewegenden Labyrinth, unterwegs zur Nordfreizone 226, der riesigen Landmasse, die die ausgedehnten Gloms von Kaze und Flagge voneinander trennte.

Die durchsichtige Kapsel schoss lautlos tausend Meter über der Grenze durch das durchsichtige Rohr, ließ die schimmernden, orgallischen Fassaden der Hochbauten hinter sich und raste in die flache Freizone hinein, eine architektonische Ebene zwischen den Gloms, wo die Gebäude selten mehr als drei Stockwerke hatten. Es gab Tausende von Enklaven in der Freizone, unterschiedliche Gruppen, die nur eins gemeinsam hatten – sie gehörten nicht zu einem Glom, wenigstens noch nicht.

Früher hatte es in der Freizone Wildnisgebiete gegeben, hohe Bäume und von wild lebenden Tieren bevölkerte Hügellandschaften. Jetzt war das Einzige, was noch wild lebte, der menschliche Zirkus, das Schauspiel des Lebens in der Freizone.

Früher einmal waren die Freizonen riesige Vororte, Industrieparks und Hightech-Farmgebiete gewesen; aber all das war in einer Zeit gewesen, als die stetige Ausdehnung der Gloms noch nicht eine Art Abladeplatz für Abfall daraus gemacht hatte – für Menschen und Technik, die die Gloms nicht mehr brauchen konnten …

Für Mimiks konnte dies – außerhalb des Schutzes, den die Gloms boten – ein gefährlicher Ort sein. Als Nichtbürger konnte eine Nichtperson, ein Mimik, gefangen, eingesperrt, versklavt, getötet werden, und das ohne jeden Anlass. Die nominellen Freizonenregierungen begnügten sich damit, Credits dafür zu kassieren, damit sie anschließend sauber machten.

Tristan sah sich die anderen Reisenden an, die in die Freizone unterwegs waren. Die meisten trugen die üblichen, gut sitzenden braunen oder schwarzen Smartsuits, aber an der abgemagerten Frau, die neben ihm saß, hing das Kleidungsstück in viel zu weiten Falten herunter. Entweder hatte sie es falsch programmiert, oder das Gewebe war verbraucht. Tristan hielt Letzteres für wahrscheinlich, hauptsächlich, weil ihr Kleidungsstück schmutzig war – Schmutz an den Leggings und Speisereste überall an der Vorderseite. Die eingebauten Reinigungsenzyme mussten schon vor langer Zeit abgelaufen sein.

Dann entdeckte er jemanden am Ende, der die übliche Kleidung offenbar verschmähte. Ein dicker Mann in einem wallenden, farbenfrohen Umhang. Und er hatte ein Tier bei sich, einen gefleckten Zwerg-Triceratops.

Eine Rarität. Ein Haustier. Und noch dazu ein Kloner. Der pummelige, seinem Besitzer bis zu den Knien reichende Saur, die drei Hörner in Gummischeiden gesichert, richtete sich auf den Hinterbeinen auf, weil der Dicke ihm gerade außer Reichweite etwas vor der Schnauze baumeln ließ.

Der farbenprächtige Mann wirkte inmitten dieser finster blickenden Schlurfer völlig deplatziert. Er redete auf den Saur ein, schmachtete ihn an wie ein Liebhaber und fuhr dennoch fort, ihn zu necken.

Schließlich ließ der dicke Mann seine Wurstfinger etwas tiefer sinken, sodass der Saur sich das schnappen konnte, was er ihm angeboten hatte.

Ein Gong ertönte. Tristan blickte zum Nachrichtenzentrum des Rohrwagens auf. In sechs verschiedenen Sprachen informierte das Display alle, dass sie »… soeben in Nordfreizone 226 eingetroffen sind … Willkommen!«

Vielleicht sollte ich jetzt applaudieren.

Er drehte sich um und stellte fest, dass der dicke Mann ihn anstarrte. Seine in tiefen Hautfalten fast vergrabenen Knopfaugen fixierten Tristan. Sein Gesichtsausdruck wirkte grimmig. Der Saur rieb sich immer noch an seinen Beinen und stupste mit seinen stumpfen Hörnern gegen den farbenprächtigen Umhang.

Aber der dicke Mann hatte jetzt zu spielen aufgehört.

Erkennt er einen Teil dieser Schablone?, fragte sich Tristan. Das sollte er nicht. Mein Masquengesicht sollte ebenso ein Komposit sein wie der ganze Rest von mir.

Ahnt er, dass ich ein Mimik bin?

Ein eisiger Schauder überlief ihn. Wenn man ihn jetzt identifizierte, gab es großen Ärger.

Tristan blinzelte und aktivierte sein Neuronet.

Das Menü klappte sofort vor seinen Augen herunter. Er konnte immer noch alle Insassen des Rohrwagens sehen, konnte immer noch sehen, dass der dicke Mann ihn studierte ... aber jetzt hatte er Zugang zum Ocean und zu Regis.

Er rief Regis, ein stummer Befehl, der für jemanden, der ihn belauschte, etwa so klingen mochte, als ob er sich leise räusperte. Gleich darauf schwebte Regis vor ihm, als hinge er in dem Rohrwagen in der Luft.

»Ja, Mylord?«

Tristan sah wieder zu dem finster blickenden, dicken Mann hinüber. »Er«, sagte er, ein kaum hörbarer Grunzlaut, und jetzt erfüllte das rotbäckige Gesicht des Dicken sein ganzes Sichtfeld.

Tristan wartete. Regis, der jetzt wie ein Zwerg neben dem rechten Ohr des Mannes schwebte, drehte sich um.

»Ja, Lord Tristan ... ich suche Ihre persönlichen Erinnerungen und die Archive von Kaze Glom nach diesem Bild ab.«

Eine Pause. Dann die Antwort.

»Nein, nichts, in keiner der beiden Datenbänke. Soll ich in den Ocean gehen?«

Wieder ein Blinzeln, und der beflissene Avatar verschwand,

schwamm im Ocean auf der Suche nach irgendeinem Bild, das mit dem Gesicht des dicken Mannes übereinstimmte.

Während Regis suchte, hörte Tristan wieder einen Gong.

Eine neue Botschaft scrollte über die Wand.

»Sie nähern sich dem Knoten für Nordfreizone 226. Bitte halten Sie sich bereit, den Rohrwagen für die Weiterfahrt in der Freizone zu verlassen.«

Der dicke Mann wandte sich jetzt wieder seinem Saur zu und rieb ihm die Schnauze.

Der Moment – was auch immer er zu bedeuten gehabt hatte – war vorbei.

Vielleicht hatte es nichts zu bedeuten ... vielleicht ist er einfach bloß neugierig.

Regis erschien wieder. »Nein, Lord Tristan. Eine ausführliche Suche im Ocean ergab keine Daten über das fragliche Individuum. Aber ich sollte vielleicht warnend darauf hinweisen, dass ich, falls die Person zu einem Glom gehört und eine geschützte ID hat, oder wenn er, äh, ebenfalls ein Mimik ist, nicht erwarten kann, etwas zu finden.«

Richtig. Aber was hatte ein Gesicht schon zu bedeuten? Die Leute änderten sich schließlich die ganze Zeit. Anders wäre es gewesen, wenn er den Genotyp des Dicken gehabt hätte.

Ein paarmal blinzeln, und Regis verschwand mit dem Neuronet.

Vielleicht bin ich bloß ein wenig aufgeregt.

Diese neue Schablone mag ja Kraft haben, aber vielleicht ist sie zu nervös. Das könnte es sein.

Eine gleichmäßige Folge von Gongschlägen war zu hören ... der Freizonenknoten war erreicht.

Tristan folgte der menschlichen Flut, die nach unten strömte. Rohrbahnen aller umliegenden Gloms kreuzten sich hier, schimmernde Arme eines Oktopus, der Leute in die riesige, erhöhte Station strömen ließ. Läden aus konkurrierenden

Gloms füllten sämtliche Etagen der Station und boten die neuesten SynFood-Delikatessen, neue Biochip-Technik oder Wet-Cafés, wo man eine Stunde seiner Zeit oder auch den ganzen Tag im Ocean totschlagen konnte.

Hier gab es immer fremdartige Gerüche und Laute, eine Kakophonie, die sich wie das tiefe Dröhnen einer riesigen Maschine oder das Summen eines menschlichen Bienenstocks anhörte.

Nur dass Tristan wusste, dass einige von den Leuten hier, so wie er selbst, nicht menschlich waren. Aber ein Mimik konnte sich hier nur aufhalten, wenn sein Roaming Grid für Reisen freigeschaltet war ... oder, wenn er oder sie frei war.

Und wenn sie frei waren?

Dann waren sie *integriert* ... der Traum eines jeden Mimik, in die Welt integriert zu sein. Kein Fluxen mehr, keine Garderobe von Masquen ... ein letzter Flux, und dann wurde einem das Interface versiegelt. Ein Gesicht, ein Körper, ein Genotyp – für immer.

Er hatte integrierte Mimiks kennen gelernt – niemanden, den er zuvor gekannt hatte, aber gelegentlich ließen die Gehegeverwalter einen herein, um über die Selbstheit zu sprechen und wie wunderbar es war, frei zu sein und wie ein Mensch behandelt zu werden ... von einem Menschen *nicht zu unterscheiden*.

Tristan fragte sie immer nach ihren Reisen. Wo waren sie gewesen? Welche Wunder hatten sie gesehen? Aber diese freien Mimiks teilten Tristans Sehnsucht nach der Welt jenseits der Gloms nicht.

Nach den ersten paar Malen hatte Tristan aufgehört, zu solchen Treffen zu kommen. Sie langweilten ihn. Schlimmer noch, sie ärgerten ihn, weil sie ihn an etwas erinnerten, was er nicht hatte. Und wer wollte schon hören, wie herrlich die Selbstheit war? Wie konnte sie auch etwas anderes sein?

Als er ins Freie trat, atmete Tristan tief durch ... und hustete. Er war schon oft in dieser Freizone gewesen, und der Himmel war stets bedeckt gewesen, und die Luft um ihn herum war von einem Gestank erfüllt, der in seinen Lungen brannte.

Die Freizone ... hier endete der Zugriff der Gloms.

Und jetzt begann sein Einsatz.

Tristan schob sich an den Werbekugeln vorbei, die rings um den Ausgang herumschwebten. In tausend Fuß Höhe hingen gigantische Holoblasen am Himmel. Jeder konnte auf ihnen Zeit und Raum mieten.

Jeder.

Diese aufdringlichen Visuals waren überall. Er versuchte, die Werbebotschaft unmittelbar über ihm zu ignorieren ... ein Mann mit einem weißen Klerikerkragen, der redete ... seine Stimme hallte über die ameisenhafte Menge.

» – und die Unverletzbarkeit der menschlichen Gestalt ist verloren! Wir von der Kirche der Wahren Form wissen das. *Sie* wissen das! Sie können sich uns anschließen. Jene von Ihnen, die zum Wechsel verführt worden sind, können zur Wahren Form zurückkehren und uns helfen, die wahre menschliche Form wieder zu dem ihr gebührenden Platz auf dem Gipfel der Schöpfung zurückzuführen!«

Seine Gesichtszüge verhärteten sich.

»Aber jene, die sich uns nicht anschließen können, sind jene, die nicht völlig menschlich sind.«

Die Blase füllte sich mit dem Bild einer Kolonie – es hätte der Mond sein können oder ein Asteroid. Winzige, spinnenähnliche Mimiks – eine bequeme Zielscheibe für menschlichen Ekel – wimmelten am Boden herum.

»Mimiks sind nicht nach dem Ebenbild Gottes geschaffen, sondern in den krankhaftesten Albträumen des Menschen! Glauben *Sie*, dass Gott will, dass sein Ebenbild so verunglimpft wird? Natürlich nicht! Schluss mit dem Frevel! Tilgt diese Scheußlichkeiten jetzt vom Angesicht der Erde!«

Tristan schluckte. Der Imagistenprediger redete von ihm. Wie oft hatte er schon mit angesehen, wie eine aufgeputschte Menge von Imagisten über einen Mimik hergefallen war? Wie oft war seine Tarnung schon aufgedeckt worden, und er hatte um sein Leben rennen müssen? Wie oft war er schon an einem Mimik vorbeigegangen, der nicht schnell genug gewesen war, und hatte ihn oder sie auf dem Boden liegen sehen, mit blutiger Masque, blutigem *Körper*?

Nur ein Mimik ... denkt die Menge. Und Tristan dachte: Gut, dass ich das nicht bin.

Eine andere Botschaft begann aus einer konkurrierenden Blase zu dröhnen:

»Wollen Sie ein paar Credits investieren, die Sie gerade nicht brauchen? Flagge Glom bietet für kurze Zeit im New Mars Sector eine Chance für Anleger. Investieren Sie jetzt, gehören Sie zu den Ersten, die ihr Geld in der neuen Heimatwelt anlegen ... investieren Sie in die Zukunft, investieren Sie in den Mars!«

Wo Mimiks die ganze Drecksarbeit machen werden, fügte Tristan in Gedanken hinzu.

Er klickte sich in sein Netz, und Regis tauchte vor ihm auf.

»Mylord, ich habe den sichersten Kurs zu Smalley's ermittelt. Bei diesem Kurs vermeiden Sie –«

Tristan warf einen Blick auf die Karte, die vor seinen Augen schwebte. Er wollte schnell zu Smalley's kommen, und deshalb wählte er eine direktere Route. Die Smart Bar war zu nahe, als dass er eine lokale Rohrbahn hätte nehmen können, er würde also zu Fuß gehen müssen. Dagegen war nichts einzuwenden. Bei Tage war die Freizone einigermaßen sicher. Trotzdem war Tristan, für den Fall, dass es irgendwelchen Ärger gab, froh darüber, eine starke Masque zu haben.

Tristan bog um die Ecke und schlug einen Weg ein, der ihn an den Fleischläden vorbeiführen würde … ein weiteres »Geschäft«, das die Mimiks den Menschen abgenommen hatten.

Mimiks hatten im Vergnügungsgewerbe einen eindeutigen Vorteil auf ihrer Seite. *Wie hätten Sie's denn gern? Wir gestalten nach Bedarf.*

Aber dagegen hatte allem Anschein nach niemand etwas einzuwenden. Vielleicht lag es daran, dass das Geschäft mit dem Fleisch ein sterbendes Gewerbe war; – schließlich standen im Ocean Myriaden von Vergnügungen zur Verfügung.

Tristan schwelgte darin, wie natürlich die Gebäude aussahen und sich anfühlten. Wange an Wange gedrängt, nur gelegentlich von einer schmalen Gasse unterbrochen, schmiegten sie sich an den Fußwegen entlang. Die orgallische Mode hatte die Freizone noch nicht erreicht. Bis jetzt jedenfalls nicht. Zu teuer für die »Zonen«-Gemeinden. Hier war alles noch organisch, und die meisten Gebäude zeigten die vernünftigen, lebenden Borkenwände, mit denen man sie gezüchtet hatte. Ein natürlicher Schutz, der zu allem Überfluss auch noch selbstpflegend war. Mehr brauchte es doch nicht, oder?

Das Fleischviertel bot eine andere Art selbst erneuernder Fassaden. Die Läden warben mit Brüsten und Penissen, die aus ihren rosafarbenen Wänden hervorstanden – Wände aus echter Haut. Tristan strich im Vorbeigehen über die schwammige Oberfläche und sah zu, wie die Penisse anschwollen und die Brustwarzen hart wurden.

Er liebte diese Straße.

Die Fleischgasse öffnete sich zu einem Freiluftbasar, der mit Hütten und Zelten übersät war, die sich mehrere Straßen weit nach Osten dehnten.

Er blieb in Bewegung – vorbei an dem Basar, eine schmale Straße hinunter, die zu beiden Seiten von langen, grünen Gebäuden gesäumt war, deren grasbedeckte Mauern und Dachranken sich in den stumpfgrauen Himmel reckten. Die endlos scheinenden Wände waren fensterlos und boten nicht den geringsten Hinweis auf das, was sich hinter ihnen abspielte.

Er hörte Geräusche vor sich, Rufe. Tristan blieb stehen. Das klang nach Ärger. Vielleicht sollte er sich einen anderen Weg zu Smalley's suchen. Aber dazu war er schon zu weit gegangen.

Er bog vorsichtig um die Ecke und sah eine Menge, die sich im Halbkreis vor einer hohen Wand versammelt hatte. Ein Mann, der einen Creditleser in die Höhe hob, stand in der Mitte; neben ihm funkelten zwei hünenhafte Gestalten einander an.

»Freunde, es ist immer noch Zeit, Zeit, Wetten abzuschließen. Wir haben hier zwei Spitzenmimiks, bessere sehen Sie in keiner Arena. Und sie werden kämpfen, werden für *Sie* bis zum Tode kämpfen.«

Ein Mimiktreiber, der einen Straßenkampf veranstaltete. Eine Arme-Leute-Arena. Tristan spürte, wie sein Magen sich verkrampfte. Ich sollte weitergehen, dachte er.

»Also, Ihre Wetten, bitte« – der Mann hob seinen Creditleser in die Höhe – »bevor dieser grandiose Kampf beginnt.«

Die beiden Mimiks schubsten einander und schoben ihre brutal aussehenden Köpfe vor.

Waren das ihre einzigen Schablonen?, fragte sich Tristan. Oder würden sie vor dem Kampf noch fluxen?

Er wandte sich ab. Ein solches Schicksal konnte einem Mimik in der Freizone blühen. Sie wurden zu Darstellern, vergossen ihr Blut für einen so genannten Sport. Er hatte zu viele Spitzenkämpfe in der Kaze-Arena gesehen, um seine Zeit mit solchem Schwachsinn zu vergeuden.

»Wie steht's mit Ihnen, Sir?«, fragte der Mimiktreiber. »Gefällt Ihnen einer der Kämpfer?«

Tristan erkannte jetzt, dass der Mann mit ihm redete.

»Was – äh, nein. Ich meine, ich –«

Der Mann hielt ihm den Creditleser hin. »Kommen Sie schon. Wählen Sie einen Kämpfer aus – für hundert Credits? Oder fünfhundert? Was darf's sein –?«

»Nein, ich bin bloß zufällig vorbeigekommen … ich –«

Aber dann wollte jemand anderer setzen und rief den Mimiktreiber zu sich.

Tristan sah die beiden Mimiks an. Da konnte man sehen, was dabei herauskam, wenn man zu viel mit Schablonen arbeitete. Zu viele Masquen, zu viele Fluxe; man kam schließlich an den Punkt, wo man es nicht mehr schaffte, vollständig aus seiner letzten Masque herauszufluxen. Von einem Flux zum Nächsten blieben Stücke von körperlichen Eigenschaften hängen, eine Augenbraue, eine verformte Nase, verdickte Knöchel. Alte Straßenkämpfer-Mimiks wirkten meistens ziemlich bizarr … verformt. Wie diese beiden.

»Also, schön.«

Tristan wollte hier weg. Er musste weiter. Aber würde er sich damit nicht verdächtig machen? Würde sich jemand in der Menge vielleicht fragen, weshalb er nicht blieb und sich den Kampf ansah?

Er trat einen Schritt zurück, und jemand sah zu ihm herüber. Jetzt blieb er stehen, wagte es nicht mehr, sich zu bewegen.

»Bereit, Kämpfer?«, schrie der Mimiktreiber.

Die Kämpfer bewegten sich und nahmen Kampfhaltung ein. Der Mimiktreiber grinste. »Oooo-kaaay, dann wollen wir mal!«

Die Arme der beiden Kämpfer fuhren in die Höhe, ein mechanischer Gruß, lösten sich wieder voneinander, gingen auf so viel Distanz, wie der enge Zuschauerkreis es zuließ.

Die Leute, hohläugig, verzweifelt wirkend, riefen »ihrem« Kämpfer Aufmunterungen zu. Aber wie viel konnten sie damit bewirken, wenn die Niederlage den Tod bedeuten konnte? Der Mimiktreiber trat einen Schritt zurück, hielt seinen Creditleser fest in der Hand, während er sich in den Hintergrund verdrückte und bereits dabei war, die Wettdaten in sein Neuronet einzuspeisen. Die Credits waren inzwischen bereits von den Konten der Wettenden verschwunden und ruhten jetzt auf irgendeiner vergessenen V-Bank im Ocean.

Unterdessen griffen die Straßenmimiks in ihre Gürteltaschen, und die Menge fing zu pfeifen an, als die Kämpfer sich beeilten, ihre Kampfschablonen einzuschieben.

Oh, nein. Waren sie so tief gesunken, dass sie in der Öffentlichkeit fluxen würden? Ohne auch nur ein Zelt?

Tristan trieb es mehr denn je von hier weg, aber er wagte es nicht, sich zu entfernen.

Mit einem unbehaglichen Gefühl sah er zu, wie der Mimik auf der linken Seite als Erster zu fluxen begann. Kein hübscher Anblick. Muskeln begannen anzuschwellen und zogen sich dann wieder zurück, als ob die genetische Botschaft nicht greifen würde ... wahrscheinlich waren schon viel zu viele Botschaften durch die DNS dieses Mimik geschossen worden.

Seine genetische Verdrahtung war ausgefranst.

Aber jetzt sah Tristan, wie langsam und widerstrebend eine Gestalt hervorkam – schwer, muskelbepackt, kantig. Die Karikatur eines Ringers. Aber die Augen des Kämpfers wirkten noch stumpfer, noch brutaler als zuvor.

Ein Teil der Zuschauer brach in Beifall aus und wandte sich dann dem anderen Mimik zu. Und als bei diesem der Flux einsetzte, gingen die Beifallsrufe in ein gedämpftes Murmeln über.

Es wurde nämlich schnell offenkundig, dass dieser Mimik eine Schablone benutzte, die mit irgendeinem nichtmenschlichen Code gespleißt war. Der Kopf nahm als Erstes Form an, einigermaßen normal, mit Ausnahme des verunstalteten Gesichts, was vermutlich die Folge zu vieler Fluxe war. Aber dann begannen die Hände des Mimik Blasen zu werfen und sich zu schälen. Überschüssige Haut fiel ab, etwas, das bei einem größeren Flux normal war … aber Tristan wusste, dass es einen Mimik auf lange Sicht umbringen konnte.

Dann nahm am Ende der Arme etwas Schwarzes Gestalt an, und bald darauf zeigte jede Hand eine vierzig Zentimeter lange Klaue mit einer rasiermesserscharfen Spitze.

Nicht fair, dachte Tristan, als die Hälfte der Menge in wilden Beifall ausbrach, den Tod roch.

Dann spuckte der andere Mimik auf den Boden. Hatte er Angst, resignierte er?

Steh nicht einfach da, dachte Tristan und malte sich aus, was er tun würde, wenn er sich einem hybriden Gegner gegenübersah. Greif an! Jetzt gleich!

Der zweite Mimik veränderte sich immer noch: Seine Haut nahm jetzt eine stumpfgraue Färbung und eine schalenähnliche Substanz an. Aber sein Flux war lückenhaft und unregelmäßig. Tristan konnte sich annähernd die unglaublichen Forderungen vorstellen, die eine Hybridschablone an den Körper stellte. Derart radikale Fluxe konnten von noch so viel Nährstoffzufuhr nicht hinreichend gespeist werden.

Der Mimik mit der Klaue war besser bewaffnet, dafür aber vom Flux geschwächt. Und deshalb hätte der Ringermimik bereits angreifen sollen.

Jetzt hatte er sich zum Handeln entschlossen, packte die beiden gefährlichen Arme des klauenbewehrten Mimik und zog sie auseinander.

Genau richtig, dachte Tristan. Du musst die Klauen außer Gefecht setzen.

Die Menge buhte. Sie wollte Blut sehen.

Der Ringer schmetterte seine Stirn in das Gesicht des klauenbewaffneten Mimik; Blut spritzte. Jetzt rief die Menge Beifall, und ein paar lachten sogar.

Tristan sah zu dem Mimiktreiber hinüber. *Er* würde gewinnen, ganz gleich, wer den Kampf gewann. Zumindest konnten die Zuschauer sicher sein, dass der Kampf nicht gefixt war – nicht, wenn sicher war, dass einer der beiden Mimiks getötet werden würde.

Wieder versetzte der Ringermimik seinem Gegener einen Kopfstoß, und wieder spritzte Blut.

Tristan nickte stumm. Es konnte bald vorbei sein, und dann würde er weitergehen.

Aber plötzlich drängte sich ein fremdartiges Gefühl in seine kühle Analyse des Kampfes. Abscheu erfüllte ihn, Abscheu, in die sich Mitleid mischte. Es drängte ihn, sich von diesen beiden, in einem Albtraum gefangenen, jämmerlichen Kreaturen abzuwenden.

Er schüttelte das Gefühl ab. Starker Psycker von seiner Schablone. Zum Teufel mit demjenigen, der für das Schrubben verantwortlich gewesen war.

Und dann eine Überraschung. Der Mimik mit der Kralle versetzte dem Ringer einen Fußtritt, einen Fußtritt mit einem Bein, das in eine Art Schalenpanzer gehüllt war und deshalb eine gefährliche Waffe darstellte.

Der Ringer ließ reflexartig einen Arm seines Gegners los.

Und im Bruchteil einer Sekunde sank die jetzt befreite Kralle herunter und fuhr sofort wieder in die Höhe, schlitzte dem Ringer den Leib auf. Tristan hörte das reißende Geräusch, das schmerzerfüllte Stöhnen.

Die Zuschauer liebten es.

Wieder der plötzliche Drang, angewidert zu fliehen. Tristan hätte ihm beinahe nachgegeben, aber dann sah er sich um und merkte, dass der Mimiktreiber ihn anstarrte. Es bedurfte nur eines einzigen Rufs, die Menge auf Tristan zu hetzen …

Mimik!

Er zwang sich dazu, wieder den Kampf zu betrachten.

Der Ringer versuchte, eine Klaue mit dem Arm abzublocken, aber jetzt hatte sein Gegner beide Arme frei und setzte seine Klauen mit in vielen Kämpfen erprobtem Geschick ein. Während die eine Klaue erneut die Mittelpartie des Gegners aufschlitzte und die Wunde weiter aufriss, stieß die zweite Klaue wie ein Dolch auf seinen Halsbereich – und bohrte sich in das freiliegende Fleisch. Der Ringermimik erstarrte, stieß ein halb ersticktes Stöhnen aus, ein grauenhaftes Geräusch, und fiel auf die Knie. Der siegreiche Mimik riss seine Kralle heraus und sah zu, wie sein Gegner mit dem Gesicht aufs Pflaster fiel.

Der sterbende Mimik begann seine Form zu verlieren. Seine Arme schrumpften ein, und seine Muskeln bauten sich ab, als sein System versuchte, eine genetische Lösung für den gewaltigen Blutverlust zu finden.

Aber es gab keine Lösung.

Die Gewinner unter den Zuschauern drängten sich um den Mimiktreiber, zogen ihre Karten heraus, um ihre Gewinne herunterladen zu lassen.

Jetzt ist der richtige Augenblick, dachte Tristan. Er wandte sich ab und verdrückte sich aus dem widerwärtigen Kreis.

Er dachte: Eigentlich nicht wesentlich anders als in der Arena … nur das Ambiente. Was war die Arena schon anderes als ein Straßenkampf mit einigem Komfort? Die gepflegten Leute der Gloms erfreuten sich an demselben Sport.

Und in so etwas will ich integriert sein?

Tristan ging ein paar Schritte, und dann – es musste an seiner neuen Schablone liegen – lehnte er sich an eine Gebäudewand und übergab sich. Er blieb ein paar Minuten lang stehen und wischte sich dann mit dem Ärmel über den Mund.

Wie Cyrill gesagt hatte: Er war psyckersensibel. Zu sensibel. Das konnte ein Problem sein.

Während die Enzyme in dem Smartfabric das Erbrochene

schnell auflösten, eilte er weiter zu der riesigen Spielwiese, die als Smalley's bekannt war.

4

Smalley's Smart Bar war in pulsierende Lichtschlangen gehüllt, die an der pyramidenförmigen Außenfassade auf und ab flackerten. Den einzigen Zugang bewachten Bewaffnete, die ihre Pulserwaffen ungeniert zur Schau stellten.

Aus der Vergangenheit wusste Tristan, dass drinnen andere, weniger konventionell ausgerüstete Wachen patrouillierten. Wenn einmal ein Streit ausbrach, war dieser immer schnell beendet.

Und es kam zu Streitigkeiten. Smalley's scherte sich nicht darum, dass alle Gloms Hhhelll und X-taSea verboten hatten. Beide Psychoaktiva waren zwar nicht suchtbildend, lösten aber genug schizophrene Reaktionen aus, um immer wieder zu Gewalttätigkeiten zu führen. Da konnte es schon vorkommen, dass Leute ihr Leben verloren – aber hey, was für ein Rausch!

Tristan wusste, dass er dafür ebenso empfänglich wie alle anderen war ... er würde also aufpassen müssen, was man ihm bei Smalley's gab.

Er fragte sich, weshalb jemand überhaupt Drogen brauchte, wo doch im Ocean jeder Nervenkitzel verfügbar war.

Er sah auf die Uhr und stellte fest, dass er noch zu früh dran war. Gut. Er konnte hineingehen, es sich bequem machen und –

Jemand tippte ihm von hinten auf die Schulter.

Tristan wirbelte herum und sah sich dem Mann aus der Rohrbahn gegenüber. Seine farbenprächtigen Gewänder schienen auf die Lichter von Smalley's abgestimmt. Der kleine Saur saß zu seinen Füßen, die Schutzkappen an seinen Hörnern waren jetzt entfernt.

Tristan ballte die Fäuste. Das war nicht gut. Dieser Typ wusste etwas über seine Masque.

»Gehen Sie da nicht hinein, Bruder«, sagte der Mann mit tiefer, Autorität ausstrahlender Stimme. »Noch nicht.«

Tristan sah ihn sich genauer an. Er war nicht nur dick, sondern auch groß, und als er jetzt die Hand hob, entdeckte Tristan an seinem rechten Unterarm eine Tätowierung, die wie ein Ideogramm aussah ... es kam ihm irgendwie vertraut vor. Aber so schwer der Dicke auch sein mochte, Tristan ging davon aus, dass er ihn, sollte es zu einem Kampf kommen, würde töten können.

»Was reden Sie da? Und warum –?«

Der dicke Mann sah zu den Wachen am Eingang hinüber, die sie jetzt beobachteten – schließlich befanden sie sich auf Smalley's Gelände. Er lächelte, signalisierte damit, dass alles in Ordnung war, bloß zwei Freunde, die sich zufällig draußen begegnet waren.

»Hier ist es nicht sicher, Freund. Überhaupt nicht. Zu viele Leute können uns sehen.«

»Warum zum Teufel verfolgen Sie mich?«

Der dicke Mann starrte Tristan an. »Sie hat mich geschickt.« Ein Atemzug. »*Okasan* hat mich geschickt.«

Wieder der Name ... die Legende. Und jetzt erkannte Tristan die Tätowierung – es war das gleiche Ideogramm, das er unter dem Bild der Bettlerin in Cyrills ICE-Haus gesehen hatte.

Er packte Tristan am Arm. »Bitte – gehen wir hier weg. Die Wachen ...«

Tristan sah sich um. Er wusste nicht recht, was er tun sollte. Sein Auftrag lautete, unverzüglich zu Smalley's zu gehen. Aber er war neugierig geworden.

Okasan ...

Er nickte und folgte dem dicken Mann und seinem Saur. Jetzt legte ihm der Mann einen Arm auf die Schulter.

»Wir sind alte Freunde, hm?«, murmelte er. »So wird das aussehen. Bloß alte Freunde, die sich miteinander unterhalten.«

Der Arm des Mannes fühlte sich überhaupt nicht wabbelig an. Plötzlich war Tristan sich gar nicht mehr so sicher, ob er ihm in einem Kampf überlegen sein würde.

Sie hatten jetzt eine verlassene Straße erreicht, und der Mann blieb stehen.

»Danke. Jetzt können wir reden. Mein Name ist Mung, und ich bin ein Anhänger von Okasan.«

»Sie folgen … einer Legende?«

Mung lachte dröhnend. »Sie ist keine Legende, Freund. Besonders nicht für Mimiks.«

Tristan erstarrte, war hin und her gerissen, ob er angreifen oder fliehen sollte. Dieser Protoplasmaklumpen wusste, dass er ein Mimik war, wusste wahrscheinlich sogar, dass er ein Kazeagent war. Wenn er irgendetwas sagte –

»Keine Sorge, Bruder. Geheimnisse sind bei mir sicher.«

»Ich habe keine Geheimnisse.«

Mung lächelte. »Natürlich. Ganz wie Sie wollen. Aber Okasan –«

»Es heißt, diese Okasan gehört zur Kirche der Wahren Form, dass sie nicht viel mehr als eine Falle für Mimiks ist, etwas, um sie anzulocken und zu töten.«

Mung lachte erneut. »Oh, das ist ja großartig. Sagt man das in den Gloms? Stark … Okasan und Imagisten! Das muss ich ihr unbedingt erzählen.«

Der Saur gab einen blökenden Laut von sich, und Mung griff in eine Tasche und holte etwas Grünes heraus – den Strunk einer Pflanze offenbar. Der kleine Triceratops richtete sich auf und riss das Maul auf, um es zu fangen.

»So ist's brav, BeeGee«, sagte Mung mit sanfter Stimme, als ob das Tier ihn verstehen könnte. »Und jetzt sei still.« Er wandte sich wieder Tristan zu. »Okasan ist *echt*, Bruder … und ganz bestimmt nicht Imagist. Sie hat es sich zur Aufgabe gemacht, Mimiks zu befreien – ja, sie zu retten.«

Tristan zuckte mit den Achseln. »Was interessiert das mich?«

Mung nickte bedächtig, als würde er eine wichtige Entscheidung abwägen. »Mein Freund, ich *weiß*, dass Sie Tristan sind, und Okasan weiß, dass Sie einen wichtigen Auftrag haben – aber sie hat mir nicht gesagt, was das für ein Auftrag ist. Das sei zu gefährlich für mich. Sie möchte sich mit Ihnen treffen.«

Kämpfen oder fliehen. Tristan versuchte, sich darüber klar zu werden, welcher Weg der bessere war. Dieser Mann konnte verrückt sein … zu viel Hhhelll vielleicht. Verrückt und gefährlich.

Aber wenn diese »Okasan« an toten Mimiks interessiert war, hätte er mich ja schließlich gleich töten können.

Mung streckte die Hand aus und packte Tristan am Arm.

»Hören Sie … ich weiß, es ist schwer zu glauben, dass ein *Mensch* bemüht ist, Mimiks zu schützen. Aber es stimmt. Sie hat mich gerettet … sie hat mir die Freiheit gegeben.«

Tristan starrte ihn an. »Was?«

Mung grinste. Er zog seinen Umhang zurück, sodass sein Bauch sichtbar wurde. Er strich mit dem Finger über die linke Seite, wo bei den Mimiks das Interface saß.

»Ja, ich bin ein Mimik … oder besser gesagt, ich war einmal einer. Jetzt bin ich … das. Jetzt bin ich Mung.«

Tristan schüttelte den Kopf. Was konnte einen Mimik dazu veranlassen, ein so auffälliges Gewand zu tragen und dann noch einen Saur zu haben und damit Aufmerksamkeit auf sich zu ziehen? Wirklich schade, dass heutzutage niemand mehr Narben bekam. Aber selbst Narben konnte man fälschen.

»Sie können unmöglich ein Mimik sein.«

»Oh, ich bin auch keiner mehr. Ich kann nie wieder fluxen. Dafür hat Okasan gesorgt.«

»Aber diese Masque, so machen sie doch alle –«

Mung neigte den Kopf zur Seite. »Das ist keine Masque. Das ist ... « Er lachte, ein volles, dröhnendes Lachen, das über die verlassene Straße hallte. »Das bin *ich*. Kein Flux mehr ... das ist gar nicht mehr möglich.« Er schlug sich mit der flachen Hand auf den Bauch. »Und warum eine so, äh, füllige Wahl? Das sollte eigentlich auf der Hand liegen, Tristan. Jeder erwartet, dass ein integrierter Mimik sich einen schlanken, gut aussehenden Körper auswählt, so wie die Masque, die Sie tragen. Aber jemand wie ich kann doch nur ein Mensch sein, finden Sie nicht?«

Der Mann lachte erneut, und jetzt grinste Tristan. Gar kein schlechter Weg für einen Mimik: überlebensgroß und doppelt so farbenprächtig. Und er war *integriert* ... er bewegte sich hier draußen und hatte keine Angst.

Natürlich konnte das alles eine raffinierte Lüge sein.

Aber jetzt wurde Mungs Ausdruck ernst.

»Sie müssen sich wirklich mit Okasan treffen. Sie hat Ihnen Wichtiges zu sagen ... über das, was Sie tun.«

Tristan schüttelte den Kopf. »Ich bin mit jemandem verabredet ... dort drinnen.« Er wies auf Smalley's.

»Okasan ist ganz in der Nähe. Sie schaffen Ihre Verabredung schon«, sagte Mung lächelnd. »Vertraue mir, Bruder Mimik.«

Tristan stand reglos da. Ein warmer Wind wehte durch den Tunnel, den die verlassenen Gebäude bildeten.

Ich sollte jetzt gehen, dachte Tristan.

Aber was konnte schon passieren, wenn er sich mit dieser Frau traf?

Er aktivierte sein Neuronet und wählte Logic. Regis erschien sofort.

»Jede Abweichung von den Einsatzparametern ist ein großes Risiko, Lord Tristan. Sie sollten einfach diesem Mung für sein Angebot danken und –«

Tristan schaltete ihn ab. Von Regis waren keine Überraschungen zu erwarten ... da lief immer alles streng nach Parteidisziplin: Anweisungen befolgen.

Eine innere Stimme sagte ihm, dass er Mung vertrauen sollte ... vielleicht sogar ihm glauben.

»Also, okay – bringen Sie mich zu ihr«, sagte Tristan.

Mung grinste und schlug ihm freundlich auf den Rücken, als sie sich in Bewegung setzten.

Der Zwergsaur hielt mit ihnen Schritt, schnüffelte herum und begrüßte dunkle Gassen mit schrillem Blöken.

»Er ist nützlich«, sagte Mung und deutete auf den Saur. »Wenn da jemand lauern würde, um mich anzugreifen, würde BeeGee mich warnen.«

Tristan schüttelte den Kopf. Man konnte die starken Gefühle spüren, die Mung für den kleinen Saur empfand, beinahe, als ... als würde er das Tier lieben.

Und dann wurde Tristan bewusst, dass er auf Mung eifersüchtig war. Er war frei ... konnte sich frei bewegen ... hatte ein Haustier.

Mung warf dem Saur wieder einen Brocken zu.

»So, jetzt kommt der etwas knifflige Teil.« Mungs mächtiger Arm lag jetzt schwer auf Tristans Schulter. »Hier ist das Joblin Industrial Center. Sehr gefährlich. Eine Unmenge Scankameras.«

Tristans Blick wanderte über die weitläufigen Baulichkeiten des Industrial Center – eine Ministadt innerhalb der Freizone, umgeben von einem hohen Feuerdornzaun und von schwer bewaffneten, privaten Sicherheitskräften geschützt. Er hatte schon von der Anlage gehört. Sie bestand überwiegend aus riesigen Lagerhäusern und fungierte als eine Art Micro-

Glom, in dem sowohl völlig legale Geschäfte abgewickelt, als auch Schwarzmarktwaren jeder Art angeboten wurden, angefangen bei illegal nachgebauten Spleißen bis hin zu nicht minder illegalen Codeschlüsseln.

»Da ist Okasan drinnen?«

Mung nickte.

»Und wir gehen da jetzt einfach rein?«

Mung rieb sich das Kinn. »Nicht ganz. Ich habe ein IDplant.« Er hob den linken kleinen Finger. »Das Tor ist für mich codiert … und ich werde versuchen, Sie durch Bestechung hineinzubringen. Ich werde behaupten, Sie seien mein neuer Partner.«

»Großartiger Plan.«

Mung lachte wieder. »Wenn das nicht klappt, habe ich noch andere Möglichkeiten.«

Er versetzte Tristan erneut einen Klaps auf den Rücken und ging dann auf das Tor des Zentrums zu.

Tristan hielt sich im Hintergrund, während Mung freundlich mit den beiden behelmten Wachmännern redete. Ihre schwarzen Visiere verbargen HUDs, vermutete Tristan, höchstwahrscheinlich mit eingebautem Infrarot und Sonar.

Aber dass ich ein Mimik bin, können sie unmöglich feststellen, dachte er, nicht ohne eine gründliche Durchsuchung mit Ausziehen.

Tristan sah, wie der eine Polizist den Kopf schüttelte und Mung zurückstieß. Seine andere Hand lag auf seiner Hüfte, dicht bei einer hässlich aussehenden Pulserwaffe.

Was würde Regis sagen … über die Unlogik, eine wichtige Mission zu gefährden – vielleicht meine letzte –, um diesem Phantom nachzujagen?

Aber dann griff Mung unter sein Gewand und reichte einer der Wachen etwas. Irgendeine Legierung? Einen Raubspleiß? Der Polizist drehte sich halb zur Seite und zeigte dem anderen das, was Mung ihm gegeben hatte, worauf dieser den Kopf schüttelte. Mung zog ein zweites Päckchen heraus. Diesmal nickte der zweite Wachmann. Man war sich einig geworden.

Mung kehrte zu Tristan zurück und runzelte die Stirn. »Hmm ... das war teurer, als ich erwartet hatte.«

Er ging mit Tristan zurück und schob den kleinen Finger in einen Schlitz. Das System erkannte Mungs ID-plant sofort. Die Scankameras würden jetzt einer Person den Zutritt erlauben. Aber dann beugte einer der beiden Wachmänner sich vor und tippte einen Code ein. Tristan durfte eintreten.

»Gehen wir«, sagte Mung. Er lächelte nicht.

Ein Dutzend Scankameras folgte ihnen, alle mit Minipulserwaffen gekoppelt, die sie entweder durchlöchern oder zu Boden werfen konnten, bis die Sicherheitskräfte des Joblin Center die Sache zu Ende brachten.

»In Bewegung bleiben«, sagte Mung finster.

»Ich dachte, alles sei klar.«

»Ist es auch, ist es auch. Trotzdem traue ich den Wachen nicht. Und wer weiß schon, welche Insel im Ocean Ihre« – er stieß Tristan gegen die Brust – »Masque gespeichert hat. Wenn die den Verdacht hätten, dass Sie ein – er sprach das Wort *Mimik* nicht aus – »sind, würden sie uns aufhalten.«

»Keine Sorge. Es ist ein Komposit.«

Mung musterte ihn mit einem eigenartigen Ausdruck.

»Was?«, sagte Tristan.

»Nichts.«

Sie schritten durch eine Art Labyrinth, vorbei an Dutzenden seltsam geformter Kuppeln mit fotosynthetischen Wänden, die üblicherweise exakt nach den Volumenspezifikationen der Pächter gefertigt waren. Die Sonne hatte den morgendlichen Dunst bereits weggebrannt, und die Kuppeln reagierten jetzt auf die blasse, kühle Wintersonne und fingen an, grün zu werden. Tristan fragte sich, was sich wohl in ihnen befinden mochte.

»Warum hier?«, sagte er.

»Hm …?«

»Warum ist Okasan ausgerechnet hier?«

»Gibt es denn einen besseren Ort? Er liegt genau in der Mitte zwischen Kaze und Flagge, in einem Industriezentrum. Wer würde schon hier nach einer ›Legende‹ suchen?« Mung ergriff ihn am Arm. »Da wären wir.«

Tristan sah keine Tür, aber Mung schob den kleinen Finger in die grüne Wand und wartete. Plötzlich tat sich ein senkrechter Schlitz auf und schob sich nach beiden Seiten auseinander.

Mung trat durch die Öffnung. »Kommen Sie. Sie haben nicht viel Zeit.«

Tristan zögerte, hoffte, dass er das, was er jetzt tat, nicht bedauern würde, und trat dann ein.

Im Inneren der höhlenartigen Dunkelheit sah er eine kleine Pfütze aus Licht … und eine alte Frau, die auf einem Stuhl saß. Wenn das alles eine bizarre Falle war, dann war jetzt der Augenblick, dass etwas passierte. Tristans Muskeln spannten sich an.

»Kommen Sie«, sagte Mung. »Sie wartet auf Sie.«

Sie gingen auf die Lichtpfütze in dem leeren Gebäude zu. Die Frau, Okasan, sah genauso aus, wie sie im Ocean ausgesehen hatte.

Sie blickte Tristan lächelnd an und streckte die Hand aus. Tristan rührte sich nicht von der Stelle.

»Also, jetzt begegnen wir uns … in der Wirklichkeit.« Ihre Stimme bebte leicht beim Sprechen.

»Sie sind Okasan?«

»So nennt man mich. Aber das ist natürlich nicht mein richtiger Name.«

Tristan spürte, wie er erstarrte, als Mung sich von ihm entfernte.

»Ich denke, ich werde an der Tür bleiben«, sagte Mung. »Nur für alle Fälle.«

»Mache ich Ihnen Angst?«, fragte die Frau.

»Ich bin nur vorsichtig«, sagte Tristan. »Das ist mein Wesen.«

Das Lächeln verblasste. »Sie meinen, Ihre *Ausbildung*. Und Sie befinden sich im Einsatz, haben diesen äußerst wichtigen Auftrag –«

»Über den Sie offenbar glauben, etwas zu wissen.«

»Ich weiß eine ganze Menge. Ich weiß von diesem Flagge-Katzenauge, das Sie suchen.«

Tristan durchlief es heiß und kalt. Flagge ... das Katzenauge ... sie weiß es! Er musste es Cyrill sagen – musste den Einsatz abbrechen.

»Machen Sie sich keine Sorgen«, sagte sie. »Ich bin nicht daran interessiert, Sie irgendwie zu behindern. Im Gegenteil, ich möchte, dass Sie Erfolg haben. Und ich wünsche mir das nicht nur für mich. Auch für andere, eine andere Gemeinschaft, eine andere Welt. Wie das erste Leben, das im Meer geboren wurde und sich jetzt in den Gloms versteckt ...« Sie atmete durch. »Aber damit greife ich jetzt den Dingen vor, und Sie haben nicht viel Zeit.«

»Das ist richtig.«

»Ich kann Ihnen jetzt nicht alles sagen, und deshalb will ich es für den Augenblick dabei bewenden lassen, dass ich einem Kader organisierter Mimiks und menschlicher Sympathisanten angehöre, die vor Jahren eine Bewegung ins Leben gerufen haben. Wir fingen damals mit einigen wenigen an, aber inzwischen sind wir gewachsen, Tristan ... wir sind *gewachsen*.«

»Eine Bewegung? Sie meinen die Legende von Okasan, der Mimik-Erlöserin?«

Sie schüttelte den Kopf. »Ich bin keine Erlöserin der Mimiks. Ich habe den Mimiks dabei geholfen, sich zu organisieren, habe ihnen bewusst gemacht, dass sie keine Sklaven zu sein brauchen …« Sie stand auf, was ihr sichtlich Mühe bereitete. Sie war eine alte Frau und sah auch wie eine alte Frau aus. Tristan vermutete, dass ihr Leben im Untergrund sie von den modernen Errungenschaften der Biotechnik fern hielt. Sie sah nicht gut aus. »Wir haben ein paar Verbündete in hohen Positionen in den Gloms und überall im Ramsch und auch außerhalb. Aber ihr Mimiks seid das Eigentum mächtiger, eifersüchtiger Besitzer.«

»Das *weiß* ich.«

»Und dieser Einsatz –«

»Okasan!«, rief Mung von der Tür. »Ich glaube, ich höre draußen etwas. Das könnten Wachen sein.«

Okasans Blick wirkte besorgt. »Dieser Einsatz, dieser Versuch, das Katzenauge zu holen, stellt für die Mimiks eine tödliche Bedrohung dar. Das könnte zum Ende der Glomkriege führen, und ein Glom würde die oberste Macht an sich reißen.«

»Und das ist schlimm? Wen sollte das stören?«

»Solange sie aufeinander losgehen und keiner die Oberhand gewinnt, können wir hoffen, ihre Märkte zu beeinträchtigen, vielleicht sogar den Zusammenbruch des Glomsystems herbeizuführen. Das bedeutet die Freiheit für alle, selbst für Mimiks – *speziell* für Mimiks.«

»Die Gloms bieten die Selbstheit an, die Integration in –«

Sie griff nach seiner Hand. »Nein.« Sie sagte es leise, voll trauriger Resignation. »Nein, Tristan, das tun sie nicht, das ist die *wahre* Legende. Ich habe Ihnen viel zu zeigen.«

Mung eilte herbei.

»Ja, draußen sind ganz eindeutig Wachen. Wahrscheinlich sind sie uns hierher gefolgt.«

Okasan hielt immer noch Tristans Hand. »Sie beide sind

hier drinnen nicht in Gefahr. Aber ich muss weg. Mung wird wieder Verbindung mit Ihnen aufnehmen, er wird Sie finden, wenn Ihr Einsatz beendet ist.« Sie drückte fest seine Hand. »Sie müssen diese Probe hierher bringen, zu mir. *Wir* wollen sie gegen Kaze und Flagge einsetzen.«

»Mutter«, sagte Mung, »du *musst* jetzt weg.«

Mutter? Warum hatte Mung – mutmaßlich ein ehemaliger Mimik – sie so genannt? Oder war es nur eine Redewendung, eine Geste des Respekts?

Und dieses Treffen … die Frau hätte ihm im Ocean erscheinen können oder als Holo. Hatte sie sich deshalb in der Realität mit ihm getroffen, um ihn zu berühren, um seine Haut an der ihren fühlen zu können?

»Sie können die Freiheit haben, ein *wirkliches* Leben, Tristan. Aber niemand – ganz bestimmt nicht die Gloms – wird es Ihnen geben. Sie werden dafür kämpfen müssen. Wir befinden uns in einem versteckten Krieg. Und Sie müssen sich an diesem Krieg beteiligen.«

»Okasan, bitte!«

Sie nickte und sagte dann: »Bringen Sie die Probe von dem Katzenauge zu mir.«

»Ich kann nicht – ich –«

Aber Okasan drehte sich um. Die Dachpartie des Gebäudes schob sich auseinander, und ein kleiner Zweipersonenschweber senkte sich herab.

»Was –?«

Tristan sah den Schweber an – teures Spielzeug, eine Technik, die nur den Allerreichsten in den Gloms zur Verfügung stand. Und doch hatte diese alte Frau –

Okasan stieg neben dem Fahrer ein, der ganz in Schwarz gekleidet war. Auch ein Mimik?, fragte sich Tristan.

»Viel Glück«, sagte sie und wandte sich dann dem Fahrer zu. »Geh rauf, Charl.«

Der Schweber stieg in die Höhe, besiegte die Schwerkraft. Dann beschleunigte er wie ein Motorrad, stieg bis zum Dach und war draußen.

Mung stand neben Tristan und sah zu.

Die Tür des Gebäudes schob sich auf, und die Wachen rannten herein.

Aber Mung und Tristan waren allein ... und Mung begann laut darüber zu reden, wie sie das leere Gebäude für ihre Geschäfte nutzen würden.

Unmittelbar bevor die Wachen sie erreichten, beugte sich Mung zu Tristan hinüber und flüsterte: »Hören Sie, wenn Sie jemals in der Freizone ernsthaft in Schwierigkeiten geraten, dann gehen Sie in den Bascombe District und erkundigen sich dort nach ›Proteus‹.«

»Proteus?«

»Aber wirklich nur in allergrößter Not.«

»Aber wer ist Proteus?«

»Es ist besser, wenn Sie das nicht wissen, bis es unbedingt sein muss, und jetzt werden wir ein wenig mit den Wachen plaudern, und dann bringe ich Sie zu Smalley's zurück. Sie haben eine ganze Menge zu tun.«

5

»Der Mimik ist da«, sagte die Stimme in Streigs Ohr.

»Wo?«

»Er ist gerade vorn hereingekommen.«

»Wo war der denn?«

»Das weiß ich nicht genau, Sir. Wir, äh, haben ihn eine Weile aus den Augen verloren.«

»Aus den Augen verloren?« Das passte Streig gar nicht. Er

wollte über jede Bewegung des Mimik informiert sein. »Wie ist es dazu gekommen?«

»Das weiß ich nicht genau, Sir. Er ist zwischen den Lagerhäusern einfach verschwunden.«

»Tatsächlich?«

Streig zügelte seinen Zorn. Er sprach leise und mit gleichmäßiger Stimme und wusste, dass er diesen Mutagen damit viel mehr beunruhigen würde als mit einem Wutausbruch.

»J-J-Ja, Sir. Aber jetzt lassen wir ihn nicht mehr los.«

»Ja, sorgen Sie dafür. Und dass mir jeder an seinem Platz ist.«

Smalley's Smart Bar – ein Zirkus, ein Karneval menschlicher Eigentümlichkeiten.

Manchmal hatte Tristan beinahe das Gefühl, er sei vielleicht der wahre Mensch, und sie seien die Freaks. Er stand in dem großen Saal im Erdgeschoss und sah zu, wie die Leute sich an die überfüllte Smart Bar drängten, um dort irgendwelche Mischungen zu trinken oder zu schnüffeln, die bestimmten Bereichen ihres Nervenkostüms Kicks versetzten.

Möchtest du dich versöhnlich und freundlich gegenüber dem Rest des Planeten fühlen und das auch allen sagen, ob sie es nun hören wollen oder nicht? Dann solltest du ein Glas Blue Dusk versuchen, das Neueste, was es an Emotionssteigerern gibt!

Und für diejenigen, die den direkten Kick brauchen, die gleich zur Sache kommen wollen – zum Beispiel eine Aufwallung falscher Inspiration mit einem hochmütigen Nachglanz unechten Verstehens? Dann sollten Sie Eureka schnüffeln.

Aber Tristan wusste, dass die psychoaktiven Getränke nur ein Teil des Smalley-Erlebens waren. Viele kamen wegen des Ambiente hierher, wegen des Lärms, des chaotischen Durcheinanders, das kein Ende nahm – es sei denn, man stürzte ab und Smalley's Büttel mussten einen hinauszerren, was zu der absoluten Gewissheit führte, dass der vom Blue Dusk erzeugte wohlige Gleichmut am Morgen darauf einem höllischen Kater Platz machte.

Tristan sah sich um, während die Musik durch sein Gehirn dröhnte. Die Gäste – hauptsächlich Spleißer oder nanogeformte Typen mit Designerfiguren – standen in kleinen Gruppen herum, beinahe tanzend und ganz den Drogen hingegeben. Der letzte Schrei waren zurzeit Reptilaccessoires, und Tristan sah aus so manchem lippenlosen Mund gespaltene Zungen hervorzüngeln.

Er hörte links von sich Gelächter und drehte sich um. Drei Reptilier standen um einen Vierten herum, warfen kleine Leckerbissen in die Luft und sahen ihm dabei zu, wie er mit einer schmalen, rosa Zunge danach schnappte, die aussah, als wäre sie einen halben Meter lang.

Dann begannen Froschzunge und seine Begleiter zu zucken, als die Adrenalinstöße von Hhhelll einsetzten. Die Gloms hatten Hhhelll in ihren Territorien verboten – zu unberechenbar. Und wenn die Gloms etwas schätzten, dann war das Berechenbarkeit. Aber dies hier war die Freizone, und dies war Smalley's.

Manchmal hatte das Nanoformen durchaus praktischen Nutzen. Der Rausschmeißer, der jetzt gerade vorbeiging, hatte einen ganz normalen rechten Arm, aber sein linker war ein langer Tentakel. Tristan war schon oft beeindruckt gewesen, wie schnell ein Hhhelll-Spinner sich beruhigte, wenn ein Tau aus Fleisch sich um seinen Hals schlang und ihm die Luft abschnürte.

Tristan hatte dieses Theater früher schon erlebt und dabei jedes Mal dasselbe gedacht: Da geb ich mir solche Mühe, Teil der Menschheit zu werden … und die mühen sich ab, alles Menschliche hinter sich zu lassen.

Jemand stieß ihn an, und als Tristan sich umdrehte, sah er eine Frau … oder etwas, das er für eine Frau hielt. Nur dass »sie« in diesem Fall einen buschigen Schwanz trug.

»Oh, tut mir furchtbar Leid«, sagte die Frau. Ihr glasiger Blick bestätigte ihm, dass sie nur marginal in dem Raum präsent war.

»Schon gut.«

Aber die Frau – wie sicher konnte er sich dessen eigentlich sein, wo doch alle Körperteile manipuliert werden konnten? – ging nicht weiter, sondern schob sich näher an Tristan heran, wobei ihr Schwanz sich langsam von hinten nach vorn ringelte.

»Wie wär's mit etwas Warmblütigem? Ich wette, Sie mögen … kleine Kätzchen.«

Tristan fuhr fort, sich in dem überfüllten Saal umzusehen. Er befand sich im Hauptsaal und wusste, dass es noch viele Nebenräume gab: Die Reals, den riesigen Holotank und eine Unzahl privater Partyräume, wo das Wort »Party« so gut wie alles bedeuten konnte.

Seine Kontaktperson zu finden, sollte nicht –

Augenblick mal – könnte es sein, dass dieses Sexkätzchen? … Aber das bezweifelte er.

Der Schwanz der Frau hatte sich jetzt um Tristan gelegt, und seine Spitze kitzelte ihn an der Wange. Er merkte, wie er zu reagieren begann – diese Masque war mit *Unmengen* Testosteron ausgestattet.

Vielleicht sollte ich ihr einfach sagen, dass ich ein Mimik bin, dachte er. Wenn sie die Kontaktperson ist – na gut. Und wenn nicht, dann verscheuche ich sie damit. Oder vielleicht auch nicht. In Anbetracht dieses Katzenschwanzes würde ihr das vielleicht gar nichts ausmachen.

Und in der Menge gab es ohne Zweifel mehr als nur ein paar Spinner, die etwas gegen Mimiks hatten. Es ging das Gerücht, dass Leute, die unter Hhhhelll standen, großen Spaß daran hatten, Mimiks in Stücke zu reißen.

Besser, es mit einer anderen Masche zu versuchen.

Er lächelte der Frau zu und wischte den Schwanz weg.

»Tut mir Leid. Ich soll mich hier mit jemandem treffen.«

Sie schmollte. »Mann ... Frau ... oder etwas anderes?«

»Weiß ich noch nicht. Wir sind uns noch nie begegnet.«

»Interessant. Stellen Sie mich vor, wenn es so weit ist. Ich mag Dreier.«

Tristan grinste und ging weiter.

Sie war es nicht.

An einem der Tische hatte sich ein kleiner Kreis von Leuten versammelt; ihr rhythmisches Klatschen war weithin zu hören. Tristan schob sich auf sie zu und sah eine sechs Fuß große Echse. Die Menge applaudierte, und dann war die Echse plötzlich verschwunden, und an ihrer Stelle war jemand, den Tristan kannte. Jemand aus den alten Vids und Filmen: eine Blondine im weißen Kleid, mit vollen Lippen, die jetzt schmollend in die Runde blickte.

»Marilyn Monroe«, murmelte Tristan.

»Was?«, sagte der Mann neben ihm, der körperlich präsent war und vor und zurück wippte, als stehe er auf einem Schiff, aber in Wirklichkeit schwebte sein Bewusstsein irgendwo hinter dem Jupitermond Ganymed.

Tristan hatte ihre alten Vids gesehen. Diese Frau, ihr mädchenhaftes Lachen, ihre üppige Figur und ihre Ausstrahlung hatten ihn beeindruckt.

»Das ist Marilyn Monroe.«

»Das ist nett«, sagte der Mann und starrte die Schauspielerin mit offenem Mund an.

Dann verschwand Marilyn – viel zu schnell –, und an ihrer Stelle stand ein Mann, klein, hässlich, hager.

Gab mit seinem Holoanzug an.

Er tippte an eine Stelle an seinem Ärmel, und plötzlich war er ein nackter Mann mit schwellenden Muskeln und blitzenden Zähnen.

Das wünschst du dir, dachte Tristan.

Er hatte im Ocean etwas von einem jungen Mann gehört, der bei seiner Hochzeit umgekippt war. Es stellte sich heraus, dass er einen Holoanzug trug und fast hundertfünfzig Jahre alt war. Jenseits jeder Hilfe durch die Biotechnikteams hatte er sich dafür entschieden, wie jemand viel Jüngerer auszusehen. Seine Zukünftige hatte bis zu seinem Tod nicht die leiseste Ahnung gehabt.

Niemand ist mehr der, der er ist, dachte Tristan. Weshalb können die also keine Mimiks akzeptieren?

Er kannte die Antwort. Wir sind von der Empfängnis an anders. Wir haben das Goleman-Chromosom, und das bedeutet, dass wir *niemals* wirklich menschlich waren.

Er sah sich um, sah auf die Uhr … eigentlich hätte er inzwischen schon den Kontakt herstellen sollen. Sein Einsatz würde ein schnelles Ende finden – und seine Hoffnung auf Selbstheit würde verschwinden –, wenn er die Kontaktperson mit dem Codeschlüssel nicht fand. Vielleicht in einem anderen Saal, dachte er.

Er ging auf den Bereich zu, wo die Reals sich aufhielten, die die Angst hatten, WetHeads zu werden, Angst, ihr ganzes Leben im Ocean treibend zu verbringen, von einem virtuellen Erlebnis zum Nächsten dahinschwebend.

Genuss und Erregung waren nicht das Einzige, was die Menschen im Ocean fanden. Die Sehnsucht nach obskuren Empfindungen war immer noch im Wachsen. Der Ocean enthielt ganze Inseln, die seltsamen Abarten des Erlebens gewidmet waren, manche davon packend und erregend, manche genussvoll, manche erschreckend – und wieder andere, die man nicht klassifizieren konnte.

Aber Smalley's bot dafür ein Korrektiv. Dieser dunkle Saal bot reale Erfahrungen, reale Freuden, realen Schmerz.

Eine der großen Attraktionen war NOK, ein einfaches Strategiespiel mit realen Figuren auf einem schwebenden Dodekaeder. Fünf NOK-Tische standen ganz vorn, alle in fahles blaues Licht getaucht, das die Gesichter der Kombattanten kaum erkennen ließ.

Tristan kannte das Spiel und seine Regeln, aber ihm fehlten der Instinkt und der Sinn für Strategie, die es brauchte, um gut zu spielen. Vielleicht fehlte ihm als Mimik überhaupt der Sinn für das Spielerische.

Dabei war das Spiel ganz einfach: Man verschob Figuren, eroberte Bereiche des schwebenden Körpers und eroberte andere Figuren. Das Unangenehme an NOK war, dass jeder Spieler direkt mit dem Brett verdrahtet war.

Und jedes Mal, wenn man eine Figur verlor, bekam man einen kleinen Gehirnschock – einen widerwärtigen elektrischen Schlag, den die Spielmanager von Smalley's sorgfältig unter Kontrolle hielten. Aber manchmal übertrieben sie ein wenig. Tristan hatte bei NOK-Spielen schon schlimme Zuckungen erlebt. Und er hatte von ein oder zwei Fällen von Herzstillstand gehört.

Ein dunkler, stiller Raum, dessen Stille nur von den *realen* Schreien realer Menschen gestört wurde, die verloren hatten.

Tristan schob sich langsam auf einen Tisch zu, um den sich eine größere Anzahl von Menschen versammelt hatte. Sie alle beobachteten einen grauhaarigen Mann, dessen hohe Stirn in dem bläulichen Licht schimmerte, während er sich seinen nächsten Zug überlegte.

Er spielte gegen einen unordentlich wirkenden jüngeren Mann, jemanden, der wie ein WetHead aussah. Wie hatten sie den aus dem Ocean hereingezogen?, fragte sich Tristan. Welcher Köder hatte ihn aufs trockene Land gelockt? Manche

WetHeads blieben so lange eingechipped, dass sie Nahrung und alle Körperfunktionen völlig vergaßen. Sie wurden dann tot ausgespült … ertrunken.

Kein großes Problem, hieß es in den Gloms.

Der grauhaarige Mann, offenbar ein NOK-Meister, machte einen Zug. Obwohl aus den äußeren Räumen etwas Lärm hereindrang, herrschte im NOK-Raum Stille; die Spiele verlangten Konzentration.

Der jüngere Mann kratzte sich am Kopf, schniefte, schüttelte den Kopf. Tristan warf einen Blick auf das Spielbrett und fragte sich, was er als Nächstes tun würde.

Der Junge griff nach dem schwebenden Brett, zögerte und zog dann eine Figur zurück, trat den Rückzug an. Der grauhaarige Mann grinste, machte seinen Gegenzug, als wolle er zuschlagen.

Aber dann ließen die Finger des Mannes die Figur viel zu schnell wieder los. Der Junge hustete, ein bösartiges Geräusch, das in Gelächter überging.

Er hat ihn erwischt, dachte Tristan. Der Junge hatte eine Falle gestellt, und der andere war nichts ahnend hineingelaufen.

Jetzt machte der Junge seinen Zug

Der Mann verlor eine Figur, und ein Schock durchzuckte ihn. Sein Schrei durchdrang die Dunkelheit. Die Menge zog sich ein Stück zurück.

Als der grauhaarige Mann zu zittern aufhörte, erhob er sich aus dem NOK-Stuhl.

»Sie gehen?«, grinste der WetHead. »So bald?«

Der Mann reagierte überhaupt nicht.

Der Junge drehte sich um, blickte in die Runde.

»Gibt's jemanden, der ein Stück von mir will?«

Niemand meldete sich.

Er sah Tristan an. »Hey, wie wär's mit Ihnen, Großer?«

Tristan spürte jemanden hiner sich, jemanden, der sich an ihn drückte. Er drehte sich um und sah die Frau mit dem Schwanz, die sich an ihn schmiegte.

»Los«, flüsterte sie. »Ich wette, Sie können ihn schlagen.«

»Das bezweifle ich. Das bezweifle ich sogar sehr stark.«

Aber der Junge musterte ihn immer noch.

Wo zum Teufel ist mein Kontakt?, fragte er sich. Er musste hier raus, musste nach Flagge Glom –

»Kommen Sie, Sie sehen wie jemand aus, der das Risiko liebt.«

Tristan schüttelte den Kopf. »Suchen Sie sich einen anderen.«

Er erwartete, dass der NOK-Spieler ihn jetzt in Ruhe lassen und sich ein anderes Opfer suchen würde, aber nun verengten sich die Augen des Jungen.

»Ich bin wie eine Katze, Fremder. Und ich habe mein Auge auf Sie gerichtet.«

Tristan atmete tief durch. *Wie eine Katze ... Ich habe mein Auge ...* Dieser ungepflegt wirkende WetHead, dieser Biochipsüchtige war die Kontaktperson mit dem Codeschlüssel.

Warum steht er dann nicht auf, warum geht er nicht in ein Einzelzimmer und gibt mir das Ding?

»Nehmen Sie Platz, Matrose.«

Sollte das ein Witz sein? Oder war das ein Täuschungsmanöver, damit keine Spione von Flagge sahen, was vor sich ging?

»Ich bin kein guter NOK-Spieler«, sagte Tristan.

Der Junge grinste. »Oh, machen Sie sich darüber keine Sorgen. Wenn ich mit Ihnen fertig bin, sind Sie einer.«

Tristan spürte die elektrischen Schläge bereits. Er ließ sich auf dem Sitz gegenüber dem Jungen nieder.

»Das lob ich mir. Fangen wir mit dem Spiel und der Lektion an. Sie sind im Begriff, von einem Meister die Strategie des NOK zu lernen.«

Die Menge schob sich dichter an den Tisch heran. Die Luft war erfüllt von Schweiß, Rauch und dem süßen Duft Dutzender bizarrer Psychoaktiva aus der Angebotspalette von Smalley's.

»Ein schnelles Spiel«, sagte Tristan und stellte fest, dass seine Kehle völlig ausgetrocknet war.

Der Junge streckte ihm die Hand hin. »Man nennt mich Padre … in dieser Zone jedenfalls. Und ich spiele nur schnelle Spiele.« Er zog seine Hand zurück. »Ihr Zug.«

Warum muss ich spielen?, fragte sich Tristan. Warum gibt er mir nicht einfach diesen verdammten Codeschlüssel?

Der Junge auf der anderen Tischseite warf einen Blick auf die Menge, die sich um sie drängte. »Wir haben eine Menge Zuschauer, wie?«

War das eine Botschaft? Wurde dieser Ort überwacht … war es zu schwierig, ihm hier den Schlüssel zuzustecken?

»Wie ich schon sagte, ich bin kein sehr guter Spieler.«

Padre lachte. »Kein Schmerz, kein *Spiel*, Großer. Sie haben den ersten Zug.«

Tristan sah auf die Spielfläche, die vor ihnen hing. Jeder von ihnen beiden konnte einen Knopf in dem Konsolenstuhl drücken, um die zwölfseitige Spielfläche zu drehen. Die schlanken NOK-Figuren wurden von einem hochsensiblen Elektromagneten festgehalten.

Was ist ein guter Eröffnungszug?, dachte er. Ein NOK-Spiel konnte binnen Minuten verloren werden. Und der erste Zug war entscheidend.

Er nahm eine seiner Figuren in der Mitte und schob sie an eine Kante, um eine andere Figur in der Nähe eines feindlichen Raums zu decken.

Padre grinste. Er zog schnell und aggressiv, schob eine seiner Figuren auf ein Feld auf einer freien Seite.

Stille im Raum. Interessierte sich die Menge für das Spiel?

Vielleicht. Aber wahrscheinlicher war, dass sie sehen wollten, wer den ersten Schlag bekam.

Tristan machte den nächsten, vorsichtigen Zug, dem Padre dadurch folgte, dass er eine zweite Figur auf eine andere freie Seite schob. Es sah nicht schlecht aus ... aber als Tristan den dritten Zug machte, stieß Padre einen Freudenschrei aus und nahm eine von Tristans Figuren. Das Magnetfeld, das sie festhielt, verschwand, und das Stück fiel auf den Tisch.

Ein kurzer, intensiver elektrischer Schlag zuckte durch den Sessel, und Tristan stieß einen Schrei aus.

»Unangenehm, wie? Ich hoffe, Sie halten was aus.«

Tristan machte einen weiteren Zug, sich stets der Möglichkeit bewusst, erneut gezapped zu werden. Und wieder reagierte Padre mutig, eroberte diesmal eine freie Seite ... ein Sieg, der Tristan den nächsten Stromstoß eintrug.

Er starrte Padre an. Vielleicht täusche ich mich, dachte er, vielleicht ist dieser NOK-Guru gar nicht die Kontaktperson, vielleicht ist er bloß ...

Aber Padre blickte auf, als würde er Tristans Gedanken lesen und schob eine seiner Figuren auf ein Feld.

Ein Feld, wo er angreifbar war.

Und plötzlich wusste Tristan, was hier vorging.

Er opfert die Figur ... weil das der Codeschlüssel ist?

Tristan rückte vorsichtig vor. Padres nächster Zug: auf ein Feld unmittelbar gegenüber der verletzbaren Figur. Tristan wartete und ließ das Spielfeld dann kreisen. Er nahm Padres Figur, und sie fiel klappernd auf den Tisch.

Padre japste, als der Stromstoß ihn traf. »Verdammt. Das habe ich nicht gesehen.« Er hob den Finger, zeigte damit auf Tristan. »Dieser Zug war ... Schlüssel.«

Tristan lächelte, als wollte er sagen: *Verstanden. Ich weiß.*

Er nahm die heruntergefallene Figur und legte die Hand darauf. Sie fühlte sich wie jede beliebige NOK-Figur an.

Padre lächelte. »Jetzt machen wir ernst.«

Und so meinte der Junge das auch. Sie würden das Spiel zu Ende führen, und es würde noch eine ganze Menge schmerzhafter Stromstöße geben. Aber nicht für Padre.

6

Tristan stand am Ausgang von Smalley's.

Es war ihm endlich gelungen, von dem NOK-Tisch zu entkommen, was Padre dazu veranlasste, sich das nächste Opfer zu suchen, ohne dabei in irgendeiner Weise erkennen zu lassen, dass etwas vorgefallen war.

Der NOK-Stein steckte in Tristans Tasche. Er sah zum Ausgang hinüber, auf die Türscanner, die die Gäste nach Waffen überprüften, und auf die muskelbepackten Polizisten mit ihren schwarzen Gesichtsscheiben, die jeden scharf musterten, der das Lokal betrat oder verließ.

Er atmete tief durch und ging an den Scannern vorbei, passierte die gesichtslosen Wachen. Aber kein Alarm ertönte. Er war draußen.

Geh weiter, sagte er sich – falls es eine Verzögerung gibt.

Und warum erfassten die Scanner – deren Herstellerfirma sich rühmte: »Wir können sehen, was Sie zum Frühstück gegessen haben« – eigentlich den gestohlenen Spielstein nicht?

Gute Frage … es sei denn, Smalley war an der Übergabe beteiligt, von Kaze Glom dafür bezahlt, diese kleine illegale Transaktion ungehindert über die Bühne gehen zu lassen.

Oder vielleicht waren sie einfach nicht darauf programmiert, nach NOK-Stücken Ausschau zu halten. Er wischte sich mit dem Ärmel den Schweiß von Gesicht und Hals – und spürte etwas.

Da – unmittelbar unter dem Halsansatz, etwas Winziges, das an seiner Haut klebte. Er zupfte daran und hielt eine Art Pflaster von der Größe eines Daumennagels in der Hand.

Ein Dosispflaster!

Tristan starrte es an und spürte, wie ihm erneut am ganzen Körper der Schweiß ausbrach. Wo war das hergekommen? Und womit hatte man ihn dosiert? Und wer hatte das getan? Es musste diese Katzenfrau gewesen sein. Sie war die Einzige, die ihn berührt hatte – er erinnerte sich deutlich an ihren Schwanz, der sich um seinen Hals geringelt hatte.

Aber womit? Irgendein Aphrodisiakum? Oder ein Psychoaktivum? Er spürte keinerlei nachteilige Auswirkungen – spürte überhaupt keine Auswirkungen.

Vielleicht war das Präparat nicht durch seine Haut eingedrungen, oder es wirkte bei ihm nicht.

Er würde auf irgendwelche Symptome achten müssen. Aber zunächst musste er zusehen, dass er weiterkam, musste eine Stelle suchen, wo er den Schlüssel aktivieren konnte.

Er eilte eine Straße hinunter, passierte den inzwischen nicht mehr so lauten Basar ... die meisten besseren Sachen hatten inzwischen den Besitzer gewechselt. Er sah zu, wie ein ziemlich heruntergekommen wirkender Mann seine Sachen aufbaute, sie aus einem alten Sack zog. Seine Schätze.

Tristan blieb stehen.

»Was ist das?«, sagte er zu dem Mann.

Der Mann blickte verstört, vielleicht sogar verängstigt auf.

Der Mann hielt etwas in der Hand, etwas, das Tristan schon einmal gesehen hatte. Er sollte jetzt wirklich weitergehen, sollte keine Zeit damit vergeuden, sich den Gegenstand anzusehen, aber –

Der Mann war nervös. Tristan rief sich ins Gedächtnis, dass seine Masque groß und imposant war ... vielleicht sogar – bedrohlich.

»W-W-Was wollen Sie?«

Tristan trat näher. »Das Ding, das Sie da in der Hand halten. Was ist das?«

Die nervösen, kleinen Augen des Mannes huschten zwischen dem Sack mit seinen Schätzen und Tristan hin und her.

»Das? Sie meinen –«

Der alte Mann hielt den Gegenstand hoch.

»Ja.«

Der alte Mann sah den Apparat an. Er las die Aufschrift. »Das ist – das ist ein ›*Mr. Coffee*‹.«

Tristan lächelte. Genau. Ein *Mr. Coffee.* Er hatte sie in den alten Vids in Küchen gesehen. Da hatte oft ein Mr. Coffee auf einer Art Theke gestanden. *Die Leute gingen hin und holten sich Kaffee.* Sie tranken Kaffee wegen des Koffeins, vielleicht auch wegen des Geschmacks.

Tristan trat näher. »Das ist alt … darf ich –?«

Der alte Mann wirkte desinteressiert. »Ja. Es ist sehr alt … denke ich –« Der Mann zuckte mit den Achseln. Wenn man alles zusammentat, was er nicht über seine Schätze wusste, würde man damit wahrscheinlich einen kleinen Datenspeicher füllen können.

Tristan sah den Plastikapparat an. Er hatte in einem alten Vid einmal gesehen, wie jemand ihn mit Wasser gefüllt und dann gemahlenen Kaffee hineingelöffelt hatte –

Er fingerte an einem Knopf herum, und plötzlich schob sich ein kleines tassenähnliches Teil heraus.

»Ja, da hat man den Kaffee reingetan.«

Tristan gab dem alten Mann den Apparat zurück. Eigentlich hätte er ihn gern gehabt, dieses Objekt aus einer Welt, wo die Dinge noch einen vernünftigeren Eindruck machten, wo –

Wo es keine Mimiks gab.

Wo alle Menschen waren.

»Was haben Sie denn sonst noch?«

Tristan beugte sich vor und sah in den Sack des alten Mannes hinein. Er sah einen zerkratzten, leicht korrodierten Metallbehälter. Er stammte vermutlich aus derselben Periode, nahm Tristan an. Nur, dass Metall nicht so lange hielt.

Er hatte auch gesehen, wie man ihn benutzte, für eine bestimmte Art von Drink ... damals, als es in Bars nur Alkohol gab.

Tristan nickte ... und dann äffte er einen Satz nach, an den er sich von dem flachen Vid erinnerte: »Geschüttelt ... nicht gerührt.«

Der alte Mann war ganz entschieden verwirrt. Er kratzte sich seinen knochigen Schädel und leckte sich über die aufgesprungenen Lippen.

Geschüttelt, nicht gerührt ... Tristan drehte das Objekt in den Händen.

»Wollen Sie es haben? Ich kann Ihnen einen guten Preis machen ... für beide zusammen. Credits oder – «, der alte Mann leckte sich die Lippen, – »wenn Sie etwas Hhhelll haben, kann ich –«

Tristan nickte bedächtig.

»Ich würde sie gern haben«, sagte er. »Aber ich kann sie jetzt nicht mitnehmen.«

Der alte Mann rieb sich seinen Bart und schob den Apparat auf dem Tisch etwas in den Hintergrund.

»Ich bin immer hier«, sagte er.

Tristan nickte; die Vid-Erinnerungen begannen zu verblassen.

Er verließ den Basar.

Tristan stand in der dunklen Gasse, in der es nach Exkrementen, nach Müll und nach Fäulnis stank. Wie ein Schwarzmarkthändler sah er immer wieder zur Mündung der Gasse hinüber.

Er zog den NOK-Stein aus der Tasche und drehte ihn zwischen den Fingern.

Die glatte Oberfläche spiegelte das Licht vom Ende der Gasse wider. Ob er einen Fehler gemacht hatte?, fragte er sich. War die wirkliche Kontaktperson irgendwo aufgehalten worden?

Aber nein ... er entdeckte eine kleine rechteckige Einbuchtung im Sockel der Spielfigur.

Könnte sein –

Er schob den Nagel unter den Rand, und eine kleine Metallklappe öffnete sich ... und dahinter war jetzt eine winzige, rechteckige Linse zu sehen.

Der Codeschlüssel.

Er sah sich wieder nach allen Seiten um. Er war immer noch allein, es sei denn, unter einem der Müllhaufen schlief etwas, das früher einmal eine Person gewesen war.

Er hob den Spielstein ans Auge, zögerte dann aber.

Alles war planmäßig gelaufen ... und, zur Hölle mit seinem Wesen, genau das machte ihn argwöhnisch.

Er blinzelte und aktivierte sein Neuronet. Regis erschien und fuhr dort fort, wo er das letzte Mal abgeschnitten worden war.

»Lord Tristan, ich muss Sie erinnern, dass Sie jetzt hinter Ihrem Ablaufplan zurück sind. Sie werden –«

Tristan hob den NOK-Stein hoch.

»Regis, was ist die potenzielle Gefahr bei diesem Codeschlüssel?«

»Es besteht immer die Möglichkeit eines Schattencodes. Aber leider kann selbst ich nicht jede versteckte Subroutine entdecken.«

Tristan nickte. Ein Raubcode war imstande, sein Neuronet innerhalb einer Millisekunde aufzufressen. Dann würde Tristan in der Freizone gefangen sein.

Er zwang sich zur Ruhe, hielt den Spielstein vor sein rechtes Auge und starrte in die Linse. Eine Folge kreiselnder Blitze schoss den optischen Code in sein Neuronet.

Im gleichen Augenblick erschien sein Roaming Grid. Alles schien einwandfrei, das Kaze Quarter befand sich am unteren Rand, dann die Weite der Freizone und –

Das Gitter wanderte nach Norden. Nach Flagge Glom. Zuerst war es rot umrandet, aber dann verschwanden die roten Linien, wurden grün. Ein Pfad erschien auf der Karte von Flagge, führte zu einem Gebäude. Nichts deutete an, was das für ein Gebäude war, und es gab für ihn auch keine Möglichkeit, es Regis herausfinden zu lassen – nicht, bis sie sich tatsächlich dort befanden.

Der einzige Weg, um es herauszufinden, bestand also darin, dort hinzugehen.

Und dort würde er das bekommen, was er brauchte, um in das Herz von Flagge Glom einzudringen … in die Zitadelle.

Zumindest hoffte er das.

7

Jeder konnte mit der Rohrbahn ins Flagge Quarter fahren – selbst wenn man nicht dorthin gehörte. Wieder herauszukommen war allerdings eine ganz andere Angelegenheit.

Die Sicherheitsvorkehrungen von Flagge ließen die von Kaze amateurhaft erscheinen. Sobald der Rohrwagen die Grenzmauer von Flagge passiert hatte, erschienen zwei Männer mit dunklen Panzeranzügen und Gesichtsplatten und begannen, sich durch den Mittelgang zu bewegen. Sie durchsuchten die Leute nicht, gingen nicht auf sie zu und fragten: *Entschuldigen Sie, aber sind Sie etwa ein Mimikagent*?

Tristan saß stumm unter den anderen. Sie alle hatten die richtigen IDplants, vielleicht einige auch Arbeitsaufträge … niemand würde sie belästigen.

Aber die Polizisten von Flagge gingen im Wagen auf und ab.

Hielten sie Ausschau nach dem »Tic«? Vielleicht. Manche behaupteten, man könne einen Mimik, wenn man nur genau hinsah, enttarnen … es hieß, dass Mimiks, wenn man sie scharf beobachtete, ein wenig anders reagierten.

Tristan räumte ein, dass da etwas dran sein konnte. In den meisten Fällen hatte ein Mimikagent eine Arbeitslebensspanne von vielleicht eineinhalb Jahrzehnten. Nach so vielen Jahren des Fluxens begannen sich seltsame physische und emotionale Rückstände anzusammeln.

Das war der »Tic«. Die Art, wie man saß, ein Signal, das sagte: *Ich bin nicht ganz so wie ihr anderen*. Und die bloße Möglichkeit, dass so etwas existierte, machte es einem Mimik natürlich umso schwerer, einfach dazusitzen und *normal* zu sein.

Als die beiden Flagge-Polizisten auf Tristan zugingen, konzentrierte er sich ganz auf das Nachrichtenzentrum über ihm.

Sie befinden sich jetzt in der privaten Region von Flagge Glom. Willkommen im Glom der Zukunft – Flagge!

Jedes Glom war das Glom der Zukunft. Jedes bot einen Ausblick auf eine schöne neue Welt. Konzernnationen, die miteinander kämpften wie –

Tristan hatte alte Vids über eine Periode in der Menschheitsgeschichte gesehen, die dieser ähnelte, einer Periode mit Königreichen, Burgen und Bauern … so viele Bauern. Genau wie es jetzt war.

Die Flagge-Polizisten hatten Tristan mittlerweile fast erreicht.

In jenen alten Tagen zogen Ritter in die Welt hinaus, auf der

Suche nach Dingen wie … dem Heiligen Gral … einer Schale, die jemand benutzt hatte, den man den Erlöser nannte. Auch eine Legende, wieder ein Mythos.

Eine der Wachen drehte sich um und sah Tristan an, als dieser einer Holoblase nachsah, die an der Decke entlangschwebte, ein 3-D-Inserat für SynFood-Snacks. Eine Blondine flüsterte: »SYN-dhaft köstlich.«

Tristan ließ den Blick sinken und lächelte den Polizisten an. Ihm kam das ganz natürlich vor.

Ich bin okay … und ich bin froh, dass Sie Ihren Job tun, Sir.

Die Augen der Polizisten waren hinter ihren Gesichtsplatten verborgen. Glompolizei war immer gesichtslos.

Tristan dachte: Die Polizisten haben noch mit niemandem gesprochen, mit keiner einzigen Person im ganzen Wagen. Wenn einer von ihnen jetzt etwas zu mir sagt, weiß ich, dass es Schwierigkeiten gibt.

Tristan wandte sich wieder der Holoblase zu. Jetzt lief gerade ein Inserat für ein neues SensReal Holovid im Ocean. *Mars-Abenteuer – als wären Sie selbst ein Marsianer.*

Wahrscheinlich Teil eines Plans, um den Bauern mehr Credits für diese neue Burg abzupressen, eine Burg, die eine ganze Welt weit entfernt war. Investiert in den Mars. Weil hier nichts mehr übrig ist.

Der Polizist zögerte noch eine Sekunde, sah Tristan an … und ging dann weiter.

Tristan zwang sich, sich keine Erleichterung anmerken zu lassen. Keine Erleichterung, weil er ja schließlich nicht in Gefahr gewesen war, oder? Alles in Ordnung, alles okay.

Und dabei gelangte er zu einer Erkenntnis hinsichtlich dieser Masque … hinsichtlich der Persönlichkeitsreste dieser Schablone: Sehr cool. Nicht leicht aus dem Gleichgewicht zu bringen. Gleichmäßig atmend, ruhig, entspannt.

Die Männer der Flagge-Polizei gingen weiter.

Nur noch wenige Minuten, und Tristan würde sich im Glom der Zukunft befinden.

Als er den Rohrbahnterminal verließ, hatte er das Gefühl, jegliche Orientierung verloren zu haben. Er rief sein Roaming Grid und Regis auf.

»Lord Tristan, ich fürchte, Sie sind dort hinten falsch abgebogen.« Ein Teil des Gitters, ein transparentes Display in seinem Gesichtsfeld, wurde hell, und Tristan sah, wo er den Fehler gemacht hatte. »Der Plan von Flagge Isle gibt an, dass Ihr Ziel ein SynFood-Lagerhaus ist. Ich schlage vor, dass Sie *diese* Route nehmen.« Regis zeigte einen Pfad, der Tristan unmittelbar vor das Gebäude führte.

Tristan blinzelte Regis und das Gitter weg. Die Sicherheitskräfte von Flagge waren überall. Von früheren Einsätzen wusste er, dass Flagge das paranoideste aller Gloms war. Es herrschte Krieg, und in Flagge Glom war stets Alarmstufe Rot.

Vor ihm, an einer Straßenkreuzung, ging eine Reihe von DNS-Anpasslingen. Tristan blieb stehen und betrachtete die seltsamen Kreaturen. Anpasslinge waren früher ein seltener Anblick gewesen. Ihre Körper waren für den Einsatz Off-World entwickelt worden, genetische Sonderanfertigungen, darauf angepasst, längere Zeit in unterschiedlichen Schwerkraftbereichen zu arbeiten. Einmal hatte er welche mit langen Armen und schlanken Körpern gesehen, speziell für die Arbeit in den engen Kavernen auf dem Mars entwickelt.

Aber die Gloms brachten immer mehr Anpasslinge nach Hause, weil ihre Unternehmen Off-World zusammenbrachen.

Diese Anpasslinge hier waren klein, mit kräftig wirkenden Armen und winzigen Köpfen. Wahrscheinlich würde man sie am Ende in kleinen, engen Räumen einsetzen.

Die Anpasslinge zogen weiter, und Tristan setzte seinen Weg zu dem Lagerhaus fort.

Er staunte darüber, wie klein und altmodisch das SynFood-Lagerhaus war – keine hundert Meter lang; die flachen, glänzenden, gelben Plastikbuchstaben des Firmenlogos passten nicht zu der moosig grünen Oberfläche des Gebäudes. Die Scankamera am Eingang des Lagerhauses betrachtete ihn. Nicht nötig, dass er etwas sagte. Sie würde ihn entweder erkennen und eintreten lassen oder gleichgültig zusehen. Falls er auf die verrückte Idee kommen sollte, sich gewaltsam Zutritt zu verschaffen, würde die Kamera einen Pulserstrahl aussenden und ihn quer über die Straße schleudern.

Aber während das Kameraauge seine physischen Daten auswertete, hörte Tristan einen schrillen Ton, und die ineinander verschlungenen Ranken des Eingangs lösten sich voneinander. Tristan trat ein.

Das Lagerhaus, oder zumindest dieser Teil des Lagerhauses, wirkte verlassen. Eine Reihe leerer Büros säumte einen Flur, der in einer Tür endete, hinter der er einen größeren Lagerraum vermutete.

Er ging den Korridor hinunter.

Die Tür schob sich hinter ihm zu, und eine weitere Kamera beobachtete ihn, als er durch den Flur ging.

Wo stecken denn alle? Da sollten doch Kazemaulwürfe sein und ihm einen Datameister liefern.

Und dann hörte er Stimmen ... einen Mann, der hinter einer Tür einen Schmerzensschrei ausstieß. Er hörte ein klatschendes Geräusch, wie von einem Schlag. Er erreichte das Ende des Korridors, öffnete die Tür und sah sich der Mündung einer Pulserpistole gegenüber, die auf sein Gesicht gerichtet war.

»Wer sind Sie?«

Tristan fand die Waffe beruhigend. Er sah einen rothaarigen Mann, der die Waffe hielt und ihn finster anstarrte. Und neben ihm zwei weitere Männer, links und rechts von einer Frau, die an einen Stuhl gefesselt war. Tristan ging ein Satz durch den Kopf, den ein Detektiv in einem alten Vid gesagt hatte. »*Das Einzige, was sie anhatte, war das Licht.*« Die hier trug auch noch ein Paar spitze, schwarze Stiefel.

»Ich soll mich hier heute Morgen mit ein paar Leuten treffen. Mit Ihnen, vermute ich.«

Der rothaarige Mann hielt ein Taschenholo neben Tristans Gesicht, verglich, was er sah, und nickte dann. »Sie vermuten richtig.« Er drehte sich um und deutete auf die Frau. »Und das ist Ihr Datameister. Sie heißt Lani Rouge.«

»Konzentrat?«, sagte Tristan und ging an ihm vorbei.

Der Mann reichte ihm eine Flasche. Tristan ließ die Nährstoffe in seinen Mund fließen, während er auf den Datameister zuging. Ein weiblicher Datameister – das bedeutete, dass er auch bald weiblich sein würde.

Sie starrte ihn mit geweiteten Augen an und presste sich gegen die Stuhllehne, als wäre er ein scheußlicher Dämon, der sie gleich lebendig auffressen würde. Offensichtlich hatte sie bereits erkannt, dass sie den Vormittag nicht überleben würde.

Schade. Sie war schön, mit dunklem Haar, blaugrünen Augen und perfekter Haut. Da war nichts modisch Reptilisches. Bloß gute, traditionelle, menschliche Schönheit. Wie in den alten Vids.

Jammerschade, dass sie Datameister sein musste – *der* Datameister, den sie brauchten. Die besondere Eigenschaft ihres Gehirns, die es möglich machte, es als lebendes Datenterminal zu benutzen, bedeutete in ihrem Falle ein vorzeitiges Ende. Heute.

Aber der Anblick ihrer Brüste, ihrer nackten Schenkel … er spürte die Erregung in sich aufsteigen.

Und dann bemerkte er eine angeschwollene Stelle an ihrer linken Wange, die in dem grellen Licht rot leuchtete. Und die Tränen, die auf beiden Wangen glitzerten.

Plötzlich war er zornig. Die hatten sie fangen, sie für ihn festhalten sollen ... und sie beseitigen, nachdem er sich das von ihr genommen hatte, was er brauchte. Aber sie hatten sie nicht misshandeln sollen. Zur Hölle mit ihnen, sie hatten nicht das Recht –

Halt, was sollte das alles? Sie war ein Datameister von Flagge – zwar nicht an den Kampfhandlungen beteiligt, aber sie arbeitete für den Feind und würde in Kürze ein Opfer des Krieges werden. So etwas passierte jeden Tag.

Er schüttelte seine Empörung ab. Er konnte es gar nicht erwarten, diese Masque abzulegen – sie *wimmelte* förmlich von Rückständen.

»Sie wissen, was Sie mit ihr zu machen haben?«, fragte ein untersetzter Mann.

Tristan nickte und starrte die Frau immer noch an. Er konnte seine Augen einfach nicht von ihr losreißen. Sie kam ihm ungewöhnlich schön vor.

Der Mann grinste. »Gut, sonst müssten wir Sie nämlich beide töten.«

Die beiden anderen lachten und ließen damit die Hackordnung erkennen. Der untersetzte Typ, der gerade den Witz gemacht hatte, war also der Anführer, und die beiden anderen waren bezahlte Schläger. Vermutlich würde Cyrill sie alle drei töten lassen, wenn dieser Einsatz vorbei war.

Tristans Blick wanderte wieder zu der Frau zurück. Er trat einen Schritt näher an sie heran. Sie sah so aus, als ob sie unbedingt etwas sagen wollte, aber sie wurde von einem Knebel in ihrem Mund daran gehindert.

»Ich bin Casaluggi«, sagte der untersetzte Anführer der drei, »und wie versprochen hat dieser Datameister nicht nur

Zugang zur Zitadelle, sondern sogar eine Freigabe, bis in das Herz des Datenzentrums von Flagge hinein.«

Ein weiterer Schritt. »Es sieht so aus, als ob Sie sie geschlagen hätten.«

Casaluggi lachte. »Das war Harkis.«

»Sie hat mich getreten«, sagte einer der Männer. »In den –«

»Sie haben also eine gefesselte Frau geschlagen?« Tristan drehte sich um und musterte Casaluggi durchdringend. »War das Teil Ihrer Einsatzspezifikation?«

»Nein, aber wir sind ein wenig nervös geworden. Ich meine, Sie haben sich verspätet, und die hat nach jedem getreten, der in ihre Nähe kam.«

Tristan nickte und schwieg.

Der Anführer fuhr fort: »Sie *haben* sich nämlich verspätet, das wissen Sie doch.«

Richtig. Und jede Minute war wichtig. Dieser Einsatz war wichtig. Selbstheit, Freiheit, all das war *wichtig*.

Aber die Augen der Frau ließen ihn nicht los.

»Machen wir weiter«, sagte Tristan.

Er trat näher an diesen Datameister heran, diese Lani Rouge. Sie starrte ihn an, als ob er der Tod selbst wäre. Und dann zuckte ihr Fuß vor, verfehlte ihn um Haaresbreite.

Casaluggi hob die Hand, um sie erneut zu schlagen, aber Tristan packte sein Handgelenk und drückte zu. Casaluggi zuckte zusammen.

»Noch ein Schlag, und ich töte Sie.«

Oh, ja. Er musste zusehen, dass er diese Masque loswurde.

Der Blick, mit dem sie ihn jetzt musterte, war seltsam, eine Mischung aus Verwunderung und Angst.

»Haben Sie ihr IDplant kopiert?«, fragte er.

Casaluggi reichte ihm einen etwa faustgroßen, zylinderförmigen Gegenstand. »Alles hier drinnen.«

Tristan schob den rechten kleinen Finger in den Schlitz und

aktivierte das Gerät. Die Übertragung der gesamten Identität und aller Passcodes vom IDplant des Datameisters auf seinen eigenen nahm nur wenige Sekunden in Anspruch.

Als er fertig war, gab er Casaluggi den Zylinder zurück, zog sein Garderobeetui heraus und klappte es auf.

»Also gut, nehmen Sie ihr den Knebel heraus, und öffnen Sie ihr den Mund.«

Casaluggi löste den Riemen, und der kugelförmige Knebel, der in ihrem Mund gesteckt hatte, fiel heraus.

»Sie sind ein *Mimik*?«, schrie sie, und ihr Gesicht verzerrte sich dabei zu einer raubtierhaften Fratze, als Harkis ihren Kopf stützte. »Sie dreckiger –! Wo haben Sie den –«

Der Rest war nicht zu verstehen, weil Casaluggi ihr Kinn packte und ihr den Mund aufdrückte.

Tristan nahm den Wangenschaber aus seinem Etui und fuhr mit dem flachen Werkzeug über die Innenfläche ihrer Wange. Dann wischte er das Gemisch aus Speichel und Zellen auf die beschreibbare Schablone.

Sie starrte ihn an, erfüllt von Entsetzen, das aber schnell zu Verachtung wurde. »Sie bilden sich ein, Sie können von *mir* eine Schablone machen? Keine Chance! Bis Sie diese Zellen dahin gebracht haben, wo Sie herkommen – Kaze, nicht wahr, Sie müssen Kaze-Agenten sein –, und eine Schablone daraus machen und dann wieder als ich hierher zurückkommen, hat man mich längst als verschwunden gemeldet und meinen Sicherheitszugang gelöscht. Versuchen Sie nur, sich als mich auszugeben, dann pulsiert man Sie zu rotem Schleim.«

»Ich weiß«, sagte Tristan.

»Mich interessiert nur eines –«

Casaluggi stopfte ihr den Knebel wieder in den Mund, während Tristan den Rest des Nährkonzentrats in sich hineinkippte. Er sah sich um, suchte eine Stelle, wo er fluxen konnte. Casaluggi schien zu wissen, was er suchte.

»Dort drüben«, sagte er. »Hinter diesen Kisten.«

Tristan nahm sein Garderobeetui und ging in den hinteren Teil des gewölbeähnlichen Raums, wo er den Clingsuit des Datameisters und zwei zusätzliche Behälter mit Konzentrat fand. Er vergewisserte sich, dass man ihn nicht sehen konnte. Diese Leute bedeuteten ihm nichts und würden möglicherweise bereits tot sein, ehe die Sonne unterging; trotzdem war es ... einfach undenkbar ... vor ihnen zu fluxen.

Tristan öffnete den Schlitz an seinem Unterleib und nahm die Schablone heraus. Ihr genetischer Code würde eine Weile in ihm aktiv bleiben, aber dann würden seine Zellen in Ermangelung eines stetigen Datenstroms in den neutralen Zustand zurückkehren.

Falls man ihnen nichts anderes auftrug.

Tristan nahm die beschreibbare Schablone und starrte sie an. Neue Technologie ... revolutionär. Er wusste, dass man sie getestet und immer wieder getestet und festgestellt hatte, dass sie imstande war, von einem einzelnen Muster sofort ein Genom zu kopieren.

Aber was war, wenn diesmal etwas schief ging? Nichts so Dramatisches wie das Verderben eines ganzen Chromosoms oder Gens ... was aber, wenn beispielsweise eine einzelne Aminosäurensequenz in der digitalen Übertragung verschoben wurde? Aller Wahrscheinlichkeit nach würde das keine nennenswerte Auswirkung auf den Lani-Rouge-Phänotyp haben, aber es könnte vernichtende Folgen haben. Er könnte körperlich verformt oder verkrüppelt oder, noch schlimmer, geistig verkrüppelt dabei herauskommen, so stark beeinträchtigt, dass er nicht imstande sein würde, sofort eine funktionierende Schablone einzuschieben.

Darüber durfte er einfach nicht nachdenken. Er atmete tief durch und schob die Schablone ein, dichtete seine Tasche ab und wartete.

Ein paar Sekunden lang spürte er gar nichts, dann das vertraute Prickeln, als seine mDNS die ersten Botschaften der neuen Schablone empfing. Er spürte, wie seine Armmuskeln zitterten und sich dann anspannten, als die Zellen in irrsinnigem Tempo neue Formationen annahmen, um die Forderungen zu erfüllen, die von den neuen Instruktionen ausgingen.

Dann traf der neue genetische Code auf seine Knochen – angekündigt von einem gewaltigen, geradezu explosivem Druck, so als würde man ihm stählerne Stangen in sein Knochenmark treiben. Er sammelte alle Kräfte, denn er wusste, dass das Schlimmste noch bevorstand.

Tristan sah sich um, suchte eine Stelle, wo er sich hinsetzen, sich zusammenkrümmen und heulen konnte, während sein Körper pulsierte und sich in Krämpfen wand.

Er musste … sich … hinlegen.

Er biss die Zähne zusammen, als seine Knochenmasse sich verflüssigte und davontrieb, um in anderes Material umgeformt oder entlang der Knochenachsen für einen künftigen Flux gelagert zu werden.

Er krümmte sich auf dem Boden zusammen und spürte, wie die Schmerzen seine Kiefer erfassten, ein zunächst stumpfer Schmerz, der immer stärker wurde, bis er das Gefühl hatte, jemand hätte ihm einen Fußtritt ins Gesicht versetzt.

Bald flossen Schmerzimpulse durch jede einzelne Nervenfaser in seinem Körper, hundert wahnwitzige Chirurgen, die mit Nadeln und Messern an ihm herumarbeiteten.

Ein Stöhnen entrang sich seiner Kehle, und der Schweiß rann ihm aus allen Poren. Es war eine Sache, vom neutralen Zustand in eine Masque zu fluxen. Aber eine Masque gegen eine andere zu tauschen, ohne eine Pause dazwischen, war qualvoll. Nur Kampfmimiks, deren Nervensysteme von wiederholten Wechseln ziemlich ausgebrannt waren, kamen damit einigermaßen zurecht.

Ein weiteres Stöhnen entwich seinen Lippen.

»Alles – alles in Ordnung mit Ihnen?«, fragte jemand von der anderen Seite des Kistenstapels.

Tristan versuchte zu antworten … und das war der Augenblick, in dem er spürte, wie die Brüste sich formten.

Es war nicht das erste Mal, dass er in einen weiblichen Phänotyp gefluxt hatte, aber das plötzliche Anschwellen fühlte sich jedes Mal wieder eigenartig an. Die Brüste hoben sich weiter, während der Rest seines Körpers langsam zu einer exakten Kopie des Körpers von Lani Rouge wurde.

Tristan lag zitternd auf dem Boden und wartete mit geschlossenen Augen, bis es vorbei war.

Schließlich wich der Schmerz.

Zitternd, wie in einem Nebel, stand Tristan auf und wankte wie ein Betrunkener. Er schnappte sich einen weiteren Behälter mit Konzentrat und sog seinen Inhalt gierig in sich auf. Als sein Bewusstsein langsam klarer wurde, blickte er an seinem neuen Körper herab – sah die weiße Haut, die vorstehenden Brüste mit den rosa Brustwarzen. Alles sah aus, als wäre es vollkommen, und er dachte auch wieder klar. Er lächelte. Die beschreibbare Schablone hatte perfekt funktioniert.

Er warf sich den roten Clingsuit des Datameisters über die Schulter und schlenderte zurück in den vorderen Teil des Lagerraums.

Die staunenden Blicke, die ihn begrüßten, ließen ihn den Fluxschmerz beinahe vergessen. Am besten war der starre Blick des Datameisters.

Und das Staunen in diesen Augen, als sie sich selbst anstarrte, machte sie nur noch schöner.

»Zauberei«, sagte er als Antwort auf die unausgesprochene Frage.

Als er in ihren Clingsuit schlüpfte, sagte Casaluggi: »Sind Sie mit ihr fertig?«

»Ich denke schon.«

»Gut.« Er zog seine Pistole heraus. »Wir erledigen sie und kehren dann zu unserem –«

»Warten Sie«, sagte Tristan, ohne das eigentlich zu wollen. »Nicht.«

»So lautet unsere Anweisung«, sagte Casaluggi. »Es ist viel zu riskant, sie am Leben zu lassen.«

Tristan brauchte ein paar Sekunden, um die plötzliche Panik zu begreifen, die ihn mit eisiger Faust packte, aber das half ihm auch nicht, sie zu überwinden. Die beschreibbare Schablone hatte funktioniert, aber dabei war eine ungeschrubbte Schablone herausgekommen – ein Genom, in das viel von Lani Rouge eingesickert war ... Und Lani Rouge wollte nicht sterben.

Tristan brachte es einfach nicht über sich, ihren Tod anzuordnen. Vielleicht würde er in ein oder zwei Stunden ihren Selbsterhaltungsinstinkt überwinden können, aber im Augenblick suchte sein Bewusstsein fieberhaft nach einer Alternative.

»Nein«, sagte er und wandte sich Casaluggi zu. Er wünschte, er hätte jetzt seine alte Schablone – dann würde er viel imposanter als diese schlanke, hübsche Frau wirken. »Die Befehle wurden geändert. Sie könnte einen Vitalitätssensor implantiert haben, der einen Alarm auslöst, wenn sie stirbt. Außerdem könnte ich auf ein Problem stoßen ... und sie hat möglicherweise die Lösung dafür. Wenn sie tot ist, wird sie uns nichts mehr sagen.«

»Was sollen wir dann tun?«

»Bleiben Sie hier. Bleiben Sie hier, und warten Sie, bis ich zurückkomme.« Er sah zu Lani hinüber. »Und dann können Sie mit ihr machen, was Sie wollen.«

Alles in ihm bäumte sich selbst gegen diese angedeutete Drohung auf, gegen diese begrenzte Lebensspanne, die er ihr damit setzte. Aber Stunden später würde er den Befehl geben können. Wenigstens dachte er das. Jammerschade, so viel Schönheit zu verschwenden. Würden die Männer tun, was er verlangt hatte? Er sah sie an. Der Anführer zögerte einen Augenblick, überlegte vielleicht, ob er sich Tristan widersetzen sollte.

Tristan fügte hinzu: »Sie wollen doch nicht etwa, dass der Bosu erfährt, dass ein so wichtiger Einsatz gescheitert ist, weil Sie nicht auf mich gehört haben?«

Das verfehlte seine Wirkung nicht. »Also gut«, sagte Casaluggi. »Wir bleiben hier, bis Sie zurückkommen.«

Tristan drehte sich um und kauerte sich dicht neben den Datameister.

Als ob man in einen Spiegel sieht, dachte er. Mit Ausnahme der Augen ... irgendetwas Fremdartiges war hinter diesen Augen.

»Ich bin jetzt Sie«, sagte er.

Sie bäumte sich auf, und ihr Gesichtausdruck wirkte verzweifelt. Aber alles Flehen würde sie nicht retten. Sie hatte die beschreibbare Schablone in Aktion gesehen. Sie durfte diesen Raum unter keinen Umständen lebend verlassen.

»Sie müssen gehen, Mimik«, sagte Casaluggi. »Wenn der Datameister nicht bald auftaucht, werden die anfangen, nach ihr zu suchen.«

Tristan entfernte sich von Lani.

»Tut ihr nicht weh. Ist das klar?«

Die Männer nickten.

Tristan drehte sich um und eilte aus dem Raum. Draußen blieb er stehen und blickte nach Norden auf die Ebenholztürme, die sich über den Lagerhäusern erhoben.

Die Zitadelle ... Monate der Ausbildung würden endlich ihren Lohn finden ... die Selbstheit ... oder den Tod. Wenn Flagge Glom irgendwie von der Existenz der beschreibbaren

Schablone erfahren hatte, wäre das das Ende. In dem Fall würden sie alle ihre inneren Sicherheitsprotokolle geändert haben.

Und ihn fangen.

All das Training, all die Ausbildung umsonst.

Er zuckte mit den Achseln, als könnte er damit die Spannung loswerden, die seine Schulter- und Halsmuskeln erfasst hatte, und begann nach Norden zu gehen.

Jetzt war es zu spät umzukehren.

TEIL ZWEI

INS FEUER

8

Tristan starrte zu der drohend vor ihm aufragenden Zitadelle hinauf. Das größte Bauwerk des ganzen Planeten. Die Zitadelle stach in den grauen Himmel und verkündete Flagges Macht.

Die Routine-Checkpoints hatte er seit dem Betreten von Flagge Quarter mühelos passiert. Aber jetzt wurden die Sicherheitsvorkehrungen schärfer.

Er zwang sein wild schlagendes Herz, langsamer zu werden. Er würde jetzt immer wieder gescannt werden, bis er schließlich das Datencenter erreichte. Er wollte nicht aufgehalten werden, bloß weil irgendein Scanner einen unerklärlichen Angstzustand registrierte.

Er spürte, wie sein Puls langsamer wurde. Das sollte er auch. Er konnte es schaffen. Kein Problem. In dem virtuellen Modell von Kaze hatte er das Datencenter Hunderte Male betreten. Diesmal würde es nicht anders sein ... *sollte* es nicht anders sein.

Es sei denn, das virtuelle Modell war unvollständig, oder Flagge hatte etwas Neues hinzugefügt. Aber darüber durfte er jetzt nicht nachdenken; er durfte nicht zulassen, dass ihn etwas beunruhigte, was er nicht unter Kontrolle hatte.

Er atmete tief durch, ging auf das Tor der Zitadelle zu und trat in eine der Scannernischen. Die Laser tasteten ihn ab, suchten nach Hinweisen holographischer Verstärkung oder Tarnung. Er schob die Hand in den IDplant-Leser. Dies war die erste Stelle, wo etwas schief gehen konnte. Wenn sein IDplant eine auch nur in winzigem Maße unvollkommene Kopie von dem des Datameisters war, würden Pulser ihn lähmen, und man würde ihn zur Untersuchung wegbringen.

Und dann würde er sich erklären müssen. Codes konnten sich zersetzen – das kam oft vor –, aber die Polizeibeamten würden wissen wollen, *wie* das passiert war – ganz besonders, wenn das fehlerhafte IDplant einem Datameister gehörte. Und er würde keine guten Antworten auf ihre Fragen haben.

Das konnte blitzschnell zu seiner Liquidierung führen.

Die Laser erloschen, und die innere Tür der Zelle schob sich auf.

So weit, so gut. Das lief so glatt wie eine Sitzung im VR-Simulator.

Er folgte dem Korridor nach rechts, als ob er das jeden Tag täte – was er auch den ganzen letzten Monat über getan hatte. Er fühlte sich wie zu Hause. Hier gab es keine Überraschungen, alles schien ihm vertraut.

Er staunte, wie präzise das VR-Simulationsmodell in Kaze doch gewesen war. Wie hatten die Maulwürfe des Gloms es geschafft, ein derart exaktes Modell herauszuschmuggeln? Sie mussten den höchsten Rängen angehören, höchste Sicherheitsfreigaben besitzen.

Die Verräter, wer auch immer sie waren, hatten vermutlich erkannt, dass Flagges Stern im Untergehen begriffen war … und sicherten sich ihre eigene Zukunft, indem sie den Niedergang beschleunigten.

Jetzt hatte er die Zentralschächte erreicht – die Einzigen, die ohne Zwischenstation zum Datencenter führten. Als er das Freizeichen bekam, trat er vom Rand vor und schwebte in die Tiefe. Er manövrierte sich an den Rand des Schachts, hielt sich in den langsamen Zonen außen und ließ diejenigen, die es eilig hatten, durch die Mitte davonrasen.

Er hatte es nicht eilig, zu den letzten Checkpoints zu kommen.

Als Tristan Etage S-25 erreicht hatte, war er allein. Er packte einen der Handgriffe und schwang sich in das Stockwerk hinaus. Dem Einfluss der Schwerkraftabschwächer entzogen, stellte sich wieder sein volles Gewicht ein. Er hatte die Etage, in der sich das Datencenter befand, erreicht. Eine weitere Scannerzelle, identisch mit der am Tor der Zitadelle, erwartete ihn im Vestibül.

Jetzt gab es kein Zurück mehr.

Er trat ein und ließ erneut die Laser und IDplant-Checks über sich ergehen, aber als sich diesmal die Tür aufschob, sah er sich zwei Wachen gegenüber.

Eine von ihnen, eine muskelbepackte, blonde Frau mit vorstehendem Kinn, sagte: »Heute haben wir uns wohl ein wenig verspätet, Rouge.«

Diese finster blickende Wache war in der VR-Simulation in Kaze Glom nicht enthalten gewesen.

Tristan zuckte mit den Achseln. »Das ist einfach einer von diesen schlimmen Tagen, Sie wissen schon.«

Die Wache schüttelte den Kopf. »Nein.« Sie deutete mit dem Daumen hinter sich. »Was ist, warten Sie auf eine Ehrenwache?«

Tristan trat an ihr vorbei und eilte durch den Korridor des Polizeipostens, der zwischen den Fallschächten und dem Datencenter lag.

Der Weg, den er so oft im Simulator zurückgelegt hatte, führte ihn zu dem winzigen Fahrstuhl – einem echten Fahrstuhl mit einer Kabine – und nach unten, in das eigentliche Datencenter.

»Rouge«, sagte ein Techniker, der hinter einem Pult unmittelbar vor der Tür saß. »Drei ist bereit. Ich wünsche eine gute Sitzung.«

Tristan nickte und trat in die Zelle. Die Tür schob sich hinter ihm zu, und dann begann die Decke zu leuchten. Ließ eine Art Liege erkennen, die aus der Wand ragte. Er zog sich aus. Und hielt nur kurz inne, um mit beiden Händen über das Wunder von Lani Rouges Brüsten zu streichen. Er verspürte ein fremdartiges *Prickeln* des Wohlbehagens.

Er ließ sich auf die Liegefläche sinken. Als sich die Veneneinheit aus der Wand schob, steckte er den Arm durch den Ring. Er spürte einen scharfen Stich, als das Katheter schnell seine Haut durchbohrte und sich in eine Vene einfädelte.

Die Veneneinheit vergeudete keine Zeit. Er schloss die Augen und versuchte, nicht zu schwitzen, als die Maschine ihre Analyse begann. Fingerabdrücke und Netzhautmuster konnten gefälscht werden, blieb also nur eines: der Genotypvergleich. Bei dem Testverfahren würden jeder Nanomorph und jeder DNS-Anpassling, die versuchten, sich als Datameister auszugeben, entdeckt werden. Die fremden Genotypen würden im ganzen Datencenter Alarm auslösen.

Vielleicht würde diese nette Polizistin aus dem Vestibül hereinkommen und ihn persönlich lähmen. So, wie sie aussah, würde ihr das möglicherweise Spaß machen.

Aber dank seinem Goleman-Chromosom entsprach Tristans Genotyp jetzt exakt dem von Lani Rouge. Das Goleman selbst hatte sämtliche Charakteristika eines ihrer X-Chromosomen angenommen ... und für ein Goleman in Masque gab es bis jetzt noch keinen wirklich hundertprozentigen Test.

Nach allem, was in Flagge bekannt war, dauerte es mindestens sechs Tage, eine Mimikschablone herzustellen. Wenn Lani Rouge auch nur einen einzigen Tag lang außer Kontakt war, würde die Sicherheitsabteilung von Flagge wissen wollen, warum das so war.

Und bis jetzt gab es keinerlei Hinweise, dass sie über beschreibbare Schablonen Bescheid wussten, dachte er.

Aber das werden sie ... sehr bald.

Er schlug die Augen auf, als er den warmen Strom des Virozids in seinen Venen und gleich danach durch seinen ganzen Kreislauf strömen spürte.

Die beschreibbare Schablone hatte funktioniert. Er hatte den Test bestanden. Das Datencenter von Flagge Glom war überzeugt, dass er Lani Rouge war. Er konnte nicht jubeln, durfte nicht einmal erleichtert aufseufzen. Das Einzige, was er durfte, war, den Arm aus der Wandeinheit zu ziehen und sich von der Liege zu schwingen.

Die innere Tür schob sich auf, und Tristan, immer noch nackt, trat in einen Vorraum des Datencenters.

Er blieb an der Einsatzkonsole stehen, damit die Einheit seinen Chip lesen konnte. 72649K leuchtete auf dem Bildschirm auf. Schade, dass Lani Rouge heute nicht in 87342J eingeteilt war, aber das wäre wirklich zu viel verlangt gewesen.

Er ging zum Inkubator/Lagerbereich der Katzenaugen und gab 7–2–6–4–9–K ein. Nach zweimaliger Überprüfung seines IDplant kreiste das Karussell im Inkubator und spuckte dann eine silberne Kugel aus. Tristan nahm sie aus dem Ausgabeschlitz und trug sie durch den regenbogenfarbenen Vorhang, der die Zugangskammer abgrenzte.

Das Schimmern der bakterien- und virentötenden Strahlung hüllte ihn ein und prickelte auf seiner nackten Haut, als er in die winzige Kammer trat. Lanis Körper war frei von jeglichen fremden Wirkstoffen und für den codierten Virus im Inneren der Kugel bereit.

Er hielt kurz inne, damit seine Augen sich an die schwächere Beleuchtung anpassen konnten. Unmittelbar vor ihm war der gepolsterte Liegesitz, auf dem er die nächsten paar Stunden verbringen würde. Das war der Teil des Einsatzes, vor dem er Angst gehabt hatte.

Jetzt musste er darüber lächeln. Während der ganzen Zeit,

die er in der Zitadelle unterwegs gewesen war, war er dem Risiko ausgesetzt gewesen, gepulst, paralysiert, als Mimik entdeckt und liquidiert zu werden – aber all das verblasste vor der Aussicht, sein Gehirn dem Virus auszusetzen, der in der winzigen, silbernen Kugel schwamm, die auf seiner Handfläche lag.

Aber Lani Rouge tat das fast jeden Tag, und allem Anschein nach war sie körperlich wie geistig gesund. Trotzdem behaupteten manche, dass die Arbeit eines Datameisters keineswegs so ungefährlich sei. Er hatte Gerüchte von Zusammenbrüchen gehört, von Datameistern, die plötzlich verrückt geworden waren. Die Gloms stellten das natürlich mit aller Entschiedenheit in Abrede.

Und dann die bloße Vorstellung, sich einer Art kontrollierter Encephalitis auszusetzen … er schauderte. Tu es, redete er sich zu. Bring es hinter dich und verschwinde hier.

Er zwang sich, weiterzugehen und das Katzenauge in den Behälter am Kopfende der Liege fallen zu lassen. Dann streckte er sich auf der kühlen Polymerfläche aus. Er lauschte dem Flüstern der Kopfhauteinheit, die sich aus dem oberen Teil der Liege schob und, schon auf Datameister Lani Rouge eingestellt, seinen Kopf umschloss.

Aber wovor er wirklich Angst hatte, war der nächste Schritt. Und der kam nur Sekunden später – die kühle Feuchtigkeit einer transdermalen Injektion, die den Virus aus dem Katzenauge von 72649K durch seine Nackenhaut einströmen ließ.

Er biss die Zähne zusammen und stellte sich vor, wie die Viruspartikel an seinen Epidermiszellen vorbeiglitten, durch seine Kapillarwände drangen, durch seinen Blutstrom flossen – jetzt frei von jeglichen konkurrierenden Viren – auf seine Gehirnzellen zu … in sie eindrangen … sie infizierten … sich vermehrten.

Mir wird nichts passieren, redete er sich immer wieder ein. Datameister tun das jeden Tag. Dieser Virus ist exakt auf Lani Rouge abgestimmt, nach dem Muster ihrer eigenen RNS geformt, damit es keine Antigen-Reaktion gibt. Nichts, worüber man sich Sorgen zu machen brauchte.

Es sei denn, das Virus deckte irgendwie das Goleman-Chromosom auf.

Cyrill hatte gesagt, dass das nicht geschehen würde – nicht geschehen konnte. Sie hatten das erprobt. Aber konnten sie ganz sicher sein, dass Flagge Glom nicht irgendeine Manipulation an dem Virus vorgenommen hatte, um einen Mimikspion in die Falle zu locken? Doch für solche Fragen war es jetzt zu spät.

Tristans Lider wurden schwer. Langsame, vom Datenhelm induzierte Wellen wogten über seinen Kortex. Statt ihrem beruhigenden Einfluss nachzugeben, wie sich das für einen braven Datameister gehörte, gab Tristan sich alle Mühe, wach zu bleiben. Und zugleich gab er sich alle Mühe, gegen die in ihm aufwallende Panik anzukämpfen. Man hatte ihm gesagt, dass einem die Flut von Daten, die von den Vironen freigesetzt wurden, die sich jetzt in seinen Gehirnzellen vermehrten, vollkommen die Orientierung nehmen konnte, aber er wollte hier nicht schlafen. Das Bewusstsein verlieren hieß, die Kontrolle verlieren, hieß, im Herzen des Feindes verletzbar sein.

Sein Blick verschwamm, als der ganze Raum schwindelerregend um ihn zu kreisen begann. Er presste die Lider zusammen und kämpfte gegen eine Aufwallung von Übelkeit an. Alles normal, alles Bestandteil des Prozesses – trotzdem war er auf die Heftigkeit des Gefühls nicht vorbereitet.

Grelle Lichter flackerten, wirbelten über die Innenseiten seiner Lider, grelle Bilder zuckten an ihm vorbei, in die Länge gezogen und verzerrt, wurden schneller, bis sie in eine flammende Leere zusammenflossen, die ihn einhüllte und ihn mit einem einzigen langen Schluck kopfüber in sich hineinzog.

Tristan wachte ruckartig auf. Kein allmähliches Hochtauchen aus dem Schlaf, kein Gähnen, kein Sich-Strecken. Er war einfach *wach*, in der Zugangskammer.

Und er war sich einer weiteren Dosis Virozid bewusst, die durch seine Venen strömte, während der Datenhelm sich von seinem Kopf zurückzog.

Offenbar waren die maßgeblichen Stellen für heute mit 72649K fertig. Sie hatten Lani Rouges Gehirn als Prozessor benutzt, um sich Zugang zu ihrer Datenbank oder ihrer Inventurliste oder Formeln, oder was auch immer 72649K enthalten mochte, zu verschaffen und daran Modifikationen vorzunehmen, und hatten dann die Veränderungen als Basissequenzen an der viralen RNS gespeichert und die modifizierte Kette in einem neuen Katzenauge gezüchtet. Und jetzt löschten sie das Virus aus seinem System.

Ein – aus – so einfach war das.

Wie lange hatte der ganze Vorgang gedauert? Wie lange war er bewusstlos gewesen? Er wünschte sich, sein Neuronet aufrufen und das feststellen zu können. Aber das wagte er nicht, nicht hier, im Herzen des Datencenters von Flagge.

Er rollte sich von der Liege und ging auf den Vorraum zu – diesmal mit leeren Händen. Er wusste, dass das Katzenauge im Raum bleiben musste. In diesem Augenblick wurden die Daten über die neue Lani-Rouge-Kette in die Ketten anderer Datameister rückgespeichert. Wenn Lani Rouge etwas zustoßen sollte, konnte man sich über einen anderen Datameister Zugang zu den geänderten Daten verschaffen.

Niemand war unersetzlich … nicht einmal Datameister.

Im Vorraum war er allein und trat sofort an den Inkubator und tippte schnell 8-7-3-4-2-J ein. Eine weitere Überprüfung seines IDplant, ein Summen, und dann fiel ein Katzenauge in den Ausgabeschlitz. Tristan zog eine durchsichtige Membran an der Innenseite seines Oberschenkels ab, holte eine winzige Kanüle hervor, öffnete den Augenschlitz, um den Zugangsport freizulegen, und schob dann die Kanüle ein. *Übung macht den Meister.* Er wartete genau drei Sekunden und drückte dann die Kanüle zu, ließ sie sich in dem Auge auflösen. Er legte das Katzenauge zurück in die Ausgabeschale und drückte die Tasche an seinem Schenkel wieder zu.

Schnell und sauber.

Als der Inkubator Katzenauge 87342J zurücknahm, richtete Tristan sich auf und sah sich um. Reiner Reflex. Er war allein hier.

Wie lange hatte es gedauert? Fünfzehn Sekunden? *Zwanzig.* Egal, es war lang genug gewesen. Er hatte eine Probe von 87342J in einer abgeschirmten Tasche und Lani Rouges Genotyp auf seiner beschreibbaren Schablone, die es Kaze Glom jederzeit ermöglichte, sich Zugang zu den Geheimnissen der Probe zu verschaffen.

Einfacher hätte es gar nicht sein können.

Einen Augenblick leistete er sich den Luxus, an sein persönliches Ziel zu denken ... einen Schritt näher zur Selbstheit, näher an einem wirklichen Leben. Näher an der Integration – er würde in Kaze Glom von niemandem mehr zu unterscheiden sein.

Nicht, dass er den Wunsch hatte, in *irgendeinem* Glom zu bleiben. Sobald er frei war, würde er ausziehen, um die Welt zu sehen, von der er geträumt hatte, und nie wieder einen Blick auf die Gloms oder die Freizonen werfen.

Er hatte es beinahe geschafft.

Jetzt musste er bloß noch lebend aus Flagge Glom entkommen.

9

Regis tauchte vor ihm auf und hob die Hand. »Einen Augenblick, Lord Tristan.«

Tristan blieb in Bewegung, ging durch ihn hindurch. Das SynFood-Lagerhaus war nur wenige Blocks entfernt, und er wollte schnell von der Straße.

»Was ist denn?«

Regis tauchte wieder neben ihm auf. »Ich habe einen Alarm aufgefangen.«

»Vom Datencenter?«

Er hatte Regis angewiesen, sich in das Netz von Flagge Isle einzuklinken und auf jede Art von Alarm zu achten – besonders auf einen Alarm, der vom Datencenter ausging.

»Nicht speziell. Es ist eher eine Art allgemeiner Alarm, Mylord – erhöhte Wachsamkeit in den Außenbezirken von Flagge Quarter und ... bei dem SynFood-Lagerhaus. Die Sicherheitskräfte suchen *jemanden.*«

Er blieb stehen. »Mich?«

»Das ist nicht klar, aber in Anbetracht der Tatsache, dass in dem Lagerhaus Aktivität ...«

»Sicher. Verdammt, ich wette, das betrifft mich.«

Er ging weiter, spürte, wie sich in ihm ein unbehagliches Gefühl breit machte, und bog an der nächsten Ecke ab – weg von dem Lagerhaus.

Das war schlecht. Was war da schief gegangen? Es konnte natürlich alles Mögliche gewesen sein. Aber was auch immer es war, jedenfalls war er von seiner vorherigen Masque abgeschnitten. Für den Augenblick steckte er in dem Lani-Rouge-Genotyp fest.

Er wünschte, er hätte seine Garderobe mitgebracht, oder wenigstens noch eine beschreibbare Schablone. Dann würde er bloß ein paar Zellen vom nächstbesten Passanten brauchen … aber das war Wunschdenken – im Augenblick völlig sinnlos –

Er konzentrierte sich wieder auf die Klemme, in der er steckte.

»Regis – Flagge Isle im Auge behalten. Das Wichtigste sind Hinweise auf Lani Rouge oder Mimikagenten. Sag mir sofort Bescheid, wenn du etwas darüber erfährst.«

»Ja, Mylord.«

Tristan schüttelte den Kopf. Dieses »Lordschaft«-Motiv begann allmählich lästig zu werden. Er wünschte, er hätte sich am Morgen die Zeit genommen, Regis umzuprogrammieren, aber er hatte es so verdammt eilig gehabt wegzukommen.

Er ging weiter, bog ohne besonderes Ziel einmal links und einmal rechts ab, ohne auf sein Roaming Grid zu sehen. Das Lagerhausviertel mit seinen niedrigen Zweckbauten wich einem schimmernden Wohnviertel, das vorwiegend aus Hochhäusern bestand. Auch hier hatte die orgallische Mode bereits in ihrer ganzen Hässlichkeit Einzug gehalten. Eine nicht unbeträchtliche Zahl der fünfzigstöckigen Gebäude zeigte einen metallischen Schimmer.

Er bemerkte auch, dass Männer ihm nachsahen und musste sich mehrfach ins Gedächtnis rufen, dass er jetzt einen sehr attraktiven Frauenkörper trug. Er würde sich etwas Kreatives einfallen lassen müssen – vielleicht sogar etwas sehr Altmodisches –, um sein gutes Aussehen zu nutzen, ehe er hier rauskam.

Tristan war von dieser Vorstellung alles andere als erbaut. Eine physiologische Reaktion konnte er vermutlich von diesem Frauenkörper erwarten, aber seine persönliche Orientierung war stets männlich gewesen. Und Sex aus der weiblichen Perspektive kam ihm immer so … so *invasiv* vor.

Tristan hatte andere Mimiks davon reden hören, wie sie die

Geschlechter getauscht hatten, wobei sie den Eindruck vermittelt hatten, als ob ihnen das Spaß gemacht hätte, als käme es gar nicht auf die eigene Orientierung an.

Aber bei ihm war das anders.

Ziellos durch die Straßen und Gassen gehend, immer wieder in Seitenstraßen einbiegend, fand er sich schließlich in einer Wohnstraße mit luxuriösen, orgallischen Abteilkomplexen wieder, die sich zu beiden Seiten sechzig oder siebzig Stockwerke in den Himmel reckten, Wohnungen für Flaggearbeiter der oberen Rangstufen.

Er wollte gerade Regis auffordern, ihm eine Karte einzuspielen, um sich eine Übersicht über seinen Standort zu verschaffen, blieb dann aber stehen, als ein schwarzer Streifenwagen um die Ecke bog und zehn Meter über der Straße auf ihn zuschwebte.

Die Polizei. Suchten sie ihn?

Er musste von der Straße herunter, aber er durfte unter keinen Umständen den Eindruck erwecken, er suchte nach einem Versteck. Da war es schon besser, die Nerven zu bewahren.

Schließlich war er eine ordentliche Bürgerin von Flagge, die ihren eigenen Geschäften nachging.

Der Schweber war noch etwa hundert Meter entfernt und überprüfte jeden und alles, was sich unter ihm auf der Straße bewegte. Tristan zwang sich zu einer gelockerten Haltung, verließ den Bürgersteig und schlenderte quer über die Straße. Als er die andere Seite erreicht hatte, ging er auf den nächsten Gebäudeeingang zu. Die Türen schoben sich auseinander, er schlüpfte hinein und eilte zum hinteren Teil des Vestibüls. Er drehte sich um, sah den Streifenschweber vor der Tür auftauchen … und weiterschweben.

Tristan ließ sich gegen die Wand sinken. Vielleicht war das bloß eine Routinestreife. Schließlich hatten sie niemanden aufgehalten. Trotzdem war er noch nicht so weit, dass er gleich wieder auf die Straße hinausgehen wollte.

Er sah sich um. Das Gebäude, das er sich ohne nachzudenken ausgewählt hatte, war ziemlich luxuriös. Die hellen Wände zeigten lebende Holzstruktur. Ein komfortables Versteck, aber wie lange konnte er sich hier aufhalten, ehe jemand anfing, Fragen zu stellen?

Er trat an die Konsole im hinteren Bereich und rief die Bewohnerliste auf. Wenn jemand hier durchkam, dann würde er den Eindruck erwecken, als suche er nach einem Namen. Er ließ die Liste durchlaufen, ohne sonderlich auf die Namen zu achten, und überlegte, was er als Nächstes tun sollte. Plötzlich nahm er halb im Unterbewusstsein einen Namen wahr und ließ die Liste zurückscrollen.

ROUGE, LANI – 3242

Was? Tristan starrte auf den Bildschirm. Bei all den Straßen, all den Wohnbauten, all den Eingängen in Flagge Quarter sollte er ausgerechnet das Haus ausgewählt haben, in dem Lani Rouge wohnte? Er glaubte nicht an Zufälle. Und das konnte keiner sein.

Psycker ... das musste die Antwort sein. Er hatte nicht darauf geachtet, wohin ihn seine Füße getragen hatten, und deshalb waren diese ihm willkürlich erscheinenden Richtungsänderungen nach links oder rechts gar nicht so willkürlich gewesen. Etwas in ihm musste auf vertraute visuelle Hinweise reagiert und ihn nach Hause getragen haben.

Er ging in den hinteren Teil des Vestibüls und drückte die Hand gegen die IDplatte. Ein Stück Wand schob sich auf und gab den Blick auf einen Steigschacht frei.

In einem Wohngebäude?, dachte er. Jetzt bin ich beeindruckt. Er trat in den Schacht und ließ sich nach oben tragen.

Im zweiunddreißigsten Stockwerk griff er nach einer Sprosse und schwang sich in den Flur. Leer. Er ging nach links – die Richtung schien ihm die richtige zu sein – und fand 3242.

Was jetzt? Hineingehen? Ihm war bewusst, dass er nichts über Datameister Lani Rouge wusste. Lebte sie allein? War sie verheiratet? Kinder? Hatte sie –?

Das leise Zischen einer sich weiter unten am Flur öffnenden Tür trieb ihn zum Handeln. Er konnte nicht als Lani Rouge hier stehen bleiben und die Tür anstarren – ihre eigene Tür – und auch nicht riskieren, dass ihn jemand ansprach, der sie kannte. Er legte die Hand auf die IDplatte und trat ein.

Die Beleuchtung flammte auf, als sich die Tür mit einem leisen Zischen hinter ihm schloss. Ein gutes Zeichen. Wenn bereits jemand da gewesen wäre, wäre das Licht eingeschaltet gewesen.

Er sah sich schnell in dem Abteil um – nein, das war kein Abteil, dafür war es zu groß. Das war eine regelrechte Wohnung. Offenbar führten Datameister ein gutes Leben.

Das war auch sonst zu erkennen, wenn man sich das Durcheinander hier näher ansah. Jeder Tisch, jeder Schrank, jede Ecke war mit ... *Dingen* ... voll gestapelt. Spielzeug, Kochutensilien, künstliche Pflanzen und Blumen, tote echte Pflanzen und Blumen, die nie gegossen worden waren, Wandschmuck, Helfer-Bots in allen Formen und Größen, alle sauber und gut abgestaubt, aber die meisten noch in den ursprünglichen Behältern.

Die Wohnung sah aus wie ein Lagerhaus, angefüllt mit all dem Impulskram, der überall im Ocean verkauft wurde.

All der Kram verfehlte seine Wirkung auf Tristan nicht. Er hatte schon immer gern in den Märkten herumgestöbert und versucht, dabei Dinge zu finden, die er in den Flachvids sehen konnte. Wie Lani hatte auch er eine große Vorliebe für fast unbrauchbares Zeug.

Er berührte den Stamm eines seltsam verbogenen Miniaturbaums und zog ruckartig die Hand zurück, als mehrere abgestorbene Blätter von den steifen, trockenen Ästen flatterten. Dabei hatte er den Baum fast überhaupt nicht berührt.

Die Blätter waren kaum auf dem Teppich gelandet, als etwas Rundes, Beigefarbenes über den Boden huschte, die Blätter in sein Fell hineinsaugte und gleich wieder hinter einem Sofa verschwand.

Tristan lächelte. Ein Moppet. Und zwar ein schneller. Er hatte gehört, dass die neuen Modelle nur einmal die Woche aßen und tranken und ihren eigenen Auswurf sauber machten.

Er sah sich um. Das erklärte, warum nirgends Staub zu sehen war – Moppets konnten das Zeug zwar nicht bewegen, aber sie konnten den ganzen Kram makellos sauber halten.

Nur ein einziges Möbelstück war nicht mit irgendwelchem Kram bedeckt: ein voluminöser, schwarzer Sessel. Er ließ sich hineinfallen und fuhr sofort wieder hoch, als er spürte, wie die Polsterung sich unter ihm bewegte. Dann wurde ihm klar, was das war, und er entspannte sich. Ein Smartstuhl. Er ließ zu, dass der Sessel sich seinen Körperkonturen anpasste. Hübsch. So etwas hatte er sich schon immer gewünscht. Der superbehagliche Sessel erinnerte ihn an jene alten TV-Vids, wo sich immer ein »Dad« in einen voluminösen Polstersessel plumpsen ließ, während die bewundernde Familie sich um ihn versammelte. Der Sessel, die Familie, alles kam ihm so … *warm* vor.

Er schloss die Augen und schwelgte in der perfekten, temperaturgeregelten Umarmung der Polster.

Dann erhob er sich widerstrebend. Er konnte es sich nicht leisten, Zeit zu verschwenden.

Er ging ans Fenster und schaltete die Scheibe auf durchsichtig. Das Bild, das sich unter ihm auf der Straße seinen Augen darbot, gab keinen Anlass zur Unruhe.

»Regis«, sagte er, worauf sein PDA erschien. »Augenblicklicher Zustand dieser erhöhten ›Wachsamkeit‹, die du vorhin erwähnt hast?«

»Unverändert, Mylord. Wollen Euer Lordschaft, dass ich –«

»Genug, Regis. Reprogrammierung einleiten.«

Er wollte endlich diesen lästigen, englischen Butler-Avatar loswerden. Aber womit sollte er ihn ersetzen? Vielleicht einfach mit der Standardeinstellung, diesem schwebenden Kopf.

Tristan war gerade halb damit fertig, den Butler abzuschalten, als er sah, wie ein Fahrzeug der Flagge-Polizei vor dem Haupteingang des Gebäudes anhielt.

Seine Muskeln spannten sich an. War es dasselbe wie vorher? Das war nicht zu erkennen. Hatten sie ihn entdeckt, als er vor ihnen über die Straße gegangen war? Oder hatte er vielleicht hier drinnen etwas falsch gemacht … einen Alarm ausgelöst?

Er verdunkelte das Fenster und ging zur Tür. Lani Rouges Luxusapartment fühlte sich plötzlich wie eine vergoldete Falle an. Als die Tür sich aufschob, hörte er im Flur Stimmen. Er ließ sie wieder zugleiten und hastete durch die Wohnung. Sein Herz schlug wie wild, während er sich nach einem geeigneten Versteck umsah.

Er hatte eine der Stimmen erkannt. Natürlich … schließlich hatte er sie jedes Mal gehört, wenn er etwas gesagt hatte.

Lani Rouge kam nach Hause – mit einer Polizeieskorte.

Er fand einen Wandschrank im hintersten Zimmer, einem Schlafzimmer, und versteckte sich dort hinter den Kleidern.

Sekunden später waren Stimmen in der Wohnung zu hören – Männer- und Frauenstimmen, die alle nicht sonderlich freundlich klangen. Er versuchte zu verstehen, was gesagt wurde, aber sie waren zu weit entfernt. Diese Wohnung war einfach zu groß!

Er ließ sich an der Wand zu Boden sinken und richtete sich auf längeres Warten ein.

Etwas, das auf dem Boden in der Ecke lag, drückte ihn am Rücken. Er griff hinter sich und zog es heran. Kugelförmig mit flachem Sockel ... fühlte sich an wie eine Holokugel. Er strich mit den Fingerspitzen über die Unterseite des Sockels und fand einen Schalter. Richtig – eine Holokugel.

Weshalb mochte sie sie hierher gelegt haben? Er drückte den Schalter. Die Kugel begann zu leuchten, und das Bild nahm langsam Gestalt an. Ein Mann, Mitte zwanzig, etwa so alt wie Lani Rouge. Ein Freund? Ein Liebhaber? Ein Bruder?

Irgendwie kamen ihm die kantigen Züge bekannt vor ... diese blauen Augen ... die Antwort schwebte gleichsam außer Reichweite ... kam näher ...

Wer auch immer es sein mochte, das Bild löste plötzlich im Psycker des Datameisters warme Gefühle aus. Wärme ... Liebe ... und tiefes Bedauern.

Und dann hatte er es. Ein plötzlicher Eishauch verdrängte die Wärme, als Tristan die Züge erkannte. Beinahe hätte er die Kugel fallen lassen.

Dieses Gesicht! Es war das Gesicht, das er den ganzen Vormittag getragen hatte ... Das war die Masque, die Cyrill ihm gegeben hatte. Es war kein speziell angefertigtes Komposit, wie man ihm gesagt hatte – es war eine *natürliche* Masque.

Und Lani Rouge kannte ihn.

10

»Dann bin ich also eine Gefangene? Wie?«, herrschte Lani Lieutenant Garmaz an. Äußerlich war der Beamte höflich, aber unter der Oberfläche waren da bloß Regeln und Vorschriften. Er war ihr inzwischen bereits zutiefst unsympathisch.

»Keineswegs, Datameister Rouge. Ich habe es Ihnen ja gesagt – Sie befinden sich in Schutzhaft. Sie sind heute schon einmal entführt worden. Wir wollen nicht, dass das noch einmal passiert.«

Sie wünschte, sie könnte durch die glänzende, purpurrote Gesichtsplatte sehen, die seine obere Gesichtshälfte verdeckte. Sie war überzeugt, dass er mehr wusste, als er ihr sagte.

»Ich darf also meinen Komplex nicht verlassen?«

»Ihre Wohnung wirkt ja recht gemütlich«, sagte er, und dabei wanderte sein undurchsichtiges Gesicht hin und her. »Vielleicht können Sie die Zeit dafür nutzen ... ein wenig Ordnung zu schaffen.«

Ein pingeliger Polizeibeamter. Das hatte ihr gerade noch gefehlt!

Lani weigerte sich, seinem Blick zu folgen. Sie hoffte, dass man ihr ihre Verlegenheit nicht ansah. Ja, in ihrer Wohnung herrschte Chaos. Das wusste sie. Aber sie war nicht schmutzig. Sie hatte die besten Moppets, die es zu kaufen gab, und sie sorgten dafür, dass die ganze Wohnung immer makellos sauber war. Das Problem war nur, dass sie viel mehr Dinge hatte als Orte, um sie aufzubewahren. Wenn sie nur aufhören könnte, sich Sachen zu kaufen.

Aber wie es in ihrer Wohnung aussah, ging die Polizei nichts an.

»Was erreichen Sie damit, wenn ich in meiner Bewegungsfreiheit behindert werde? Warum darf ich nicht –?«

»Sie werden auch bewacht werden. Ihr Gebäude wird ständig beobachtet werden. Jemand, der hier nicht als Bewohner registriert ist, wäre gut beraten, nachvollziehbare Gründe dafür zu haben, wenn er sich hier herumtreibt.«

»Oh, dann bin ich also nicht bloß eine Gefangene, sondern auch noch ein Köder? Das lasse ich mir nicht gefallen!«

»Schluss jetzt!«, sagte Lieutenant Garmaz und hob die Hand und zugleich auch die Stimme. »Ich habe meine Befehle.

Und die führe ich aus. Mehr brauchen wir beide nicht zu wissen. Guten Tag, Datameister Rouge.«

»Und zum Teufel mit Ihnen«, murmelte sie, als er kehrtmachte und zu den beiden rotbehelmten Streifenbeamten zurückging, die im Flur warteten.

Als die Tür sich schloss, hörte sie ein lautes Summen und dann einen Piepton von der anderen Seite. Neugierig berührte sie die Platte, aber die Tür bewegte sich nicht. Sie berührte sie erneut, schlug dann mit der flachen Hand darauf, aber die Tür blieb geschlossen. Die hatten ihre Türplatte ausgeschaltet.

Unglaublich! Sie konnte nicht einmal mehr ihre Wohnung verlassen!

Wütend fuhr sie herum und trat nach einem Tisch, verfehlte ihn zwar mit dem Fuß, stieß aber mit dem Schienbein gegen die Kante. Schmerz durchzuckte sie. Sie griff nach der schmerzenden Stelle und hüpfte, Verwünschungen ausstoßend, auf einem Fuß.

Schließlich ließ der Schmerz nach, und sie ließ sich in ihren Smartsessel fallen, der sich sanft um sie schmiegte.

Wie blöd bin ich eigentlich?, dachte sie. Warum habe ich denen das mit dem Mimik nicht gesagt? Das war nicht Trev … das Ding hat bloß seine Haut getragen.

Aber sosehr sie sich auch das Gehirn zermarterte, sie konnte die Frage nicht beantworten. Die drei Schläger, die sie entführt hatten, hatte sie den Beamten exakt beschrieben, bis hin zu den Haaren in ihren Nasen. Und wenn – und das würde vermutlich nicht lange dauern – sie geschnappt wurden, würde sie gegen sie aussagen und auf maximale Bestrafung bestehen. Sie hatten sie gefesselt, nackt wie am Tag ihrer Geburt, und sie mit gierigen Blicken angestarrt.

Aber nach einer Weile hatte ihnen das nicht mehr genügt. Nein, sie waren zu der Ansicht gelangt, dass das nicht ausreichte. Schließlich war sie ohnehin totes Fleisch. So hatten sie sie bezeichnet: *totes Fleisch*. Da konnten sie ebenso gut ihren Spaß mit ihr haben. Und dann hatte sie dagesessen, starr vor Angst und Schrecken, während die Männer Drogenpflaster getauscht und sich darüber getritten hatten, wer sie zuerst bekommen würde ... und welchen Spaß das machen würde. Sie hatten angefangen, sie loszubinden, aber dann war es zum Streit gekommen – sie wäre jede Wette eingegangen, dass sie mit Hhhelll vollgepumpt waren. Als sie sich nach einem lauten Wortwechsel und einigem Herumgeschubse nicht hatten einigen können, hatten sie beschlossen, die Entscheidung einem 30–40 Spiel zu überlassen.

Während sie noch halb gefesselt dasaß, hatten sie zu spielen begonnen. Lani hatte den Kopf herunterhängen lassen, als schliefe sie, und die ganze Zeit geduldig an ihren Fesseln gearbeitet. Als wieder Streit ausbrach, diesmal heftiger als beim ersten Mal, hatte sie ihren einen Arm befreien und den Rest der Fesseln aufbinden können. Dann hatte sie den Hhhelll-Nebel, in dem die drei Männer schwebten, dazu genutzt, sich hinter ein paar Kisten zurückzuziehen, hatte dort die abgelegten Kleider des Mimik gefunden und war zur Tür gerannt.

Ein Gutes hatte es, wenn man hier in Flagge lebte – man brauchte nicht weit zu gehen, um auf eine Polizeistreife zu stoßen. Nur heute nicht, natürlich. Aber bis sie dann doch eine gefunden und sie zu dem Lagerhaus gelotst hatte, waren ihre Entführer verschwunden gewesen.

Die Streife hatte sie zuerst auf ihre Station gebracht, wo sie ihnen alles gesagt hatte – nur das mit dem Mimik nicht. Die Entführung eines Datameisters war keine Kleinigkeit, und deshalb hatte man sie in die Sicherheitszentrale der Zitadelle gebracht, wo sie ihre Geschichte noch einmal vorgebracht hatte – immer noch, ohne den Mimik zu erwähnen.

Warum? Weil er wie Trev ausgesehen hatte?

Aber »ausgesehen wie« kam der Sache in keiner Weise nahe. Er war Trev *gewesen*. Als er den Raum betreten hatte, hatte sie gedacht, der Mann, den sie geliebt hatte, sei von den Toten auferstanden. Aber nur für einen Augenblick. Trevs Tod war bestätigt worden. Und das konnte nur bedeuten, dass man sein Genom kopiert und einem Mimik gegeben hatte. Aber wer hatte das getan? Und warum?

Sie fröstelte und rieb sich die Oberarme, als sie spürte, wie sie eine Gänsehaut bekam. Mimiks waren ohnehin widerlich, aber dieser … dieser biologische Freak, der in die Gestalt eines toten Mannes geschlüpft war … ihn praktisch ins Leben zurückgerufen hatte … und dann *sie* geworden war.

Sie hatte das für unmöglich gehalten. Sie hätte ihn melden sollen, hätte den Beamten sagen sollen, dass der Mimik sie vor ihren Augen kopiert hatte.

Und warum habe ich das nicht?, fragte sie sich.

Die würden jetzt wie die Wahnsinnigen nach einem Mimikagenten suchen, statt sich darüber den Kopf zu zerbrechen, ob ihre Entführer es ein zweites Mal versuchen würden.

Hatte sie es getan, weil der Mimik ihr das Leben gerettet hatte? Die Kidnapper hatten sie töten wollen – waren im Begriff gewesen, sie zu Brei zu pulsen –, aber er hatte sie daran gehindert.

Und das war ein weiteres *Warum*?, das sie ihrer Liste hinzufügen musste.

Also musste sie sich bei dem Mimik vielleicht irgendwie revanchieren. Aber abgesehen davon hatte sie noch andere Gründe gehabt, ihn zu verschweigen. Sie hatte kein Vertrauen zur Polizei. Die Sicherheitsbehörde in Flagge war so etwas wie ein Staat im Staate. Und wenn die Polizei den Mimik erwischte, würde er verschwinden. Niemand würde erfahren, dass er jemals existiert hatte, geschweige denn, dass es ihm gelungen war, sich Zugang zu Flagge zu verschaffen.

Und ihn so zu sehen ... wie er sich bewegte, wie er redete ... es war beinahe so gewesen, als ob Trev noch lebte.

Sie musste diesen Mimik wiedersehen, musste mit ihm reden, musste herausbekommen, woher er die Kopie des Genoms von Trev bekommen hatte.

Sie seufzte. Das war reine Idiotie. Als ob sie je die Gelegenheit bekommen würde. »*Lani Rouge*.«

Sie fuhr bei dem Geräusch aus dem Sessel hoch – ihr Name ... ihre Stimme ... – und drehte sich um.

Eine junge Frau stand mitten im Zimmer, trug die Kleider, die Lani am Morgen angezogen hatte.

Ich! Nein – der Mimik. Und mir ähnlicher als jedes Spiegelbild.

»Anscheinend haben wir noch mehr gemeinsam als nur unser Aussehen«, sagte der Mimik, der eine Holokugel in der Hand hielt.

Lani trat zurück. Diese ... diese *Kreatur* machte ihr Angst.

»Wa... Was meinen Sie? Was wollen Sie?«

Der Mimik hielt ihr die Holokugel hin. »Das da. Der Mann hier. Woher kennen Sie ihn?«

»Woher *ich* ihn kenne?« Lani blieb stehen und starrte ihn aus geweiteten Augen an. »Woher zum Teufel kennen *Sie* ihn?«

»Ich kenne ihn nicht.« Zum ersten Mal schien der Mimik unsicher zu sein. »Ich dachte, er sei ein Komposit. Ich hätte nie gedacht ...«

»Dass er einmal ein richtiges, menschliches Wesen war?« Lani spürte das Brennen in ihren Augen, als sie sich mit Tränen füllten. Vor diesem *Ding*, diesem Gestaltenstehler, würde sie *nicht* weinen. »Nun, er *war* ein richtiges, menschliches Wesen – der beste Mensch, den ich je gekannt habe!«

»Gekannt habe? Heißt das, dass er tot ist?«

»Ja.« Wieder diese verdammten Tränen. »Er ist vor zwei Monaten getötet worden – ermordet.«

»War er Ihr Bruder?«

»Nein.«

»Dann Ihr Liebhaber?«

»Das geht Sie einen Dreck an.« Sie wandte sich ab, wusste aber, dass es für ihn offenkundig sein musste. Welchen Sinn hatte es also, es zu leugnen? »Also schön, ja.«

Und er fehlt mir so ... niemand kann sich eine Vorstellung machen, wie sehr er mir fehlt.

»Tut mir Leid.«

Sie sah den Mimik an. Ihr Gesicht – ihr eigenes Gesicht – wirkte aufrichtig betrübt, als es das Holo von Trev anstarrte. Hatten Mimiks Gefühle? Plötzlich wurde ihr bewusst, wie wenig sie über Mimiks wusste. In ihrer Welt spielten sie einfach keine Rolle.

»Was tut Ihnen Leid? Dass Sie ihn getötet haben?«

»Ich habe ihn nicht getötet.«

»Na schön – dann eben nicht Sie, aber einer von Ihrer Art. Was macht das schon für einen Unterschied?«

Jetzt blickte der Mimik zu ihr auf. »Warum sollte ein Mimik das tun? An seinem Genotyp ist nichts Besonderes.«

Jetzt war es geschehen. Ein Schluchzen platzte aus Lani heraus, ehe sie es zurückhalten konnte.

»Sie Mistkerl! Es – er – war *für mich* etwas Besonderes!«

Sie ließ sich in den Sessel fallen und vergrub das Gesicht in den Händen. Der Schmerz war immer noch da – zwei Monate waren jetzt vergangen, seit man seine Leiche in die Bottiche gebracht hatte, und es tat heute noch genauso weh wie damals.

Sie spürte eine Hand auf ihrer Schulter und zuckte zusammen. Sie blickte auf, und da stand der Mimik über ihr, starrte sie mit ihren eigenen Augen an – es war seltsam.

Ein Augenblick der Desorientierung – sich selbst vor sich stehen zu sehen ... wie in einem Traum ... einer Phantasievorstellung. *Sich selbst gegenüberzustehen.*

Das war *ihre* Hand, was da auf ihrer Schulter lag, und doch war es nicht ihre Hand.

»Erzählen Sie mir von ihm«, sagte der Mimik. »Bitte.«

»Warum?« Sie wischte sich über die Augen und riss ihm Trevs Holo weg. Langsam verdrängte die Wut ihre Angst und ihr Leid. »Damit Sie ihn besser mimiken können?«

»Nein.« Wieder … diese Andeutung von Unsicherheit. »Weil hier etwas nicht stimmt. Ich hätte für den Einsatz in Flagge eine Kompositmasque bekommen sollen – und unter keinen Umständen das Genom eines vor kurzem ermordeten Bürgers von Flagge. Das ergibt einfach keinen Sinn.«

»Und ausgerechnet das von Trev.«

»Ja«, sagte der Mimik leise, seine Augen starr in die Ferne gerichtet. »Ausgerechnet.« Plötzlich wandte sein Blick sich wieder ihr zu. »Trev … heißt – hieß er so?«

Der Mimik schien sich unbehaglich zu fühlen.

Sie nickte. »Ist etwas mit dem Namen nicht in Ordnung?«

»Nein, keineswegs. Es ist nur so, dass ich bisher noch nie eine Masque mit einem Namen getragen habe.«

Eine Masque … das war alles, was Trev für dieses Geschöpf war. Und dabei war er doch so viel mehr gewesen … Eine plötzliche Aufwallung drängte sie, ihm alles über Trev zu sagen. Dieser Mimik musste es wissen. Aber zuerst …

»Wie ist Ihr Name?«, fragte sie. »Ich kann nicht Lani zu Ihnen sagen, und Trev werde ich auch nicht sagen. Also –«

»Tristan.«

»Tristan.« Sie ließ sich das Wort auf der Zunge zergehen. Ein Mimik, der einen Namen hatte, war für sie etwas ebenso Fremdartiges, wie es für ihn ungewöhnlich sein musste, dass eine seiner »Masquen« eine Identität hatte. »Was für ein seltsamer Name.«

»Ich habe ihn mir nicht ausgesucht.«

»Wer dann?«

Der Mimik zuckte mit den Achseln. »Meine Mutter jedenfalls nicht, so viel steht fest«, sagte er mit einem schiefen Lächeln. »Und mein Vater auch nicht.«

Ist das mein Lächeln?, fragte sie sich. Oder seines? Und dann erfasste sie plötzlich die ganze Tragweite dessen, was er gesagt hatte: Mimiks hatten keine Eltern. Wer hatte ihn großgezogen?

Sie hatte eine flüchtige Vision von endlosen Reihen kleiner Mimiks, Mimikkinder, die auf ihren Betten saßen, alle in einer kalten, riesigen Halle aufgereiht, einer gelangweilten Stimme lauschend, die sie aufforderte, sich jetzt hinzulegen, weil in einer Minute das Licht ausgeschaltet werden würde … einer Minute … einer Minute.

Sie schüttelte das Bild ab. Wo war *das* jetzt hergekommen?

O ja, von Trev. Er hatte es ihr erzählt. Als er schließlich geschafft hatte, dass sie ihm zuhörte.

Er hatte ihr auch andere Dinge über Mimikkinder gesagt – wie man die gesündesten von ihnen, diejenigen, die die Kriterien für Intelligenz und Willfährigkeit erfüllten, im Alter von acht Jahren mit Interfaces ausstattete. Diejenigen, deren mDNS die beste Reaktionsfähigkeit zeigte, wurden weitergeschult, wurden Agenten, Gladiatoren, spezialisierte Arbeiter. Die übrigen … die übrigen wurden auf der ganzen Welt für den Einsatz als Testpersonen für neue Medikamente, Spleißexperimente und dergleichen verkauft. Ein kurzes, häufig von Schmerzen erfülltes Leben, und dann ab in die Bottiche, aber sie waren immerhin noch besser dran als jene, die man Off-World schickte, wo die Arbeitsbedingungen noch schlimmer waren. Es gab sogar Berichte von Bergwerken auf dem Mars, die man geschlossen hatte, und wo die Gesellschaften die Mimiks einfach zurückgelassen hatten, wie gebrauchte Maschinen, sie zum Sterben zurückgelassen hatten.

»Also gut, Tristan. Ich will Ihnen von Trev erzählen.«

Sie starrte Trevs Holobild an, während sie das sagte, beabsichtigte, dem Mimik ein paar Einzelheiten zu sagen, aber nicht mehr. Schließlich gehörte Trev ihr und nicht ihm. Aber als sie dann einmal angefangen hatte, stellte sie fest, dass sie nicht mehr aufhören konnte.

Sie sprach von Trevs Familie, seiner Schwester, seinem Bruder, beide Off-World tätig, erzählte, dass Trev bei den Flagge-Wissenschaftstests unter den zehn Besten gewesen und zum Universitätsstudium zugelassen worden war, erzählte, wie er *cum laude* abgeschlossen hatte und sofort die Arbeit in den Labors für Genprothetik aufgenommen hatte.

Während sie sprach, war der Mimik in ihrem Wohnzimmer herumgegangen und hatte nicht den Eindruck besonderen Interesses gemacht. Jetzt blieb er stehen und drehte sich zu ihr um.

»Er hat an Designergenen gearbeitet? Hatte er irgendwelche Kontakte mit Mimiks?«

»Natürlich. Wie glauben Sie denn, dass die die Spleißungen testen? Die würden doch keine ... « Sie verstummte.

Die Kaltschnäuzigkeit ihrer eigenen Bemerkung fuhr ihr regelrecht in die Knochen. Sicher. Für so etwas waren Mimiks wirklich gut – zur Erprobung von Designergenen. Man spleißte ein neues Gen auf eine Schablone, steckte es in einen Mimik und sah zu, wie es funktionierte. Man benutzte Mimiks dazu, irgendwelche unerwünschten Nebenwirkungen zu beseitigen, ehe das neue Gen auf den Markt kam. Wenn ein Mimik an einem schlechten Gen stirbt, gibt es schließlich immer noch genug von ihnen, die seine Stelle einnehmen können.

Mimiks waren für Lani immer etwas Abstraktes gewesen. Sie hatte sie natürlich in der Arena gesehen, obwohl sie die Gewalttätigkeit und das Blutvergießen bei den Kämpfen nie gereizt hatten. Aber der Mimik, der jetzt vor ihr stand, war nichts Abstraktes. Wie viele Freunde – hatten Mimiks überhaupt Freunde? – hatte er an defekte Designergene verloren?

Sie war auf eine zornige Antwort vorbereitet, aber die Bemerkung schien durch ihn hindurchzugehen. Der Mimik nickte bloß.

»Hatte Trev viele Kontakte?«

»Ich – ich weiß es nicht. Er hat nie viel über seine Arbeit geredet.«

Nein, dachte sie, das stimmte nicht ganz. Am Anfang war er so begeistert gewesen, dass er die ganze Zeit über seine Arbeit in der Genprothetik geredet hatte; sie hatte ihn überhaupt nicht mehr zum Schweigen bringen können – er hatte immer davon geredet, dass sie nicht nur Ersatz für defekte Gene herstellten, sondern auch neue entwickelten, um den menschlichen Körper zu *verbessern*, um das menschliche Genom in Bereiche zu entwickeln, die noch nie da gewesen waren, die sich noch niemand erträumt hatte.

Aber allmählich war er immer schweigsamer geworden. Gegen Ende hätte er, nach dem wenigen zu schließen, was er darüber zu sagen gehabt hatte, ebenso gut in einer Isolierstation arbeiten können.

»War es ein Geheimprojekt? Hatte Flagge ihm einen Knebel angelegt?«

»Das glaube ich nicht. Er hat sich nur im vergangenen Jahr stark verändert. Irgendetwas schien ihn sehr zornig zu machen; er ging abends manchmal weg und sagte mir nicht, wohin. Und dann, vor zwei Monaten – vor achtundsechzig Tagen, um genau zu sein – hat man seine Leiche in der Freizone gefunden.«

»Wie ist er ...?«

Lani schluckte. Sie war inzwischen so weit, dass sie sich damit auseinander setzen konnte. Sogar darüber reden. Sicher konnte sie das. Aber es war nicht leicht.

»Sie – es müssen mehrere gewesen sein, weil einer das nie fertig gebracht hätte, nicht mit Trev – sie haben ihm das Herz aus dem Leib geschnitten und es auf seiner Brust liegen lassen. Die Autopsie hat ergeben, dass er noch am Leben war, als sie ihn aufschnitten.«

»Das tut mir Leid.«

Sie blickte zu dem Mimik auf. Leid? Was konnte ein Mimik davon schon wissen? Sie beobachtete sein Gesicht – ihr Gesicht – scharf, als sie ihm den Rest erzählte.

»Wer auch immer ihn getötet hat, hat Trevs Blut dazu benutzt, etwas an die Wand neben seiner Leiche zu schreiben.« Sie hielt inne.

»Was?«

Das Wort schwamm vor ihr. Sie hatte diesen schrecklichen Ort besuchen wollen, aber als Datameister durfte sie Flagge Quarter nicht verlassen. Also hatte sie sich mit Holos der Sicherheitskräfte begnügen müssen ... und die waren lebensecht genug. Sie erinnerte sich an die primitiven, rotbraunen Buchstaben, die wilden Ausrufezeichen dahinter, wie von Klauen in die Wand gerissene Wunden.

»›Mimik Lover!!!‹«

Der Ausdruck des Ekels und des Entsetzens in dem Lani-Gesicht des Mimik musste echt sein.

»›Mimik Lover‹? Was ... was soll das bedeuten? Die Mimikbordelle?«

»Das hatte ich zuerst auch gedacht«, sagte sie – und schämte sich immer noch, dass sie es gedacht hatte. »Und ich denke, die Polizei wollte, dass ich glaube, Trev sei wegen irgendeiner schmierigen Auseinandersetzung über eine Mimikhure umgebracht worden.«

»Was für ein sensationelles Verbrechen«, sagte der Mimik leise. »Warum war das nicht überall im Datenstrom?«

»Weil die Polizei von Flagge nicht wollte, dass jemand davon erfuhr. Sobald sie ihre Tatort-Holos hatten, haben sie Trevs Leiche weggeschafft und sein Blut mit Enzymen von der

Wand gelöscht. Jeder, der auch nur eine Stunde nach seinem Tod dorthin gekommen wäre, hätte argwöhnen können, dass dort irgendetwas passiert war, aber ganz bestimmt nie herausbekommen, was es war. Man forderte mich auf – befahl mir – nichts zu sagen. Es würde ein Ermittlungsverfahren geben.«

»Weshalb sollte man diesen Mord vertuschen wollen?«

»Genau das wollte ich auch wissen. Und deshalb habe ich – als ich nichts von ihnen hörte – auf eigene Faust Untersuchungen angestellt. Ich bin schließlich Datameister und …« Sie atmete tief durch. »Ich erfuhr, dass Trev sich mit einer Gruppe für Mimikrechte eingelassen hatte.«

»Augenblick«, sagte der Mimik und hob die Hand. »Halt. Eine Mimikrechte-Gruppe? Menschen für Mimikrechte? Ich wusste gar nicht, dass es so etwas gibt.«

Lani glaubte ihm. »Das ist etwas, was die nicht an die Öffentlichkeit gelangen lassen wollen. Sie haben Angst, und wenn die Wahrheit über Trevs Tod bekannt geworden wäre, könnte das die Bewegung nur stärken. Sie wollen ganz offensichtlich nicht, dass Mimiks erfahren, dass es Menschen gibt, die dran arbeiten, sie zu befreien.«

Der Mimik sah sich im Raum um, fand eine freie Stelle und setzte sich dann – ein wenig schwankend, wie sie fand – auf die Kante des niedrigen Tischchens hinter ihm.

»Entschuldigen Sie, aber, ›sie‹? Wer sind diese ›sie‹?«

»Die Gloms. Wer sonst?«

»Aber sie beschützen uns. Wir *gehören* ihnen.«

»Richtig. Und sie wollen, dass das so bleibt, wollen, dass Sie ihnen *weiterhin* gehören. Die wollen nicht, dass Sie anfangen, in sich etwas anderes als einen Besitz zu sehen – Besitz, den die Gloms vor einer feindlichen Welt beschützen. Das Allerletzte, was die wollen, sind Mimiks, die erkannt haben, dass es eine Bewegung gibt, die sie von den Gloms befreien will. Das ist es, was Trev gesagt hat.«

Der Mimik zuckte mit den Achseln. »Eine radikale Minderheit wird schwerlich imstande sein, die Dinge zu verändern. Die Leute hassen uns. Das werden sie immer tun.«

»Manche tun das – ganz besonders diejenigen, die ihre Jobs an Mimiks verloren haben –, aber den meisten Leuten ist das ziemlich egal.« Ich weiß, dass das für mich zutraf, dachte sie. Zumindest, bis Trev ermordet wurde. »Nach allem, was ich erfahren habe, schüren die Gloms Hass und Gewalt gegen Mimiks und unterdrücken jede Andeutung von Sympathie für ihresgleichen. Ich vermute, sie haben Angst, dass es zu einer großen Bewegung kommen könnte, um den Mimiks gewisse Rechte zu verleihen.«

»Nicht, wenn die Angehörigen solcher Bewegungen das gleiche Schicksal erleiden wie Ihr Trev.«

Was er da sagte, leuchtete ein. Eine Weile hatte sie sich gefragt, ob eines der Gloms Trev getötet hatte, sich aber schließlich dagegen entschieden. Wenn ein Glom ihn hätte beseitigen wollen, dann wäre er einfach *verschwunden.* Nein, das mussten irgendwelche krankhaften Mistkerle gewesen sein, vermutlich aus den radikaleren Reihen der Bluts, die mit der Ermordung Trevs – noch dazu auf diese Art und mit dieser blutigen Botschaft – ein Exempel hatten statuieren wollen.

»Das hätte ich jetzt nicht sagen sollen«, meinte der Mimik. »Aber, sagen Sie, sind Sie ... in einer Bewegung für Mimikrecht engagiert?«

Lani schüttelte den Kopf. Wie sollte sie das jetzt ausdrücken? »Nein. Wegen dem, was Trev passiert ist, bin ich interessierter, als ich das vorher war. Aber meine freie Zeit einer solchen Sache widmen? Nein, tut mir Leid. Aber, glauben Sie mir, es gibt da eine Gruppe engagierter Menschen, ganz gewöhnliche Alltagsmenschen, die dort draußen für Ihre Zukunft kämpfen.«

Der Mimik murmelte mit benommener Miene etwas ... ein

Wort. Lani spürte, wie sich ihre Muskeln anspannten. Es hatte fast geklungen wie …

»Was haben Sie gerade gesagt?«

Der Mimik schüttelte sich und blinzelte ein paar Mal. »Nichts.«

»Doch – Sie haben ›Okasan‹ gesagt. Das habe ich gehört. Was wissen Sie über Okasan?«

»Nur das, was ich gehört habe. Dass sie der ›Mimikerlöser‹ sei. Was wissen *Sie* über Okasan?«

»Nicht genug. Ich meine, eigentlich gar nichts. Aber bei meinen Nachforschungen bin ich auf ein Gerücht gestoßen … da soll es eine Frau geben, die an der Spitze der Bewegung zur Befreiung der Mimiks steht. Mir kam in den Sinn, dass das vielleicht die Person war, mit der Trev Kontakt aufgenommen hatte, dass er bei dieser Okasan war, wenn er manchmal stundenlang verschwunden ist.«

Der Mimik sprang auf. »Und jetzt ist er tot.«

Er begann im Zimmer auf und ab zu gehen – und stolperte sofort über eine tote Pflanze und wäre fast gestürzt.

»Verdammt!«, sagte er. »Was ist das alles für Schrott?«

»Ein Teil davon hat Trev gehört, alles Dinge, die ich behalten habe, als ich sein Abteil aufgeräumt habe.« Sie hatte vorgehabt, das alles durchzusehen, war aber dann irgendwie nie dazu gekommen. Und jetzt fehlte ihr die Willenskraft dazu, sie brachte es einfach nicht übers Herz. »Aber das meiste davon sind Dinge, die ich … einfach kaufe.«

»Benutzen Sie denn jemals etwas davon? Das meiste sieht so aus, als ob es nie ausgepackt worden wäre.«

»Ich weiß.« Sie zuckte mit den Achseln. »Das ganze letzte Jahr über habe ich einfach Dinge gekauft … ohne besonderen Grund. Nicht, um sie zu haben … bloß um … sie zu kaufen. Trev sagt – *hat gesagt* –, das sei eine Nebenwirkung meiner Tätigkeit als Datameister.«

Der Mimik starrte sie an. »Tatsächlich? Das wirkt so auf Sie?«

»Das weiß ich nicht. Vielleicht.«

Lani kannte persönlich keine im Ruhestand lebenden Datameister. Wie es schien, zogen sie alle weiter, vermutlich in irgendwelche Luxusgemeinschaften, wo sie weitab vom Ramsch ihre Zeit und den im Berufsleben angesammelten Reichtum genossen. Aber es gab da auch immer wieder Geschichten von Dörfern, in denen stumpfsinnige, ehemalige Datameister den Rest ihrer Jahre in schwachsinnigem Komfort verlebten.

Lügen, vermutete sie, Lügen, die von enttäuschten Schlurfern erzählt wurden, aus Eifersucht darüber, dass es Leute gab, die schon als Dreißigjährige in den Ruhestand gehen konnten.

Zumindest hoffte sie, dass es Lügen waren. Manchmal freilich fragte sie sich, ob nicht doch etwas dahintersteckte.

Sie redete nicht gern darüber, aber es war so lange her, dass sie zuletzt *überhaupt* mit jemandem gesprochen hatte, und in Wirklichkeit war das hier fast so, als würde sie mit sich selbst reden.

»Früher hatte ich immer Gründe, wenn ich etwas kaufte, jetzt *kaufe* ich bloß. Und ich glaube auch nicht, dass ich noch so … clever bin, wie ich es einmal war. Oder zumindest nicht so schnell. Ich meine, das Gedächtnis ist immer noch da, aber meine Zugangs- und Wiederauffindzeiten kommen mir länger vor. Ich spüre da gelegentlich ein Zögern, geradeso, als ob es in meinen Nervenbahnen einen Höcker gäbe.«

»Warum steigen Sie nicht aus?«

»Das kann ich nicht. Ich habe erst die Hälfte meines Zehnjahresvertrags abgedient. Und der ist unanfechtbar. Da kann man nicht einfach aussteigen. Selbst wenn ich mir jeden Knochen im Körper brechen würde, würden die mich immer noch im Rollstuhl zu meinen Sitzungen fahren.«

Sie streckte sich, um die zunehmende Spannung in ihren Gliedmaßen zu lockern. Oder wollte sie vielleicht die Angst abschütteln, dass sie im Begriff war, allmählich den Verstand zu verlieren … und dass am Ende ihres Zehnjahresvertrags vielleicht nur noch wenig von ihr übrig sein würde?

»Es könnte natürlich auch nur meine Phantasie sein. Die Macht der Suggestion, Sie wissen schon. Jedenfalls – nur noch fünf Jahre. Ich spare mir den größten Teil meines Geldes, investiere es konservativ. Wenn ich in den Ruhestand gehe, werde ich für den Rest meines Lebens ausgesorgt haben.«

Sie war überzeugt, dass es so war und dass es ihr auch gut gehen würde.

Wenn ihr Vertrag abgelaufen war, würde sie die Gloms verlassen und die Wintersportkurorte in der Antarktis aufsuchen. Das könnte Spaß machen. Und vielleicht würde sie auch die Tiefseehabitats besuchen. Ein paar Wochen unter dem Meer leben. Und sich dann vielleicht in eine dieser Luxusgemeinschaften in der Wildnis zurückziehen, von denen sie gehört hatte – wo sie von ihrer Tür hundert Meter weit gehen und in die Weite blicken konnte, und nirgends, so weit das Auge reichte, würde ein Gebäude oder ein anderer Mensch zu sehen sein.

Sie lächelte, aber der Ausdruck des Mimik verriet ihr, dass er ihre zur Schau getragene Zuversicht durchschaute. Er fuhr fort, sie anzustarren, sodass ihr ganz unbehaglich zumute wurde. Schließlich schüttelte sie sich.

»Ist ja Ihr Leben«, murmelte er und sagte dann etwas lauter: »Ich muss hier raus.«

»Das ist ganz einfach«, sagte sie. »Kein Problem. Ich werden die Polizei rufen. Die werden kommen und Sie persönlich zur Zitadelle eskortieren.«

»Ist das … ein Witz?«

Da war etwas in seinen Augen … eine Warnung.

»Damit will ich Ihnen nur klarmachen, dass das die einzige Möglichkeit für Sie ist, hier herauszukommen. Sie können nicht einmal auf den Flur gehen – wir sind in diese Wohnung eingeschlossen. Zu meinem ›Schutz‹, haben sie gesagt. Sieht so aus, als wären wir beide aneinander gefesselt.«

»Sie brauchen gar nicht so hochnäsig zu schauen, Datameister«, herrschte er sie an, und seine Stimme klang jetzt eindeutig gereizt. »Wenn die Polizei uns zusammen findet, wird man uns *beide* in die Zitadelle schleppen. Und das wird weder für Sie noch für mich angenehm sein. Sie werden herausfinden, weshalb ich in Flagge –«

»Weshalb *sind* Sie hier?«

»Das kann ich Ihnen nicht sagen, also fragen Sie bitte nicht. Es ist besser für Sie, wenn Sie es nicht wissen.«

»Sie sind gekommen, um Daten zu stehlen, nicht wahr? So viel liegt ja auf der Hand – warum sonst sich als ein Datameister verkleiden? Aber *welche* Daten? Was möchte Kaze denn so dringend wissen, dass es einen Mimikagenten in feindliches Territorium schickt?«

»Wer sagt denn, dass es Kaze war?«

»Wer könnte es denn sonst sein?«

»Vielleicht überlegen Sie sich eine Antwort darauf, denn wenn man mich schnappt, wird die Polizei wissen wollen, welche Rolle *Sie* in dem Plan spielen.«

»Aber ich hatte doch nichts damit zu tun. Man hat mich gekidnappt!«

Er lächelte. »Sie werden sehr überzeugend sein müssen. Was ist, wenn die Polizei Ihnen nicht glaubt?«

Lani unterdrückte ein Schaudern. Er hatte Recht. Sie würde in das hineingezogen werden, was er getan oder zu tun geplant hatte. Verdammt! Warum hatte sie nur der Polizei nichts über ihn gesagt?

»W-Was können wir tun?«

»Sie können mir helfen.«

»Ihnen *wie* helfen? Meine Türplatte ist außer Funktion gesetzt worden.«

Ein grimmiges Lächeln huschte über seine Lani-Lippen. »Das ist das geringste Ihrer Probleme.«

11

Lani Rouges Apartmenttür schob sich auf.

Tristan hörte Lani hinter sich keuchen. »Sie haben es geschafft!« Vor der abmontierten Türplatte kniend, schob Tristan vorsichtig den Kopf durch die Öffnung, um sich schnell im Korridor umzusehen.

Leer.

Er lehnte sich zurück und schloss die Tür wieder.

»Wie haben Sie das gemacht?«, fragte sie.

Er war während seiner gesamten beschleunigten Kindheit als Agent ausgebildet worden und hatte in der Zeit auch gelernt, mit jeder Art von Schloss fertig zu werden, aber warum ihr das sagen?

Je weniger sie über ihn wusste, desto besser.

Außerdem schien sie ihm nicht sonderlich an der fremdartigen Lebensweise und den Problemen von Mimiks interessiert.

»Da ist eigentlich nicht viel dabei. Besonders von innen. Von außen ist es viel schwieriger.«

»Ja, aber Sie hatten doch nur ein Messer und einen Löffel als Werkzeug – ich bin ziemlich beeindruckt.«

Du wärst noch viel mehr beeindruckt, dachte er, wenn du wenigstens das allereinfachste Werkzeug hättest. Dann hätte ich diese Tür in einem Drittel der Zeit offen gehabt.

Das Gefühl, in der Falle zu sitzen, war für Tristan fast unverändert geblieben. Jetzt drehte er sich um und setzte sich auf den Boden, lehnte den Rücken gegen die Tür.

»Übernehmen Sie Aufträge?«, fragte sie. »Ich könnte hier jemanden wie Sie gut gebrauchen.«

Er sah, wie sie lächelte, und dann wurde ihm bewusst, dass ihm die Art und Weise, wie ihre Mundwinkel sich nach oben schoben, gefiel. Auch das Blitzen in ihren Augen gefiel ihm, selbst wenn es bei all der Traurigkeit nur ein leichter Schimmer war. Ihre Freude an seiner Fähigkeit, den Schließmechanismus ihrer Tür zu umgehen, war beinahe kindlich. Würde sie in fünf Jahren, wenn ihr Datameisterkontrakt ausgelaufen war, immer noch so fröhlich sein?

Er dachte über das nach, was sie über den Preis gesagt hatte, den Datameister für ihr abgeschirmtes und geschütztes Leben bezahlten – dass ihre speziellen Gehirne nicht der einzige Grund für ihre hohen Gehälter waren. Wenn Lani Rouge mit Anfang dreißig in den Ruhestand ging, würde sie eine materiell unabhängige Frau sein, aber würde sie dann noch Lani Rouge sein? Oder würde dann an ihre Stelle eine hohläugige, hohlköpfige Frau getreten sein?

Er tat die Gedanken mit einem Schulterzucken ab. Warum zerbrach er sich eigentlich über ihre Zukunft den Kopf, wo er sich doch eigentlich Sorgen um sich selbst machen sollte?

Und wieso verspürte er Regungen von sexueller Anziehung?

Das konnte nur bedeuten, dass der Psycker von ihrer Schablone anfing zu verblassen und sein eigenes »Y-Sein« wieder an die Oberfläche trat. Einen Moment lang war da vor seinem inneren Auge ein Bild von ihnen, nackt, hier auf dem Teppich ineinander verschlungen ... Lani auf Lani.

Er fragte sich, was Lani wohl dabei empfinden würde, mit sich selbst Liebe zu machen. Könnte interessant sein ... schließlich würde sie all die besonderen Stellen kennen.

Tristan riss sich zusammen. Wir wollen uns hier jetzt nicht ablenken lassen … konzentriere dich.

Was nun? Die Tür funktionierte jetzt, er konnte das Apartment also verlassen, nicht aber das Gebäude – zumindest nicht in der Lani-Rouge-Masque. Er schloss die Augen und versuchte nachzudenken. Gar nicht so leicht, zusammenhängend zu denken bei all dem, was seit dem Aufwachen heute Morgen geschehen war.

Zu viele Zufälle … zu viele Abweichungen von der üblichen Vorgehensweise. Statt eines speziell auf den Einsatz abgestimmten Kompositgenoms gibt ihm Cyrill ein intaktes, natürliches Genom für seine Masque. Unerhört! Aber noch viel schlimmer, nicht einfach irgendein natürliches Genom – nein, das Genom eines auf geheimnisvolle Weise ermordeten Bürgers von Flagge. Und auch nicht das eines x-beliebigen, toten Bürgers von Flagge, sondern ausgerechnet das des Liebhabers des Datameisters, in dessen Rolle Tristan schlüpfen sollte … das Genom von jemandem, der in einer »Mimikbewegung« aktiv war.

Hier stimmte wirklich etwas nicht.

Tristan war so etwas noch nie widerfahren. Er hatte bei seinen Einsätzen immer das Gefühl gehabt, die Fäden in der Hand zu haben. Aber jetzt … er hatte das Gefühl, als würde er selbst an Fäden hängen.

Aber wer zog an ihnen? Cyrill? Jemand über Cyrill? Vielleicht hatte diese merkwürdige alte Frau, diese Okasan, etwas damit zu tun. Oder vielleicht ein Doppelagent in Flagge Glom.

Eines stand für Tristan jedenfalls fest: Er musste schleunigst das feindliche Territorium verlassen und nach Kaze zurückkehren. Sosehr er auch unter seinem winzigen Abteil und seiner eingeschränkten Bewegungsfreiheit in dem Mimikgehege litt – im Augenblick sehnte er sich förmlich nach jener Enge, nach jenen sicheren, vertrauten Grenzen.

Er starrte den Datameister an. Wer war sie? Eine Unschuldige, Unbeteiligte, die durch reinen Zufall in all das hineingeraten war, oder vielleicht auch einer von diesen Fäden, die ihn hin und her zogen?

Woher wusste er, dass sie ein echter Datameister war?

Er spürte, wie sein Körper vor Schreck erstarrte, als diese neue Möglichkeit über ihn hereinbrach.

Verdammt – woher wusste er denn, dass sie nicht ebenfalls ein Mimik war?

Er wusste es nicht. Und solange er sie nicht nackt auszog und ihre Haut Zentimeter für Zentimeter untersuchte, um nach dem Schlitz für ein Interface zu suchen, konnte er es auch nicht wissen.

Er würde also mit allem, was er sagte oder tat, äußerst vorsichtig sein müssen, durfte unter keinen Umständen etwas über seinen Einsatz sagen, sich nicht einmal anmerken lassen, dass er Argwohn geschöpft hatte.

»Sagen Sie«, fragte er, »hat dieses Gebäude einen Hintereingang?«

Sie nickte. »Natürlich. Aber der ist nicht geheim. Ich bin überzeugt, dass die Leute der Polizei ihn bewachen.«

»Und wie steht es mit einem Tunnel in ein benachbartes Gebäude?«

Sie lachte. »In den älteren Vierteln vielleicht, aber nicht hier. Es sei dann, Sie graben sich selbst einen. Aber wo liegt denn das Problem? Sie brauchen sich doch bloß einen meiner Nachbarn zu schnappen und mit ihm oder ihr das zu tun, was Sie mit mir gemacht haben.«

Tristan starrte sie an. Wovon redete sie da? »Ich habe gar nichts mit Ihnen gemacht.«

»Sie haben meinen Körper gestohlen!«

»Reden Sie doch keinen Unsinn. Wenn ich Ihren Körper gestohlen habe, was sehe ich dann da vor mir?«

»Na schön, dann eben nicht meinen ›Körper‹; aber meine Gene haben Sie gestohlen.«

»Nein, ich habe sie lediglich kopiert. Das Einzige, was ich genommen habe, waren ein paar Zellen aus Ihrem Mund, und die hätten Sie ohnehin verloren.«

»Ich versuche Ihnen ja bloß zu sagen, dass wir uns einen meiner Nachbarn schnappen können und –«

»›Wir?‹«

»Sie denken, Sie könnten so etwas allein schaffen? Blödsinn. Gehen Sie nur und –«

»Das war nicht meine Frage. Weshalb sollten Sie mir helfen wollen?«

»Nun …« Sie zögerte. »Je früher Sie aus meinem Apartment verschwinden, desto besser. Ich meine, Sie wollen doch nicht wirklich hier sein, und ich möchte ganz sicher nicht, dass man Sie bei mir schnappt. Es liegt also in Ihrem wie in meinem Interesse, dass Sie so schnell wie möglich aus meiner Umgebung verschwinden. Und außerdem …«

»Außerdem was?«

Ihr Blick wurde unsicher. »Sie haben mir das Leben gerettet. Das wenigste, was ich tun kann, ist, dass ich mich revanchiere.«

»Ihnen das Leben gerettet?«, fragte Tristan verblüfft. »Wann?«

»Heute Morgen – als Sie diesem Kerl, der mich gefesselt hatte, sagten, dass er mich nicht töten dürfe. Sie hätten zulassen können, dass die mich pulsen, aber das haben Sie nicht getan, also …«

Tristan wandte den Blick von ihr ab, konnte ihr nicht in die Augen sehen.

Ihr Leben gerettet? Er hatte heute Morgen alles in seiner Macht Stehende getan, um den Kazeagenten klarzumachen, dass sie sie erledigen sollten. Aber er brachte die Worte nicht über die Lippen. Was sie gerettet hatte, war Psycker von ihrem Genom – nicht er.

»Aber wie auch immer«, sagte sie. »Wir können uns jedenfalls jemanden schnappen, ein paar Zellen stehlen, so wie Sie das mit den meinen getan haben, das Genom kopieren, und dann können Sie als ein anderer hier weggehen. Niemand wird Sie aufhalten. Stimmt's?«

Tristan sah sie an. »Ich wünschte, es wäre so einfach.«

»Heute Morgen hat es ganz einfach ausgesehen. Sie haben meine Gaumenwand abgeschabt, sind um die Ecke gegangen und – *peng*! –, gleich darauf waren Sie wieder da, waren ich.«

Ja, es könnte so leicht sein, wie sie gesagt hatte – *wenn* die beschreibbare Schablone wiederverwendbar gewesen wäre. Aber sie konnte nur ein einziges Mal beschrieben werden, und dann war sie wie jede andere Schablone.

»Das geht nicht«, sagte er und versuchte, sich eine Erklärung einfallen zu lassen, mit der er das Wissen über die beschreibbare Schablone nicht preiszugeben brauchte. Das konnte immer noch Teil einer Falle sein, irgendein raffinierter Trick, den er nicht verstand. »Ich … ich habe nicht die nötigen Geräte bei mir.«

»Aber habe ich denn nicht irgendwo einmal gehört, dass Mimiks wie Sie immer ein Bündel Schablonen bei sich haben, die sie verwenden können? Sie nennen das … wie nennen sie es doch gleich?«

»Garderobe.«

Wie einfach das doch wäre, wenn Tristan seine persönliche Schablonensammlung bei sich gehabt hätte: Dann hätte er sein Interface öffnen, die beschreibbare Schablone entfernen, eines seiner alten Genome einschieben und gleich darauf an der Polizei draußen vorbeischlendern können. Aber die Sammlung hätte er heute Morgen nie durch die Scanner der Zitadelle gebracht. Er hatte sie zurücklassen müssen.

»Die meine liegt in dem SynFood-Lagerhaus – zumindest hoffe ich das. Tut mir Leid.«

»Also, das ist jetzt wirklich blöd, nicht wahr«, sagte sie. »Wir stecken beide hier fest. Und ich weiß einfach, dass das ein schlimmes Ende nehmen wird … es sei denn …«

Tristan sah, wie ihre Augen sich verengten, während sie ihn musterte. »Es sei denn was?«

»Warten Sie mal. Können Sie die Schablone eines anderen Mimik verwenden?«

»Gewöhnlich schon. Die funktionieren alle nach demselben Prinzip. Aber wo wollen Sie –?«

»Im vierundvierzigsten Stock lebt ein Mimik.«

»Unmöglich. Die Kontroller von Flagge würden nie einen Mimik frei herumlaufen –«

»O doch, *den* schon.«

»Und selbst wenn, das hier ist ein Luxusbau. Kein Mimik könnte es sich leisten, hier zu wohnen.«

»Der tut das aber. Er gibt sich als reguläre Person aus, aber ich weiß, dass er ein Mimik ist.«

»Wieso?«

»Trev hat es mir gesagt.«

Wieder Trev … der tote, geheimnisvolle Trev.

»Und woher hat er es gewusst?«

»Er hat … er hat es einfach gewusst. Der Mimik heißt Dohan Lee. Als er sich zu auffällig um mich bemüht hat – immer wieder angerufen, plötzlich an der Tür erschienen und so – hat Trev mir das gesagt.«

Tristan musste lachen. »Er war bloß eifersüchtig.«

»Nein, das war er nicht. Trev hat mir gesagt, dass Dohan in Wirklichkeit ein Mimik ist, ein Arenagladiator, ein Champion namens Eel. Und eines der Privilegien als Champion besteht darin, dass man hier bei anderen höheren Angestellten von Flagge wohnen darf.«

Etwas Ähnliches wie Selbstheit, dachte Tristan. Man kann dann so tun, als wäre man eine *Person*.

Tristan sah den Datameister an. Sie blickte jetzt finster drein und schien wirklich verärgert zu sein.

Konnte das wahr sein? Was für ein Preis für einen Championmimik – ein Roaming Grid, das so ausgeweitet war, dass man hier inmitten der richtigen Menschen in Anonymität und Luxus lebte. Du trägst immer, wenn du dich in ihrer Mitte befindest, dieselbe Masque, sie akzeptieren dich als einen hochrangigen Flaggearbeiter, und wenn sie in die Flaggearena zu den Mimikkämpfen gehen, wenn sie Eel zujubeln, haben sie keine Ahnung, dass sie dir zujubeln.

Ein beneidenswertes Leben ... solange man Champion bleibt.

»Selbst wenn es stimmen würde –«

»Das tut es!«

» – wie sollten wir da an seine Garderobe kommen?«

»Ganz einfach. Ich besuche ihn unangemeldet, sage ihm, dass ich mich einsam fühle, und dann ...« Sie sprach nicht weiter.

»Und dann was? Fragen Sie ihn dann, ob er eine Schablone übrig hat, die Sie sich ausleihen können?«

»Vielleicht könnte ich eine stehlen.«

»Unmöglich. Nichts auf dieser Welt bewacht ein Mimik besser als seine Garderobe. Und ein Mimik, der sich als Realperson ausgibt? Sie würden niemals auch nur in die Nähe seiner Garderobe kommen.«

»Und wenn ich ihm irgendetwas über den Schädel schlagen würde?«

Tristan lachte. »Er ist ein professioneller Kämpfer. Sie würden so schnell zuschlagen müssen, dass er den Schlag nicht stoppen kann, ihn genau an der richtigen Stelle und hart genug treffen, um ihn beim ersten Versuch bewusstlos zu schlagen. Für einen zweiten Schlag würden Sie nie eine Chance bekommen. Schaffen Sie das?«

Sie biss sich auf die Unterlippe und schüttelte dann den Kopf. »Nein. Aber ich wette, *Sie* könnten das.«

Tristan brauchte einen Augenblick, bis er begriffen hatte, was sie meinte.

12

Während Lani dem Mimik im Korridor folgte, spürte sie, wie ihr Herz wie wild gegen ihren Brustkasten schlug, wie ein Gefangener, den man in eine Isolierzelle gesteckt hatte.

Das ist Wahnsinn, dachte sie. Wir beiden ... zusammen ... wenn jemand in den Korridor kommt und uns sieht, wie erkläre ich das?

Wie erkläre ich das?

Oh, das ist meine Cousine ... aus Kaze Glom. Sie ist bloß hier, um ein paar Flaggegeheimnisse zu stehlen.

Tristan gab ihr ein Zeichen, als er stehen blieb und sich unmittelbar vor Eels Tür aufbaute.

Sie hatten das geübt, um nicht reden zu müssen, wenn der Augenblick gekommen war. Innerlich zitternd, bezog sie neben der Tür Stellung. Lehnte sich gegen die gerippte Wand, sodass man sie von der Tür aus nicht sehen konnte.

Ihr Kopf schien so etwas wie ein Eigenleben entwickelt zu haben und bewegte sich immer wieder so, dass ihr Blick von dem schweren Stück Elfenbein, das der Mimik hinter seinem Rücken versteckt hielt – es war ein Bein eines ihrer Fußhocker, das er abgebrochen hatte –, zu dem Flur auf der anderen Seite und wieder zurück zu dem Stück Elfenbein wanderte.

Bringen wir es hinter uns!

Der Mimik berührte die Türplatte mit der linken Hand. Die Tür blieb geschlossen – sie war nicht auf ihn eingestellt –, aber Lani wusste, dass irgendwo im Inneren des Apartments ein Gong ertönte.

Ihre Muskeln spannten sich an. Jetzt war es so weit. Jetzt gab es kein Zurück mehr. Sie hatte Mr. Dohan Lee in seinem Apartment angerufen und gefragt, ob sie vielleicht irgendwann einmal vorbeikommen dürfe. Sie sah immer noch das hungrige Leuchten in seinen Augen, als er sofort eine Einladung gestammelt hatte – »Jederzeit! Wirklich jederzeit!« –, die sie akzeptiert hatte.

Die Tür schob sich beinahe im gleichen Augenblick auf – jemand war wirklich sehr an ihrem Kommen interessiert.

»Oh, hallo!« Lani erkannte die Stimme. »Ich wollte schon eine Ewigkeit mit Ihnen zusammenkommen!«

»Vielen Dank, dass Sie mich eingeladen haben«, sagte der Mimik lächelnd und nickte dann zu Lani hinüber. »Und damit der Nachmittag wirklich interessant wird, habe ich eine Freundin mitgebracht.«

Lee – oder Eel – schob den Kopf in den Flur und musterte sie von oben bis unten. Sein Grinsen verblasste, und seine Augen weiteten sich.

»Was im Namen –«

Der Lani-Mimik riss den Arm hoch und ließ das Stuhlbein auf Eels Kopf herunterkrachen. Er taumelte zurück, und Tristan folgte Eel in seine Wohnung. Sie hörte ein Krachen, dann das Geräusch eines weiteren Schlages und dann das Poltern von etwas Schwerem, das auf den Boden fiel.

Sekunden später sah sie ihr eigenes, gerötetes Gesicht aus der Türöffnung spähen.

»Schnell. Kommen Sie rein!«

Lani schlüpfte in die Wohnung und schloss die Tür hinter

sich. Eine reglose Gestalt lag ausgestreckt auf dem Boden. Ein dünnes Blutrinnsal hatte sich unter dem Haaransatz von Eel gebildet und rann ihm quer über die Stirn.

»Ist er ... ist er tot?«

»Nein«, sagte der Mimik. »Bloß bewusstlos.« Er winkte sie zu sich. »Kommen Sie. Helfen Sie mir, ihn aufzuheben.«

Sie presste sich gegen die Tür. Sie wollte ihn nicht berühren. »Nein ... ich könnte niemals ...«

»Schauen Sie – wenn Sie einen stärkeren Körper hätten, könnte ich ihn allein bewegen, aber den haben Sie nicht, also kommen Sie jetzt, und helfen Sie mir.«

Lani bewegte sich zögernd auf Eels Füße zu und hob sie auf Tristans Anweisung an. Der Mimik packte die Schultern, und dann schleppten sie die leblose Gestalt in ein hinteres Zimmer und stemmten sie auf ein Bett.

»Also gut«, sagte er. »Wo ist dieser Schläfer?«

Lani zog die kleine schwarze Scheibe aus der Tasche und reichte sie ihm. Sie hatte bereits sämtliche Voreinstellungen und Interrupts gelöscht und die Scheibe auf die maximale Schlafdauer programmiert, die sie bewältigen konnte – zwölf Stunden.

Der Mimik presste die Scheibe gegen Eels Schädel und ließ sie dort.

»Damit dürfte er uns aus dem Weg sein. Und jetzt« – er begann, Eel auszuziehen – »jetzt wollen wir sehen, ob Mr. Dohan Lee wirklich ein Mimik ist.«

Lani fühlte sich plötzlich unbehaglich und trat zwei Schritte zurück.

»Vielleicht sollte ich besser hier draußen warten.«

»Nun, dann machen Sie sich aber während des Wartens nützlich. Sehen Sie sich um, ob irgendwo ein Vorrat von Nährkonzentrat ist.«

»Warum?«

»Ein aktiver Mimik hat solche Vorräte immer in Reichweite.«

Lani ließ die beiden Mimiks allein und ging durch die Wohnung. Sie stellte fest, dass sie gut zwanzig Prozent größer als die ihre war. Sie sah sich in Dohan Lees Küche um, fand aber unter seinen Vorräten keine Spur von Konzentrat.

Zum ersten Mal regte sich Unsicherheit in ihr. Vielleicht war Dohan Lee gar nicht Eel, der große Arenakämpfer. Konnte es sein, dass Trev sich getäuscht hatte?

Nein. Sie musste es weiter glauben – Trev hatte es schließlich gesagt, und Trev hätte sie nie angelogen. Außerdem: Eel ... Lee ... es war so offensichtlich, wenn man einmal darüber nachdachte.

Trotzdem ... wo war das Konzentrat, das dem Mimik anscheinend so wichtig war?

Sie durchsuchte das Wohnzimmer und das Esszimmer, fand aber nichts. Sie fing schon an, unruhig zu werden, als sie in den hinteren Bereich der Wohnung ging und dort einen der Räume betrat. In der Tür blieb sie stehen und starrte mit weit aufgerissenen Augen auf das Bild, das sich ihr bot.

Ein Trophäenraum. Trophäen aus der Mimikarena? Sie trat näher. Was konnte das sonst sein? Ihre Stimmung hob sich wieder. Das würde der Beweis sein, dass Trevs Geschichte nicht bloß etwas mit Eifersucht zu tun hatte.

Als sie dann sah, dass sämtliche Trophäen in Pitsaur-Kämpfen gewonnen worden waren, sank ihr Mut wieder. Rex ... Rex ... Rex. Alle Trophäen für etwas, das Rex hieß. Sie lehnte sich dicht neben das Holo eines bösartig aussehenden Zwergraptors, der nur aus Zähnen und Klauen zu bestehen schien, und erschauderte; sie war plötzlich froh, dass in dieser Anlage keine Haustiere erlaubt waren.

Lani durchsuchte das restliche Zimmer, aber wohin sie auch blickte, überall war nur dieser eklige Pitsaur zu sehen. Lee oder Eel oder wer auch immer er war, schien auf diese Kreatur regelrecht versessen. Sie wollte gerade aufgeben, als sie unter den vielen Trophäen einen Stauraum entdeckte.

»Wahrscheinlich weitere Holos von Rex«, murmelte sie und kniete nieder und drückte den Verschlussknopf.

Die Platte klappte auf, und sie sah hinein, wusste nicht recht, was sie da gefunden hatte.

Flaschen, Tuben, Gelpäckchen, alles sauber aufgereiht, alles …

»Haben Sie es gefunden?«, fragte eine Stimme hinter ihr.

Sie drehte sich um und sah, dass der Mimik auf sie zukam.

»Da, sehen Sie!«, sagte sie. »Das beweist es doch, oder? Lee ist Eel. Sehen Sie sich all das Zeug an. Er ist ein Mimik.«

Tristan hockte sich neben sie und zog eine große Spritzflasche aus dem Schränkchen.

»Ja, ich weiß.«

Er biss die Spitze ab und begann, den Inhalt der Flasche in sich hineinzusaugen.

»Sie wissen? Also, warum musste ich dann hier herumwühlen –?«

Während er schluckte, hielt er ihr ein dünnes, beigefarbenes Plättchen hin. »Ich habe sein Interface gefunden.«

»Und was ist das?«

»Seine Dohan-Lee-Schablone.«

Lani sprang auf. »Und Sie haben sie ihm weggenommen? Einfach so?«

»Natürlich.«

»Aber was ist mit ihm?«

»Er fluxt jetzt in den Neutralzustand zurück.« Ihr Gesicht verriet ihre Verwirrung, und er neigte seinen Lani-Kopf leicht zur Seite und starrte sie an. »Sie wissen nicht viel über Mimiks, wie?«

»Ich weiß so viel wie jeder andere auch.«

»Also, wenn Sie es aus erster Hand wissen wollen, dann sollten Sie zusehen.«

»Wirklich?«

»Ja, wirklich. Er beißt nicht. Er wird die nächsten zwölf Stunden schlafen.«

Lani war sich gar nicht so sicher, ob sie das wirklich sehen wollte, aber dann gewann die Neugier in ihr die Oberhand. Einen Mimik ohne Masque zu sehen, sozusagen ausgezogen.

»Was werden Sie jetzt machen?«

»Mich nach seinem Garderobenetui umsehen. Er hat es ganz bestimmt irgendwo hier versteckt. Und während ich nachsehe, lagere ich Nährstoffe ein.«

»Für Ihr nächstes … haben Sie das ›Fluxen‹ genannt?«

»Ja, ich fluxe mich jetzt zu Dohan Lee.« Er hob den Behälter und nahm einen weiteren Schluck.

Lani begab sich zögernd zu dem Raum, wo sie Mr. Lee zurückgelassen hatten – nein Eel. Dieser ganze Tag kam ihr jetzt völlig surreal vor. Gestern war sie noch so normal und vernünftig gewesen. Sie war aufgestanden, in die Zitadelle gegangen, hatte ihre Datameisterpflichten erfüllt und war wieder nach Hause gekommen. Ganz einfach.

Heute war sie vor ihre Tür getreten, und seitdem war nichts mehr so wie vorher.

Sie wurde langsamer, während sie sich dem Raum näherte. Wollte sie das wirklich sehen?

Ja. Das musste sie. Trev hatte mit diesen Kreaturen zu tun gehabt. In seiner Vorstellung waren sie tatsächlich menschlich gewesen, oder zumindest verdammt nahe am Menschlichen. »Eine genetische Variante«, hatte er sie genannt.

Aber jetzt hatte sie die Gelegenheit, einen dieser Mimiks in dem Zustand zu sehen, den sie den »Neutralzustand« nannten, was auch immer das bedeutete.

Auf der Schwelle hielt sie inne. Das Zimmer war abgedunkelt, aber immer noch hell genug, um eine kräftige Gestalt auf dem Bett liegen zu sehen. Sie schob sich näher heran. Jetzt bemerkte Lani, dass Eel mit gespreizten Beinen dalag, und ertappte sich dabei, wie ihr Blick beinahe automatisch zu seinem Unterleib wanderte.

Sie keuchte auf.

Sie hatte von Trev ein wenig über Mimiks erfahren. Er hatte ihr gesagt, wie das Goleman-Chromosom bei Mimiks an die Stelle des Sexualchromosoms trat, sodass sie im neutralen Zustand asexuell waren. Zumindest physisch. Mental und emotional, hatte er gesagt, behielten sie die sexuelle Orientierung ihrer Quell-DNS. Wenn diese Quell-DNS mit einem Y-Chromosomen ausgestattet gewesen war, dann führte das dazu, dass die Überreste des Y den Mimik dazu veranlassten, in sich einen »Er« zu sehen. Das Gegenteil galt, wenn das Goleman-Chromosom an die Stelle eines X trat.

Sicher. Fakten ... die Fakten kannte sie. Aber diese Fakten hatten sie nicht auf den *Anblick* eines neutralen Mimik vorbereitet.

Ihre Augen öffneten und schlossen sich ein paar Mal, aber auch das fügte dem glatten Fleisch zwischen den Schenkeln keine Details hinzu. So glatt ... wie eine Puppe.

Sie trat näher an das blasse Geschöpf heran, beobachtete, wie sich seine haarlose Brust langsam hob und senkte, und blickte dann zum Kopf mit seinem blassen, ovalen Gesicht und dem farblosen Haar hinauf – welches das rote Blut aus der Kopfwunde noch erschreckender erscheinen ließ. Die Schlafscheibe haftete immer noch am Schädelansatz.

Sie stand da und starrte das Gesicht, die glatten, ausdruckslosen Züge an – den beinahe lippenlosen Mund, die glatten Halbkugeln der Lider über den Augen – und fühlte ... ja, was fühlte sie eigentlich?

Lani hatte mit Abscheu gerechnet, aber stattdessen spürte

sie, wie die Unschuld dieses Gesichts sie beeindruckte. Hier war so etwas wie ein leerer Bildschirm, der nur darauf wartete, dass eine Form, ein Umriss, ein *Wort* ihm Bedeutung verlieh. Schwer vorzustellen, dass dies einer der Champions der Mimikarena war, der sich seinen Lebensunterhalt damit verdiente, gegen andere Mimiks zu kämpfen – und sie manchmal auch zu töten.

Als sie das Zimmer verließ, erinnerte sie sich daran, wie Trev in den Monaten vor seinem Tod manchmal Atemprobleme gehabt hatte, wie er nach zahlreichen Gläsern Dewar's Greenies nach Hause getaumelt war und wie mürrisch er geworden war. Sie konnte immer noch seine lallende Stimme hören: »Was haben wir getan, Lani? Was zum Teufel haben wir *getan*?«

Er hatte sich nie deutlich darüber ausgelassen, auf wen sich dieses »wir« bezog oder was sie *getan* hatten. Jetzt glaubte Lani zu verstehen.

Als sie ins Wohnzimmer zurückkehrte, saß der Mimik da, nippte immer wieder an einem weiteren Behälter mit Konzentrat und starrte dabei etwas an, was er in der Hand hielt.

Er … wenn Mimiks asexuell waren, weshalb war er dann in ihren Gedanken ein »Er«, obwohl er einen weiblichen Körper trug? Zu allem Überfluss den ihren? Aber als sie ihn das erste Mal zu Gesicht bekommen hatte, war er männlich gewesen – Trev. Das musste es sein. Irgendwo in ihrem Bewusstsein war er mit Trev gekoppelt … irgendwie hatte sie das Gefühl, dass er immer noch ein Stück von Trev in sich trug.

Der Mimik blickte auf, als sie eintrat.

»Ich habe seine Garderobe gefunden«, sagte er.

Lani sah auf das flache Etui, das er in der Hand hielt. Fünf kleine, scheibenförmige Fächer im äußeren Bereich, die eine leere Vertiefung in der Mitte umgaben – offensichtlich für die Dohan-Lee-Schablone. Jedes Fach war mit einem Symbol gekennzeichnet.

»Der Stoff, aus dem die Träume sind«, sagte er leise.

»Was?«

»Nichts. Etwas aus einem alten Vid.«

»Wo haben Sie es denn gefunden?«, wollte Lani wissen. »Ich habe mich doch gründlich umgesehen.«

»Manchmal braucht es einen Mimik, um das zu finden, was ein anderer Mimik versteckt.«

»Was bedeuten diese Symbole?«

»Sie sind Teil eines Codes – Eels persönlicher Code für seine Schablonen.«

»Wozu braucht er denn einen Code?«

»Aus demselben Grund, weshalb er das Etui versteckt hat – die Garderobe eines Mimik ist so etwas wie sein persönlicher Werkzeugsatz, damit arbeitet er. Sie können auch noch einen Schritt weitergehen und sagen, das ist es, *was er ist*. Und wenn man sich seinen Lebensunterhalt in der Mimikarena verdient, dann will man ganz sicher nicht, dass irgendeiner der Rivalen sich Zugang zu der Garderobe verschafft. Die könnten sonst verkrüppelte oder kranke Genome anstelle der Kampfschablonen dort einschmuggeln.«

Lani lachte. »Das könnte eine unangenehme Überraschung geben.«

»Das könnte den Tod bedeuten. Besonders, wenn sie Schmelzer in die Garderobe legen würden.«

»Was ist ein Schmelzer?«

»Ein speziell erzeugtes Genom, das mit jeder Art von Leben inkompatibel ist. Man fluxt in einen missgestalteten Protoplasmaklumpen ohne Herz, ohne Lungen, ohne Gehirn, oder vielleicht wird man auch in Urschleim umgewandelt. Was auch immer, von einem Schmelzer gibt es keine Rückkehr. Man ist tot.« Er deutete auf das Etui, und sein Finger kreiste über die Fächer. »Eine von den Schablonen hier ist ein Schmelzer.«

»Woher wissen Sie das?«

»Wir haben alle einen in unserer Garderobe.«

»In der Ihren auch?«

»Je etwas von russischem Roulette gehört? Es ist ein wunderbares Abschreckungsmittel. Ein anderer Mimik wird es sich zweimal überlegen, einem die Schablonen zu stehlen, wenn er weiß, dass eine davon ein Schmelzer ist.«

»Also würde Sie eine von den Schablonen hier töten, aber Sie wissen nicht, welche.«

»Richtig.«

»Warum waren Sie dann so erpicht darauf, diese Garderobe zu finden? Was nützt sie Ihnen?«

»Es könnte sein, dass ich aus der Lee-Masque in jemand anderen fluxen muss.«

»Aber was ist, wenn Sie die falsche Schablone erwischen?«

Er sah ihr in die Augen. »Dann sterbe ich.«

»Aber warum –?«

»Vertrauen Sie mir, ich würde das wirklich nur tun, wenn mein Leben davon abhängt – wenn es auf Fluxen oder Sterben hinausläuft.« Er klappte den Deckel des Etuis zu und hielt ihr das kleine Kästchen hin. »Das hier bietet mir zumindest eine Vier-zu-Fünf-Chance zum Überleben.«

»Russisches Roulette?«

Jetzt lächelte er. »Genau. Nur, dass das kein Spiel ist.«

Er stand auf und ging langsam durchs Wohnzimmer, berührte Gegenstände, strich mit seinen Lani-Händen über die Wände und das Mobiliar. Dann blieb er stehen und starrte mit einem merkwürdigen, sehnsuchtsvollen Blick ins Leere.

»Ist etwas nicht in Ordnung?«

»Ich will das«, flüsterte er.

»Diese Wohnung?«

»Dieses *Leben*. Ich will eine Identität haben; ich will jeden Tag dieselbe Person sein, jemand, den andere Leute kennen lernen und vielleicht sogar mögen. Ich möchte meine eigenen Dinge – selbst nutzlose Dinge! – und einen Ort, der nur mir gehört, wo ich sie hintun kann. Und ich möchte diesen Ort dann verlassen, wann ich will, so lange wegbleiben, wie ich will, und dann wieder zurückkommen, wenn mir danach ist. Ich ...«

Plötzlich änderte sich der Ausdruck in seinen Augen, und man hatte den Eindruck, dass er sich gewaltsam von einem Ort in weiter Ferne losriss.

»Tut mir Leid«, sagte er.

»Ist schon gut. Ich verstehe.« Sie hatte immer angenommen, Mimiks wären wie Roboter, ohne Identität, ohne Gefühle. Aber was sie gerade gehört hatte ... bewegte sie.

Er warf ihr einen schnellen, durchdringenden Blick zu. »Sie verstehen? Sie können das unmöglich verstehen.«

»Nun, vielleicht nicht völlig. Aber ich bin auch nicht frei. Meine Bewegungsfreiheit ist für die Dauer meines Vertrags stark eingeengt, ich werde streng kontrolliert. Man erwartet von mir, dass ich mir jede Abweichung von meinem üblichen Tagesablauf genehmigen lasse, und wenn ich auch nur eine einzige Zugangssitzung verpasse, kommt sofort eine Polizeipatrouille und sieht nach. Verdammt, ich habe die Freizone seit fünf Jahren nicht mehr gesehen. Also sagen Sie mir bloß nicht, dass ich das nicht verstehen kann.«

»Das ist nicht dasselbe«, sagte er. »Nicht einmal annähernd. In fünf Jahren läuft Ihr Vertrag aus, und Sie sind dann jung und attraktiv, haben ein dickes Konto und können den Rest Ihres Lebens tun und lassen, was Sie wollen, überall auf der Welt.«

Richtig, dachte sie. Den Rest meines Lebens, aber vielleicht nur mehr mit meinem halben Verstand, wenn Trev Recht gehabt hat.

Aber sie musste zugeben, dass ihre Situation auch nicht annähernd dieselbe war. Sie war normal aufgewachsen, hatte den

Datameistervertrag in Kenntnis der Risiken unterzeichnet und hatte, obwohl nur der Tod oder ein Hirnschaden zu einer Auflösung des Vertrags führen konnte, immerhin ihren eigenen Weg gewählt.

Aber ein Mimik ... von einem Glom ausgebrütet, von einem Glom aufgezogen, ausgebildet und trainiert, genetisch nach Laune eines Glom verändert und dies so oft, wie das Glom das für notwendig hielt.

Und was dann? Was geschah mit alten Mimiks, die zu nichts mehr zu gebrauchen waren? Wo kamen sie hin? Lani wollte nicht fragen. Wahrscheinlich in die Bottiche ... *Mimikbottiche*.

Sie sah diesen Mimik an und wusste, dass er, obwohl er keine Hoffnung hatte, doch noch immer einen Traum hegte. Und obwohl er ihre Haut trug, war er innen jemand anderer. Nicht nur ein Mimik ... eine Person ... ein Jemand.

Jemand namens Tristan.

War es das, was Trev gesehen hatte? War es das, was ihn verändert hatte?

Warum habe *ich* es nicht gesehen? Warum habe ich so lange gebraucht?

Vielleicht, weil sie nie mit einem Mimik zusammengewesen war – zumindest nicht wissentlich. Trev war durch seine Arbeit die ganze Zeit mit ihnen in Berührung gewesen. Aber Lani ... sie war wie alle anderen: Mimiks waren etwas, wovon man hörte, aber was man nie zu Gesicht bekam, es sei denn, man hatte etwas für den Arenasport übrig.

Sie blickte auf und sah, wie dieser Mimik – Tristan – den Rest seiner Konzentrate zu sich nahm.

»Und jetzt, wenn Sie mich bitte entschuldigen würden«, sagte er nach einem letzten Schluck, »ist es für mich Zeit zu fluxen. Warten Sie hier auf mich.«

Einfach so ... *es ist Zeit zu fluxen*.

Als Lani ihm nachsah, wie er in eines der hinteren Zimmer

ging, kämpfte sie gegen den plötzlichen Impuls an, ihn aufzuhalten. Warum sollte er nicht in Dohan Lee fluxen und seiner Wege gehen?

Weil er mir fehlen wird.

Was? Wo war diese verrückte Idee hergekommen? Er war in ihr Leben eingedrungen, hatte ihre Identität gestohlen, sie in ein Datenvergehen verwickelt und in einen tätlichen Angriff auf einen Arenamimik hineingezogen. Das Beste war, ihn schnell loszuwerden.

Aber der Gedanke ließ sie nicht los. Er besaß eine Kopie ihres eigenen Körpers, und das ... verband sie irgendwie miteinander. So dünn dieses Band auch sein mochte, irgendwie spürte sie es.

Merkwürdig, dachte sie, wie Schwestern, Zwillinge ... sie waren verbunden, und sie war seit Monaten von allem und jedem losgelöst gewesen.

Zum ersten Mal seit Trevs Tod fühlte sie sich nicht mehr so verdammt allein.

Ihre Augen weiteten sich, als sie aus dem hinteren Bereich der Wohnung ein Stöhnen hörte. Zögernd erhob sie sich und ging den Flur hinunter, auf eine geschlossene Tür zu. Wieder ein Stöhnen. Sie stand steif und reglos da, lauschte, die Hand auf halbem Weg zur Türplatte. Die sonst rote Anzeigeplatte war schwarz, und das bedeutete, dass die Tür nicht versperrt war.

Tristan war da drinnen ... veränderte sich. Sie konnte sich nur ausmalen, wie das aussehen musste. Dabei brauchte sie bloß die Türplatte zu berühren und würde zusehen können. Würde sie jemals wieder eine solche Gelegenheit bekommen? Es könnte schrecklich sein, faszinierend.

Sie zog die Hand zurück. Nein ... wenn Tristan gewollt hätte, dass sie es sah, hätte er vor ihr gefluxt.

Lani ging ins Wohnzimmer zurück. Und wartete.

13

Verschwitzt und müde saß Tristan auf der Bettkante und trank aus einem frischen Konzentratbehälter. Drei Fluxe in acht Stunden ... eine Belastung, die an seinem Körper nicht spurlos vorübergegangen war. Es war ein Gefühl, als würde jede einzelne Zelle in seinem Körper protestieren.

Und es war noch nicht vorbei. Möglicherweise würde es notwendig sein, zur ersten Masque des Tages zurückzufluxen – zu der, die Lani Trev nannte. *Wenn* er sie finden konnte.

Ein großes Wenn – ein wichtiges Wenn. Aber wenn ihm das nicht gelang, würde er vielleicht Flagge Quarter nicht mehr verlassen können.

Tristan leerte den Konzentratbehälter, stand dann auf und vergewisserte sich durch einen Griff an seinen Schenkel, dass das Transportpflaster noch da war. Ja, die Probe von dem Katzenauge war noch da.

Sein Blick fiel im Spiegel auf seinen neuen Körper. Gut, wieder ein Mann zu sein, einen kräftigen, mesomorphischen Körperbau zu haben. Er würde ebenso wie Eels Dohan Lee werden, aber nicht so massig – Kampfmimiks wurden speziell auf Masse gezüchtet. Er seufzte. Die geniale Teresa Goleman, die inzwischen nicht mehr unter den Lebenden weilte, hatte die Gesetze der Genetik neu geschrieben, aber an der Erhaltung der Masse hatte sie nichts ändern können. Überschüssige Masse konnte entlang der langen Knochen gelagert werden, aber wenn ein Genotyp mehr Masse erforderte, als ein Mimik besaß ... nichts zu machen.

Doch für den Augenblick war das ohne Belang. Falls er nicht in die Arena geriet, würde niemandem etwas auffallen, da war sich Tristan ziemlich sicher.

Wenigstens schien diese Schablone psyckerfrei zu sein. Entweder war sie gut geschrubbt, oder Eel hatte sie schon so lange in seinem Besitz gehabt, dass sich alle Persönlichkeitsüberreste verflüchtigt hatten.

Er fand einen schwarzen Jumpsuit in Eels Kleiderschrank und schlüpfte hinein. Zunächst war der Jumpsuit zu weit, aber das Smartfabric passte sich schnell den neuen Körperformen an. Er schnappte sich den roten Clingsuit, den er vor dem Flux abgelegt hatte, drückte die Türplatte und ging ins Wohnzimmer.

Lani sprang von ihrem Stuhl in die Höhe und trat ein paar Schritte zurück, das Gesicht totenbleich, die Augen geweitet.

»Das sind doch Sie, oder?«, rief sie und streckte dabei die Hand aus, wie um ihn abzuwehren. »Bitte. Sagen Sie mir, dass Sie es sind!«

»Ja, ich bin es.« Was war denn nur mit ihr los?

»Nein! Sagen Sie mir Ihren Namen.«

»Mein Name? Tristan. Und ich bringe Ihnen Ihren Clingsuit zurück.«

Sie schloss die Augen und atmete tief durch. »*Bitte*, tun Sie das nicht!«

»Was soll ich nicht tun? Sie wussten doch, dass ich in die Dohan-Lee-Schablone fluxe. Wen hatten Sie denn erwartet?«

»Ich weiß nicht. Ich hatte noch nie mit einem Mimik zu tun. Gerade noch sind Sie Trev, dann sind Sie ich, und jetzt sind Sie der Mann, den wir ins Hinterzimmer getragen haben. Einen Augenblick lang dachte ich, er sei zurückgekommen, um –«

»Aber dann müsste er ja im Neutralzustand sein.«

»Ich weiß, ich weiß, aber das ist alles so furchtbar verwirrend.«

Tristan musste lächeln. »Willkommen in meiner Welt.«

Er griff nach Eels Garderobe, legte die beschreibbare Schablone mit Lanis Genom zu den anderen und sah sich dann um, ob Eel vielleicht irgendetwas hatte, das er brauchen könnte. Er kam sich vor wie ein Dieb.

Besonders widerwärtig war es ihm, Eels Garderobe zu nehmen. Als Arenakämpfer besaß Eel sicherlich ein ganzes Sammelsurium von Schablonen und vermutlich auch Duplikate davon. Trotzdem – einen Mimikkollegen seiner Werkzeuge zu berauben und ihn einfach im Neutralzustand liegen zu lassen … so etwas gehörte sich nicht.

Er steckte die Garderobe ein und nahm sich fest vor, eine Möglichkeit zu finden, um sie zurückzugeben. Um das Bild zu vervollständigen, müsste er eigentlich noch Eels IDplant kopieren. Aber die Einrichtungen, die es dazu brauchte, konnte er schwerlich mit sich herumtragen.

»Ich bringe Sie zu Ihrem Apartment zurück«, erklärte er Lani, »und dann will ich sehen, ob die Polizei Mr. Dohan Lee das Gebäude verlassen lässt.«

Sie nickte abwesend. Tristan hatte einige Mühe, ihre Verwirrung nachzuempfinden. Für ihn war das sein normales Leben, sein einziges Leben.

Vielleicht hassen sie uns deshalb so. Wir unterscheiden uns einfach zu sehr von ihnen.

Während sie zu Lanis Apartment zurückgingen, beobachtete Tristan sie aus dem Augenwinkel. Eine Weile hatte sie heute einen so munteren, lebhaften Eindruck auf ihn gemacht, mit Feuer in den Augen. Er hätte sich vielleicht sogar einreden können, dass sie froh darüber war, mit ihm zusammen zu sein. Aber jetzt war das Feuer erloschen, und sie war wieder mürrisch und bedrückt. Warum? Was hatte sich da verändert?

In diesem Zustand wollte er sie nicht allein lassen. Er hatte das Gefühl, in ihrer Schuld zu stehen.

Doch was war es? Miete für ihr Genom?

Nein. Es musste mehr sein. Er spürte, dass ihr Leben und

das seine irgendwie ineinander verschlungen waren, nicht einfach nur durch die Tatsache, dass sie den Mann geliebt hatte, dessen Genom er am Morgen benutzt hatte, sondern auch durch den Psycker, den er aus ihrem Genom in sich aufgenommen hatte. Er hatte das Gefühl, sie besser, intimer zu kennen als irgendein anderes Wesen auf dem ganzen Planeten.

Ihr Leben kam ihm einsam vor, angefüllt mit zusammenhanglosen Dingen, Dingen ohne Sinn und Bedeutung.

Und dann wurde ihm plötzlich bewusst, dass er sie nicht verlassen wollte, und er erschrak.

Sie blieben vor ihrer Tür stehen.

»Wollen Sie hereinkommen?«, fragte sie und blickte mit ihren großen, leuchtenden Augen zu ihm auf.

Ja, wollte er sagen, aber er schüttelte den Kopf. »Ich kann nicht. Die suchen mich – natürlich nicht in dieser Masque, aber die Sicherheitsvorkehrungen in den Randzonen werden sicher verstärkt, und deshalb wird es recht schwierig werden, in die Freizone zu kommen.«

Wieder zog ein flaches Vid, ein armseliger Ersatz für Erinnerungen, durch sein Bewusstsein ... ein Abschied auf einem Flughafen ... der Schauspieler sagte: »Ich schau dir in die Augen, Kleines«, ... und dann begannen die Motoren des merkwürdigen, antiken Flugzeugs zu dröhnen.

»Dann – ich nehme an, das bedeutet, dass ich Sie nie wiedersehen werde.«

Waren das Tränen in ihren Augen? Für ihn? Tristan war bewegt ... ein eigenartiges, neues Gefühl ... ein wunderbares, unbeschreibliches Gefühl.

Nein, dachte er. Wenn überhaupt, dann ist das der Verlust von ... Trev. Bei Mimiks gab es nie jemanden, den man vermisste oder liebte oder brauchte. Jeder Mimik wusste das.

Immer die Masque.

Er zwang sich zu einem Lächeln. »Da wäre ich an Ihrer

Stelle nicht so sicher. Möglicherweise sehen Sie mich noch oft – nur dass Sie nie wissen werden, dass ich das bin.«

»Meinen Sie, Sie könnten einmal wiederkommen und mich besuchen?«

Beinahe hätte Tristan ja gesagt. Das Wort lag ihm auf der Zunge, er wollte an dieses Gefühl glauben. Vielleicht könnte er mit ihr in Kontakt bleiben. Wenn der Einsatz vorbei war, wenn er die Selbstheit bekam.

Aber das war unmöglich. Er war ein Spion, ein Agent für Kaze. Wenn das vorbei war, wenn er schließlich die Selbstheit erlangt hatte, dann würden er und alles, was er über diesen Einsatz wusste, verschwinden müssen.

Gib keine Versprechen ab, die du nicht halten kannst.

Und was dachte er sich da überhaupt? Es wäre doch verrückt zu glauben, dass daraus etwas werden könnte. Was Lani so verletzbar gemacht hatte, war doch nur, dass sie ihn heute Morgen im Körper ihres Ex-Liebhabers gesehen hatte. Was sie mit diesen feuchten Augen sah, war doch nicht Tristan, der verdammte Mimik, es war die Erinnerung, die Masque von einem Toten, der Trev geheißen hatte.

Morgen würde sie ihn wahrscheinlich schon hassen, weil er alte Wunden in ihr aufgerissen hatte.

»Das könnte gefährlich sein – für uns beide. Und ich bin sicher, dass Sie diesen ganzen schlimmen Tag schnell vergessen wollen, ihn hinter sich bringen.«

»Nein.« Sie legte ihm die Hand auf den Arm. »Wirklich. Ich möchte Sie wiedersehen.«

»Als Trev?«

Ihr Blick verdüsterte sich einen Moment. Er hatte sie an die Wahrheit erinnert.

»Vielleicht … und vielleicht als Sie.«

Es war, als ob ihre Worte einen Schalter in Tristan umgelegt und einen Strom von Worten ausgelöst hätten.

»Aber wer *bin* ich? Sie kennen *mich* nicht. Ich bin niemand ... oder ich bin jeder, von dem man verlangt, dass ich es bin. Es gibt kein *Ich*, das Sie kennen lernen möchten. Das wirkliche Ich sieht jetzt wie Eel aus. Gehen Sie wieder hinauf zu seinem Apartment, und sehen Sie ihn sich einmal gründlich an. Das ist das wirkliche Ich – ein blassäugiges Alien, ein überdimensionierter, sexloser Fötus, ein Kämpfer, ein Killer. Ich bin keine Person – ich bin ein Ding. Sagen Sie also nicht, dass Sie *mich* sehen wollen. Sagen Sie mir, wer ich sein soll« – er lachte – »dann will ich sehen, ob sich das für Sie einrichten lässt. Ich bin ein Mimik. Ich tue so, als ob ich ein Mensch wäre. Das ist mein Ziel im Leben. Das war ich –«

Er hielt inne, als er sah, wie sie einen Schritt zurücktrat, und bemerkte erst jetzt, dass er die Stimme erhoben hatte.

Was sage ich da?

Aus welchem schwarzen Loch war all dieser Zorn herausgekommen? Und warum schleuderte er das alles Lani ins Gesicht? Sie hatte doch bloß gesagt, dass sie ihn wiedersehen wollte.

War es, weil das, was sie für ihn zu fühlen glaubte, gar nicht ... gar nicht *ihm* galt?

Aber das war nicht ihre Schuld. Sie hatte das nicht verdient.

»Es tut mir Leid«, sagte er.

»Ist schon gut. Ich glaube, ich verstehe. Ich wäre genauso verbittert, wenn –« Sie schüttelte den Kopf, als habe sie beschlossen, den Gedanken nicht zu Ende zu denken. »Aber Sie *sind* eine Person, Tristan. Ich habe gerade ein gutes Stück des Tages mit Ihnen verbracht, und ganz gleich, ob Sie meinen Körper getragen haben oder diesen da, Sie waren ... *Sie*. Hinter all diesen Masquen, die Sie tragen, ist jemand – jemand, der Tristan heißt. Ich verstehe das nicht alles. Dieses ›sich verändern‹ ist immer noch ... sehr merkwürdig. Aber ein Mensch zu sein, eine *Person* zu sein, ist mehr, als nur einen bestimmten Satz Gene zu haben. Und wenn Ihnen jemand etwas anderes sagt, dann lügt er.«

Tristan starrte sie an, wollte glauben, dass das, was sie da sagte, nicht nur Plattitüden waren, wollte glauben, dass *sie* glaubte, was sie gerade gesagt hatte.

Denn wenn sie das glauben konnte, dann würde er das vielleicht auch können.

»Wie viele wie Sie gibt es denn dort draußen?«

Sie lächelte – beinahe scheu – und zuckte mit den Achseln. »Das weiß ich nicht. Trev hat mir die Augen geöffnet, aber ich denke, ich fange erst heute an, wirklich zu verstehen.«

Trev ... immer Trev ... er schwebte wie ein Gespenst über ihnen. Doch sosehr auch ein Stück von Tristan diesen Namen nie wieder hören wollte – es gab da auch ein anderes Stück von ihm, das nicht umhin konnte, den Mann zu bewundern.

»Ich wünschte, ich hätte Ihren Trev gekannt.«

Sie nickte. »Ich denke, Sie und er hätten gut miteinander auskommen können.«

Und dann – es geschah ohne nachzudenken – beugte sich Tristan vor und küsste sie – kurz, irgendwie linkisch – küsste sie auf die Lippen. Er zog sich zurück, ehe sie reagieren konnte.

»Tut mir Leid.« Verdammt, in letzter Zeit entschuldigte er sich ständig! »Das wollte ich nicht.«

Ich spiele da nur Szenen aus Vids nach, dachte er. All das kann für mich nicht echt sein, nicht die Wirklichkeit.

Lani legte die Hand um seinen Hals und zog ihn zu sich. »Doch, das wollten Sie schon«, sagte sie und lächelte, stellte sich auf die Zehenspitzen und erwiderte den Kuss – diesmal länger, langsamer, zärtlicher. »Sie können das nur nicht sonderlich gut. Sie brauchen Übung.«

Tristan spürte, wie Eel Dohan Lees Körper reagierte, ein nagender Schmerz in seinem Unterleib, nur wesentlich ausgeprägter als noch vor einer Weile, als er Lani gewesen war. Aber dies war nicht die Zeit und ganz sicherlich nicht der Ort.

»Also schön«, sagte er. Warum fühlte er sich eigentlich in diesem Augenblick, als ob er gerade einen Hundert-Meter-Lauf absolviert hätte? »Vielleicht versuche ich, zurückzukommen und Sie zu besuchen. Aber für den Augenblick –«

»Ich weiß. Sie müssen gehen.« Sie küsste ihn noch einmal, diesmal war es nur ein Hauch von einem Kuss, auf die Wange. Eine ganz schlichte, menschliche Geste. »Seien Sie vorsichtig.«

Dann berührte sie ihre Türplatte und trat über ihre Schwelle. Sie lächelte ihm zu, ehe die Tür zuglitt und sie seinen Blicken entzog.

Tristan lehnte sich an die Wand und bemühte sich, Klarheit in sein Denken zu bekommen. Er fühlte sich geschwächt, desorientiert – und es war nicht die Masque.

Was ging hier vor sich? Alles – sein Auftrag, seine Gefühle, sein ganzes Weltbild – schien wie wild zu kreisen und außer Kontrolle zu geraten. Wunderbare Gefühle durchfluteten ihn ... aber er musste sich konzentrieren, auf den Einsatz, auf sein Ziel.

Den Einsatz und die Selbstheit.

Er stieß sich von der Wand ab und schüttelte sich.

Er hätte das nicht für möglich gehalten, aber plötzlich war die Selbstheit für ihn noch wichtiger geworden, als sie das am Morgen gewesen war. Aber um überhaupt eine Zukunft zu haben, musste er Flagge Quarter verlassen – je früher, desto besser.

Er begab sich ins Erdgeschoss.

Tristans Muskeln spannten sich an, als er aus dem Fallschacht trat und am Eingang einen uniformierten Streifenbeamten sah. Sein behelmter Kopf drehte sich zu Tristan herum, als er das Vestibül betrat.

Ganz ruhig, sagte er sich. Du bist Dohan Lee. Du lebst in diesem Haus. Du hast jedes Recht, hier zu sein – also verhalte dich auch so.

Tristan überlegte gerade, ob es unverfänglicher wäre, den Streifenbeamten zu fragen, was er hier machte, oder ihn einfach zu ignorieren, als der Mann ihm die Entscheidung abnahm.

»Bürger«, sagte er, und seine Augen waren dabei hinter seiner Gesichtsplatte verborgen. »Wie ist Ihr Name?«

Tristan wusste, dass hinter dieser Gesichtsplatte jetzt ein kompletter Körperscan ablief, wusste, dass jetzt Daten über die Innenfläche dieser undurchsichtigen Scheibe huschten.

»Dohan Lee, und Sie sind ...?«

»Korporal Eastin.«

»Ist etwas nicht in Ordnung, Korporal?«

»Eine kleine Polizeiangelegenheit. Wohnen Sie hier?«

»Natürlich.« Er durchwühlte seine Erinnerung – wie war noch gleich die Apartmentnummer? »Einheit 4472.«

»Einen Augenblick.«

Korporal Eastin wiederholte seinen Namen und die Apartmentnummer und wartete dann. Tristan stellte sich vor, wie die komplette Datei von Dohan Lee über das HUD der Sichtscheibe huschte und die Bestätigung lieferte, dass er Bewohner dieses Komplexes war.

Der Kopf mit dem Helm und der undurchsichtigen Gesichtsplatte drehte sich wieder zu ihm herum. »Sie haben anscheinend etwas abgenommen, Mr. Lee.«

Verdammt! Der Scan hatte seine verringerte Masse registriert. Das war das Letzte, was er jetzt brauchen konnte, ein übereifriger Korporal, der Offizier werden wollte.

»Tatsächlich? Das hatte ich gar nicht bemerkt.« Er zwang sich zu einem Grinsen. »Schließlich passt mein Smartsuit immer noch perfekt.«

Hinter der Gesichtsplatte war nicht zu sehen, ob der Korporal über Tristans bescheidene Witzelei lächelte. Er stand einen Augenblick lang wie erstarrt da und hielt ihm dann die Tür auf. Tristan erwartete, dass der Mann ihm jetzt einen schönen Tag wünschen würde, aber der Beamte war noch nicht mit ihm fertig.

»Bitte, kommen Sie mit zu meinem Fahrzeug, damit ich Ihr IDplant überprüfen kann.«

Tristan zuckte scheinbar gleichgültig mit den Achseln und ging auf die Tür zu. »Wenn Sie wollen.«

Aber innerlich ging sein Herz auf Warpgeschwindigkeit.

Er durfte unter keinen Umständen zulassen, dass dieser Beamte sein IDplant überprüfte – denn das war schließlich noch eine Kopie von dem Lani Rouges. Sobald Tristan den Finger in den Schlitz schob, würde Korporal Eastin wissen, dass etwas nicht stimmte. Und dann würde sein Pulser hochkommen und auf Tristans Gesicht zielen.

Draußen war die Sonne untergegangen. Es war noch nicht dunkel genug, um die Nachtbeleuchtung auszulösen, aber ein kühler Wind wehte und trieb die wenigen Fußgänger zu ihrem jeweiligen Ziel.

Tristan spürte, wie sich mit jedem Schritt, mit dem er sich dem schwebenden Patrouillenfahrzeug näherte, eine Schlinge fester um seine Kehle schloss. Seine Muskeln spannten sich an, bereiteten sich auf den Sprung vor.

Aber welche Richtung? Er konnte kehrtmachen und zu rennen anfangen, aber wie weit würde er kommen? Zehn Schritte? Zwanzig?

Eine verzweifelte Situation erforderte eine verzweifelte Lösung. Er ballte Dohan Lees dicke Finger und musterte die Faust, die dabei entstand. Groß, schwer – damit konnte er Schaden anrichten. Das war eine Waffe, nicht bloß eine Hand.

Und viel schlechter konnte seine Lage eigentlich gar nicht mehr werden, was hatte er also zu verlieren?

Er senkte leicht den Kopf, um zu sehen, ob noch jemand in dem Patrouillenfahrzeug saß.

Leer.

Damit stand die Entscheidung fest.

Seine linke Hand zuckte vor und schlug dem Beamten den Helm vom Kopf.

Korporal Eastin – blond, blauäugig – wirbelte herum, und Tristan schmetterte ihm die Faust in sein verblüfftes Gesicht. Dohan Lees Faust erzeugte ein dumpfes, klatschendes Geräusch. Der Korporal taumelte zurück, Blut schoss aus seiner Nase, und Tristan setzte nach, schlug dem Mann die Faust in den Leib und dann erneut ins Gesicht. Als die Knie des Korporals nachgaben, krachte Tristans Faust noch einmal gegen seine Schläfe. Korporal Eastin von der Flagge Polizei glitt zu Boden. Heute würde er keine Sicherheitskontrollen mehr durchführen.

Tristan sah sich um und entdeckte mindestens ein halbes Dutzend Leute in unterschiedlicher Entfernung, die ihn entsetzt anstarrten.

Ja, ihr guten Flagger, ich habe gerade einen von euren gefürchteten Polizisten angegriffen.

Kommt mir bloß nicht in die Quere.

Aber ohne Zweifel würde ihn einer der Zeugen melden, sobald der Schock nachgelassen hatte.

Tristan sprang in den Schweber. Er spürte, wie das Fahrzeug unter seinem Gewicht einen Augenblick lang seitlich wegkippte, dann setzte die Wirkung der Stabilisatoren ein. Er stöhnte, als er auf die Kontrollinstrumente blickte: Die Konsole war ihm nicht vertraut. Aber der Joystick und der Beschleunigungshebel befanden sich an der üblichen Stelle.

Kein Problem, dachte er, griff nach den Kontrollinstrumenten und zog den Schweber steil in die Höhe.

»Lieutenant? Lieutenant Garmaz!«

Streig zuckte zusammen und nahm unwillkürlich Haltung an.

Das bin ich, dachte er. Seit Mittag hatte er die Rolle von Lieutenant Garmaz von der Flagge-Polizei angenommen.

»Ja, Sergeant«, sagte er.

»Einer der Bewohner des Apartment-Komplexes hat gerade den in der Lobby stationierten Polizisten attackiert.«

Attackiert? Er hatte damit gerechnet, dass der Mimik sich hinausschleichen würde. Eigenartig.

»Sie meinen, dieser weibliche Datameister –?«

»Nein, Sir. Das war ein Mann – ein gewisser Dohan Lee.«

Streig sah auf das HUD in seinem Polizeihelm. Die Dinger waren praktisch, obwohl seine Zugangsbefugnis wesentlich weiter reichte als die eines gewöhnlichen Lieutenants. Er rief diesen Lee auf und –

Verdammt! Ein Mimik. Ein Gladiator.

»Ich rufe ein paar Patrouillenschweber, damit –«

»Nein, ich erledige das. Ich habe eine speziell für solche Fälle ausgebildete Truppe. Halten Sie Ihre Leute in Reserve, damit sie auf Befehl Position einnehmen können.«

»Ja, Sir.«

Streig lächelte, als er die Verfolger in den Einsatz schickte. Du steckst voller Überraschungen, Mimik, wie?

Tristan ging in hundert Meter Höhe in Waagerechtflug über und warf einen schnellen Blick auf den Kompass. Er verriet ihm, dass er nach Westen flog. *Falsch*. Er musste nach Süden – zur Freizone.

Er war fast auf halbe Höhe der Hochbauten aufgestiegen, die diesen Teil von Flagge Quarter dominierten. Bauten wie gewaltige Baumstämme, mit einer Vielzahl von Reflektorfenstern, zogen beiderseits an ihm vorbei. Er kam sich vor wie ein

Vogel, der durch die Redwood-Wälder der Vergangenheit flatterte.

Er stieg noch etwas höher, erreichte die Expressebene und beschleunigte dann. An der nächsten Kreuzung drehte er nach links ab.

So, das war besser. Jetzt stimmte die Richtung. Wenn er Glück hatte – würde er Flagge Quarter verlassen haben, ehe die Polizei die Verfolgung aufnehmen konnte. Aber damit es dazu kam, brauchte er freie Bahn.

Er spielte mit dem Schalter der Konsole, bis die Warnlichter und die Sirene des Patrouillenschwebers in Funktion traten, und gab dann Gas. Er saß am Steuer eines Flagge-Polizeischwebers – warum also nicht das Beste daraus machen?

Die übrigen Schweber machten ihm Platz. Er lächelte. So musste man reisen.

Aber wo war er, und wie weit musste er fliegen? Er aktivierte sein Neuronet.

»Regis.«

Ein Indianer mit ledernem Stirnband und Hirschlederhemd befand sich plötzlich neben ihm in der Kabine.

»Äh. Regis nicht hier, Kemosabe. Kann Tonto helfen?«

»Was?«

Wo kam dieser alte Avatar plötzlich her? Er hatte Tonto nicht mehr benutzt seit –

Und dann erinnerte sich Tristan. Er hatte seinen PDA nicht zu Ende umprogrammiert. Verdammt! Jetzt durchlief das Ding all seine alten Avatare.

Aber damit würde er sich später befassen. Im Augenblick –

»Geschätzte Ankunftszeit in der Freizone?«

Eine transparente Landkarte tauchte vor ihm auf. Er sah einen winzigen roten Leuchtpunkt, der sich durch das Gitter von Flagge Quarter auf die riesig wirkende Freizone zubewegte.

»Fünf Minuten – vorausgesetzt, Kemosabes Pferd galoppiert mit augenblicklicher Geschwindigkeit.«

Fünf Minuten bis zur Freiheit – ja, das könnte klappen. Schwer zu glauben, dass es so leicht gehen sollte. Einfach einen Schweber stehlen und fünf Minuten bis zur Freiheit.

»Was ist die beste Höhe?«

»Äh. Kemosabe besser manövrieren, wenn fliegen wie Adler über Mesas, aber weniger Aufmerksamkeit bei Kavallerie, wenn hier unten bleiben, zwischen ihnen.«

»Genau was ich dachte. Also gut. Behalt Flagge Isle im Auge, und sag mir Bescheid, wenn sie hinter mir herkommen.«

Tonto sagte: »Ja, Kemosabe«, und verschwand.

Tristan lächelte. Tonto hatte er fast völlig vergessen.

Aber dann erstarrrte sein Lächeln, als rechts von ihm ein leuchtend grüner, fingerdünner Lichtstrahl aufblitzte. Er drehte sich um und sah einen Schweber der Polizei an seinem Heck.

»Reg-, ich meine Tonto! Du solltest mich doch warnen!«

»Hey, Partner«, sagte ein bärtiger, zahnloser, alter Cowboy. »Schätze, da sind ein paar Banditen hinter dir her.«

Nicht Gabby! Nicht jetzt!

»Hatte ich dir nicht gesagt, dass du die Polizei im Auge behalten sollst?«

»Diese Gauner verschlüsseln ihre Telegraphen, und ich hab den verflixten *Schlüssel* nicht.«

»Verflucht.« Eigentlich hätte ich ja wissen müssen, dass das am Ende nicht gut gehen kann.

Wieder ein grüner Blitz, diesmal näher. Zu nahe.

Nach einigem Experimentieren fand er den Schalter für seinen Heckschirm und legte ihn um. Er konnte erkennen, dass jetzt *zwei* Schweber hinter ihm her waren und ihn verfolgten.

Sein Komm-Schirm erwachte flackernd zum Leben, und Tristan schaltete sofort sein Video ab – schließlich machte es ja keinen Sinn, denen eine noch bessere Beschreibung seiner Masque zu geben, als sie sie bereits hatten –, ließ das Audio aber eingeschaltet.

»Hier spricht die Polizei. Sie sind verhaftet. Das waren Warnschüsse. Gehen Sie sofort auf Straßenniveau, oder Sie werden abgeschossen.«

Tristan schüttelte den Kopf. Abgeschossen zu werden war für einen Mimikagenten nicht gerade eine düstere Drohung. Im Vergleich mit der Gefangennahme wäre das sogar ein Segen. Sein Neuronet war mit zwei Optionen für den Fall der Gefangennahme ausgestattet. Bei den ersten Anzeichen von Folter würde sein Sprechzentrum zerstört werden, und er würde dann weder lesen noch schreiben können. Beim ersten Anzeichen einer Gedächtnissonde würde das Neuronet einen epileptischen Anfall auslösen, an dessen Ende er hirnlos sein würde. Nein, ein gefangener Mimik stellte für die Gloms kein Problem dar.

Für den armen Mimik freilich war das eine völlig andere Geschichte …

Auf den ersten Blick schien die erste Option die vorteilhaftere, aber nicht für Tristan. Sobald die Polizisten nämlich feststellten, dass der Flüchtling, der einen ihrer Kollegen niedergeschlagen und seinen Schweber gestohlen hatte, ein Mimik war, würden denen ein paar höchst unangenehme Spielchen einfallen, die sie mit ihm treiben konnten. Wahrscheinlich würden sie ein paar Kollegen holen, die sich auf Schmerz spezialisiert hatten. Tristans Tod würde sich über Tage, vielleicht sogar Wochen hinziehen.

Nein, da schon lieber das Hirn ausbrennen, dachte er.

Oder noch besser: Lass dich nicht von ihnen erwischen.

Wieder ein Blitz, wieder daneben. Was bildeten die sich eigentlich ein, mitten im Verkehr auf ihn zu schießen? Im Herzen eines Wohnviertels, man stelle sich vor. Vielleicht spielten die Bürger von Flagge keine Rolle mehr, wenn die Polizei wirklich darauf erpicht war, jemanden festzunageln. Die Leute hinter ihren Reflektorfenstern bekamen da ein beachtliches Schauspiel geboten.

Aber man konnte sich Schlimmeres vorstellen. Die Patrouillenschweber könnten auch Sucherraketen abschießen – und einer dieser kleinen Flugkörper konnte gewaltigen Schaden anrichten, wenn er sein Ziel verfehlte und ein Gebäude traf oder sich an ein anderes Fahrzeug anhängte, das mit der ganzen Geschichte nichts zu tun hatte. Wie lautete noch gleich der Euphemismus für solche Pannen?

TFF – Tödlicher Fahndungsfehler.

Tut uns Leid, Ihr Mann ist gerade infolge eines tödlichen Fahndungsfehlers in eine Million Stücke zersprengt worden.

Zeit, aus dieser von Menschenhand geschaffenen Schlucht über die Dächer der Gebäude aufzusteigen, wo er manövrieren konnte. Sonst war es nur eine Frage der Zeit, ehe einer dieser schießwütigen Schweberjockeys ihn traf.

Tristan war gerade dabei, den Knüppel zu sich herzuziehen, als ein grüner Strahl vor seinem Schweber vorbeifegte. Er blickte durch das durchsichtige Kuppeldach nach oben und sah zwei weitere Schweber über sich und vor sich.

»Verdammt! Die sind überall.«

Er wich im Zickzack aus, ließ sich auf die niedrigen Bahnen absinken, wo er schwerer zu treffen war. Er sah, wie Leute in kleinen Schwebern entsetzt zu ihm herüberschauten. Jetzt entdeckte er eine junge Frau mit einem Kind in einem kleinen Zweisitzer.

Ich kann nicht hier bleiben.

Er entdeckte vor sich eine Kreuzung, und sein Blick flog verzweifelt über die ihm nicht vertraute Konsole.

»Scheint mir, es ist Zeit, die Planwagen im Kreis aufzustellen, Partner.«

»Verdammt noch mal, Gabby – die Tragflächensteuerung. Wo zum Teufel ist die?«

»Schrei mich nicht so an, du Grünschnabel!«, verwahrte sich der PDA und deutete auf einen Kippschalter neben dem Knüppel. »Verflucht und zugenäht, da vor dir!«

Tristan legte den Schalter um und fuhr damit die Tragflächen seines Schwebers gerade noch rechtzeitig aus, um eine scharfe Linkskurve zu fliegen. Sein hinterer Bildschirm zeigte ihm, wie die ersten beiden Verfolger über die Kreuzung hinausschossen, aber die Neuankömmlinge über ihm hatte er bis jetzt nicht abschütteln können, wenn sie auch ein wenig zurückgefallen waren.

Als er wieder in Waagerechtflug übergegangen war, zog er die Tragflächen ein – eine solche scharfe Kurve war ohne Tragflächen nicht möglich, aber auf der geraden Strecke würden die Tragflächen ihn Geschwindigkeit kosten – und gab Vollgas.

Er kaute auf seiner Unterlippe und sah voller Konzentration auf den Verkehr vor sich. Er bewegte sich mit solcher Geschwindigkeit, dass die anderen Fahrzeuge ihm kaum schnell genug ausweichen konnten. Die Bahnen zwischen den Gebäuden waren jetzt die reinste Hindernisstrecke. Er ignorierte all die entsetzten Gesichter in den Schwebern, die er überholte, aber die ständigen Ausweichmanöver, die der dichte Verkehr ihm aufnötigte, machten es problematisch, sein Tempo zu halten. Und er flog jetzt auf *Ost*-Kurs, verdammt!

Er schaltete die Warnlichter und die Sirene ab – im Augenblick nützten sie ihm nicht viel und machten ihn eher zur Zielscheibe.

Als er sich der nächsten Kreuzung näherte, griff er nach dem Tragflächenschalter. Er wollte sie gerade ausfahren, um wieder nach Süden zu fliegen, als aus einer Querbahn ein Strahl zuckte. Er sah dort einen Patrouillenschweber im Hinterhalt lauern, bereit, ihm den Weg abzuschneiden.

Er hatte keine Wahl. Er ließ die Tragflächen eingefahren und blieb auf Kurs, wich dem Laserfeuer des Schwebers aus. Offenbar war es dem Offizier am Steuer egal, ob er einen Unschuldigen traf.

Laser von hinten, Laser von der Seite … die Hindernisstrecke war zu einem Spießrutenlauf geworden.

Jetzt flammte die nächtliche Beleuchtung von Flagge Quarter auf, Leuchtstreifen, die senkrecht an den Gebäudewänden nach oben flackerten und die Flugbahnen dazwischen erhellten.

Und ihn zu einem bequemeren Ziel machten.

Er beschloss, an der nächsten Kreuzung nach rechts abzubiegen – ganz egal, was ihn dort erwartete. Er musste nach Süden, musste Flagge Quarter verlassen.

Er gab sich keinen Illusionen hin, dass die Polizeischweber sich zurückziehen würden, sobald er die Freizone erreicht hatte – sie würden ihn bis in die Hölle verfolgen. Aber wenigstens würde ihm in der Freizone nur aus einer Richtung Gefahr drohen – von hinten. Hier, im Herzen des Territoriums von Flagge, konnte die Polizei aus allen Vierteln Verstärkung kommen lassen und ihn von überall angreifen, das Netz immer enger ziehen.

Nur eine Frage der Zeit.

Er war ziemlich sicher, dass er sie in der Freizone würde abschütteln oder zumindest seinen Vorsprung würde halten können, bis Kaze ihm eigene Schweber als Eskorte entgegenschickte.

Tristan klammerte sich am Joystick fest, als er die Tragflächen ausfuhr und sein Fahrzeug zur Seite kippte, um abzubiegen. Wieder erwartete ihn ein Schweber und feuerte auf ihn. Aber er kippte unter dem Laserstrahl weg und ließ den Angreifer hinter sich. Auf seinem Heckbildschirm sah er, wie einer seiner Verfolger mit dem Schweber kollidierte, der auf der

Lauer gelegen hatte. Beide lösten sich in einem Feuerball auf, ein Schauspiel, das die Spiegelfenster eines Wohnturms in der Nähe reflektierten.

Ein wirklich beeindruckender TFF.

»Zwei weniger«, flüsterte er, während er die Tragflächen einzog. »Wie viele noch?«

»Ein gutes Dutzend noch, schätze ich«, sagte Gabby. »Dieses Gaunerpack holt auf, Partner.«

Tristan hatte vergessen, dass sein PDA noch aktiviert war.

Er wollte ihn gerade abschalten, als er einen weiteren Schweber unmittelbar vor sich entdeckte, der mit blitzenden Lasern auf ihn zugeschossen kam, als ob er vorhätte, ihn zu rammen.

»Du machst wohl auf verrückt, was?«, murmelte Tristan. Er war jetzt in Kampfstimmung. »Dann zeige ich dir, was wirklich verrückt ist.«

Er klappte seine Zieloptik aus, visierte den heranbrausenden Schweber an und begann, selbst den Abzug zu betätigen, als sie einander näher rückten.

Seine Laserschüsse waren genauso ungezielt wie die der anderen auch – er war nie ein besonders guter Schütze gewesen –, aber er drückte ständig ab und erfüllte den Luftraum vor sich mit tödlichen Lichtblitzen.

Näher … näher …

Tristan hatte nicht vor, den Kurs zu wechseln.

Das musste dem anderen Piloten schließlich klar geworden sein, und er bog in letzter Sekunde ab.

»*Vielen* Dank!«, flüsterte Tristan.

Er atmete aus und merkte erst jetzt, dass er die Luft angehalten hatte. Das war verdammt knapp gewesen. Er war schließlich nicht hier, um seinen Mut zu demonstrieren. Er hatte eine Virenprobe und eine Datameisterschablone bei sich, die er abliefern sollte. Das war sein Auftrag – *das* war der Grund seines Hierseins.

Aber er würde sich *unter keinen Umständen* lebend fangen lassen.

Eine Gruppe von Schwebern tauchte unmittelbar vor ihm auf. Zu viele für irgendwelche Heldentaten. Er sah sich gezwungen, in eine nach Westen führende Straße einzubiegen.

»Du solltest jetzt aufpassen, Partner«, sagte Gabby. »Ich schätze, die wollen dich in die Enge treiben.«

»Aus!«, rief Tristan, der inzwischen eine freie Querstraße gefunden hatte und wieder nach Süden jagte.

Er kämpfte gegen den Impuls an, höher zu steigen, wo er sich keine Sorgen um Beschuss aus Seitenstraßen zu machen brauchte – wo sie ihn direkt angreifen mussten. Aber er wusste auch, dass der Grenzwall nicht mehr weit entfernt sein konnte, und dort würden sicherlich starke Batterien auf ihn warten und vermutlich auch ein paar intelligente Flugkörper. Hoch oben und allein würde er dort die perfekte Zielscheibe darstellen.

Also ging er fast auf Straßenniveau, wurde dabei aber nicht langsamer. Die Zähne zusammengebissen, starr nach vorn blickend, den Joystick in der schweißnassen Hand, ihn immer wieder hin und her bewegend, links, rechts, vor und zurück, wich Tristan dem Boden- und Luftverkehr mit der Geschwindigkeit einer Gewehrkugel aus. Das Plärren der Hupen und die weißen Gesichter, die ihn anstarrten, erschreckt, wütend oder beides, mit offenen Mündern hinter den Fenstern der Fahrzeuge, die er anstieß und aus dem Weg drängte, nahm er nur undeutlich wahr.

Noch tiefer – die Bodenpartie seines Schwebers scharrte über das Pflaster, und er sah eine Mutter, die einen Kinderwagen unmittelbar vor ihm über die Straße schob. Ihr entsetztes Gesicht wurde zu einer Grimasse des Schreckens, und Tristan schrie, riss den Schweber in eine 360-Grad-Rolle, verfehlte sie nur um Millimeter.

Ich werde es nicht schaffen, dachte er. *Ich komme da nie raus.*

Zu tief, das war nicht gut, ein wenig höher, und dann ein Passagier-Shuttle, das um eine Ecke bog, geradewegs auf ihn zu. Er sah, wie die Passagiere sich duckten, um Deckung zu suchen, als er den Schweber auf die Seite kippte und versuchte, sich vorbeizuzwängen. Beinahe hätte er es geschafft, aber dann streifte die Fensterverkleidung an seiner Beifahrerseite die obere hintere Ecke des Shuttle und riss ab. Wind pfiff durch den Riss herein.

Plötzlich wurde der Verkehr dünner, und die Gebäude begannen, kleiner zu werden, Hochbauten wichen halb hohen Gebäuden und wenig später den hässlichen Flachbauten von Lagerhäusern. Und dann war die Mauer unmittelbar vor ihm, und er wusste, dass sie dort auf ihn warteten. Aber würden sie auch schießen? Schließlich würde er dann nicht bloß Zivilisten rings um sich haben, sondern auch Leute von der Polizei würden in der Schusslinie sein. Nach allem, was er bis jetzt gesehen hatte, war Tristan sich keineswegs sicher, dass sie nicht schießen würden. Er konnte nur hoffen.

Nicht, dass es jetzt noch etwas zu bedeuten hatte. Er hatte sich festgelegt – er würde entweder über die Mauer fliegen oder gegen sie prallen.

Plötzlich musste er an Lani denken, an das Versprechen zurückzukehren, das er ihr gegeben hatte. Wenn ich tot bin, kann ich nicht zu ihr zurückkehren, dachte er. Aber ich bin bloß ein Mimik. Es ist ja nicht so, als würde man ein richtiges Leben verlieren, oder? Nicht schlimmer, als wenn eine von diesen Maschinen explodierte. Ich bin ja bloß eine etwas kompliziertere Maschine.

Ich bin ersetzbar.

Und der einzige Grund, dass ich überhaupt einen Wert habe, ist, dass ich diesen Viruscode bei mir führe.

Warum klammere ich mich dann so an das Leben? Kann mir das jemand sagen? Warum ist mir das so verdammt wichtig?

Ein Geräusch stieg in seiner Kehle auf; es begann als leises Flüstern und wurde dann lauter und schriller, als er auf sein Ziel zuraste, schwoll an, als er auf den Tragflächenschalter schlug und hundert Meter vor der Mauer den Joystick zu sich heranriss. Jeder Instinkt in ihm verlangte, dass er die Augen schloss, um den unvermeidlichen Aufprall wenigstens nicht zu sehen, aber Tristan zwang sie, offen zu bleiben, als er über die Mauer fegte, scheinbar nur Millimeter über der Mauerkrone.

Er hörte ein lautes *Wumm* und spürte, wie der Schweber ins Taumeln geriet, als er mit der Unterpartie den äußeren Mauerrand berührte, und dann – wie durch ein Wunder – hatte er den Lichtschein verlassen, stürzte sich hinein in das Dunkel, das dahinter lag.

TEIL DREI

IN DIE DUNKELHEIT

14

Er hatte es geschafft. Er hatte die Mauer um Flagge Quarter überwunden, ehe sie einen Schuss auf ihn hatten abgeben können. Er befand sich über der Freizone.

Tristan spürte, dass sein Herz immer noch wild schlug.

Aber zum Feiern war es noch zu früh – ein schneller Blick in seinen Heckschirm zeigte ihm, dass er keineswegs außer Gefahr war. Mindestens ein Dutzend Lichtpunkte waren hinter ihm ausgeschwärmt.

Da kommen sie, die Flagger.

Er tauchte blitzschnell nach links weg, auf Süd-Ost-Kurs, über die niedrigeren Dächer der Freizone – seine Karte sagte ihm, dass er dahinter die nördlichste Grenze von Kaze finden würde –, und jetzt legte er den Schalter um, um die Tragflächen einzuziehen.

Er warf einen Blick auf seine Displays und stellte fest, dass er an Geschwindigkeit verlor. Das dürfte nicht sein. Erschreckt überprüfte er Beschleunigung – maximal – und Energie – reichlich. Was stimmte da nicht?

»Regis!«, schrie er. »Regis – warum *zum Teufel* verliere ich an Geschwindigkeit?«

Ein Humanoid mit spitzen Ohren erschien. »Ich glaube, Captain, man hat Sie bereits informiert, dass Regis aussetzt. Was Ihre Frage betrifft, so sagt einem die Logik, dass es drei mögliche Gründe dafür gibt, Geschwindigkeit zu verlieren.

A: Der Treibstoff geht Ihnen aus; B: Ihr Motor ist durch Pulserfeuer beschädigt worden; C: Ihre Tragflächen sind noch ausgefahren. Da das Display ausreichende Maschinenfunktion und Treibstoffversorgung anzeigt, bleibt uns Alternative C.«

»Meine Tragflächen? Aber die habe ich doch einge –«

Tristan sah hinaus, und da waren sie noch, ausgefahren. Er kippte den Schalter vor und zurück, aber die Tragflächen reagierten nicht.

Verdammt! Als er beim Überfliegen der Mauer die Mauerkrone geschrammt hatte, mussten sich die Tragflächen verklemmt haben.

Und sein Heckschirm zeigte, dass die Verfolger schnell aufholten.

»Such mir einen Platz zum Landen.«

Die chaotische Landkarte der Freizone wurde sichtbar – völlig anders als das geordnete Gitter von Flagge Quarter – und zeigte Tristans Maschine und die Verfolger als sich langsam bewegende, rote Punkte.

»Nach der Geschwindigkeit zu schließen, mit der die fremden Fahrzeuge aufholen, Captain«, sagte der Humanoid, »kalkuliere ich, dass sie in 4,7 Minuten in Schussweite sein werden. Bei durchschnittlicher Zielgenauigkeit werden sie –«

»Sag mir einfach, wo ich am besten landen kann!«

»Wie Sie wünschen. Nach Ihrer gegenwärtigen Position gibt es geeignete Orte mit relativ gleichwertigen Fluchtwahrscheinlichkeiten in den Vierteln Stebbins, Orsini und Bascombe.«

Der letzte Name klang irgendwie vertraut. »Bascombe. Schnell.«

Er sah zu, wie die Umrisse des Bascombe-Viertels sich auf der Karte in grünen Schein hüllten. Kein schlechter Platz, um zu landen – es gab dort eine Menge Künstler und Schausteller, die alle von realen Galerien, Theatern und Klubs angezogen wurden.

Und auf der Karte pulsierte ein kleines Viereck in dem Viertel in hellerem Grün.

»Captain, das auf dem Display angezeigte Gebäude hat anscheinend ein für eine Landung geeignetes Flachdach.«

»Gute Arbeit. Aus.«

Als das PDA verblasste, sah Tristan ein gutes Stück rechts von sich einen Laserblitz. Er blickte in seinen Heckschirm – sie kamen näher. Seine Geschwindigkeit hatte sich stabilisiert, aber sie war wesentlich geringer als die, zu der seine Verfolger mit eingezogenen Tragflächen imstande waren. Er spielte mit dem Beschleunigungshebel, um zu sehen, ob er aus der Maschine noch ein wenig mehr Tempo herausholen konnte, aber das war nicht der Fall.

Als er das Bascombe-Viertel erreicht hatte, brachte Tristan seinen Schweber auf Dachhöhe, und als er sich dann dem Gebäude näherte, das der PDA ausgewählt hatte, verlangsamte er sein Tempo. Als das Gebäude schließlich mit bloßem Auge sichtbar wurde, schob er die Seitentür auf und sah nach unten.

Er befand sich gut hundert Meter über Straßenniveau, aber das Dach … das sollte ein Fall von nicht mehr als fünf Metern sein. Er nahm das Tempo noch ein wenig zurück.

Dann atmete er tief durch, packte mit beiden Händen die Trittstange unter der Tür und schwang sich in die Nacht hinaus. Und dann hing er da und wartete auf das Dach.

Der Schweber war jetzt beinahe auf Gleitgeschwindigkeit. Er warf einen Blick nach hinten und sah die hartnäckigen Verfolger hoch über ihm am Himmel. Jetzt gingen die beiden Vordersten in Sturzflug über, wollten ihn offenbar von oben angreifen. Konnten sie sehen, was er vorhatte?

Er blickte wieder in die Tiefe – hatte die Dachfläche jetzt beinahe unter sich. Als der Mauerrand unter seinen Füßen vorbeizog, ließ er sich fallen, kam auf der verwitterten Oberfläche auf und duckte sich hinter einen Lüftungsschacht, während sein Schweber weiterflog.

Er konnte hier nicht abwarten, um das Schicksal des Schwebers zu beobachten. Hoffentlich würden die Verfolger ihn aus dem Himmel brennen, ehe er in die Menge auf der Straße stürzte, und dann abwarten, bis das Wrack abgekühlt war, ehe sie anfingen, nach seiner Leiche zu suchen. Aber wenn jemand bemerkt hatte, dass er abgesprungen war, würden sie binnen weniger Minuten im ganzen Gebäude ausschwärmen.

Er musste zusehen, dass er von diesem Dach herunterkam, hinunter auf die Straße – und zwar schnell.

Tristan zerrte an dem Gitter über dem Lüftungsschacht und stellte fest, dass es nicht verriegelt war. Er kroch durch die Öffnung, zog das Gitter hinter sich zu und kauerte sich auf den schmalen Vorsprung. Dann tastete er in der Dunkelheit umher.

Verdammt. Ein weicher Ventilator. Metall oder Plastik hätte ihm den Abstieg erleichtert. Aber diese Dinger waren halb lebendig, passten ihr Profil der Temperatur und dem Feuchtigkeitsgrad ihrer Umgebung an. Die an Tristan vorbeiströmende Luft war warm und roch nach Menschen.

Plötzlich schlug von unten aus dem Schacht brüllendes Gelächter herauf.

Eine Menge Menschen.

Tristan stemmte beide Füße in die gegenüberliegenden Seiten der glatten, nachgiebigen Schachtsubstanz und tat dann das Gleiche mit den Händen. Zumindest war die Schachtwand trocken. Er ließ sich von dem Vorsprung gleiten und rutschte langsam in dem Schacht nach unten.

Etwa vierzig Meter weiter unten gabelte sich der Schacht. Er entschied sich instinktiv für die rechte Abzweigung …

Zwanzig Meter weiter erreichte er eine Art Plateau. Links und rechts von ihm zweigten Seitenschächte ab. Welche Richtung sollte er jetzt einschlagen? Wieder Gelächter, diesmal lauter … vor ihm. Unmittelbar hinter der mit einer Jalousie versehenen Öffnung.

Tristan hielt inne und presste das Gesicht gegen die Öffnung, um hindurchsehen zu können. Da unten war eine Art Theater; die Plätze waren gefüllt, die Gesichter der Zuhörer vom Lichtschein von der Bühne, die sich außerhalb von Tristans Blickfeld befand, beleuchtet. Was auch immer dort auf der Bühne geschah, schien der Menge Spaß zu machen.

Jetzt sprangen die Leute auf, applaudierten überschwänglich, und Tristan drehte sich um und begann durch den Schacht zu kriechen, der allem Anschein nach zum hinteren Teil des Gebäudes führte. Er fand eine Inspektionsöffnung, die in einen schwach beleuchteten Korridor führte – einen *leeren* Korridor. Er rechnete nicht damit, dort irgendwelche Wachen vorzufinden … aber er war auch nicht darauf erpicht, dass irgendwelche Einwohner Alarm schlugen.

Er eilte an der Wand entlang, bis er eine Tür fand, stieß sie auf und trat in eine Seitengasse. Der faulige Gestank, der ihm entgegenschlug, wirkte auf ihn wie Parfüm. Zu seiner Rechten ratterte der Verkehr an der Mündung der Gasse vorbei.

Fast zu Hause, dachte er.

»PDA«, flüsterte er – er hatte es aufgegeben, nach Regis zu rufen.

Ein eckig wirkender Mann mit einem weißen T-Shirt, dunkler Weste und einem flachen Filzhut wurde flackernd sichtbar.

»Hey-hey, Tristy-*boy*! Was kann ich für dich tun, alter Kumpel?«

Tristan seufzte. Wieder ein alter Avatar. Würde sein PDA jeden Einzelnen aufrufen, den er jemals gehabt hatte?

»Such mir die nächste Rohrbahnstation.«

Der Plan der Freizone erschien. Wie üblich war er der rote Punkt. Ein grüner Punkt begann am südwestlichen Rand der Karte zu blinken. Die Karte weitete sich aus, bis er seine unmittelbare Umgebung auf Schirmbreite sehen konnte.

»So, das wär's, Kumpel. Luftlinie lumpige 0,4 Kilometer bis zur nächsten Einfahrt. Auf der Straße sind es 0,75 Kilometer. Überhaupt kein Problem.«

»Großartig.«

Er musste also bloß die Rohrbahnstation erreichen, und dann würde er innerhalb weniger Minuten wieder in Kaze Quarter sein.

Eine wahrhaft erstaunliche Leistung. Vielleicht würde er Lani wirklich wieder zu sehen bekommen. Und vielleicht würde er dann ein freier Mimik sein, wenn er sie wiedersah, sich kaum von einem Menschen unterscheiden –

»Das ist alles – aber lass die Karte da.«

»Ganz wie du willst, Tristy-*boy*!«

Tristan ging auf die Straße zu und bog nach links. Während er sich durch den dichten Fußgängerverkehr der Freizone kämpfte, mitten in der Schar vergnügter Menschen, die jetzt aus dem Theater strömten, das er gerade verlassen hatte, benutzte er die Kartenprojektion, um die kürzeste Route zu finden.

»Sein Schweber ist leer, Sir.«

»Verdammt!«, murmelte Streig.

Alles war so gut gelaufen, und jetzt …

»Finden Sie ihn«, sagte er. »Mir ist völlig egal, wen Sie verstümmeln, foltern oder töten müssen, um das zu schaffen. Finden Sie ihn!«

»Ja, Sir. Wir werden ihn wieder in Flagge haben, ehe –«

»Nein, Sie retrogenomischer Plasmid! Sie rühren ihn nicht an! Er darf nicht einmal merken, dass Sie ihn entdeckt haben.

Finden Sie ihn, und dann kommen Sie zu mir. Den Rest erledige ich.«

Tristan arbeitete sich durch die Freizone, kam schnell voran, als er plötzlich jemanden sagen hörte: »Hey, was machen diese Mistkerle hier?«

Tristan sah in die Richtung, in die der Mann zeigte, und erstarrte. Ein Schweber der Flagge-Polizei hing in zehn Metern Höhe hinter ihm über der Straße. Die Leute schimpften, drohten dem Polizeifahrzeug mit erhobenen Fäusten, aber die Polizisten in dem Schweber achteten nicht auf sie, sondern fuhren fort, die Straße abzusuchen, musterten die Gesichter unter ihnen.

Tristan wandte sich ab und eilte noch schneller auf die Rohrbahnstation zu. Nicht zu schnell. Nur zügig.

Ich kümmere mich um meine Angelegenheiten.

Und was ist, wenn sie die Rohrbahnen überwachen?, fragte er sich.

Die Sicherheitskräfte von Flagge hatten in der Freizone keinerlei Zuständigkeit. Aber da die Freizone über keine nennenswerte Polizei verfügte, und da er keinen privaten Sicherheitsdienst unter Vertrag hatte, der diese Schläger daran hindern würde, ihn festzunehmen und nach Flagge Quarter zurückzuschleppen …?

Freizonler hassten traditionsgemäß alle Sicherheitskräfte und alle Gloms. Sie würden sich zusammenrotten und schreien und drohen, wenn sie sahen, dass die Polizei von Kaze oder Flagge jemanden festnahm, aber sie waren weder tapfer noch dumm genug, Leib und Leben für jemanden aufs Spiel zu setzen, den sie nicht kannten.

Tristan hatte die nächste Kreuzung halb erreicht, als er dicht hinter der Kreuzung einen zweiten Straßenschweber sah, der auf ihn zukam.

Ohne sich äußerlich etwas anmerken zu lassen, bog er in die schmale Seitengasse zu seiner Linken und schlüpfte in die ihm Sicherheit verschaffende Dunkelheit. Er hielt das für eine recht kluge Maßnahme, aber als er sich umsah, bemerkte er eine in einen Umhang gehüllte Gestalt, die ihn von der anderen Straßenseite her fixierte.

Als die Gestalt erkannte, dass er auf sie aufmerksam geworden war, drehte sie sich um und entfernte sich schnell.

Hatte man ihn entdeckt? Was war der Sinn dieses Umhangs? Eine Sekte vielleicht? Ein Imagist?

Das war das Letzte, was er jetzt brauchen konnte.

Tristan hastete durch die Seitengasse und versuchte jede Tür, an der er vorbeikam ... doch alle waren abgeschlossen. Und kein einziges Fenster.

Und dann endete die Gasse plötzlich – eine Sackgasse.

Der Lichtschein aus ein paar erleuchteten Fenstern im ersten und zweiten Stock lieferte ihm schwache Beleuchtung, als Tristan sich in eine Ecke kauerte und die beiden Alternativen überdachte, die sich ihm boten.

Hier warten, bis die Flagge-Polizei ihn entweder fand oder die Suche aufgab.

Oder die Gasse als jemand anderer verlassen.

Konnte er hier einen weiteren Flux riskieren? Vielleicht. Er würde schwach sein, aber er würde es vermutlich schaffen. Die große Frage war: Sollte er es mit unbekannten Schablonen riskieren?

Tristan klappte Eels Garderobeetui auf und starrte auf den Inhalt.

Die Mittlere kannte er: Lani Rouge. Die konnte er nicht benutzen. Der Rest war ein Geheimnis.

Und eine der Schablonen barg den sicheren Tod.

Unglücklicherweise hatte Eel die Schmelzerschablone nicht mit einem Totenschädel und gekreuzten Knochen markiert.

Was bedeuteten diese verdammten Symbole? Wenn er von Dohan Lee auf irgendeinen fremden Kampfmimik umschaltete, würde ihm das vielleicht nicht die Gewähr bieten, dass er sich der Beobachtung durch die Flagge-Polizei entziehen konnte, aber er würde zumindest eine bessere Chance haben, sich zu wehren, falls sie versuchen sollten, ihn zu schnappen.

Aber das Risiko, die Schmelzerschablone zu erwischen, blieb unverändert. In dem Fall ... nun, zumindest würden seine Probleme dann ein Ende haben.

»Tja ... was haben wir denn da?«

Tristan klappte das Etui zu und schoss in die Höhe. Die Stimme war von der Mündung der Sackgasse gekommen. Er hörte schlurfende Schritte, sah ein paar vage Gestalten im schwachen Lichtschein der Straße. Wie viele waren es? Er versuchte, in der Dunkelheit zu sehen und dachte, dass es vier oder fünf waren.

Die Stimme sagte: »Das ist doch nicht, äh, zufällig ein Schablonenetui, das du da so intim an deine Brust drückst?«

»Ja, freilich!«, zischte eine zweite, schrill klingende Stimme. »Er ist ein Mimik! Das weiß ich!«

Andere Stimmen ertönten. Sie wirkten freudig erregt.

»Ein Mimik!«

Bluts ... nur Bluts konnten sich so darüber freuen, einen Mimik zu entdecken. Sich freuen, einen Mimik zu haben, den sie schlagen, foltern und töten konnten.

»Nein«, sagte Tristan, bemüht, sich in seiner Stimme keine Unruhe anmerken zu lassen. »Sie täuschen sich. Tut mir Leid. Ich bin kein Mimik. Nein, ganz bestimmt nicht.«

Konnte es noch schlimmer kommen? Von all den schlimmen Typen, auf die er hier im Bascombe-Viertel stoßen konnte, musste er ausgerechnet auf eine Gruppe Bluts stoßen.

»Das stimmt nicht! Er hat ein Garderobeetui!«, sagte die zweite Stimme. »Ich habe es gesehen!«

»Flux für uns!«, sagte eine dritte Stimme. »Tu es. Wir wollen dich *fluxen* sehen.«

Tristan schob das Etui in die Tasche. »Nein, wirklich, ich bin nicht anders als Sie.«

Das Gelächter, das ihm aus der Gruppe entgegenschlug, ließ sein Blut eisig durch seine Venen strömen.

»Oh, das bezweifle ich aber stark«, sagte die erste Stimme langsam. »Ich bezweifle sehr, dass du so bist wie wir.«

Jetzt bewegten sie sich auf ihn zu, und Tristan stemmte sich gegen die Mauer, bereitete sich auf einen Sprung vor. Er konnte ihnen nicht ausweichen. Also musste er mitten hindurch! Vielleicht wenn er angriff, den Ersten …

Das Geräusch schneller Schritte hinter der Gruppe … dann sagte eine Stimme in heiserem Flüsterton: »Überall Rotköpfe im Viertel! Die suchen jemanden, aber sie sagen nicht, warum.«

»Das bist doch nicht etwa du, oder, Mr. Mimik?«, sagte die erste Stimme. »Du bist doch nicht etwa aus Flagge geflohen, was?«

Was sollte er ihnen sagen? Der liebevoll zarte Gewahrsam der Sicherheitsbehörden von Flagge war möglicherweise besser, als von Bluts in Stücke gerissen zu werden.

»Sie bieten eine Belohnung an«, sagte eine neue Stimme.

»Eine Belohnung!« Die erste Stimme lachte. »Wir würden ihn doch nicht ausliefern, ganz gleich, was die anbieten, oder, Freunde?«

Zustimmendes Gemurmel rings um Tristan, während sie näher rückten. Er konnte sie jetzt sehen, und es waren keine Bluts.

Tristan fand sich von Gestalten aus seinen schlimmsten Albträumen umringt.

15

Die letzte Stimme war eine Männerstimme gewesen, aber das Gesicht des Sprechers lief in einem langen, goldenen Schnabel aus; die Arme und Beine unter seiner Tunika waren mit Federn bedeckt, und auf seinem Rücken war ein kleines Flügelpaar eingefaltet.

Neben ihm stand jemand mit einem grünen Gesicht, Gras statt Haaren, und Armen, die wie kräftige Äste aussahen.

Hinter dem Paar – waren sie das vielleicht, ein Paar? – musterte ihn jemand, dessen Kopf wie der einer Motte aussah, aus riesigen Facettenaugen.

Dahinter war eine Frau mit dem Kopf eines Hammerhais zu sehen. Etwas wie Übelkeit stieg in Tristan auf, als er sah, wie ihre Augen die Sackgasse absuchten.

Aber das seltsamste Wesen von allen klammerte sich an der Schulter des Vogelmannes fest. Er … sie … *es* sah aus wie das Endprodukt des schlimmsten Schmelzens, das man sich vorstellen konnte. Ein Klumpen Protoplasma in einem dünnhäutigen Sack, in dem man sämtliche innere Organe sehen konnte. Diese lebende Gallertmasse bewegte sich, indem sie Pseudopoden aussandte und dahinter her*floss*. Der Klumpen musterte ihn aus einem frei in der Masse schwebenden Augenpaar.

Tristan sah zu, wie sich ein Sack unter der Haut des Klumpens mit Luft füllte. Dann sprach der Klumpen ihn keuchend an.

»Bist du wirklich ein Mimik?«, sagte das Wesen mit zischender Stimme, die Tristan schon vor ein paar Augenblicken gehört hatte.

Tristan zögerte. Er war ein Agent. Man vertraute niemandem, man sagte niemandem etwas.

Aber sie hatten das Garderobeetui gesehen. Und das waren

ganz offensichtlich keine Imagisten und keine Bluts, und sie hatten auch ganz sicherlich keine Vorbehalte hinsichtlich Veränderungen der menschlichen Gestalt. Trotzdem … solche Worte außerhalb des Geheges über seine Lippen kommen zu lassen …

»Du hast von uns nichts zu befürchten«, zwitscherte der Vogelmann.

Also gut … er würde es sagen.

»Ja. Ich bin ein Mimik.«

Er hörte zustimmendes, beinahe ehrfürchtiges Murmeln.

»Ich wünschte, ich wäre ein Mimik«, sagte der Mottenkopf. »Ich würde *alles* dafür geben, ein Mimik zu sein.«

»Ich auch«, sagte die Hailady.

Tristan war benommen – er hatte so etwas noch niemanden sagen hören.

»Ich habe gesehen, wie du dich hier eingeschlichen hast«, sagte der Vogelmann. »Wir haben die Rotköpfe gesehen, haben gehört, dass sie nach jemandem suchen. Ich dachte, das könntest vielleicht du sein.«

»Also gut. Ihr wisst jetzt, wer ich bin. Aber wer seid ihr?«

»Wir sind Schausteller«, sagte Motte. »Wir sind auf Tournee durch die verschiedenen Freizonen. Aber das hier ist unser Winterquartier, wo wir neuem Material den letzten Schliff geben. Wir kommen gerade aus einer Vorstellung, ein Stück weiter oben an der Straße.«

Tristan fragte sich, ob die stehende Ovation, deren Zeuge er im Lüftungsschacht des Theaters geworden war, vielleicht diesen radikalen Spleißern gegolten hatte, und dann fragte er sich, welches Maß an Genspleißungen und/oder Nanoformung diese Leute wohl durchgemacht hatten. Und die astronomischen Kosten solcher radikaler Umstellungen … seine Vorstellung sträubte sich dagegen, das auch nur erraten zu wollen.

Durfte er diesen Leuten vertrauen, diesen Menschen, die nicht menschlich aussehen wollten? Ging ihr Radikalismus tiefer als nur unter ihre Haut? Waren sie überhaupt bei klarem Verstand? Er würde das Risiko eingehen müssen.

»Ich muss die Freizone verlassen, muss nach Kaze Glom«, sagte er. »Könnt ihr mir helfen?«

Der Vogelmann schüttelte seinen riesigen Kopf. »Ich glaube nicht, dass das möglich ist. Hier wimmelt es von Flagge-Polizei.«

Und Tristan war überzeugt, dass die Rohrbahnstationen besonders streng bewacht werden würden.

»Verdammt! Ich *muss* nach Kaze zurück.«

Und dann erinnerte er sich an das, was Mung ihm als letzte Zuflucht empfohlen hatte, aber nur als allerletzte Zuflucht.

»Habt ihr jemals von etwas gehört, das sich Proteus nennt?«

»Gehört ja«, sagte der Baummann langsam. Vorsichtig?

Der Vogelmann sagte: »Das soll ein Mimikuntergrund sein, eine Ansammlung von Flüchtlingen.«

»Die meisten kommen aus der Arena«, keuchte der Klumpen. Er hockte wie ein formloser, klebriger Papagei auf der Schulter des Vogelmannes. »Mit denen lässt man sich besser nicht ein.«

Ein Mimikuntergrund. Hatte das etwas mit Okasan zu tun? Und Flüchtlinge? Das würde einleuchten. Weder die Sicherheitsbehörden von Flagge noch von Kaze konnten jeden Flüchtling fangen … einige entwischten ihnen. Und wo gingen sie hin? Irgendwo mussten sie ja schließlich unterkommen.

Und jetzt hatte Tristan eine Antwort auf diese Frage. *Proteus.*

»Seid ihr diesen Mimiks begegnet?«

Der Vogelmann schüttelte den Kopf. »Nein, aber ich habe ihre Fitti im Ocean gesehen. Sie haben ein Symbol.«

Die Hailady näherte sich jetzt der Gruppe. »Eine Faust, die die Doppelhelix hält«, sagte sie. »Großartig.«

Ja, Tristan erinnerte sich daran, das Symbol gesehen zu haben. Aber der Ocean wimmelte von Symbolen, Icons und Bildern. Alles und jeder konnte ein Symbol haben, ein elektronisches Banner, ein persönliches Emblem. Bis zuletzt alle Symbole ihre Bedeutung verloren.

Tristan sah den Vogelmann an und spürte, dass er etwas vor ihm zurückhielt. Er wirkte verängstigt, aber wovor hatte er Angst? Angst vor Proteus, Angst, zu viel zu verraten?

Er verstand. Wie konnten sie auch sicher sein, dass er nicht ein Spion für Flagge war, dass dies nicht alles eine raffinierte Finte war, um die Mimikgruppe zu knacken?

Immer vorausgesetzt, Proteus war es wert, geknackt zu werden …

Aber wenn es so war, dann kannte die Gruppe vielleicht einen Weg aus der Freizone, einen Weg nach Kaze Glom.

Und obwohl er ganz sicherlich nicht darauf aus war, Proteus zu bespitzeln, durfte er niemandem sagen, was er nach Kaze zurückbrachte. Wenn sie erfuhren, dass er sich auf einer Mission für eines der Gloms befand, würden sie ihm ganz sicherlich nicht mehr helfen wollen, ob er nun ein Mimik war oder nicht.

Er durfte nichts riskieren, was den Erfolg seines Einsatzes in irgendeiner Weise gefährdete, nicht jetzt, wo er so dicht vor der Selbstheit stand. Über kurz oder lang würde eine Gruppe von Gesetzlosen wie Proteus von einem der Gloms zermalmt werden.

Aber im Augenblick boten sie ihm vielleicht die einzige Chance zu entkommen.

»Ich muss mit ihnen Kontakt aufnehmen.«

Die Motte schüttelte den Kopf mit den riesigen Kuppelaugen. »Das wird nicht leicht sein. Wir könnten eine Nachricht in den Ocean senden, sie wissen lassen, dass wir jemanden haben, der für sie vielleicht von Interesse sein könnte. Und dann müssen wir abwarten, ob sie mit dir Verbindung aufnehmen.«

»Ich habe nicht viel Zeit.«

»Das ist leider alles, was wir tun können.«

»Dann, bitte – tut es.«

Die Hailady glitt wieder davon. »Ich tauche jetzt ein«, sagte sie. »Ich werde ein Pic von deiner Masque eingeben.«

Tristan vermutete, dass ihr gewaltiger Kopf auch ein ähnlich beeindruckendes HUD enthielt.

»Salina wird eine Blase hinterlassen«, sagte der Baummann. »Und dann würde ich vorschlagen, gehst du nach Realville und wartest.«

»Realville?«, sagte Tristan.

»Oh – das ist nicht gut«, sagte der Vogelmann. »Wenn es einen Ort gibt, wo Mimiks in Gefahr sind, in tödlicher Gefahr, dann ist das Realville.«

Die Hailady zuckte mit den schmalen Schultern. »Dort haben sie den Blut umgebracht.«

»Welchen Blut?«

»Den, der heute Morgen im Vid war und damit geprahlt hat, wie er und seine Kumpane diese zwei geflüchteten Mimiks aufgespürt und getötet haben. Sie haben ihn erwischt«, sagte sie mit hörbarer Befriedigung. »Richtig erwischt.«

»Das weißt du nicht«, sagte der Vogelmann.

»Ich weiß es nicht«, sagte die Haifrau, »aber ich *weiß* es. Weißt du?«

Tristan war nicht an einem toten Blut interessiert. Für den Ramsch war das kein Verlust. Er wollte bloß hier raus.

»Wenn Proteus meine einzige Chance ist, dann muss ich sie wahrnehmen.«

»Ich habe die Blase an ihr Icon gehängt und gesagt, dass einer von ihrer Art sie sehen möchte. Ich habe denen gesagt, sie sollen ihre Antwort an ›Hammerhai‹ geben. Halt also die Augen offen nach einer ›Hammerhai‹-Nachricht.«

»Mach ich. Und vielen Dank.«

Diese bizarren Kreaturen, seltsame, verdrehte Menschen, viel unheimlicher als Mimiks, hatten sich mit ihm angefreundet, einem Fremden. Er verstand das nicht, aber er war froh darüber.

Sie machten ihm Platz, traten beiseite, sodass er zur Straße zurückkehren konnte.

»Sei vorsichtig«, sagte der Vogelmann. »Viel Glück ... und –«

Der Klumpen sprach den Satz für ihn zu Ende: »Vergiss uns nicht.«

»Und das hältst du wirklich für möglich?«, sagte Tristan und lachte.

Tristan stand am Eingang zu der Seitengasse und sah sich auf der Straße um. Er musste jetzt an der Dohan-Lee-Masque festhalten – wenn Proteus auf Salinas Nachricht antwortete, würden sie nach dem Lee-Gesicht suchen. Aber die Polizei von Flagge würde das auch.

Mittlerweile waren nicht mehr so viele Polizeischweber unterwegs. Nur einige wenige Polizisten gingen zwischen den Freizonen-Wohnungen auf und ab, bahnten sich ihren Weg durch die Menschenmassen, als wären die bloß Unrat, der auf einem Meer dahintreibt.

Vielleicht war die Polizei von Flagge schon dabei aufzugeben.

In den Rohrbahnen würde das ganz anders sein, das stand für ihn fest. Die Knotenstation würde von Wachen wimmeln, und jeder Passagier würde gescanned werden.

Tristan sagte: »Regis –«

Eine Frau mit lockigem, braunem Haar, bekleidet mit einer

weißen Bluse, einem bis zum Knie reichenden Rock und Strümpfen mit Naht, erschien, Block und Bleistift in der Hand.

»Sie haben geklingelt?«, sagte sie mit Kaugummi im Mund.

Er hatte es schon wieder vergessen – sein PDA durchlief immer noch verschiedene Avatare.

»Halte den Ocean im Auge, mich interessiert eine Nachricht, die an ›Hammerhai‹ adressiert ist.«

Sie ließ ihren Kaugummi schnalzen. »Geht klar, Boss.«

»Und sieh mal nach, ob du etwas über einen ermordeten Blut in Erfahrung bringen kannst.«

»Wird gemacht.«

Gleich darauf flackerten Bilder vor seinen Augen.

Es war tatsächlich ein Blut ermordet worden … Tristan erinnerte sich aus dem Morgenvid an ihn. Ein paar Aufnahmen der Leiche erfüllten die Blase. Er war in Stücke gehackt worden. Die blinde Raserei, die hinter einer solchen Gewalttat steckte, ließ Tristan erschaudern. War dies eine willkürliche Tat, eine Auseinandersetzung zwischen ein paar Bluts, wollte das Gesicht des Kommentators wissen. War an der blutigen Leiche irgendeine Botschaft angebracht gewesen?

Tristan wusste es. Er schluckte. So wie es aussah, war es vielleicht gar keine so gute Idee, sich von der falschen Seite an Proteus heranzumachen.

»Genug«, sagte Tristan, und die Blase verschwand. »Markier mir den Weg nach Realville, aber in den Seitenstraßen, wenn ich bitten darf.«

Die Karte erschien, und er begann ihr zu folgen, ein gewundener Pfad, der sich durch Nebenstraßen und Gassen schlängelte.

Er hatte die Hälfte der Strecke zurückgelegt und ging gerade durch die Schattenhöhle einer Straße, als sein PDA wieder auftauchte: Ein Mann in mittleren Jahren, mit Kinnbart und einer eng anliegenden Kappe, bekleidet mit der Robe eines Kardinals, schwebte vor ihm.

»Eine Hammerhaibotschaft ist aus dem Ocean gespült worden, Euer Heiligkeit.«

Kardinal Richelieu diesmal – das war noch schlimmer, als mit Regis zu tun zu haben.

»Raus damit.«

»Es ist nicht viel mehr als ein Richtungsgitter – und die Anweisung an Sie, das Blutsymbol auf Ihrer Stirn anzubringen.«

Verdammt, dachte Tristan. Ich muss aussehen wie einer von diesen Plasmiden. Trieb Proteus ein Spiel mit ihm?

»Na schön. Laden. Und was gibt es Neues über Realville?«

»Leider nicht sehr viel. Offenbar handelt es sich um einen äußerst unheiligen Ort. Hier –«

Der durchsichtige Schirm, der jetzt vor Tristans Augen schwebte, zeigte eine detaillierte Karte, die wohl Proteus zu verdanken war.

»Kein besonders umfangreiches Gebiet. Und auch kein besonders attraktives, Euer Heiligkeit. Wahrlich ein Sündenpfuhl. Hier sind die Verbrechensstatistiken.«

Zahlen füllten den Bildschirm, jede für eine bestimmte Kategorie von Gewaltverbrechen wie Mord, schwerer Überfall, Vergewaltigung.

Richtig nett, dachte Tristan. *Wirklich* nett.

»Die Bluts erheben Anspruch darauf, Euer Heiligkeit, aber Realville ist auch zu Imagisten freundlich. Offenbar sind sie alle von realen Erlebnissen begeistert.«

»Realen? Was denn für welchen?«

»Oh, alles Mögliche, scheint mir – alles sündig und gottlos. Unglücklicherweise hält sie dieses Begehren davon ab, viele Informationen in den Ocean zu lassen. Ich möchte diesem Ort eine Bewertung von 9,2 für tödliche Gefahr geben.«

Nun, immerhin keine Zehn, dachte Tristan.

Der Kardinal fuhr fort: »Wenn die Musketiere des Königs dort hineingehen und ihre Pflicht tun würden, bräuchten wir nicht –«

»Schon gut. Geh in den Hintergrund.«

»Ja, Euer Heiligkeit«, sagte der Kardinal und verschwand.

Tristan kaufte unterwegs einen roten Marker.

Als er die Grenze von Realville erreichte, hielt er inne. Noch im Schatten der Gebäude zu beiden Seiten zog er den Marker heraus und malte sich schnell zwei gezackte, rote Blitzstrahlen, das Symbol der Bluts, auf die Stirn.

Dann ging er, den Instruktionen folgend, zur Kreuzung und bog nach links. Doch was er dort sah, ließ ihn gleich wieder stehen bleiben.

Ein riesiger, freier Platz tat sich vor ihm auf. Eine gewaltige Menschenmenge drängte sich dort, einige taumelten im Drogenrausch, andere begrapschten sich ohne Rücksicht darauf, dass jede Minute Hunderte vorbeikamen und sie dabei beobachteten, wie sie »realen« Sex hatten. Hinter der aufgeputschten Menge erhellten riesige Leuchtzeichen die Nacht mit Unheil verheißenden Namen ... *Tod den Rechten ... Ausbruch ... Killerhalle.*

Die Strahler von oben hüllten die Menge in grelles Licht.

Und neben den vielen Bars stand ein Gebäude, das sich Funland nannte. Tristan erkannte die antiken Vergnügungsgeräte. »Karussell« nannte sich so etwas. Ein klappernder Zug mit Wagen mit Rädern ... eine *Achterbahn* ... raste über Gleise hinauf und hinunter, und die Menschen im Zug kreischten und schrien.

Und ganz in der Nähe kreiste ein runder, fassförmiger Gegenstand, der unten offen war. Das Fass sah so aus, als würde es gleich auf den Platz rollen. Menschen in ihm klammerten sich an Griffen fest, von der Zentrifugalkraft gegen die Wände des Fasses gepresst.

Wie alt waren diese Dinger?, fragte sich Tristan. Wenn es sich um echte Antiquitäten handelte, möglicherweise jahrhundertealt.

Alt. Rostig. Bereit, jederzeit auseinander zu brechen und jemanden zu töten.

Wenn das keine reale Aufregung bot!

Schreie von der rechten Seite zogen Tristans Aufmerksamkeit auf sich. Eine dicht zusammengedrängte Menschentraube schrie, ein blutdürstiges, brutales Brüllen. Tristan konnte nichts erkennen, vermutete aber, dass irgendeiner armen Seele in der Mitte dieser Menschentraube irgendetwas Bösartiges zugefügt wurde.

Eine Frau stieß Tristan an.

»Hey, Matrose«, sagte sie.

Tristan blickte verwirrt auf. »Ich bin kein –«

Die Frau lachte. Ihr goldenes Haar wirkte künstlich, ihre Lippen waren viel zu rot, und ihr aufdringliches Parfüm überdeckte vermutlich andere, weniger angenehme Gerüche.

Ein Strichmädchen. Ein »reales« Strichmädchen, aber real war an ihr nicht viel.

»Kein Matrose?« Sie trat näher und spielte mit dem glatten Stoff von Eels Smartsuit. »Hmm, du bist aber groß. Ich wette, du hast's gern« – sie beugte sich noch näher zu ihm, und jetzt nahm ihm ihr Parfüm fast den Atem – »ein bisschen grob. Hmm, wie steht's?« Sie warf einen Blick in die dunkle Straße, aus der Tristan gekommen war. »Wir könnten dort hinter gehen. Da wären wir hübsch für uns allein.«

Tristan schüttelte den Kopf. »Nein. Nicht jetzt.« Er sah, wie das Gesicht der Frau sich verfinsterte. »Vielleicht ... später.«

Das Strichmädchen zuckte mit den Achseln und ging weiter. »Später« war ein Wort, das in ihrem Vokabular nicht enthalten war.

Sollte ihm recht sein. Er musste weiter, musste sich seinen

Weg durch das Meer von Menschen bahnen, von denen einige *wirklich* stoned waren, einige *wirklich* bumsten, einige *wirklich* aßen, einige einander *wirklich* verprügelten. Er bewegte sich durch das Meer von Bluts und Imagisten und menschlichen Freaks, die sich verzweifelt nach einer wirklichen Empfindung sehnten, irgendeiner Empfindung, selbst einer schlechten. VR war hier nicht erlaubt, nur die Realität … mehr Realität, als man sich jemals wünschen konnte.

Tristan stieg über ein paar reglose Körper auf dem Boden. Schlafend, bewusstlos? Tot? Wer konnte das schon sagen? Und wen interessierte es?

Er bahnte sich mühsam den Weg in die Mitte des Platzes, wo vielfarbige Reflexe der strahlenden Lichter die Straßen und Mauern überzogen.

Was zum Teufel ist das?, fragte er sich und blickte auf die Fassade des Break Out. Was für Spiele werden hier gespielt, welchen Nervenkitzel bietet dieses Lokal? NOK? Oder exotischere Vergnügungen? Tristan hatte von anderen Vergnügungen gehört … Labyrinthen, wo man Jagd auf gefährliche, genetisch veränderte Tiere machen konnte – auf eigenes Risiko.

Ein Mann rempelte ihn an und packte Tristan an beiden Schultern.

»Hey! Bringt sie um.«

Tristan versuchte, sich dem Mann zu entwinden, aber der ließ ihn nicht los.

»Bringt sie um. Stimmt's?« Der Mann lallte.

»Wen umbringen?«, sagte Tristan in der Hoffnung, der Mann würde von ihm ablassen, wenn er mit ihm redete.

Der Mann schüttelte den Kopf, gerade so, als verwirrte ihn Tristans Unwissenheit. Dann tippte er auf das verschmierte Symbol auf Tristans Stirn.

»Klar! Die Nachmacher, die verdammten Nachmacher! Alle sollten wir sie umbringen, stimmt's?«

Tristan nickte und brachte ein Lächeln zustande. »Stimmt, Freund. Bringt die Mimiks um – alle.«

Der Mann ließ Tristan los und taumelte davon, um sich sein nächstes Opfer zu suchen.

Tristan ging an dem ersten Lokal, der »Killerhalle«, vorbei. Eine kleinere Schrift darunter gab zu verstehen, dass es sich um »Die größte Jagdbar der Freizone« handelte – »Drei Ebenen mit natürlichen Wegen und Höhlen mit über *zwanzig* gefährlichen Spezies für die Jagd!« Die Außenwand des Lokals war lebender Pelz, um die Jäger in Stimmung zu bringen. Tristan strich über das riesige Fell, das sich warm und rau anfühlte.

Tristan ging weiter und erreichte eine Gasse. Er warf einen Blick auf die Karte seines Roaming Grid. Nur noch ein paar Schritte die Gasse hinunter, und er würde da sein. Gerade weit genug, um in der Dunkelheit Zuflucht zu finden, abseits von dem Zirkus draußen.

Und dann würde er stehen bleiben … und warten.

Tristan sah zu, wie die Menge sich vor dem Eingang zu der Gasse drängte, einige gingen in die Killerhalle oder in das »Tod den Rechten«, andere schlenderten ziellos über den Platz. Das Ganze wirkte wie eine gigantische Zelle, die unmittelbar vor dem Platzen war und nur darauf wartete, ihren menschlichen Virus über die ganze Freizone zu verbreiten.

Er sah zu, wie Prügeleien ausbrachen, sah Paare jeder Art vorbeiziehen, von denen einige für ihre schnellen Sexspiele die Dunkelheit suchten. Diese gewalttätige, animalische Brunft war zugleich abstoßend und … erregend.

Diese Leute lebten, als wäre dies der letzte Tag des Planeten Erde.

Vielleicht wissen sie etwas, was ich nicht weiß, dachte er.

Er wartete, aber niemand von Proteus näherte sich ihm.

Allmählich machte sich in ihm der Gedanke breit: *Es gibt*

keinen Proteus. Verdammt, das ist bloß ein Trick. Wahrscheinlich werden Bluts kommen und mir eine Lasersonde in den Schädel strahlen und mich dann liegen lassen, damit ich langsam verrecke.

Tristan atmete tief durch.

Nervös, unruhig … verängstigt. Was auch immer es war, was er hier empfand, er begann sich, umgeben von so viel ungezügelten Emotionen, allmählich unbehaglich zu fühlen.

Er konnte nicht länger warten, nicht solange sein gestohlener Schatz an ihm klebte. Wenn das hier nicht klappte, würde er einen anderen Weg zurück nach Kaze finden müssen.

Er hörte ein Geräusch. Ein leises Klicken unmittelbar hinter sich. Er wollte sich umdrehen, aber da schob sich etwas Glattes, Schwarzes über seinen Kopf und blieb an seinem Gesicht haften. Eine Smartmask, die seine Augen bedeckte.

Eine Stimme flüsterte an seinem Ohr.

»Keine Bewegung, *Mimik.* Kein Wort. Und du tust nichts, bis wir es dir sagen. Verstanden?«

»Aber ich kann nichts sehen.«

Ein stumpfer Gegenstand stieß schmerzhaft gegen seinen Nacken.

»Hast du mir nicht zugehört? *Nichts* sollst du sagen. Und was das betrifft, dass du nichts siehst – nun, das wollten wir so.«

Dann zerrten Hände ihn nach rechts, weg von dem Platz, tiefer in die Gasse hinein.

Jemand drückte seinen Kopf nach unten und schob ihn auf einen Sitz. Ein Bodengleiter, dachte Tristan. Er spürte Körper, die sich von beiden Seiten an ihn pressten, hörte, wie Schiebetüren sich schlossen, und dann setzte der Gleiter sich in Bewegung.

Niemand sagte etwas. Tristan hielt die Fragen zurück, die in ihm förmlich explodierten.

Der Gleiter beschleunigte, raste mit Schwindel erregendem Tempo um eine Kurve nach der anderen.

Bringen die mich zu Proteus?, fragte er sich. In den Untergrund? Oder an einen anderen Ort?

Er überlegte, ob er sein PDA aktivieren sollte. Sein Roaming Grid würde ihm genau zeigen, wohin sie ihn in der Freizone brachten – aber er war auch überzeugt, dass seine Begleiter das merken würden.

Und dafür könnten sie ihn töten.

Also blieb er reglos sitzen.

16

Lani saß zusammengesunken in ihrem Sessel und starrte auf die dunkle Vidkammer. Ihr Apartment schien gespenstisch still. Sie war allein ... der übliche Zustand seit Trevs Tod. Sie wandte sich von der Kammer ab, unterließ es bewusst, sie einzuschalten.

Ihr Blick fiel auf das Durcheinander in ihrer Wohnung, die ordentlich neben der Tür aufgestapelten, noch nicht geöffneten Schachteln, die Regale, gefüllt mit Statuen, die von innen heraus leuchteten und sich bewegten, wenn sie sich ihnen näherte, und kleinen, durchsichtigen Steinen, die bei Berührung warm wurden und einen leisen, wohltuenden Ton erklingen ließen.

All diese *Dinge,* dachte sie. Solange ich als Datameister arbeite, werde ich weiterhin ... Dinge kaufen.

Sie wandte sich der Vidkammer zu. Und dann sagte sie leise und halbherzig das Wort:

»An.«

Eine Blase erwachte flackernd und mit einem dreidimensionalen Feuerwerk zum Leben. Eine Männerstimme, tief, künstlich, flüsterte: »Willkommen, Lani.« Dann endete das Feuerwerk plötzlich und schaltete auf ihren Standardkanal: FGN … Flagge Glom News.

Und plötzlich füllte sich die Kammer mit roten Schwebern, die durch die Gebäudeschluchten des Glom jagten und jemanden verfolgten, der ebenfalls in einem Schweber saß. Sie beugte sich vor, um besser sehen zu können, während der Ansager leidenschaftslos berichtete:

… meldet, dass am heutigen Nachmittag ein Terrorist in die Freizone verfolgt wurde. Der gestohlene Schweber wurde von einer Eliteeinheit der Polizei zerstört, aber der Verbrecher ist noch auf freiem Fuß.

»Tristan?«, sagte sie. Sie schüttelte den Kopf. Er hatte es nicht nach Kaze geschafft. Hielt er sich jetzt versteckt? Oder war er bereits tot?

Als die Vidblase die Explosion zeigte, dachte Lani an Tristan, sah ihn als Trev, als ob Trev nie gestorben wäre.

Aber Trev ist tot, machte sie sich klar. Der Mimik hat seine Masque nur wie ein Kostüm getragen, wie einen Smartsuit.

Und doch, wie sie so dasaß, umgeben von all den Dingen in ihrem Apartment, Dingen, die ihr – das wusste sie – absolut nichts bedeuteten, konnte sie nicht aufhören, an ihn zu denken.

Sie sah die Vidblase an und dachte: Ich sollte das nicht tun. Ich sollte wirklich nicht –

Und dann sprach sie das Wort aus, ehe sie es sich anders überlegen konnte.

»Archive.« Und dann schnell: »Trev.«

Und im gleichen Augenblick war er *da,* lächelte ihr zu, wirkte beinahe so echt wie der Mimik, der in seinem Körper hierher gekommen war.

Trev hob die Hand.

»Komm, Lani – leg die Cam weg. Wir brauchen mich nicht für die Nachwelt einzufangen. Gib her.«

Lani hörte sich selbst lachen. »Nein, noch nicht. Hab Geduld.«

So hatte sie schon lange nicht mehr gelacht, wurde ihr bewusst. Trev konnte sie zum Lachen bringen. Kein Mimik würde das je können.

In der Vidkammer streckte Trev die Hand aus. »Komm, gib her.« Er nahm ihr die Holocam weg. Das Bild des Apartments kreiste, als Trev die Kamera in die Hand nahm, und jetzt war sie auf Lani gerichtet.

Das Bild erstarrte. Eine Stimme fragte: »Soll das Vid fortgesetzt werden?«

Sie wusste, was jetzt kommen würde. Sie sollte wirklich anhalten. Wirklich.

»Weiter.«

Und jetzt näherte sich die Kamera ihrem lachenden Gesicht. Und sie sah Trevs Hand, die ihre Wange berührte.

»Du bist schön«, sagte er.

Näher, und jetzt war die Kamera ganz auf sie gerichtet, weil Trev so nahe gekommen war.

Nein, dachte sie. Nicht mehr.

»Halt.«

Das Vid erstarrte. Dann: »Aus.«

Zu verschwommen – das waren ihre Tränen.

Sie ging zu den Regalen hinüber, die unter dem Gewicht ihrer interaktiven Nippes ächzten.

Ich muss zu weinen aufhören, redete sie sich ein. Darüber war sie hinweg – wenigstens hatte sie das geglaubt.

Sie griff nach einem der Regale, um etwas zu berühren, irgendetwas. Und dann schlug sie abrupt mit beiden Fäusten auf das Regal.

Mehrere verschiedene Spielsachen sprangen in die Höhe.

Erneut schlug sie auf das Regal ein, und dann wischte sie mit dem Arm darüber, sodass das Zeug auf den Boden flog.

Sie hatte den Schmerz hinter sich gebracht. Es war vorbei.

Bis Tristan aufgetaucht war.

Eine weitere Attacke auf die Regale, und weitere »Sammelstücke« polterten herunter. Dann sank sie langsam zu Boden.

Während sie weinte, nahm sie undeutlich die kleine Armee von Moppets wahr, die wie erregte Kätzchen um sie herumschwärmten und das Zeug wegfegten, die zerbrochenen Gegenstände beseitigten und die unbeschädigten ordentlich an der Wand aufreihten.

»Verdammt!« Das Wort drang durch ihr Schluchzen. »Nicht einmal Unordnung kann ich mehr machen, wenn ich das will!«

Sie krümmte sich auf dem Teppich zusammen und weinte … aber als sie schließlich damit aufhörte, hatte sie eine Idee.

Tristan war noch am Leben – und frei. Das musste so sein. Sonst hätte die Polizei seine Gefangennahme oder seinen Tod hinausposaunt. Er war irgendwo dort draußen.

Sie presste die Hände zusammen und spürte, wie kalt sie waren.

Dieser Mimik hatte Trev wieder lebendig werden lassen.

Und … wenn er das einmal konnte, dann konnte er es auch wieder tun.

Trev war dort in dem Lagerhaus.

Sie berührte das Glas.

Der Mimik hatte seine Garderobe *dort* gelassen.

Und was hatte sie jetzt vor? Hingehen und die kleine Scheibe mit Trevs genetischer Information an sich bringen? Und was dann? Tristan finden, wenn er noch am Leben war, und ihn anflehen, wieder Trev zu werden?

Aber dazu würde sie diese Frau finden müssen, von der Tristan gesprochen hatte, Okasan.

Sie schüttelte den Kopf. Das war verrückt. Krankhaft. Sie hatte hier alles, was sie brauchte, alles, was sie wollte. Ihr Blick wanderte durch ihr Apartment, und dann wurde ihr bewusst: Ich lasse hier *nichts* zurück.

Sie trat an eines der Regale, nahm sich eine Handlampe – sie besaß drei verschiedene Modelle – und ging in den Korridor hinaus. Sie eilte zum Fallschacht, wurde dann aber langsamer, als sie aus dem Schacht Stimmen hörte.

»... ich hätte nicht gedacht, dass es noch etwas gibt, was mich überraschen kann. Ich meine, jetzt bin ich seit zehn Jahren bei der Polizei, und da hätte ich gedacht, dass ich schon alles gesehen habe, aber dass hier, inmitten all dieser Reals, ein Mimikgladiator lebt –«

»Ausgerechnet Eel! Hast du ihn schon mal kämpfen sehen? Eine regelrechte Bestie!«

»Na klar. Ich hab mal auf ihn gewettet und viel gewonnen, aber das heißt nicht, dass ich Tür an Tür mit ihm wohnen möchte.«

»Wirklich schade, dass wir diesen Mimikagenten nicht finden und ihn mit Eel in die Arena schicken können. Da gäbe es was zu sehen!«

Als die Stimmen verhallten, machte Lani kehrt und rannte zu ihrem Apartment zurück.

Die Polizei – und sie war bereits in Eels Apartment gewesen. Sie musste ihn geweckt haben.

Sie kuschelte sich in ihren Sessel, zitterte, erwartete jeden Augenblick, rot behelmte Gestalten durch die Tür hereinkommen zu sehen. Jeden Augenblick.

Schließlich stolperte sie ans Fenster und sah auf die Straße hinunter. In der Tiefe konnte sie die Polizisten in ihre Schweber steigen sehen. Als der Letzte eingestiegen war, brausten sie davon.

Warum hatten sie sie nicht geholt? Eel musste ihnen doch

von ihr erzählt haben. Das ergab keinen Sinn, aber sie würde ihre Chance nutzen. Sie würde dieses Gebäude verlassen.

Was mache ich hier?, fragte sich Lani, als sie durch eine dunkle Gasse hinter dem Lagerhaus schlich, wo man sie gefangen gehalten hatte.

Sie bewegte sich sehr vorsichtig, richtete den Strahl ihrer Handlampe nach vorn, spürte, wie ihre Angst mit jedem Schritt wuchs, bis sie schließlich um eine Ecke bog und die Seitentür des Lagerhauses erreicht hatte. Hier war keine Scancam. Sie hatte erwartet, dass die Tür abgesperrt sein würde, aber die Ranken lösten sich auf ihre Bewegung hin voneinander.

Sie fühlte sich seltsam, als sie sich lautlos zum hinteren Teil des Lagerhauses begab. Sie war hier gefangen gewesen … sie hatten vorgehabt, sie zu töten, nachdem sie ihren Genotyp kopiert hatten. Wenn Tristan sie nicht daran gehindert hätte …

Es lief ihr eisig über den Rücken, als sie den Stuhl sah, an den man sie gefesselt hatte. Sie ging darauf zu, hatte Angst, ihm zu nahe zu kommen, so als könnte der Stuhl nach ihr greifen und sie packen. Sie drehte sich um und wandte ihm den Rücken zu, versuchte sich zu orientieren.

Hier hatte sie gesessen und in diese Richtung gesehen … Tristan hatte ihr den Mund ausgeschabt und war … dort hinüber … gegangen.

Sie ging in die gleiche Richtung, in die Tristan gegangen war, und fand eine kleine Nische zwischen den Kisten. Dort könnte er gefluxt haben … und dann fiel ihr Licht auf eine leere Nährstoffpackung. Ja! Hier. Hier war er gewesen.

Sie kniete sich hin, richtete den Lichtstrahl in den Zwischenraum zwischen den Kisten. Nichts … nichts … und dann ein Glitzern, ganz hinten in einer Ecke. Ein silbernes, scheibenförmiges Etui, ganz ähnlich dem, das Tristan Eel gestohlen hatte.

Lani spürte, wie ihr Herz vor Erregung schneller schlug. Es war noch *hier.* Die weggelegte Garderobe. Trev. Er war in diesem Etui.

Sie streckte vorsichtig die Hand aus und zog das Etui aus dem Spalt heraus.

Ein seltsames Gefühl, dieses Ding in der Hand zu halten, das Trev ins Leben zurückholen konnte. Sie hielt das Etui fest an sich gepresst und sah sich dann um.

Plötzlich hatte sie das Gefühl, beobachtet zu werden. Ihre Nackenhaare sträubten sich, und sie spürte Gänsehaut an den Armen. Sie richtete sich auf, mühte sich ab, ihren Atem unter Kontrolle zu bekommen, aber sie sah niemanden, hörte keine Bewegung. Sie war allein in dem Lagerhaus.

Also gut. Sie hatte die Scheibe. Jetzt zum Rest ihres verrückten Plans.

Zuerst musste sie Tristan finden ... wenn er noch am Leben war. Er würde dann entweder wieder in Kaze sein oder bei Okasan. Nach Kaze konnte sie nicht, also würde sie versuchen müssen, Okasan zu finden. Und dazu ... musste sie in die Freizone. Aber Datameister durften das Glom nicht verlassen. Die Scanner würden sie erfassen, sobald sie versuchte, den Checkpoint vor der Freizone zu passieren.

Aber sie hatte ein Gerücht gehört, wie man an den Checkpoints vorbeikam. Hoffentlich stimmte es, denn das war für sie die einzige Möglichkeit, in die Freizone zu kommen.

Jetzt, wo sie vorhatte, es zu verlassen, fühlte sich Flagge Glom verändert an.

In ihrer Vorstellung beobachtete sie jeder einzelne Polizist, an dem sie vorbeiging. Sie wandte den Blick ab, hatte das Gefühl, ihr Plan sei zu sichtbar, sei ihr ins Gesicht geschrieben.

Die Scanner der Wachen konnten ihnen so viel sagen, wenn sie sie auf sie richteten: ihren Namen, wo sie wohnte … dass sie ein Datameister war – und vielleicht eine Flüchtige?

Würden sie sich fragen, was sie hier machte, während sie sich immer näher an die nördlichen Viertel des Glom heranarbeitete? Hier wichen die glänzenden Giebel des Glom Center den geduckten SynFood-Fabriken und Umrüstungsanlagen, meilenlangen Bauwerken, die jedes Stück Metall, Stein, Plastik und organische Abfälle verarbeiteten.

Es war Schichtwechsel, und sie beobachtete die graue Armee, die schlurfend aus den fensterlosen Gebäuden kam, und die andere graue Armee, die schlurfend hineinging, um dort für einen jämmerlichen Betrag zu arbeiten. Der Anblick ließ sie an ihr eigenes Leben denken. Ihr Leben war nicht sehr anstrengend, und sie hatte Credits in Hülle und Fülle.

Lani ging weiter. Sie war aus der letzten Rohrbahn vor dem Freizonen-Checkpoint gestiegen, vor der Stelle, wo die Scanner sie erfassen würden. Als sie weiterging, waren immer weniger Arbeiter zu sehen, bis sie schließlich hinter zwei Männern ging, einer älter, der andere jünger. Vielleicht sein Sohn?, fragte sie sich. Wie verlief ihr Leben im großen Flagge Glom? Die Vids würden sie natürlich alle bekommen. Und vermutlich auch eingeschränkten Zugang zum Ocean. Aber wahrscheinlich nahm die Realität den größten Teil ihrer Zeit ein.

Sie beschleunigte ihre Schritte. Ihr Smartsuit raschelte, und ihr war wohl bewusst, wie sehr sie auffallen musste.

Nun, dicht bei ihnen, sagte sie: »Hallo.«

Sie blieben nicht stehen. Wahrscheinlich dachten sie, sie würde mit jemand anderem reden.

»Hallo, bitte –«

Der jüngere Mann blieb stehen und wandte sich ihr zu, aber sein Vater trottete weiter, wahrscheinlich auf einen der Wohntürme zu, die diese Industriezone umgaben.

»Bitte«, sagte sie und bemühte sich, nicht zu jämmerlich zu klingen. »Bitte – ich brauche Hilfe.«

Jetzt blieb der ältere Mann stehen. Er drehte sich zu ihr um und wartete, während sie die letzten paar Schritte auf sie zuging. Er sagte kein Wort. Ihr Blick wanderte von dem älteren Mann zu dem jüngeren. Die Familienähnlichkeit war nicht zu übersehen.

Sie sagte leise: »Ich brauche Hilfe.«

Der Mann rieb sich das Kinn. »Es gibt eine Polizeistation etwa –«

Sie schüttelte den Kopf. »Nein. Ich muss in die Freizone.«

Jetzt meldete sich der jüngere Mann zu Wort. »Hinten bei der Fabrik ist eine Rohrbahnstation. Sie können –«

Aber der alte Mann hob die Hand. Er hatte erkannt, dass sie nicht nach einer Rohrbahnstation suchte.

»Was wollen Sie?«, fragte er vorsichtig.

»Ich brauche einen Weg in die Freizone. Ich habe gehört ...« Ihre Stimme stockte. »Ich habe gehört, dass die Arbeiter manchmal Mittel und Wege ... kennen, wie man hinein und wieder heraus kommt. Um Waren ...«

Die Augen des älteren Mannes verengten sich. »Sie meinen schmuggeln?«

»Ja, schmuggeln. Und Wachen, die regelmäßig dafür bezahlt wurden, um in die andere Richtung zu sehen.«

»Steuern zu hinterziehen ist verboten. Es ist genau so, als ob man das Glom bestiehlt. Wir *bestehlen* Flagge nicht. Und Sie sollten besser hier verschwinden. Hier ist es nicht sicher.«

Er schickte sich an weiterzugehen, aber Lani packte ihn an der Schulter.

»Nein. Ich will nicht stehlen. Aber ich darf das Glom nicht verlassen. Ich arbeite für Flagge ...« Er würde nicht verstehen, was ein Datameister war. »Es ist mir nicht erlaubt. Und in der Freizone wartet jemand auf mich.«

Eine Lüge. Aber irgendwie fühlte es sich wie die Wahrheit an.

Der Mann zögerte. Er hatte nichts zu gewinnen, wenn er ihr half. Lani zog ihre Karte heraus. »Ich kann Ihnen einige Credits geben.«

Der Mann lachte. »Damit Flagge sie anpeilt?«

Es blieb ihr nichts anderes übrig. Sie bettelte.

»Bitte. Wenn es einen Weg gibt …«

Der jüngere Mann sah seinen Vater an, und Lani sah, dass sie einen Weg in die Freizone kannten, eine Lücke in einer der Mauern oder vielleicht einen Tunnel.

Der ältere Mann zögerte. Er sah ihr in die Augen, und irgendwie musste er erkannt haben, dass Lani nichts mit der Polizei zu tun hatte.

Er drehte sich zu seinem Sohn um.

»Du kannst sie zum Eingang bringen. Aber –«, er tippte dem Jüngeren gegen die Brust, um das zu unterstreichen, was er sagte – »geh nicht mit ihr in die Freizone, nur zum Eingang.« Jetzt wandte er sich wieder an Lani. »Und dann – sind Sie auf sich allein gestellt.«

Sie nickte. Dann griff sie impulsiv nach seiner Hand. Die Hand des Mannes fühlte sich rau an, von echter Arbeit geformt, wo doch fast niemand mehr etwas Echtes anfasste. »Ich danke Ihnen.«

Er lächelte nicht. »Wenn man Sie erwischt, wissen Sie nichts, und sagen Sie nichts … und was uns betrifft, so haben wir Sie noch nie gesehen.«

Sie nickte. Warum half er ihr? Gehörte er irgendeiner Untergrundbewegung im Glom an, die bemüht war, das allmächtige Flagge Glom zu schwächen?

»Kommen Sie«, sagte der Sohn zu ihr. »Wir sollten gehen. Es ist nicht weit.«

Lani ließ die Hand des älteren Mannes los und folgte ihm.

Die Freizone lag vor ihr – und Okasan und Tristan … und Trev.

17

Nach einem Zeitraum, der ihm wie eine Stunde vorkam, aber wahrscheinlich nur halb so lang war, hielt der Gleiter an. Während der ganzen Fahrt hatte niemand ein Wort zu ihm gesagt.

Das Geräusch aufklappender Türen. Und ein *Geruch.* Verdorbenes Essen. Müll.

»Aussteigen«, sagte die Stimme, und dann packten zwei Hände Tristans Schulter und schoben ihn aufs Pflaster hinaus. Draußen war der Gestank noch ausgeprägter. Tristan hatte seit Stunden nichts mehr gegessen – jetzt wurde ihm bei der Vorstellung, Nährstoffe in sich hineinzusaugen, beinahe übel.

Er ging – stolperte auf dem Pflaster, blieb mit den Füßen mehrmals in Schlaglöchern hängen, taumelte einige Male, wurde nur von den Händen, die ihn lenkten, davor bewahrt zu stürzen. Dann blieben sie stehen.

Tristan hörte das Scharren von Metall auf Metall. Das Geräusch von etwas Schwerem, das sich kratzend und ächzend dagegen auflehnte, bewegt zu werden. Dann ein dumpfes Dröhnen.

Ein neuer Geruch. Diesmal noch schlimmer … feucht … der Geruch von frischem Blut.

Wenn das nicht Proteus war … wenn das nicht der Mimikuntergrund war …

Tristans Bewusstsein bäumte sich gegen die Vorstellung auf, was ihn am Ende dieser Reise erwartete.

Näher zu dem Geruch. Wieder die Stimme: »Du wirst jetzt nach unten klettern, *Mimik.* An beiden Seiten ist ein Geländer.

Lass dir Zeit. Niemand wird dich halten, hörst du?« Die Stimme rüttelte Tristan unsanft an der Schulter. »Aber einer von uns wird über dir und einer unter dir sein. Hast du verstanden?«

Beinahe hätte Tristan gesprochen.

Aber er nickte nur.

Es müsste eine Freude sein, eine von Eels Gladiatorschablonen gegen Mr. Stimme auszuprobieren, eine Chance, Mr.-Sage-kein-Wort gegenüberzutreten.

Ihn ein wenig an der Schulter rütteln. *Ihn* in den Hals kneifen.

Tristan bezweifelte, dass ein solcher Augenblick je kommen würde.

»Okay – hinunter mit dir ... *Mimik.*«

Jemand nahm Tristans Fuß und setzte ihn auf die erste Leitersprosse. Dann stieg er langsam, Schritt für Schritt, in die Tiefe, bis seine Hände das Geländer ergreifen konnten.

Der feuchte, tote Geruch drang durch seine Maske.

»Wer bringt das Opfer?«, sagte die Stimme.

Tristan hörte konfuses Murmeln.

»Schau«, sagte die Stimme. »Mir ist egal, wer von euch es macht, aber jemand muss das verdammte Opfer bringen, oder dort unten wird einer von *euch* aufgeknüpft.«

Vielleicht wäre es doch besser gewesen, zur Rohrbahn zu gehen und dort das Risiko einer Begegnung mit der Polizei auf sich zu nehmen.

Der Abstieg in die Tiefe ging langsam vonstatten. Einmal trat jemand von oben Tristan auf den Kopf. Ein Zufall? Tristan wusste es nicht. Er spürte bloß den schweren Stiefel. Niemand entschuldigte sich.

Schließlich traf Tristans Schuh auf festen Boden.

»Das wär's«, sagte die Stimme. »Jetzt sind wir unten. Komm.«

Er wurde nach vorn gestoßen, trat in knöcheltiefe Pfützen. Tristan spürte, wie das ölige Wasser am Stoff seines Smartsuits hängen blieb. Er stieß gegen Wände und Säulen und verschaffte Dohan Lees Körper eine hübsche Sammlung von Prellungen.

Aber er schaffte es, auf den Beinen zu bleiben, bis er über etwas stolperte und zu Boden ging. Er landete auf den Ellbogen in einer schleimigen Pfütze, deren Inhalt seine Maske bespritzte. Etwas von der Flüssigkeit kam auf seine Lippen, sodass er sie schmecken konnte.

Tristan fing zu husten an.

»Aufstehen«, sagte Mr. Stimme. »Hoch mit dir.«

Tristan nickte und stand mühsam auf.

Dann – eine andere Stimme: »Du musst ihm die Maske abnehmen, Callin.«

»Ich weiß nicht.«

Mr. Stimme – Callin.

Dann eine andere Stimme, rau, kehlig. »Wir können ihn nicht bewachen, ihn nicht führen ... nicht hier unten. Lasst ihn sehen.«

Zögern vom Anführer der Gruppe.

Ja, dachte Tristan. Nehmt mir die verdammte Maske ab, damit ich euch nette Burschen sehen kann. Und vielleicht bekomme ich dann mal Gelegenheit, euch gegen Mauern und Säulen rennen zu lassen.

Das würde mir Spaß machen.

»Es ist nicht fair, ihn blind zu lassen, ganz gleich, wer er ist«, sagte die zweite Stimme. »Ich meine, wenn man bedenkt, auf was wir stoßen könnten.«

Tristans Muskeln spannten sich an. Was sollte *das* jetzt bedeuten?

»Verdammt«, sagte Callin.

Die Maske wurde ihm heruntergerissen.

Tristan hätte beinahe danke gesagt, aber dann erinnerte er sich an die Weisung von Mr. Stimme – Callin.

Er sah sich um. Er stand in einer Höhle, einem riesigen Gewölbe mit kleineren Tunneln, die in drei oder vier Richtungen abzweigten. Schwer zu sagen, da das einzige Licht von den kleinen Laserlampen kam, die die vier Männer trugen, die ihn gefangen hatten. Und obwohl er nur ihre Silhouetten sehen konnte, fast ebenso schwarz und dunkel wie die Höhle selbst, stellte Tristan noch etwas fest.

Jeder der vier Männer war auf seine Art beeindruckend. Tristan konnte nicht viel mehr als ihre Umrisse erkennen, aber die massiven, schattenhaften Gestalten waren für sich schon eindrucksvoll genug. Die meisten waren vermutlich der Arena entkommen. Vielleicht waren einige aus den unterirdischen Wohnanlagen gekrochen, den Bergwerken oder den Pilzfarmen.

Sie sahen alle aus, als ob sie sich den Weg aus der Hölle freigekämpft hatten – und immer noch kämpfen würden.

Einer von ihnen trug etwas über der Schulter. Etwas, dessen Umrisse an eine menschliche Gestalt erinnerten.

Jetzt trat Mr. Stimme dicht vor ihn, und das Leuchten seiner Lampe ließ ein Gesicht erkennen, das ganz zu der Haltung passte, die er Tristan gegenüber bisher an den Tag gelegt hatte.

Der, den sie Callin nannten, hatte einen großen Kopf, der an allen möglichen Stellen kleine Verdickungen und Muskelknoten zeigte.

Tristan erkannte das Syndrom.

Zu viele schnelle Fluxe, und die Dinge entwickelten sich nicht immer normal zurück. Brocken von alten Fluxen blieben als gedehntes Fleisch und Muskeln zurück.

Ein Gesicht, das nur die Mutter lieben könnte, die Callin nie gehabt hatte.

»Hör zu, *Mimik* –«

Halb unterdrücktes Lachen von der Truppe.

»Ich werde dir jetzt sagen, was vor uns liegt, wo wir hingehen. Ich rate dir, gut zuzuhören ... wenn du das nämlich nicht tust, bist du am Ende unseres kleinen Trips nicht mehr am Leben. Kapiert?«

Tristan nickte. Ja, Callin hatte offensichtlich zahllose Kämpfe in der Arena hinter sich. Und irgendwie war er entkommen ... in dieses Höllenloch. Ob der Tausch sich gelohnt hatte?

»Aber zuerst solltest du dich einmal umsehen.«

Und das tat Tristan. Was zum Teufel war das hier? Und was war das für ein Gestank? Ein eigenartiger Geruch ...

»Willkommen«, fuhr Callin fort, »in einem der Wunder des Zwanzigsten Jahrhunderts. So haben sich die Leute damals bewegt, in ihren Städten, wie sie das nannten.«

Tristan nickte. Natürlich wusste er, was das war. Er hatte die Vids gesehen, die Eltern, die ihre Kinder an sich drückten, und die Männer in seltsamen Kostümen mit farbigem Stoff, der ihnen vom Hals baumelte. Krawatten ... Männer, die Krawatten trugen und die in –

»U-Bahnen hat man sie genannt. Züge, die unter der Erde fuhren. Unter der Stadt.«

»Und sie haben diese Tunnel hier gelassen?«

Callin lachte. »Daraus wurden einfach verlassene Löcher im Boden. Was hättest du denn erwartet, was sie tun?«

»Callin – wir müssen weiter.«

Tristan musterte Callins Gesicht, das sich jetzt besorgt umwölkte. Irgendetwas beunruhigte diesen mit Muskeln bepackten Arenagladiator.

»Richtig. Weiter.«

Callin packte Tristan und riss ihn nach vorn, drängte ihn in einen der kleineren Tunnel. Die schwarzen Wände sogen das Licht ihrer Lampen förmlich in sich hinein. Sie stiegen über kleine Pfützen mit öligem Wasser und traten in andere, die auf dem Boden im Schatten verborgen waren.

Sie liefen weiter bis –

»Halt!« Callin blieb stehen.

Einer der anderen sagte: »Hörst du etwas?«

»Still. Ich will –«

Callin reckte den Kopf nach links und rechts. Tristan konnte überhaupt nichts hören. Was konnte es schon in einem verlassenen Tunnel unter der Freizone für ein Problem geben?

Callin schüttelte den Kopf und wandte sich den anderen zu.

»Die Stelle eignet sich genauso gut wie jede andere, um das Opfer zu hinterlassen. Hängt es auf.« Der Strahl seiner Lampe wanderte bis zu einer massiv wirkenden Strebe, die unter einem Rohr aus der Wand ragte. »Dort.«

Drei andere Strahlen sammelten sich auf dem Punkt, und jetzt bekam Tristan das »Opfer« zum ersten Mal zu sehen.

Ein Polizist von Flagge. Als die Leiche hochgehoben und am Kragen ihrer Jacke an dem Rohrträger aufgehängt wurde, sah Tristan, dass die ganze Vorderseite der Uniform schwarz von verkrustetem Blut war.

Er hatte eine ziemlich klare Vorstellung, wie die Antwort lauten würde, fragte aber trotzdem.

»Was ist mit ihm passiert?«

»Er hat sich zu weit von seinen Freunden entfernt und es irgendwie fertig gebracht, sich die Kehle durchschneiden zu lassen«, sagte Callin. »Man nennt das, am falschen Ort zur falschen Zeit zu sein – nämlich in unserer Nähe und zu einer Zeit, als wir ein Opfer brauchten.«

»Ein Opfer für wen? Ist das eine religiöse Sache oder –?«

Das trug ihm brüllendes Gelächter ein, das von den Wänden widerhallte.

»Du bist ein richtiger Witzbold, Mimik!«, sagte einer von ihnen.

Schließlich waren sie so weit, dass sie wieder weiterziehen konnten. Callin wandte sich Tristan zu.

»Bleib dicht bei uns und beeil dich. Wir trödeln hier unten nicht.«

Tristan nickte, und jetzt eilten sie im Laufschritt durch den Tunnel, der noch in tiefere Schwärze hineinführte. Wenn dieser Tunnel zum Hauptquartier von Proteus führte – immer vorausgesetzt, dass es Proteus überhaupt gab –, dann hatten sie sich ein gutes Versteck ausgesucht. Selbst die Glom-Polizei würde es sich zweimal überlegen, ehe sie in dieses stinkende Loch eindrang.

Ihre Stimmen hallten von den Tunnelwänden wider, und dazwischen war immer wieder Platschen zu hören. Tristan wünschte, jemand würde etwas sagen. Aber offenbar gab es gute Gründe, stumm zu bleiben.

Warum?

Wieder Stufen, und dann tauchte vor ihnen auf der linken Seite eine weitere schwarze Öffnung auf. Callin führte die Gruppe in diese Richtung … und die Pfützen wurden tiefer. Obwohl die mit seinem Smartsuit verbundene Fußbekleidung wasserresistent war, spürte Tristan, wie das Wasser über seine Knöchel stieg.

»Jetzt haben wir es gleich geschafft«, sagte Callin und brach damit die Stille. »Nur noch ein paar –«

Skrii-eeee-ek!

Das ohrenbetäubende Kreischen kam von hinten. Als sich Tristan umdrehte, sah er, wie einer von Callins Mimiks zu Boden ging … mit etwas, das an seinem Rücken hing.

»Verdammt! Einer von denen!«

Sie fuhren herum, und ihre Lampen wanderten hektisch über die Tunnelwände. Tristan sah Dutzende kleiner Höhlen und Kavernen, die die raue Oberfläche durchzogen.

Jemand – etwas – hatte diese Höhlen gemacht.

Callin hielt jetzt seinen Pulser in der Hand, ebenso die anderen. Tristan stand mit leeren Händen daneben und fühlte sich hilflos.

Callin rannte zu seinem Partner auf dem Tunnelboden zurück.

»Hör auf, dich zu bewegen!«, sagte Callin. »Halt still!«

Dann erhellte das irisierende Leuchten seines Pulsers den Tunnel, und wieder hallte ein Kreischen durch die sofort wieder einsetzende Dunkelheit.

Das Ding rollte von dem Mimik herunter.

Der verwundete Mimik stand auf, und Callins Lampe zeigte den Schaden, einen großen Fetzen, den das Ding ihm aus dem Oberarm gerissen hatte.

»Das verdammte Ding hat mich gebissen! Und ich dachte, wir hätten uns geeinigt!«

»Haben wir auch«, sagte Callin. »Zumindest hatten wir das.« Er klemmte sich seinen Pulser unter den Arm und hielt sich beide Hände an den Mund. »Wir haben ein Opfer dagelassen!«, brüllte er. »Dort hinten. Ein *Op-fer* – verstanden?«

Dann nickte Callin. »Wir müssen schnell weiter. Andere werden es hören und es riechen.«

Callins Lichtstrahl erfasste das Wesen auf dem Boden. Auf den ersten Blick sah es wie ein Tier aus, ein mit dünnem Pelz bedecktes Geschöpf etwa von der Größe eines zehnjährigen Kindes, mit einem in die Länge gezogenen Kopf und einer Kinnpartie wie eine Ratte. Dann fiel das Licht auf die Augen und Zähne des Geschöpfs – gelbbraun waren sie.

Callin ließ den Lichtstrahl noch einen Augenblick dort verweilen.

Und Tristan wusste, dass es kein Tier war.

»Verdammte Wohner. Früher waren das einmal Menschen, aber das ist Jahre her, Jahrzehnte; sie haben hier unten in der Dunkelheit gewohnt und sich von all dem ernährt, was oben weggeworfen wurde. Irgendwie haben sie den falschen Abfall erwischt. Sie wussten nicht, dass sie Testviren in sich aufnahmen, die ihre Chromosomen verändert haben. Dadurch sind sie mutiert, bis sie zu dieser ... *Spezies* geworden sind.«

»Sie sind wie Ratten«, sagte Tristan, »menschliche Ratten.«

»Und sie fressen alles. Deshalb nehmen wir diesen Weg, wenn wir sicher sein wollen, dass man uns nicht folgt.«

Tristan blickte auf die Wände, suchte die kleinen Öffnungen ab, sah sich nach glitzernden Augenpaaren um.

»Aber da war doch die Rede von einem Handel.«

»Wir haben eine ... Übereinkunft. Wenn wir ein Mitglied unserer Gruppe ›opfern‹, ihn töten und an der Kreuzung dort hinten liegen lassen, wo sie ihn ohne Ärger fressen können, lassen sie uns passieren – unser ›Wegezoll‹ könnte man das nennen.«

»Aber ihr werdet doch nicht –«

»Selbstverständlich nicht. Wir verringern die Sicherheitskräfte eines Glom um eine Person und lassen den Betreffenden für die Wohner zurück.«

»Warum hat dann der da angegriffen?«

»Das weiß ich nicht. Ihre Anführer scheinen mir einigermaßen verlässlich. Aber einige ihrer Untertanen sind kaum zu kontrollieren.«

»Warum die Eile?«

»Weil wir einen frisch Verwundeten bei uns haben, und weil der Blutgeruch diese Wohner in Rage bringen könnte.«

Tristan stolperte und fiel wieder in eine ölige Pfütze, und das Wasser spritzte ihm ins Gesicht. Er rappelte sich hoch und wischte es weg.

»Jetzt sind wir beinahe da«, sagte Callin. »Und dann werden wir sehen, was du uns zu erzählen hast, *Mimik.*«

Tristan nickte. Diese Mimiks waren jetzt nicht mehr seine größte Sorge. Er war fast versucht, seinen PDA zu kontaktieren, bloß um in all der Düsternis ein vertrautes Gesicht zu sehen. *Beinahe da,* sagte er sich und spürte, dass er mehr Angst hatte, als er im Herzen von Flagge Glom gehabt hatte. Beinahe da ... *Skrii-eeee-ek!*

Etwas Schweres krachte gegen Tristans Schulter. Er spürte, wie dünne Arme sich um seinen Hals schlangen, zähe Finger und klauenartige Nägel, die sich in seinen Hals bohrten und an ihm zerrten. Scharfe Zähne fingen an seiner Kopfhaut zu nagen an, als wäre sie ein Stück von einer zähen Frucht.

Er griff nach oben und packte Haut, Kleider – das konnte er nicht unterscheiden – und versuchte, den Wohner von sich loszureißen, aber er hing an ihm fest wie ein siamesischer Zwilling. Was er auch machte, er schaffte es nicht, ihn loszubekommen.

Dann spürte er, wie die Klauen von seinem Hals gerissen wurden, gerade noch rechtzeitig. Nur die Beine der Kreatur klammerten sich noch um Tristan.

Er drehte sich um und sah, wie Callin seinen Pulser in den Mund des Wohners rammte und feuerte. Der Kopf verschwand in einer roten Wolke, und ein weiterer widerwärtiger Geruch mischte sich in den Gestank.

Skrii-eeee-ek! Skrii-eeee-ek! Skrii-eeee-ek!

Der Angriff auf Tristan schien einen unsichtbaren Damm zum Bersten gebracht zu haben. Plötzlich waren überall Wohner, strömten aus den Löchern in den Seiten und dann – noch schrecklicher – aus der Decke.

Tristan drehte sich um und sah, wie die Mimiks sich eng aneinander gedrängt gegen eine der Wände pressten und auf die näher rückenden Wohner schossen. Und tiefer in der Dunkelheit Hunderte von Augen, in denen sich die Pulserblitze spiegelten.

»Die Übereinkunft, verdammt!«, schrie Callin. »Wir hatten uns doch geeinigt!«

Tristan eilte zu der Gruppe von Mimiks und drängte sich in ihren Kreis. Callin schob ihm eine Waffe in die Hand.

»Ich hoffe, du kannst damit umgehen, Mimik. Ziele auf die Größeren, wenn du sie siehst. Das sind die Anführer. Wenn du genug von ihnen tötest, ziehen die anderen sich zurück.«

Tristan sah auf die glühenden Augen, die sie umkreisten, die links und rechts von ihnen in Bewegung waren, sich näher schoben und wieder zurückzogen, und versuchte, die Größe ihrer Besitzer auszumachen. Doch das konnte er nicht.

»Aber die Kleinen greifen ständig an«, sagte einer der Mimiks. »Die haben durchgedreht!«

»Wir sind tot«, sagte ein anderer.

»Das Opfer!«, schrie Callin und deutete in die Richtung, aus der sie gekommen waren. »Es ist dort hinten! Frisches Fleisch! *Dort* hinten!«

Und von weiter hinten im Tunnel ertönte ein weiteres Kreischen, tiefer, lauter und noch hektischer als die Schreie seiner Mannschaft.

Plötzlich erstarrte der wirbelnde Kreis aus Augen, aber nur einen Augenblick. Dann machten die Wohner mit wilden Kreischlauten kehrt und hetzten den Tunnel hinunter.

»Der Helix sei Dank«, sagte Callin. »Einer von ihren Führern hat das Opfer gefunden.«

Tristan spürte, wie ihm die Waffe weggenommen wurde.

»Danke«, sagte er zu Callin.

»Ich tu nur meinen Job, Mimik. Ich bringe dich sicher dorthin. Wie nennt man dich?«

Tristan überlegte, ob er seinen Namen nennen sollte. Doch warum nicht?

»Tristan.«

»Ein seltsamer Name.« Er wandte sich den anderen zu. »Verschwinden wir hier, ehe die es sich anders überlegen, schwachköpfig wie sie sind.«

Sie stiegen über die Leichen der Wohner hinweg und setzten ihre Reise in die Dunkelheit fort.

»Freu dich nicht zu früh, Tristan«, sagte Callin. »Dir steht das Schwerste noch bevor.«

18

Tristan sah sich in dem großen Saal um, dessen Decke sich hoch über ihm wölbte. Irgendwie kam er ihm vertraut vor. Er stand in der Mitte des Saals, von mehr Mimiks umgeben, als er je an einem Ort gesehen hatte.

Und was für Mimiks! Fast alle waren hünenhaft gebaut. Wenn es Flüchtlinge waren, dann *mussten* sie alle aus der Arena gekommen sein. Die meisten trugen die verräterischen Spuren zu häufiger Fluxe, Fleischwülste, die den Übergang von einem Phänotyp zum Nächsten nicht richtig geschafft hatten. Ein Mimik hatte Fänge, die an ein Krokodil erinnerten und die er sich ständig leckte, während er Tristan mit einem Ausdruck musterte, der eher nach Hunger als nach Argwohn aussah.

Tristan wandte sich ab.

Gerade als er angefangen hatte, sich mit Callin und seinen Leuten einigermaßen behaglich zu fühlen, waren sie verschwunden, nachdem sie Tristan hier abgeliefert hatten. Man hatte ihn aufgefordert zu warten. Und während er das tat, kamen die Mimiks von Proteus – vierzig, fünfzig waren es – auf ihn zu und starrten ihn an.

Tristan entdeckte Waffen. In einer Ecke des großen Saals standen offene Kisten mit Lähmstrahlern, Pulsergewehren und kompakten Laserkanonen. Ein beachtliches Arsenal, und wenn die Mimiks damit umgehen konnten, würden sie eine beeindruckende Armee abgeben.

Die Feuerkraft der Gloms war natürlich bei weitem gewaltiger. Trotzdem zeigte die Ansammlung von Waffen, dass die Mimiks es ernst meinten.

Tristan hörte Stimmen aus einem entfernten Teil des Raums. Die Menge öffnete sich, und Tristan sah Callin, der hinter einem anderen Mimik herging, an dem eine Löwenmähne und die klaren, blauen Augen sowie das Fehlen der Stigmata zu vieler Fluxe auffielen.

Dieser neue Mimik ging jetzt auf Tristan zu, während Callin und die anderen sich zurückhielten. Er wandte sich an die Versammelten, hob die Faust und schrie: »Proteus!«

Die Mimiks antworteten mit erhobenen Fäusten, warfen das Wort zu ihm zurück: »Proteus!«

Es gibt Proteus also wirklich.

Das beruhigte ihn einigermaßen ...

Der Mimik mit der Löwenmähne war offenbar der Anführer. Jetzt wandte er sich wieder Tristan zu. »Ich bin Krek.«

Tristan nickte. »Ich bin Tristan. Und das ist Proteus?«

»Eine Zelle. Lediglich eine Zelle in einer Kreatur, die mit jedem Tag stärker wird. Aber ehe wir weitermachen, lass uns sehen ...« Krek trat einen Schritt näher an Tristan heran.

»Sehen? Was sehen?«

Krek lächelte. »Dein Gesicht natürlich. Du sagst, du seist ein Mimik. Wir werden das beweisen, ehe wir weitermachen.«

Krek streckte die Hand aus, zog den Verschluss von Tristans Smartsuit auf und studierte dessen jetzt offen daliegende Mittelpartie. Das war eine grobe Ungehörigkeit, eine bewusste Beleidigung vor diesen anderen Mimiks. Kein Mimik ließ jemals zu, dass jemand sein Interface untersuchte. Tristan fragte sich, ob das vielleicht eine Probe war, um zu sehen, wie er reagieren würde.

Krek griff nach dem Schlitz.

»Nein«, sagte Tristan.

Krek sah ihn an. »Was hast du da gesagt?«

»Ich habe ... nein gesagt.« Und jetzt packte Tristan Kreks Hände. Sie waren ebenso kräftig wie die ganze Gestalt, die ihm da gegenüberstand, Finger wie Stahlklauen. Wenn Tristan mit ihm kämpfen musste, würde er der Unterlegene sein.

Aber Tristan hielt Kreks Hände fest.

»*Ich* werde es dir zeigen. Aber niemand« – und hier hob Tristan die Stimme – »*niemand* dringt in meinen Beutel ein.«

Dann kam das schreckliche Zögern. Alle wurden ganz still. Wenn es für diesen Test so etwas wie ein Drehbuch gab, dann schien unter den Zuschauern jedenfalls niemand zu wissen, wie die nächste Textzeile lautete ... falls es noch weitere Textzeilen gab.

Tristan hatte jetzt das Gefühl, einen Fehler gemacht zu haben. Er hätte sich dem Anführer nicht widersetzen sollen, jedenfalls nicht vor seiner zusammengewürfelten Mannschaft.

Aber dann lächelte Krek, ein breites Grinsen, und versetzte Tristan spielerisch einen leichten Kinnhaken.

»Wir wollten sehen, wie sehr deine Seele den Gloms gehört, Mimik. Gut zu sehen, dass du noch Rückgrat hast ... in einer so freundlichen Umgebung.«

Die versammelten Mimiks lachten.

Tristan nickte.

»Und jetzt – dein Interface«, sagte Krek.

Tristan strich mit dem Finger an dem Schlitz entlang, schob die Hautklappen auseinander, um sein Interface freizulegen, den Schlüssel dazu, wer oder was er war. Krek beugte sich mit einer gewichtigen Geste vor und untersuchte es.

»Brauchst du einen Laser?«, fragte Tristan.

Krek lachte. Dann drehte er sich zu den Rebellenmimiks um. »Er ist ein Bruder.«

Gut, dachte Tristan. Wirst du mir jetzt gefälligst helfen, hier wegzukommen?

»Dann zur Sache, Bruder. Du hast mit uns Kontakt aufgenommen …«

»Weil man mich jagt.«

»Die Flagger?«

»Ja, die sind überall in den Rohrbahnen. Ich habe keine Möglichkeit, nach Kaze Glom zurückzukehren.«

»Kaze?« Krek spuckte auf den Boden. »Noch schlimmer als Flagge. Verdammt, was zum Teufel hast du denn für die netten Mutagens von Kaze in Flagge Glom gemacht?«

Das lief völlig anders, als Tristan es gehofft hatte. Er hatte gedacht, er würde schnell Hilfe bekommen, aber stattdessen wurde er jetzt verhört.

»Die wollten, dass ich etwas stehle.«

Krek beugte sich sichtlich interessiert vor. Man konnte erkennen, dass er jede Einzelheit wissen wollte.

»Was stehlen?«

»Das darf ich nicht sagen.«

»Doch, das darfst du. Wir sind hier alle Brüder.«

Tristan musste an sich halten, um Krek nicht ins Gesicht zu lachen. Brüder? Was war das für romantischer Schrott?

»Du meinst so, als ob wir alle von derselben Mutter stammten?«, sagte er.

»Nein, Tristan, ich meine *Bruder* – in jedem Sinn: in unseren Zellen, wo jeder von uns das Goleman-Chromosom trägt, und in unserem Leben in der Sklaverei. Die Gloms haben uns aufgezogen und uns eingetrichtert, dass wir unsere Mimikbrüder als Rivalen, als Wettbewerber sehen sollen. Das haben sie seit der Deinkubation gefördert – und aus gutem Grund. Das Letzte, was sie brauchen können, ist ein Gefühl von Solidarität unter den Mimiks. Sie lehren uns, einander in der Arena zu töten, zwingen uns, Kunststückchen zu machen für die Leckerbissen, die sie verteilen, *alles* zu tun, um uns bei ihnen einzuschmeicheln. Und unter keinen Umständen dürfen wir uns untereinander zu nahe kommen, weil wir dann vielleicht erkennen könnten, was uns gemeinsam ist. Wir könnten uns als Verwandte sehen, als Teil einer ... *Familie.*«

Familie?, dachte Tristan. Wer braucht schon eine Familie? Ein antiquierter Begriff. Selbst Reals haben keinen besonderen Familiensinn. Und außerdem würde er ganz sicher nicht mit einer Mimik»familie« verbunden sein wollen, sobald er einmal die Selbstheit erlangt hatte.

»Also, sag es uns, Bruder«, drängte Krek. »Was solltest du für Kaze stehlen?«

Tristan hatte nicht so weit vorausgedacht, hatte sich keine überzeugende Lüge zurechtgelegt. Aber vielleicht konnte er es riskieren, einen *Teil* der Wahrheit preiszugeben, Krek sagen, was Flagge zweifellos bereits wusste. Aber die beschreibbare Schablone würde er weiterhin geheim halten. Lani wusste darüber Bescheid ... aber er hoffte, dass sie es niemandem gesagt hatte, wenigstens bis jetzt noch nicht. Wenn er Krek etwas über die Schreibschablone sagte, und Krek es seinen Leuten sagte ... dann konnte es sein, dass es bis nach Flagge gelangte.

»Kaze hat sich eine Spezialschablone besorgt. Sie hat es mir ermöglicht, trotz der Sicherheitsvorkehrungen in die Zitadelle zu gelangen.«

»Die Zitadelle?« Kreks Augen verengten sich. »Das klingt ... kompliziert. Einige von uns, diejenigen nämlich, die in der Flagge-Arena gekämpft haben, würden vielleicht sogar sagen, es klingt unmöglich.«

»Wenn ich das nicht getan habe, warum wimmelt es dann in der Freizone von Flagge-Rotköpfen, die mich suchen?«

Krek nickte. Tristan spürte, dass er nicht überzeugt war.

Verdammt! Ich bin noch keinen Schritt weiter auf dem Weg nach Hause als in dieser Gasse, bei diesen Spleißern.

»Also ... wo ist dieses Ding, das du gestohlen hast?«

Tristan lachte. »Ich bin nicht rangekommen. Nicht einmal in die Nähe. Als ich in der Zitadelle war, habe ich mit irgendetwas einen Alarm ausgelöst und kann von Glück reden, dass ich überhaupt rausgekommen bin.«

»Du bist also gescheitert?«

»Ja, und das bedeutet, dass ich die Selbstheit noch nicht bekomme. Noch nicht.«

Krek lachte. Es war ein dröhnendes Geräusch, in das die anderen mit einfielen. Tristan sah sich um. Für ihn war wichtig, dass Krek ihm glaubte. Warum lachte er?

»Selbstheit? Jetzt sag mir bloß nicht, du glaubst tatsächlich, dass die Gloms jemals einen Mimik gehen lassen.« Krek konnte kaum mehr an sich halten. Er atmete tief ein. Die machten sich über ihn lustig ... das beunruhigte Tristan.

Dann erlosch das Lächeln des Mimikanführers. »Was ist ... was ist, wenn das nicht stimmt, was du sagst? Was ist, wenn Flagge dich geschickt hat?«

»Mich geschickt? Warum?«

Krek trat näher an ihn heran; sein Gesicht war jetzt nur noch Zentimeter von Tristans entfernt. Tristan konnte den Atem des Mimik riechen.

»Ausgeschickt, um uns zu finden, um die Flagge-Polizei hierher zu locken, vielleicht, um sich Zugang zu Proteus zu verschaffen. Die wären *entzückt,* wenn sie uns vernichten könnten.«

»Nein. Ich will bloß hier raus, zurück nach Kaze.«

»Um für ein Glom Sklavenarbeit zu leisten? Weshalb sollten wir dir dabei helfen, dass du ihnen hilfst? Sie sind der Feind, Bruder. Wir sind deine Familie. Zeit, deine Wahl zu treffen, Tristan.«

Das entwickelte sich gar nicht gut.

Tristan versuchte, sich ein schlüssiges Argument einfallen zu lassen, mit dem er Krek dazu bewegen konnte, ihm bei der

Rückkehr nach Kaze behilflich zu sein. Das Problem war, dass ihm keines einfiel. Wenn er nur vorher über Proteus und diesen »Familien«unsinn Bescheid gewusst hätte.

Familie … das war vielleicht ein Argument, das er nutzen konnte.

»Du könntest mir einfach helfen. Ein Mimikbruder einem anderen.«

In dem Augenblick trat jemand in den Saal – eine stattliche, farbenfroh gekleidete Gestalt.

»Krek! Ich habe gehört, dass hier ein Mimik namens Tristan ist. Wo ist er?«

Mung. Er hatte ihm den Tipp gegeben, sich an Proteus zu wenden. Vielleicht konnte er ihn hier herausbringen.

»Ja, Mung«, sagte Tristan. »Ich bin hier.«

Sie brachten Tristan in einen leeren Raum, irgendwo in diesem Gewirr aus Tunneln und Höhlen, und jetzt saß er mit Krek und Mung zusammen … und Mungs Saur, der neben seinem Herrn und Meister saß, als würde er auf einen Befehl warten.

Tristan sah sich um. Vermutlich war dieser Raum einmal eine Art Lagerraum gewesen, aber was auch immer einmal hier aufbewahrt worden war, war schon vor einer Ewigkeit gestohlen worden.

Mung sah ihn an. »Tristan, wo hast du diese Masque her, die du trägst?«

»Flagge Glom«, sagte Tristan. Er musste auf der Hut sein.

»Du hattest also Erfolg?«

»Nein. Meine Tarnung flog auf, als ich das Datencenter erreichte. Ich kam nicht einmal dazu, das Katzenauge zu sehen, geschweige denn, ein Muster davon zu stehlen.«

Mung wirkte enttäuscht, grinste dann aber.

»Aber ich bin sicher, du hättest das Muster Okasan gebracht, wenn du es hättest stehlen können.«

Tristan erwiderte sein Lächeln. »Selbstverständlich.«

Jetzt wandte sich Mung wieder an Krek. »Ob ich wohl mit dem Mimikagenten ein paar Worte sprechen könnte ... unter vier Augen.«

»Er will nach Kaze zurück«, sagte Krek, »zurück in die Sklaverei. Rede ihm das aus. Er sollte sich seinen Brüdern anschließen.«

»Im Augenblick ist das möglicherweise nicht das Beste für ihn«, erwiderte Mung. »Und für Proteus auch nicht. Lass uns reden.«

Der Proteusanführer stand auf und ging zur Tür.

»Die Familie sollte den Vorrang haben«, sagte er.

Als er den Raum verlassen hatte, beugte sich Mung vor.

»Jetzt hör mir mal zu, mein Mimikfreund. Ich weiß nicht, ob ich dir glauben soll oder nicht –«

»Ich habe es nicht«, sagte Tristan. »Ich bin sicher, dass Kaze mich zurückschicken wird. Aber ich brauche neue Codes, neue Schablonen.«

»Ich hoffe, du sagst die Wahrheit, Tristan. Kaze will die Daten in diesem Katzenauge, um sie gegen Flagge einzusetzen. Aber wir – damit meine ich natürlich Okasan – können es gegen *beide* Gloms einsetzen.« Er atmete tief ein. »Ich werde versuchen, Krek dazu zu überreden, dich zu einer Rohrbahn zu bringen.«

»Wird er auf dich hören?«

»Wir kämpfen alle dieselbe Schlacht. Natürlich ist Proteus eine ziemlich extreme Gruppe. Aber wir haben gemeinsame Ziele.« Mungs Augen verengten sich. »Ich werde dir helfen, aber du musst mir dein Wort geben, musst mir versprechen, dass du das Muster direkt zu Okasan bringst, wenn du an das Auge kommst. Versprichst du mir das?«

Tristan überlegte – überlegte, was er würde aufgeben müssen. Dies war der Einsatz, der ihm die Selbstheit einbringen würde. Wie konnte er eine solche Hoffnung aufgeben, besonders seit er jetzt Lani kannte?

Nein, das konnte er nicht.

Doch zu Mung sagte er: »Du hast mein Wort.«

Mung schüttelte den Kopf. »Nein. Mehr als das. Wenn du die Probe nicht zu uns bringst, werde ich Rache nehmen, Tristan. Glaube mir. Du wirst ein Verräter an der Familie sein. Und in dieser Familie leben Verräter nicht lang.«

Mung ging zur Tür und rief Krek.

»Hör mir zu«, sagte er, als der Proteusanführer zurückkehrte. »Ich habe mit Tristan gesprochen, und er hat mit mir eine Vereinbarung geschlossen, eine wichtige Vereinbarung für alle Mimiks. Er sagt, dass man ihn ganz bestimmt erneut aussenden wird, um dieses Katzenauge zu holen. Und dann wird er die Probe an uns übergeben.«

»Und warum ist dieses Katzenauge so verdammt wichtig?«

»Okasan ist überzeugt, dass es Geheimnisse enthält, die den Gloms schaden können. Sie kann diese Geheimnisse brauchen.«

»Warum nicht wir? Wir sind ebenso wie Okasan darauf aus, den Gloms Schaden zuzufügen. Wir verehren sie, aber sie ist kein Mimik, gehört nicht zur Familie. Warum das Katzenauge nicht *hierher* bringen?«

Mung schüttelte den Kopf. »Mein Freund, würdest du wissen, was du damit machen und wie du es verwenden musst? Deine Mimiks sind Krieger, Kämpfer. Überlass das Katzenauge uns.« Mung schlug Krek auf den Rücken. »Aber zuerst müssen wir es haben. Und damit es dazu kommt, müssen wir diesen Mimikagenten zu seinem Glom zurückbringen – und zwar schnell.«

Krek sah nicht so aus, als ob er völlig überzeugt wäre, aber schließlich zuckte er mit den Achseln und nickte.

»Also gut. Wir werden ihn nach Kaze bringen. Aber ich

kann ihm nur raten, dass er seine Brüder nicht enttäuscht. Wenn er nicht zurückkehrt, werde ich den mutterlosen Mutagen persönlich aufspüren« – Krek drehte sich um und schob sein Gesicht dicht an das von Tristan –, »und dann reiß ich dir dein Interface heraus und stopfe es dir in den Hals.«

Ich glaube dir, dachte Tristan.

Er fragte sich, was Krek wohl tun würde, wenn er wüsste, dass die Daten von dem Auge nur Zentimeter von ihm entfernt waren, an der Innenseite seines Oberschenkels ruhten.

»Ihr habt mein Wort«, sagte Tristan.

Und das zeigte vermutlich, wie wertlos sein Wort war.

Aber er hatte in seiner Laufbahn schon schlimmere Lügen ausgesprochen … und da war es um weniger gegangen.

Mung hob die Hände. »Dann wollen wir gehen. Die Zeit wird knapp. Jeden Tag sterben mehr Mimiks, und die Gloms werden stärker.«

»Folge mir«, sagte Krek.

Tristan ging zur Tür des großen Saals, aber Mung blieb zurück.

»Ich werde so weggehen, wie ich hereingekommen bin«, sagte Mung. »Das ist sicherer.«

Tristan nickte.

»Aber keine Sorge, Tristan. Wir sehen uns wieder.«

Und dann beeilte sich Tristan, Krek einzuholen.

19

Tristan presste die Knie gegen eine Wand des schmalen Metallschachts.

Auf ihrem Weg durch ein anderes Tunnelsystem hatten sie bis zu diesem Punkt keine Wohner angegriffen. Krek und seine Mimiks hatten ein Loch in den Schacht geschnitten und sich auf diese Weise einen geheimen Zugang zu dem System der Rohrbahnen geschaffen.

Geheim, aber sehr eng.

Tristan hing jetzt angeblich über der Hauptplattform der Rohrbahn, war aber nicht sicher, ob er es schaffen würde, sich im richtigen Augenblick aus dem Schacht zu zwängen. Aber im Augenblick musste er warten.

Irgendwo draußen setzte allmählich die Morgendämmerung ein.

Aber hier befand er sich zumindest einigermaßen in Sicherheit … hatte Zeit, Regis zu konsultieren – oder welcher Avatar der Nächste im Kreislauf war.

»PDA.«

Ein mannsgroßes, an einer Karotte nagendes Kaninchen erschien, so als wären sie beide in den engen Schacht gezwängt.

»Eh, was gibt's, Mimik? Wusste gar nicht, dass du Kaninchenlöcher magst.«

Tristan dachte, er hätte diesen Avatar gelöscht. Er hatte ihn von den alten Trickflachis, und er hatte seine anarchische Persönlichkeit eigentlich nie gemocht.

»Irgendetwas Wichtiges im Ocean?«

»Dies und das. Ihre Mailbox ist gerammelt voll mit Aktualisierungsaufforderungen, Doc. Alle von demselben Typ, diesem Cyrill – so 'nem Blödmann.«

»Lass ihm eine Bestätigung zukommen; lass ihn wissen, dass ich zurückkehre.«

»Ja, schon gut. Wenn ich mal Zeit habe. Wie ist der Einsatzstatus, Doc? Das will der bestimmt auch wissen.«

»Darüber sagst du ihm nichts.«

»Heh-heh-heh. Wir haben also Geheimnisse, was, Doc?«

Noch gestern hätte sich Tristan nicht vorstellen können, dass er Regis einmal vermissen würde. Aber jetzt …

»Sonst noch etwas, was ich wissen sollte? Entdeckst du in den Rohrbahnen etwas, was mich betrifft?«

»Na ja, die Typen von der Flagge-Polizei treiben sich noch überall in der Freizone rum. Anscheinend ist gerade Jagdzeit auf Mimiks. Aber ich schätze, Jagdzeit auf Mimiks ist immer, was, Doc? Aber die finden nichts, also schätze ich, sie werden ihre Kanonen einpacken und sich nach Hause trollen.«

Gut … weil ich nämlich bald rauskomme.

»Erledigt.«

Das Kaninchen verschwand.

Tristan saß eingezwängt in der Dunkelheit, wartete, hoffte, dass Krek und seine Mimiks keinen Mist bauten. Falls sie falsch berechnet hatten, wohin der Schacht führte, könnte Tristan einem Polizisten von Flagge auf den Kopf springen. Vielleicht würde er auch durch den Schacht wieder zurückkriechen müssen, zu den schwarzen Tunneln … um dort mit den Wohnern zu spielen.

Er wartete, lauschte auf die gedämpften Stimmen und Geräusche.

Komm schon, dachte Tristan. Warum dauert das so lange?

Wie als Antwort darauf ertönte unter ihm eine Explosion, jagte beißenden Rauch in den Schacht, und Tristans Warten war vorbei. Das Gas und der Rauch machten ihm zu schaffen, und er hustete gequält. Was auch immer er da eingeatmet hatte, es schmeckte tödlich. Jetzt war es Zeit, sich in Bewegung zu setzen.

Er trat gegen die Platte vor ihm und erwartete, dass das Metallgitter aus der Halterung brach und auf den Rohrbahn-Eingang unter ihm fiel. Aber das Gitter reagierte überhaupt nicht. Und der Rauch war mittlerweile so dicht geworden, dass er das verdammte Gitter nicht einmal mehr *sehen* konnte.

Er trat ein zweites Mal zu und hatte das Gefühl, dass sich diesmal etwas bewegt hatte.

Das wäre ja das Allerletzte, hier oben nicht rauszukommen und von dem Ablenkungsmanöver umgebracht zu werden, das eigens dazu gedacht war, ihn rauszuholen.

Er fing an, wie wild auf das Metallgitter einzutreten, und hoffte, dass Dohan Lees Muskeln die Oberhand gewinnen würden. Aber das Gitter tat ihm den Gefallen nicht …

Und während er sich abrackerte, hustete er die ganze Zeit und atmete noch mehr von der beißenden Mischung aus Rauch und Gestank ein.

Wie viele Tritte würde er wohl noch schaffen, ehe sein Körper ihm den Dienst versagte?

Er hörte, wie etwas riss.

Sehen konnte er nichts, aber das Kreischen von Metall, das aus einer Halterung gerissen wurde, klang in seinen Ohren wie Musik. Trotz des beißenden Rauchs trat er immer wieder gegen das Gitter, verfluchte es, redete auf es ein, als wäre es ein Feind.

»Beweg dich, du Mutagen!« WAMM! »Komm schon – und lass mich« – WAMM! – »hier raus« – WAMM! – »zum Teufel!«

Wieder ein Tritt, und diesmal zuckte sein Fuß weiter, bewegte sich ins Leere. Er ließ sich durch die Öffnung gleiten, rutschte über das glatte Metall und kam schließlich taumelnd unten auf dem Boden auf.

Er landete auf der Seite und stieß sich dabei die Hüfte. Er sprang auf.

Leer.

Die Flagge-Polizisten, die vorher hier stationiert gewesen waren, hatten wahrscheinlich nachgesehen, was die Explosion am Eingang zu bedeuten hatte. Der riesige Korridor war von Rauch erfüllt … und Tristan hatte den Eindruck, dass die Rebellenmimiks vielleicht etwas zu viel Sprengstoff eingesetzt hatten.

Er drehte sich um und fing zu rennen an, auf die Rohre zu, vorbei an Leuten, die sich die tränenden Augen wischten und husteten.

Hoffentlich sind die Rohrbahnen noch in Betrieb, dachte er.

Als er ein Stück tiefer in das Labyrinth des Terminals eingedrungen war, wurde der Rauch dünner, und der größte Teil der Reisenden, die hier auf ihre Rohrbahnen zu den Gloms oder anderen Freizonen warteten, blickte nur noch mit leichter Neugierde zu dem rauchverhangenen Eingang.

Ohne sich um die Blicke zu kümmern, studierte Tristan den Fahrplan und suchte nach der nächsten Rohrbahn nach Kaze. Er war noch nicht in Sicherheit. Die Polizisten von Flagge konnten zurückkommen.

Aber für den Augenblick sah es so aus, als hätte die Explosion ihren Zweck erfüllt. Weit und breit keine Flagge-Uniform zu sehen. Tristan entdeckte die Zeichen für Kaze Glom, und jetzt fing er an zu rennen, glaubte allmählich, dass er es schaffen würde.

Er dachte an seine Selbstheit … und an Lani. Die beiden Gedanken verbanden sich. War es das, was die Selbstheit bedeutete: an jemand anderen zu denken, jemand anderen zu haben, der wichtig für einen war?

Jetzt hatte er die Plattform erreicht. Nach der Digitalanzeige sollte es nur noch Minuten dauern, bis die nächste Bahn nach Kaze kam. Außer ihm wartete nur noch ein alter Mann.

Tristan wurde langsamer, seine Lungen schmerzten immer noch von dem brennenden Rauch. Er ging an dem alten Mann vorbei … und der sprach ihn an.

»Eh – entschuldigen Sie –«

Tristan blieb stehen. Er wandte sich dem alten Mann zu. Schon regte sich wieder Panik in ihm. Wer war der Alte? »Ich habe eine Nachricht … eine Nachricht von Lani Rouge.«

Der alte Mann hielt Tristan eine Schachtel hin. Sie glitzerte im grellen Schein der Lampen.

Eine Nachricht von Lani? Wie hatte sie ihn gefunden?

Tristan nahm die Schachtel, klappte den Deckel auf – und taumelte zurück, als ein greller Lichtblitz aus der Schachtel schoss und ihn blendete.

Plötzlich erschien Tristans Roaming Grid. Die grünen und roten Bahnen leuchteten, blitzten eine Sekunde lang auf – und verschwanden dann.

»Was?«

Eine Bahn schoss in die Station, der durchsichtige Zylinder glitt lautlos an der Plattform entlang.

Tristan sah auf sein Roaming Grid und stellte fest, dass es komplett *gelöscht* war; er konnte außerhalb dieser Freizone nirgends hingehen.

So nah … und doch so fern.

Der durchsichtige Zylinder öffnete sich.

Es war völlig sinnlos einzusteigen. Sobald er den Fuß ins Innere der Bahn setzte, würde er einen White-Out bekommen.

Als die Bahn davonglitt, sah er den alten Mann an.

Der alte Mann lächelte.

»Sie gehen nirgends hin.«

»Wer sind Sie? Was haben Sie getan?«

Das war äußerst merkwürdig. Wenn dieser Bursche nicht von der Flagge-Polizei war, und das war er offensichtlich nicht, und nicht von Proteus, wer –?

»Ihr Roaming Grid ist gelöscht worden, Mimik. Sie stecken hier in der Freizone fest … mit mir. Und ich habe den Aktivierungsschlüssel.«

An der schmutzigen Hand des alten Mannes baumelte ein kugelförmiger Optikschlüssel.

Tristan versuchte, nach dem Schlüssel zu greifen, aber der Fremde riss ihn sofort zurück.

Bewegt sich verdammt schnell für einen alten Mann, dachte Tristan. Er musste sein Roaming Grid neu aktivieren, und wenn es sein musste, würde er diesen lausigen Plasmiden töten. Mit dem größten Vergnügen.

Der alte Mann grinste, als könnte er Tristans Gedanken lesen.

Jetzt trafen andere Leute auf der Plattform ein und warteten auf die nächste Bahn.

Der alte Mann lachte. »Sie wissen nicht, wer ich bin, wie?«, sagte er leise.

»Ist mir auch völlig egal. Ich –«

»Aber ich kenne Sie, Mr. Dohan Lee.«

»Wer *sind* Sie?«

»Oh, Sie kennen mich. Sehen Sie – Sie tragen meine Masque.«

Eel! Das war Eel! Natürlich, in der Garderobe musste ein Peiler gewesen sein, und der Gladiator besaß offenbar mehr als eine Kopie seiner Schablonen. Irgendwie war die Schlafscheibe ausgelaufen, und Eel hatte ihn aufgespürt. Verflucht!

Ehe Tristan etwas sagen konnte, drehte sich Eel um und brüllte: »Mimikkampf!«

Tristan trat einen Schritt zurück.

Eel schob schnell eine Hand in seinen Beutel, hantierte an seinem Interface, und binnen Sekunden fing der alte Mann an, sich zu verändern.

Graugrüne Schuppen kamen aus Eels Haut, sein Kopf schwoll an, seine Mundpartie schob sich vor, wurde zu einem mit scharfen, blitzenden Zähnen gefüllten Mund.

»Sie sind dran«, sagte Eel mit einer Stimme, die wie ein Reibeisen klang.

Leute drängten sich in einem weiten Kreis um sie. Gar nicht schlecht, Gratisunterhaltung, um sich die Zeit zu vertreiben, bis die nächste Bahn kam.

Ich bin dran, dachte Tristan. Er wusste, dass er mit dem Körper von »Mr. Dohan Lee« nicht mit Eel kämpfen konnte. Er würde ihm keine drei Minuten standhalten können, und Eel würde ihn in Stücke reißen. Er musste sich etwas anderes einfallen lassen.

»Eel, es tut mir wirklich Leid. Ich weiß, ich habe Ihre Garderobe genommen, aber ich –«

»Gestohlen haben Sie sie, Mimik. Gibt es etwas Schlimmeres, als einem anderen Mimik die Schablonen zu stehlen? Zum Glück hatte ich ein Ersatzetui. Also – wählen Sie sich eines aus der Sammlung, auf die Sie so scharf waren.«

»Eel –«

»Auswählen!«

Eel hatte allen Anlass, sauer zu sein. Es war wie in diesen alten Vids, die man Wildwestfilme nannte, wo die Guten weiße Hüte trugen und die Bösen immer schwarz gekleidet waren und wo es nichts Schlimmeres gab, als einem anderen Mann das Pferd wegzunehmen.

In diesem neuen Wilden Westen hatte Tristan das Schlimmste getan, was man einem Mimik antun konnte.

»Los jetzt«, zischte Eel, und zwischen seinen dolchartigen Zähnen zuckte eine lange Zunge hervor.

Tristan versuchte noch einmal zu *erklären.* Wenn er an Eels Stelle wäre, würde ihm genauso zumute sein. Aber es gab mildernde Umstände.

»Ich hätte das niemals getan, wenn es eine andere Möglichkeit gegeben hätte. Aber ich steckte in der Falle.«

Eels Arm zuckte vor, und seine lederne Faust krachte gegen Tristans Kopf. Die Wucht des Aufpralls ließ ihn taumeln, und die Menge schrie Beifall.

»Los!«, brüllte Eel.

Tristan sprang auf. Wenn er sich jetzt keine Masque wählte, würde dieser Echsenkönig ihn ohne viel Federlesens töten.

Tristan wollte nicht in der Öffentlichkeit fluxen, aber noch weniger wollte er sterben.

Er klappte seine Garderobe auf und starrte die Schablonen an.

Russisches Roulette.

Sechs Wahlmöglichkeiten: eine davon war die beschreibbare Schablone mit Lanis Genom, eine war eine Schmelzerschablone. Vielleicht auch mehr als eine. Vielleicht zog Eel die zusätzliche Sicherheit vor, die zwei Killerschablonen boten.

Der Mimikgladiator trat einen Schritt näher.

Was auch immer Tristan tun würde, er hatte dafür nur noch ein paar Sekunden Zeit.

Seine Finger tanzten über die verschiedenen Schablonen, jede mit einem Symbol markiert, einer Codierung, die nur Eel verstehen würde. Tristan bemerkte, dass eines der Symbole eine winzige, dreizackige Krone war. Hieß Eels preisgekrönter Pit-Saur nicht Rex? Und Rex war ein Kämpfer. Das war einen Versuch wert. Besonders, wo er nicht die leiseste Ahnung hatte, was die anderen Symbole bedeuteten.

Er entfernte seine augenblickliche Schablone und schob die mit dem Kronensymbol ein … und begann sofort zu fluxen.

Er kämpfte gegen eine Aufwallung von Übelkeit an, als ein Gefühl der Wildheit durch seinen Körper pulste. Fühlte sich das Schmelzen so an? Würde seine ganze genetische Struktur zusammenbrechen, auf einen Code reagieren, der ihn in eine Masse formlosen Protoplasmas verwandeln würde?

Sein Magen revoltierte … seine Zunge kam ihm plötzlich für seinen Mund viel zu groß vor. Aber als er nun auf seine Hände hinabblickte, waren sie mächtig, die Hände eines Kämpfers, mit bösartigen, kleinen Hornvorsprüngen an den Knöcheln.

Ich schmelze nicht, dachte er.

Aber ehe er diesen freudigen Gedanken ganz auskosten konnte, hörte er einen Fluch und ein Grunzen von Eel, dessen Faust erneut in Tristans neues Gesicht krachte, diesmal mit ausgefahrenen Klauen. Tristan zuckte zurück und spürte, wie die Klauen über seine Wange fuhren. Er schmeckte sein eigenes Blut.

Offenbar war Eel von Tristans glücklicher Wahl nicht gerade begeistert.

Tristan rammte Eel die geballten Fäuste in den Echsenbauch – die Wucht des Schlages trieb Eel die Luft aus den Lungen, und er taumelte zurück.

Die Menge jubelte, aber der Augenblick war gleich vorbei, als Eel sich aufbäumte und Tristan blitzschnell ansprang. Tristan zog sich zurück, aber viel zu langsam – er hatte noch keine Zeit gehabt, sich dieser neuen Masque anzupassen.

Er sah zu, wie Eels Echsenschnauze sich zu etwas verzog, was vermutlich ein Lächeln sein sollte. Aber vielleicht bildete er sich das auch nur ein.

Eel landete und schmetterte Tristans neuen Körper auf das Pflaster.

»Armselig«, sagte er und presste Tristans Arme mit den Beinen gegen den Boden. »Das ist ja nicht einmal ein Wettkampf.«

»Sie haben mehr Erfahrung«, ächzte Tristan. Er hatte das Gefühl, seine Brust würde platt gedrückt.

»Ja, die habe ich. Aber es gibt eine Erfahrung, die ich *nicht* habe: die Erfahrung, in Stücke gerissen zu werden … von einem Experten.«

Eel öffnete die rechte Faust, sodass man die scharfen Klauen an den Enden seiner Finger sehen konnte. Seine Armmuskeln spannten sich an, und die Klauen fuhren aus, bereit, Tristan aufzureißen.

Tristan wand sich und schaffte es, einen Arm frei zu bekommen. Seine Hand schoss in die Höhe und packte Eels Handgelenk.

Eels Zunge schoss hervor und leckte über Tristans Gesicht.

Und jetzt erkannte Tristan, dass er auf einen Trick hereingefallen war. Eel hob die andere Hand, die Klauen ausgefahren, bereit, ihn aufzureißen. Keine Zeit, den Schlag abzuwehren, keine Zeit, irgendetwas zu tun – er konnte nur auf den stechenden Schmerz warten, wenn sich diese Klauen in seine Brust bohrten.

Ein *Blitz.* Er kam von irgendwo hinter Eel.

Tristan drehte den Kopf halb zur Seite, sah Eel an, der immer noch auf ihm hockte. Aber jetzt wurde die Hand mit den Klauen langsamer, hielt wenige Zentimeter von Tristans Kehle entfernt inne.

Blut tropfte von den Klauen, aber es war nicht Tristans Blut. Ein Pulserstrahl hatte sich in Eel gebohrt, ihn von hinten bis vorn durchbohrt. Das Blut floss rot aus dem noch rauchenden Loch in der schuppigen Haut seiner linken Schulter.

Eel drehte seinen Echsenkopf halb herum und sah das Loch an, wandte sich dann wieder Tristan zu, fragte sich *warum … wie?*

Wie konnte das geschehen?

Tristan war genauso verblüfft wie sein Gegner.

Er stieß Eel von sich, und der gewaltige Echsenkämpfer rollte auf den Boden, lag sich windend auf der Plattform. Immer noch quoll Blut aus der Wunde. Tristan riss ein Stück von seinem ohnehin schon zerfetzten Smartsuit ab und stopfte es in die Einschusswunde hinten an Eels Schulter und rollte ihn dann wieder auf den Rücken, um den Austrittspunkt des Pulserstrahls ebenso zu versorgen. Das verlangsamte zwar den Blutfluss, konnte ihn aber nicht ganz stillen. Auf der Plattform hatte sich bereits eine Blutpfütze unter der verwundeten Schulter gebildet.

»Dieb«, sagte Eel. Die rosafarbene, gespaltene Zunge zuckte ein letztes Mal zwischen den spitzen Zahnreihen hervor, und dann schlossen sich die Echsenaugen.

Eel – der das wahrscheinlich nicht verdient hatte – würde sterben, wenn er nicht schnell ärztliche Hilfe bekam.

Tristan stand auf und drehte sich um, rechnete damit, dass die Menge näher rücken würde, begierig darauf, das seltsame Schauspiel aus der Nähe zu sehen. Aber die Menge war verschwunden …

Als Tristan sich umsah, woher der Schuss gekommen war, hörte er hinter sich die Worte, die sein Blut zu Eis gefrieren ließen.

»Bringt die Nachmacher um!«

Er sah die Männer, die auf ihn zukamen.

Bluts – zehn oder zwölf, jeder mit einem Stück Metallrohr in der Hand. Aber nichts Modernes. Keine Pulser.

Wenn Eel nicht von einem von ihnen angeschossen worden war, wer hatte dann …?

»Schnappt ihn!«, schrie einer.

Bluts – auf der Suche nach einem Opfer – und jetzt hatten sie eines gefunden.

Und Tristans kurze Glückssträhne war offenbar bereits wieder zu Ende.

Während die Bluts ihn umringten, überlegte Tristan, was er tun konnte. Er konnte wegrennen, ihren Kreis durchbrechen … aber wohin? Zurück in die Freizone und in die Arme der Flagge-Polizei? Und das bedeutete, Eel hier hilflos liegen zu lassen, ihn auf der Plattform sterben zu lassen, zuzulassen, dass die Bluts Eel zu Tode prügelten.

Das konnte er nicht zulassen. *Eel ist meinetwegen hier.*

Oder er konnte sich den Bluts stellen und kämpfen. Schließlich war Tristan in Gladiatormasque. Er war kein professioneller Kämpfer, aber ein paar von diesen Plasmiden würde er ganz bestimmt mitnehmen.

Einer der Bluts schlug sich mit seinem Metallrohr in die offene Hand. Er grinste. »Weißt du was, Nachmacher?«

Tristan drehte sich langsam um die eigene Achse und musterte den immer enger werdenden Kreis.

»Ein Mimik hat mir meinen Job weggenommen. Ein Klon wie du hat mir das Essen vom Tisch gestohlen.«

Tristan schüttelte den Kopf. »Das war nicht ich«, sagte er, wobei er sehr wohl wusste, dass hier mit Vernunft nichts auszurichten war; er hoffte aber, sich ein wenig Zeit verschaffen zu können. »Wir haben nicht darum gebeten, geboren zu werden. Ihr müsst euch bei den Leuten beschweren, die uns gemacht haben. Schlagt doch *denen* die Köpfe ein.«

Der Blut fuhr fort, sich mit dem Rohr in die Handfläche zu schlagen.

»Oh, das würden wir gern, wenn wir könnten, Mimik. Aber wir finden sie nicht. Also bist wohl du dran.«

Und jetzt fiel Tristan auf, dass die anderen Mitglieder der Gang dasselbe taten – sich im Takt mit ihren Metallrohren in die Handflächen schlugen. Das war eine Art Ritual ... primitiv ... ein ritueller Mord für den Stamm.

Ein langsamer, schmerzhafter Tod. Und viel befriedigender, als wenn sie Pulser benutzen würden.

Und dann – von hinten – ein heftiger Schlag und gleich darauf ein flammender Schmerz an seinem Hinterkopf. Weiße Punkte tanzten vor seinen Augen, und er taumelte nach vorn. Er sah eine Eisenstange, die sich vor ihm hob, und schlug mit der Faust zu, erwischte die Wange des Blut mit den Hornvorsprüngen seiner Knöchel und riss ihm das halbe Gesicht weg.

Der Mann schrie auf, ließ sein Rohr fallen und griff sich an die Wange. Tristan stürzte sich auf die Waffe. Vielleicht konnte er damit –

Ein weiteres Rohr krachte ihm ins Gesicht, und Tristan, dem schon der erste Schlag das Gleichgewicht genommen hatte, ging in die Knie. Verdammt! Wenn er nur mehr Zeit mit dieser Masque gehabt hätte!

Ein weiterer Schlag auf seinen Rücken.

Und Tristan wusste, dass das so weitergehen würde, bis er sie anflehte, einen gottverdammten Laser zu holen und ein Loch in ihn zu bohren. Er versuchte zu sprechen, aber die Innenseite seines Munds fühlte sich klebrig an, füllte sich mit Blut.

Ein herrlicher Spaß … dieser Sport, Mimiks umzubringen. Wie großartig, ein Mensch zu sein.

Er sah ein Dutzend erhobener Arme, alle bereit, einen Hagel von Schlägen auf ihn herabregnen zu lassen.

Und er dachte: wie dumm, so zu enden.

Er schloss die Augen, wie um sich gegen die bevorstehenden Qualen zu stählen, spannte seine Beinmuskeln an, um beim ersten Schlag aufzuspringen. Er würde jemanden mit in den Tod nehmen.

Aber die Schläge kamen nicht. Stattdessen hörte er andere Stimmen, die überrascht und gequält aufschrien.

Tristan blickte auf und sah das Gesicht des vordersten Blut, fleckig und gerötet. Ein mächtiger Arm schlang sich um den Hals des Mannes. Seine Augen waren vor Schreck geweitet.

Und dann ein kräftiger Ruck, ein widerwärtiges Knacken, und der vorderste Blut wurde schlaff und rutschte mit blicklosen Augen zu Boden.

Hinter ihm sah sich Tristan einer vertrauten Gestalt gegenüber.

»Knie nicht da rum, du nutzloser Plasmid!«, schrie Krek. »Steh auf!«

Krek vergeudete keine Sekunde und sprang einen Blut an, der wütend versuchte, einen anderen Proteaner mit seinem Metallrohr zurückzutreiben. Zu seiner Rechten sah Tristan einen weiteren Proteaner, der einen Blut an den Füßen packte, ihn hochriss und im Kreis herumschwang, bis sein Schädel mit einem widerlichen Geräusch gegen eine Säule krachte.

Die Bluts schrien erschreckt auf, versuchten zu fliehen, aber das ließen die Proteaner nicht zu. Jetzt mussten die Bluts um ihr Leben kämpfen.

Macht es jetzt keinen Spaß mehr?, wollte Tristan fragen. Waren das jetzt zu viele Mimiks, als dass das Spiel noch Spaß gemacht hätte?

Immer wieder dieses widerwärtige Krachen und immer mehr Bluts, die auf der Plattform liegen blieben. Die wenigen Überlebenden rannten davon, zurück zum Eingang.

Krek lachte, als er auf Tristan zuging.

»Du siehst aus wie Scheiße, Bruder.«

Tristan nickte und fuhr sich über den blutigen Mund.

»Ihr seid mir gefolgt?«

»Mung hat empfohlen, dass wir dich im Auge behalten – diskret natürlich. Das war eine gute Idee.« Er sah auf den bewusstlosen Eel hinab. »Wer ist das denn?«

»Er heißt Eel. Er ist –«

»Von der Flagge-Arena? Ich kenne ihn! Ich habe ein paar Mal mit ihm gekämpft. Hat mich ganz schön rangenommen. Ein *verdammt* guter Kämpfer. Warum war er hinter dir her?«

»Das ist eine lange Geschichte.«

»All deine Geschichten sind lang, nicht wahr, Bruder? Also, wir wollen mal sehen, ob wir diesen armen Teufel zu unserem Doc schaffen können. Gut, dass der Schuss ihn rechtzeitig getroffen hat, sonst wärst du jetzt erledigt.«

»Wer hat auf ihn geschossen? Einer von den Bluts?«

»Das weiß ich nicht, aber wir haben ihn jedenfalls erwischt, wer auch immer er sein mag. Er wollte gerade von einem Mauervorsprung zum Bahnsteig herunterklettern. Er hat eine Blut-Markierung auf der Stirn, aber irgendetwas mit ihm stimmt nicht. Wir nehmen ihn mit nach Hause, und wenn er uns nicht sagt, was wir wissen wollen, lassen wir die Wohner ein wenig an ihm knabbern – das löst jede Zunge.«

Tristan erschauderte.

»Und du solltest besser in eine etwas präsentablere Masque fluxen. Es kommt gleich die nächste Bahn.«

Tristan fragte sich, ob er einem weiteren Flux gewachsen sein würde. »Ich weiß nicht –«

»So kannst du nicht reisen, Freund.«

Tristan nickte und aktivierte die Dohan-Lee-Schablone. Aber diesmal hatte er das Gefühl, entzweigerissen zu werden. Es hätte eigentlich leichter sein sollen, aber die Schmerzen waren qualvoll. Er stöhnte, ging in die Knie, und gewaltige Zuckungen durchliefen seinen ganzen Körper.

Als es vorbei war, blickte er zu Krek auf. »Aber warte. Ich kann ja gar nicht reisen. Er –« Tristan deutete auf Eel, den sich ein großer Mimik gerade über die Schulter legte. »Er hat mein Roaming Grid gelöscht.«

Krek rieb sich über das Kinn. »Wenn wir zu Hause wären, könnte ich dir vielleicht helfen, aber hier –«

»Warte!«, sagte Tristan. »Er hat gesagt, dass er einen Aktivierungsschlüssel hat.«

Tristan rannte zu dem großen Mimik hinüber, der sich Eel auf die Schultern geladen hatte, und durchsuchte den Beutel des Gladiators.

»Ja.« Er zog einen kleinen, weißen, kugelförmigen Gegenstand heraus. »Ich habe ihn.«

Es gab zwar keine Garantie, dass der Schlüssel sein Gitter wieder ganz herstellen würde, aber er hoffte, dass er ihm zumindest die Rückkehr nach Kaze Glom ermöglichen würde.

Er hielt die Kugel vor sein rechtes Auge und drückte zu. Ein Aufblitzen, dann flackerte Licht aus der winzigen Öffnung, und sein Roaming Grid tauchte wieder auf. Das Bild flackerte, drohte auseinander zu brechen, stabilisierte sich dann aber und explodierte in einem Netzwerk grüner, ineinander verschlungener Linien.

Alle grün. *Keine* Rote.

Es dauerte ein paar Sekunden, bis ihm klar wurde, was die ihm nicht vertraute Gleichförmigkeit der Farbe bedeutete.

»Das ist ein Universal!«

»Was? Was meinst du?«

»Ein Universal. Ich kann damit überallhin, aus der Freizone heraus in jedes Glom. Das ist ein Universalschlüssel.«

»Ein gutes Gefühl, nicht wahr?«, sagte Krek. »Wir haben auch einen. Sobald jemand uns beitritt, lassen wir ihn immer einen Blick darauf werfen.«

Tristan starrte Krek an und sah dann Eel nach, den man wegschleppte, um ihn wieder zusammenzuflicken, und verspürte ein Gefühl, das er nicht ganz identifizieren, geschweige denn in Worte kleiden konnte. Was auch immer es war, er spürte, wie es sich ausbreitete, Räume in ihm füllte, von deren Existenz er gar nichts gewusst hatte.

»Danke, Krek.«

»Wofür denn?«

»Dafür, dass du mich gerettet hast.«

»Dafür, dass wir ein paar Bluts die Köpfe eingeschlagen haben, braucht es keinen Dank. Das tun wir gratis. Zur Hölle, wir würden sogar dafür bezahlen.«

»Nun ... trotzdem vielen Dank.«

Krek trat einen Schritt näher an Tristan heran und legte ihm den Arm um die Schulter. »Geh du nur nach Hause, Bruder. Und denk daran – wenn du dieses Katzenauge hast, dann bringst du es zu Okasan. Wenn du das nicht tust, führen wir das zu Ende, womit diese Bluts angefangen haben.«

Tristan wollte gerade etwas sagen, als die Bahn lautlos in die Station glitt. Die Gesichter der Passagiere ließen ihr Erstaunen über die auf der Plattform herumliegenden Leichen erkennen. Krek starrte die Passagiere an und lachte.

»Gehört alles mit zur Vorstellung, Ladys und Gentlemen.«

Er schlug Tristan freundschaftlich auf den Rücken. »Geh nach Hause.«

Die Bahn öffnete sich, und Tristan stieg ein, endlich auf dem Weg zurück nach Kaze Glom, zu Cyrill und – obwohl er das kaum glauben konnte – zur Selbstheit.

20

Was mache ich hier?, fragte sich Lani, als sie diesem korpulenten Fremden durch einen muffigen Tunnel unter der Freizone folgte.

Den größten Teil der Nacht war sie durch die Freizone gewandert, in ihren Gefühlen hin und her gerissen zwischen der Freude, die Grenzen von Flagge Quarter hinter sich gelassen zu haben, und der Angst, dass man sie wieder einfangen könnte. Und wohin sie auch ging, überall fragte sie, ob man je etwas von Okasan gehört hatte.

Das wollte niemand zugeben, aber offenbar hatten nicht alle die Wahrheit gesagt, denn nach einer Weile schloss sich ihr ein ziemlich korpulenter Mann mit einem Saur an. Er trug einen bunten Umhang, und diese Farbenpracht wirkte ein wenig übertrieben. Zunächst hatte sie den Eindruck, es handle sich bloß um eine der vielen exzentrischen Gestalten, die es in der Freizone gab, jemanden, der Gesellschaft suchte.

Aber dann ließ er einen Namen fallen.

Okasan.

Und jetzt folgte sie ihm durch dieses unterirdische Labyrinth.

»Bleiben Sie einfach in meiner Nähe«, sagte der dicke Mann. »Es ist nicht mehr weit.«

Ich werde Okasan begegnen, sagte sie sich. Zumindest hoffe ich das. Sie erinnerte sich an das Gefühl, beobachtet zu werden, das sie in dem Lagerhaus gehabt hatte. Beobachtete sie tatsächlich jemand? Brachte dieser Mann sie wirklich zu der Frau? Aber wenn er sie zu Okasan brachte, konnte sie Tristan wiedersehen. Ihre Hand berührte das Etui in ihrer Tasche.

Das gab ihr Mut. Sie wollte diese Frau sehen. Alle Wege … der von Trev … der von Tristan … alle führten sie zu Okasan. Und vielleicht konnte diese geheimnisvolle Frau ihr helfen, das zu verstehen, was mit Trev passiert war, und vielleicht konnte sie auch Ordnung in ihre Gefühle für diesen Mimik bringen, der Trevs Gestalt angenommen hatte.

»Wir müssen hier nach rechts abbiegen.«

Sie bogen um die Ecke, und der Zwerg-Triceratops trottete schneller werdend auf eine alte Frau zu, die an einem Tisch saß.

Die alte Frau blickte auf.

»Das«, sagte ihr Begleiter mit einer Geste, die sein buntes Gewand flattern ließ, »ist Okasan.«

Die alte Frau nickte. »Und Sie sind?«

Lani zögerte einen Augenblick. »Ich bin Lani Rouge. Ein Datameister.«

»Setzen Sie sich, Lani Rouge«, sagte die alte Frau mit brüchiger Stimme. »Mung, hol ihr einen Stuhl.«

Lani nahm den Stuhl von Mung entgegen – Holz, eine Antiquität, frühes einundzwanzigstes Jahrhundert. Sie hatte nie einen solchen Stuhl gesehen, echtes Holz, zerkratzt. Barg dieser Tunnel noch andere antike Schätze?

»Wie Sie vielleicht schon erraten haben, ist es kein Zufall, dass Mung Sie gefunden hat.« Lani sah zu Mung hinüber. War er in dem Lagerhaus gewesen? »Wir sind Ihnen gefolgt, als Sie Flagge Glom verlassen haben. Wir haben gehört, dass Sie nach mir gefragt haben. Wie wäre es also, wenn Sie mir erklären würden, weshalb Sie in die Freizone gekommen sind.«

Lani erzählte Okasan ihre Geschichte, wie sie von Kaze-Agenten gefangen genommen worden, wie Tristan ein Zellmuster von ihr genommen hatte und wie er sie geworden war.

»Eine beschreibbare Schablone?«, wiederholte Mung. »Nein, das kann nicht sein.«

Lani nickte. »Doch, es stimmt. Er hat Zellen aus meiner Mundhöhle geschabt und hat in mich gefluxt.«

»Das verschafft ...«, sagte die Frau langsam, »... Kaze einen weiten Vorsprung vor Flagge Glom. Damit könnte Kaze das mächtigste aller Gloms werden.«

»Warum sollen wir ihr glauben?«, fragte Mung.

Aber Okasan hob die Hand. »Fahren Sie fort.«

Lani schilderte, wie sie aus dem Lagerhaus entkommen war und Tristan in ihrem Apartment entdeckt hatte. Sie erzählte Okasan von Trev.

»Tristan hatte die Masque meines ... von jemandem, der mir nahe stand, benutzt, einem Mann namens Trev, der –«

»Trev?«, fiel ihr Okasan ins Wort. »Sie haben Trev gekannt?«

»Ja. Wir ... standen einander sehr nahe. Er hat von Ihnen gesprochen. Haben Sie ihn gekannt?«

»Natürlich habe ich ihn gekannt. Alle haben wir ihn gekannt. Aber von *Ihnen* wussten wir nichts.« Die alte Frau wirkte jetzt erregt. »Mung, sie hat Trev gekannt.«

»Das sagt sie, aber –«

»Überleg doch, Mung: Kaze hat seinem Agenten den toten Liebhaber dieses Datameisters als Masque gegeben.«

Warum ist sie plötzlich so erregt?, fragte sich Lani.

»Ein Zufall?«, überlegte Mung.

»Oh, das bezweifle ich. Das bezweifle ich sogar sehr.« Okasan wandte sich wieder an Lani. »Und dieser Tristan, dieser Mimikagent von Kaze – er hat mich Ihnen gegenüber erwähnt?«

Lani nickte.

»Er hat Ihnen vertraut?«, fragte Mung.

»Ja, und ich –«

»Ein Kazeagent, der einem Flagge-Datameister vertraut! Er muss verrückt sein«, sagte Mung. »Das ist alles verrückt.«

»Ich habe niemandem etwas davon gesagt. Ich wollte ihm das hier zurückgeben –«

Lani reichte Okasan das flache Metalletui.

»Seine Garderobe?«

»Sie gehört Tristan. In dem Etui sind seine anderen ...«

»Masquen«, sagte Mung und nahm das Etui von Okasan entgegen. »Er wird das zurückhaben wollen.«

Und *ich* will ihn zurückhaben.

»Es enthält die Masque, die er trug, als er Flagge Quarter betrat«, sagte Lani.

Nicht irgendeine Masque, dachte sie dabei. Trev ...

Mung legte das Etui auf den alten Holztisch. »Nun, jetzt haben wir keine Möglichkeit, ihm das Etui zu geben.«

Lani sah Mung an. Sie hatte erwartet, Tristan hier anzutreffen. War das denn nicht Okasan, die Mimikerlöserin, die Anführerin des Mimikuntergrunds? Sie hatte angenommen, dass Tristan zu ihr gehen würde.

»Ich verstehe nicht. Er ist doch hier, oder? Hier ist doch –«

Irgendwo im Hintergrund waren Stimmen zu hören, und Lani drehte sich kurz um. War das etwa eine Razzia? Hatten die Polizisten sie hierher verfolgt?

Okasans Blick wirkte besorgt, aber nicht extrem beunruhigt. Offenbar erkannte sie die Stimmen.

»Weshalb kommen die hierher?«, fragte die alte Frau Mung.

»Oh – die wollen dir etwas zeigen, Okasan. Sie haben einen Blut geschnappt.«

Lani war verwirrt. Wer waren diese Leute, die hier unter so viel Lärmentwicklung auftauchten?

Als sie zu sehen waren, ahnte Lani, wer sie waren … Mimiks, aus der Arena. Sie hatte ihresgleichen schon früher gesehen, lebende Kampfmaschinen.

Einer der Mimiks hielt einen blutüberströmten Gefangenen, der von seinem mächtigen Arm baumelte.

»Okasan«, sagte der Mimik, »es ist uns eine Ehre, dir das hier« – er schüttelte seinen Gefangenen, der wie eine Marionette an seinem Arm hing – »zu bringen.«

»Krek, es ist immer eine Freude, dich und deine Gruppe zu sehen.«

Mung deutete auf den Gefangenen. »Ist das einer der Bluts, die Tristan angegriffen haben?«

»Tristan?«, platzte es aus Lani heraus. »Ist er –«

Krek warf den Kopf in den Nacken und lachte. »Ob er okay ist? Ein wenig blutig vielleicht, aber für einen Mimikagenten hat das nichts zu bedeuten. Nein …« Krek schüttelte den blutigen Gefangenen erneut. »Das ist kein Blut.«

»Was?«, sagte Mung.

»Er hat den Pulserschuss abgegeben, der Tristan gerettet hat. Tristan wäre von diesem Echsenmimik, mit dem er gekämpft hat, getötet worden. Wenn der da ihm nicht ein Loch durch die Haut gebrannt hätte.«

»Vielleicht«, sagte Mung, »wollten die einen Mimik töten und mit dem anderen spielen –«

Lani sah, wie der große Mimik den Kopf schüttelte. Dieser Gladiator machte ihr Angst. Sie war noch nie etwas so Brutalem, Wildem, Primitivem so nahe gewesen. Sie wünschte, sie wäre wieder in ihrem mit Kram überfüllten Apartment.

Sie trat neben Okasan.

»Sag es ihnen!«, brüllte Krek.

Aber der Mann sagte nichts.

»Sag es ihnen, oder wir bringen dich noch mal zu den Wohnern.«

Der Mann zuckte zusammen und fing an zu zittern. Wer auch immer »die Wohner« waren, sie schienen ihm sichtlich Angst zu machen.

»Nein … bitte.« Er sah zu Okasan auf. »Ich bin kein Blut.«

Lani hörte hinter sich einen Schritt, drehte sich um und sah, dass Okasan aufgestanden war und jetzt auf den Gefangenen zuging. Ihr Gesicht wirkte besorgt, und die vielen Falten wurden tiefer, als sie unter dem grellweißen Licht hindurchging.

»Kein Blut?«, fragte sie mit leiser Stimme.

Der Gefangene schüttelte den Kopf.

»Und die anderen, die Tristan angegriffen haben?«, wollte Mung wissen.

»Oh, das waren vermutlich Bluts«, sagte Krek. »Aber dieser hier ist ein Glomagent. Wir haben gleich gewusst, dass da etwas nicht stimmte … warum auf einen Mimik schießen und den anderen verschonen?«

»Ein Agent? Für Kaze? Einer, der dem Mimik seines eigenen Glom hilft?«

Krek lachte. »Oh, Agent ist er schon, aber einer von *Flagge.* Er war hinter Tristan her.« Krek schüttelte den Agenten, um ihn zum Reden zu bringen. »Stimmt das etwa nicht?«

»Ja, es stimmt.«

»*Flagge* wollte, dass Tristan entkommt?« Okasan ging jetzt langsam um die kleine Gruppe herum und rang dabei die Hände. Sie trat vor den Agenten. »Was war Ihr Auftrag?«

Der Agent räusperte sich. Rötlicher Schaum trat aus seinem Mund. Er spuckte auf den Boden.

»Ich hatte die Anweisung, dafür zu sorgen, dass der Mimikagent entkommen konnte. An allen Rohrbahnknoten waren Scharfschützen aufgestellt, die sicherstellen sollten, dass niemand ihn aufhält.«

Okasan wandte sich ab.

»Die *wollten*, dass er entkommt«, sagte Krek und wies damit auf etwas hin, was inzwischen offenkundig war.

Okasan ging zum Tisch zurück. Lani verstand das alles nicht. Was ging hier vor? Da war offenkundig etwas Schreckliches im Gange, und Tristan steckte mittendrin. Und jetzt war – irgendwie – auch sie mit hineingezogen worden.

Okasan ließ sich langsam auf ihren Stuhl sinken. »Können wir ihn erreichen?«

Mung schüttelte den Kopf. »Nein. Tristan ist nach Kaze unterwegs. Aber er hat seinen Auftrag nicht ausgeführt, ist gescheitert. Er hat die Probe von dem –«

»– dem Katzenauge nicht bekommen?«, sagte Okasan. »Ja, das hat er gesagt. Aber, hat er die Wahrheit gesagt?« Sie schloss die Augen. »Und wenn er gelogen hat, wenn er es tatsächlich geschafft hat, ein Muster in seinen Besitz zu bringen, weshalb sollte Flagge ihm dann nicht nur die Flucht ermöglichen, sondern sich sogar solche Mühe geben, um sicherzustellen, dass er unbehindert nach Kaze ...«

Ihre Haltung wurde plötzlich starr, und ihre Augen weiteten sich.

Okasans Stimme war jetzt nicht mehr als ein Flüstern. »Nein!« Sie fuhr ruckartig herum und sah Mung an. »Die G-Kette – könnte es sein, dass die sie vervollkommnet haben?«

»Ich – ich habe nichts dergleichen gehört.« Mung wirkte geschockt. »Aber das würde alles erklären.«

»Ja, auch die Antikörper.«

Mung stöhnte. »Die Antikörper! Oh, nein!«

Lani war jetzt völlig verwirrt. G-Ketten, Antikörper – wovon redeten die? Und warum waren sie so entsetzt? Sie hatte das Gefühl, in ein Irrenhaus gekommen zu sein.

»Ihr müsst ihn finden«, sagte Okasan mit brüchiger Stimme. »Um jeden Preis.«

Mung wandte sich an Krek. »Schnell! Vielleicht gibt es noch

eine Chance. Nimm Kontakt mit den anderen Zellen auf, mit jedem, den du erreichen kannst. Tristan muss aufgehalten werden. Er darf unter keinen Umständen nach Kaze Glom zurückkehren.«

»Warum nicht?«, fragte Krek.

»Das erkläre ich alles später. Für den Augenblick müsst ihr mir vertrauen: Er *muss* aufgehalten werden.«

»Und was ist, wenn wir ihn finden und er nicht mitkommen will oder wir ihn zwar ausfindig machen, aber nicht an ihn herankönnen?«

»Dann tötet ihr ihn«, sagte Okasan leise.

Lani keuchte. Ihn töten? Nein! Was hatte er getan?

Kreks Augen verengten sich. »Er ist ein Mimikbruder. Bei allem Respekt, Okasan …«

»Wann hast du je gehört, dass ich einem Mimik ein Leid zufügen will?«, zischte Okasan.

»Nie, Okasan.«

»Dann vertrau mir jetzt: Um des Wohls deiner Familie willen … kann es sein, dass du Tristan töten musst.«

Krek starrte sie einen Augenblick an und nickte dann. »Nur für dich.«

Seinen Gefangenen hinter sich her zerrend, führte er die Gruppe wieder durch den Tunnel.

Lani sah zu, wie Okasan ihre Hand über das Garderobeetui auf dem Tisch legte und mit ihren knochigen Fingern darüber strich, als ob das Etui eine Kristallkugel wäre und ihr sagen könnte, wo Tristan sich jetzt wohl aufhalten mochte. Und da drinnen ist irgendwo Trev, dachte sie.

Wie dumm ich doch war, mich von einem raffinierten Mimikagenten übertölpeln zu lassen. Und jetzt habe ich meine Karriere, meine Zukunft, vielleicht mein Leben riskiert.

Dann stieg plötzlich ein anderer Gedanke in ihr auf, noch viel beunruhigender …

Wenn die bereit waren, Tristan zu töten, was war dann mit ihr? Würden sie zulassen, dass sie diesen Ort wieder verließ?

Sie war ein Flagge-Datameister. Sie wusste, wer sie waren und wo sie sich trafen.

Lani trat reflexartig einen Schritt zurück und stieß dabei gegen einen Stapel Kisten.

»Sie verstehen nicht, Datameister?«, sagte Okasan. Plötzlich wirkte sie erschöpft. »Das überrascht mich nicht. Sie arbeiten für die Gloms, archivieren Daten und spucken sie wieder aus, ein willfähriger, menschlicher Computer mit etwa ebenso viel Seele. Ebenso ein Werkzeug wie jeder Mimik.«

Die Worte schmerzten.

»Ich weiß nicht, was –«

»Nein, das wissen Sie nicht. Schließlich sind Sie lediglich ein Datameister. Und er weiß es auch nicht. Er handelt als Glom-Werkzeug – aber für beide Gloms.«

Wer ist diese Frau?, dachte Lani. Diese beinahe mythische alte Frau, die für die Mimiks zum Symbol der Freiheit geworden war? War sie selbst ein Mimik?

Lani sah Mung an. »Was ist passiert? Was hat Tristan getan?«

»Tristan hat dem Katzenauge ein Muster entnommen, verstehen Sie? Er hat uns angelogen. Er hat versprochen, uns die Daten zu bringen, uns in unserem Kampf gegen die Gloms zu helfen. Aber möglicherweise trägt er gar keine Daten bei sich. Möglicherweise fungiert er jetzt als Vektor für eine völlig andere Art von Virus.«

»Diese ›G-Kette‹, die Sie erwähnt haben?«, fragte Lani.

Mung nickte. »Vermutlich hat Flagge schon seit Jahren daran gearbeitet, aber wir hielten das immer nur für ein Gerücht, eine der vielen Legenden, die im Ramsch im Umlauf sind.« Er seufzte. »Bis vor kurzem.«

»Aber was ist es?«

Mung ignorierte ihre Frage und wandte sich an Okasan. »Ich will sehen, wen wir sonst noch darauf ansetzen können, um ihn aufzuhalten.«

Mung entfernte sich eilig, und sein Triceratops trottete hinter ihm her.

»Was wird geschehen?«, sagte Lani zu Okasan, als sie allein waren. »Ich meine, wenn es ihnen nicht gelingt, Tristan zu fangen?«

Die Stimme der alten Frau war kaum zu hören.

»Ein Holocaust.«

21

Und dann, so als wäre der ganze Einsatz bloß ein absonderlicher Traum gewesen, verließ Tristans Rohrbahn die Freizone und traf in Kaze Quarter ein. Er zögerte kurz, ehe er seinen PDA aktivierte. Welcher Avatar würde wohl diesmal erscheinen? Irgendwo da drinnen war auch Groucho. Er bezweifelte, dass er jetzt Witzeleien und buschige Augenbrauen, die ständig auf und ab zuckten, ertragen könnte.

»PDA«, sagte er und hätte Regis beinahe umarmt, als dieser auftauchte, gouvernantenhaft und ein wenig nervös und erregt.

»Lord Tristan, Mr. Cyrill hat alle fünfzehn Minuten Nachrichten ausgesandt. Er ist *höchst* erpicht darauf, dass Sie sofort nach der ID-Kontrolle zu ihm gehen.«

»Schön, dich wiederzusehen, Regis. Schon gut. Sobald ich im Gehege war, werden wir tauchen und –«

»Nein, Mylord. Mr. Cyrill will sich mit Ihnen nicht im Ocean treffen. Er wünscht Sie ›in Person‹ – im Turm.«

In Person.

Tristan sah durch die durchsichtige Wand der Rohrbahn hinaus, die jetzt durch einen der industriellen »Plexe« von Kaze glitt, ein Labyrinth aus kastenförmigen Stahl- und Glasstrukturen. Und dann zog die Bahn über eine Reihe von Hydrodomen hinweg, in denen die schnell wachsenden Pilzkulturen gezüchtet wurden, die die Basis für praktisch sämtliche auf dem Planeten konsumierten Nahrungsmittel darstellten. Aber er sah die Kuppeln kaum.

Cyrill wollte ein reales Treffen, von Angesicht zu Angesicht.

Das konnte nur eins bedeuten: *Es ist so weit. Ich habe den Einsatz erfolgreich abgeschlossen. Ich bekomme die Selbstheit. Ich darf frei sein.*

Wie Reals.

Dann dachte er an die Proteaner, brutale, gewalttätige Krieger ... aber so stolz auf das, was sie waren, Mimiks, denen die Vorstellung zuwider war, dass jemand ihnen die Selbstheit *geben* könnte – sie *nahmen* sie sich.

Sein Blick fiel auf den mammuthaften Turm, der bis in die Wolken reichte, wo seine Nadelspitze nur zu erahnen war. Es hieß, der Turm sei das höchste Bauwerk der Welt, nur die Terra-Nova-Station, die die Erde umkreiste, sei größer. Und noch etwas war an dem Turm interessant ... so hoch er auch in den Himmel ragte, er reichte ähnlich tief in die Erde hinein.

Tief und geheim. Nirgends im Ocean konnte man Pläne finden, zumindest keine, die man für verlässlich halten durfte. Kaze-Polizei war *gut.*

Ich bin beim richtigen Team, dachte Tristan.

Kaze-Polizei eskortierte ihn an den Umweltschleusen vorbei in die Mimik-ID-Kammer. Diesmal waren die Autowaffen scharf geschaltet und zielten auf ausgewählte Punkte auf seinem nackten Körper, als sein Roaming Grid durch die Reaktionssequenz lief.

Diese Prozedur erzeugte in ihm jedes Mal ein unbehagliches Gefühl. Was würde sein, wenn seine Codes während eines Einsatzes irgendwie korrumpiert worden waren? Wenn sein Gitter nicht die richtigen Antworten lieferte, würde er gelähmt und in eine Verhörzelle geschafft werden und würde dort beweisen müssen, dass er Tristan, der Kaze-Mimikagent, war.

Aber wie beweist ein Mimik, wer er ist?

Er hörte ein leises Surren und seufzte, als er sah, wie die Mündungen der Waffen sich von ihm wegdrehten. Er hatte die Prüfung bestanden.

Sein Roaming Grid blitzte vor ihm, und jetzt stellte er fest, dass die Universalfreischaltung gelöscht worden war. Eine Aufwallung von Panik erfasste ihn. Eine kurze Zeit hatte er das Recht gehabt, *überallhin* zu gehen. Aber das fremde Element war entdeckt und entfernt worden, als sie sein Grid gescannt hatten.

Egal, sagte er sich. Er war der Selbstheit so nahe. Selbstheit und *echte Freiheit*. Er würde überallhin gehen, alles tun dürfen.

Und er hatte den Schlüssel noch. Den würde er behalten. Nicht dass er ihn brauchen würde. Bloß ein Souvenir. Sobald er einmal frei war, gab es kein Roaming Grid mehr und auch keinen Schlüssel.

Er lachte bei dem Gedanken. Wohin würde er gehen, was würde er tun? Das war das Köstliche daran. Zu überlegen und zu entscheiden und dann einfach zu *gehen.*

Sein Grid war jetzt auf modifizierten Heimatmodus reprogrammiert worden – auf das Mimikgehege beschränkt, aber dazu ein schmaler Weg zum Turm. Er stand auf.

»Agent Tristan?«

Er drehte sich um und sah eine junge Frau in der Tür stehen. Sie trug einen weißen Jumpsuit und eine weiße Kappe. In der rechten Hand hielt sie einen hellgrünen Plastikbehälter.

»Der bin ich.«

»Ich komme von Data. Haben Sie die Probe?«

»Ja, hier.«

Er beugte sich leicht vor und löste die Probentasche von der Innenseite seines Oberschenkels. Als er aufblickte, sah er, dass sie näher getreten war; ihre Augen hatten sich geweitet, als sie seine zahlreichen Prellungen und Verletzungen sah.

»Haben Sie Schmerzen?«

»Ich hatte schon bessere Tage«, erwiderte er. Er ließ den Beutel in ihren Behälter fallen. »Aber das wird schon wieder.«

Es wird sogar noch viel besser werden, sobald ich bei Cyrill war. Ich werde frei sein.

»Ich habe Ihre Route zum Turm«, sagte Tristans PDA.

Als er sein Abteil erreicht hatte, tat Tristan zwei Dinge. Zuerst schaltete er seinen PDA auf die Standardeinstellung: ein körperloses Gesicht, das er »Joe« nannte und das jetzt vor ihm in der Luft schwebte. Dann fluxte er langsam von Dohan Lee in seine Eigenmasque. Die mit dem Flux einhergehende Gewebeumformung heilte den größten Teil seiner Prellungen und Verletzungen. Man konnte immer noch Spuren sehen, aber die Wunden sahen jetzt so aus, als ob sie mehrere Tage alt wären.

»Lass sehen, Joe.«

Tristans Roaming Grid erschien und zeigte einen Weg zum Kaze Tower und dann eine Folge von Codenummern, die ihn zu Cyrill bringen würden. Er war erst einmal im Tower gewesen, aber noch nie, um sich dort mit Cyrill zu treffen.

Er beeilte sich, passierte erneut die verschiedenen Checkpoints des Geheges und hielt sich dann an den Weg zum Tower.

Alle Räumlichkeiten im Turm waren mit einer Buchstaben- und Ziffernfolge gekennzeichnet; diese Buchstaben-Zahlen-

Kombinationen identifizierten jede Räumlichkeit und den Zugang zu ihr. Aber ob oben, unten, Norden oder Süden – den exakten geographischen Ort konnte man daraus nicht entnehmen; er würde genau dort eintreffen, wo er benötigt wurde.

Schließlich trat er in einen schwarzen Raum, den ein Dutzend speerförmiger Lichter erhellte, die aus der Decke kamen. Aber er war allein.

Tristan sah sich nach einem Stuhl um. Erst jetzt wurde ihm bewusst, wie müde er war. Und das war es nicht allein – man hatte ihn gejagt, geschlagen, verletzt und herumgeschubst. Er brauchte ein paar Liter Nährstoff und Stunden, nein *Tage* im Nullzustand.

Nichts, worauf er sich setzen konnte. Der Raum war völlig anders als die warmen, behaglichen, virtuellen Räume, in denen er und Cyrill sich gewöhnlich trafen.

Tristan wartete.

Der Weg zu diesem Raum hatte ihn desorientiert. Manchmal hatte er das Gefühl gehabt, in einem Schachttaxi nach oben zu fliegen, dann wieder zur Seite, nach unten und wieder hinauf, bis schließlich bei ihm der Eindruck entstanden war, dass dieser Raum überall sein konnte, vielleicht nicht einmal in dem verdammten Tower.

Warten. Die Lichter erzeugten perfekt kreisförmige Muster auf dem schwarzen Boden. Kein Staubkörnchen schwebte in dem weißen Licht. Tristan atmete durch. Er spürte jeden seiner schmerzenden Knochen, jede einzelne Prellung. Hungrig, erschöpft … er rieb sich den Nacken, spürte die verspannten Muskeln.

Ein Paneel in der Wand schob sich auf, und ein Mann trat in den Raum, trat in eines der weißen Lichter. Cyrill. Tristan wusste das, weil er genau so aussah, wie er immer ausgesehen hatte. Das war beruhigend, da Cyrill ja schließlich im Ocean jede Verkleidung hätte nutzen können. Dies war der »Cyrill«, den Tristan kannte.

Das Paneel schloss sich wieder.

Tristan stand da und erwartete ein Lächeln. Doch stattdessen …

»Du hast dich verspätet.«

Verspätet. Das war richtig. Tristan war so erleichtert darüber gewesen, die Freizone verlassen zu können, dass er sich gar nichts dabei gedacht hatte, dass er … sich verspätet hatte.

»Ja, Cyrill. Aber ich hatte schreckliche Probleme mit –«

»Ich weiß. Die Flagge-Patrouillen. Wir sind in den anderen Gloms nicht gerade ›blind‹, weißt du. Wir haben jeden deiner nicht immer sehr regelmäßigen Schritte verfolgt.«

»Die Freizone zu verlassen … war nicht leicht.«

Tristan spürte, dass er Cyrill besser nicht zu viel über jenen Teil seines Einsatzes sagen sollte. Jedenfalls nichts von den abtrünnigen Mimiks, die die Herrschaft der Gloms brechen wollten. Und von Okasan, die er für Kaze verraten hatte.

Darüber durfte er Cyrill nichts sagen. Aber wie viel wusste dieser bereits?

Tristan trat ein wenig unbehaglich von einem Fuß auf den anderen; die Stille im Raum war irritierend, und er wünschte sich, dieses Gespräch fände im Ocean statt.

Cyrill trat einen Schritt näher an Tristan heran. Der Raum strahlte ein unheilvolles Gefühl aus, gar nicht wie ein Besprechungsraum; eher wie eine Verhörzelle.

»Wir haben dich in der Freizone verloren. Du bist … Schaustellern begegnet.«

Tristan nickte. »Sie haben mir geholfen … sie hielten mich für einen entflohenen Mimik.«

Cyrill grinste. »Und wo bist du dann hingegangen?«

»Sie – sie haben mir ein paar alte Tunnel gezeigt. Ein Weg zu den Rohrbahnen, vorbei an der Flagge-Polizei.«

Cyrill nickte, als er Tristans stockenden Bericht hörte.

»In einer der Rohrbahnen gab es eine Explosion«, sagte Cyrill leise.

Wir sind in den anderen Gloms nicht gerade ›blind‹. Aber wie viel konnten sie sehen ... wie viel wusste Cyrill? Wusste er über Lani Bescheid, über Okasan? War das hier eine Art von Test?

»Ja, das habe ich gehört. Das war, als ich in die Rohrbahnstation kam. Aber ich weiß nicht, wo die Explosion herkam.«

Cyrill starrte in Tristans Augen, und Tristan hätte sich gern zurückgezogen, in eine andere, sichere Insel aus weißem Licht.

»Oh, davon weißt du nichts, wie?« Cyrill starrte ihn immer noch an und sagte dann schließlich: »Aber die Probe aus dem Katzenauge hast du doch, ja?«

Tristan nickte.

»Gut.« Cyrill lächelte und wandte sich wieder einer Wand zu. »Sehr gut ... das wird gut in deinem Profil aussehen.«

»Profil?«

Cyrill drehte sich um, und sein Gesichtsausdruck ließ erkennen, dass ihm bewusst war, was Tristan sagen wollte.

»Ich habe den Einsatz abgeschlossen. Ich habe die Probe aus dem Katzenauge und die Schablone des Datameisters mitgebracht.«

»Ich bin sicher, dass das stimmt ... das Datenlabor wird das natürlich bestätigen müssen.«

»Natürlich. Aber wenn es das tut, dann – wir haben doch darüber geredet. Sie und ich, wir haben darüber gesprochen, dass ...«

Warum ist das so schwierig? Draußen kann nichts und niemand mich aufhalten. Seit gestern Morgen habe ich den Sicherheitskräften von Flagge, verrückten Arenamimiks und blutdürstigen Bluts standgehalten. Aber kaum stehe ich vor

Cyrill, schon bin ich wie ein kleines Kind mit weichen Knien, das Angst hat, um einen zweiten Teller Brei zu bitten.

»Worüber gesprochen?«, sagte Cyrill.

»Die Selbstheit.«

So, er hatte das Wort ausgesprochen, seinen Wunsch, seine Erwartung zum Ausdruck gebracht. Nein, mehr als das. Sein *Recht.*

Dieses Katzenauge kann Flagge Glom zerstören – zumindest hatte Cyrill das gesagt. Dies sollte der Einsatz sein, der mir die Freiheit bringt.

Wieder ein Lächeln von Cyrill, diesmal säuerlich. »Ah, ja. Selbstheit. Die bekommst du, falls der Aufsichtsrat zustimmt.«

»*Falls?* Aber ich hatte doch Erfolg.«

»Erfolg ist relativ, Tristan. Du solltest den Datameister liquidieren. Das hast du nicht getan. Du solltest unmittelbar von der Zitadelle zurückkommen. Das hast du nicht getan. Du hast Stunden nicht nachgewiesener Zeit in Flagge Glom verbracht. Woher sollen wir wissen, dass man dich nicht enttarnt hat? Woher wissen wir, dass du uns nicht verraten hast?«

Cyrill wischte Tristans Protest beiseite, ehe dieser ihn aussprechen konnte. Er lächelte.

»Genug der Diskussion. All das wird vergessen sein, wenn du die Daten gebracht hast, die wir wollen. Wir werden die Probe überprüfen und sie studieren. Dann – und nur dann – diskutieren wir über deine Selbstheit.«

Cyrills Stimme wurde weicher. »Du gehst jetzt zurück zu deinem Gehege, ja? Wir sprechen uns später. Jetzt solltest du dich ausruhen, wieder zu Kräften kommen.«

Ausruhen, das klang so verlockend. Und Cyrill klang jetzt beinahe so, wie er in der Vergangenheit geklungen hatte. Wie ein Lehrer, ein besorgter Vater.

Innerlich war Tristan wütend, dass ihn das so zufrieden

stimmte. Aber vielleicht war das der Schlüssel: Tristan hatte in Cyrill immer den Vater gesehen, den er nie gehabt hatte.

Cyrill ging zur Wand zurück, bereit, diesen namenlosen Ort zu verlassen, der verloren irgendwo in dem gewaltigen Labyrinth von Kaze Tower lag.

Als sich ein anderes Paneel in der Wand aufschob, hielt Cyrill inne, drehte sich um.

»Und, Tristan«, sagte er, »dass du mir ja diese gestohlene Garderobe ablieferst.« Cyrill lächelte. »Du wirst diese Masquen nicht mehr brauchen.«

Und Tristan erwiderte das Lächeln. Nein, das würde er nicht – nicht, wo er im Begriff war, die Selbstheit zu erlangen.

Dann verschwand Cyrill und ließ Tristan in dem schwarzen Raum allein.

22

Tristan warf einen leeren Konzentratbehälter auf den Boden und griff dann nach dem nächsten und riss ihn auf. Er hatte das Gefühl, von der grünen, geleeartigen Substanz gar nicht genug bekommen zu können.

Als er gestern in sein Abteil zurückgekehrt war, hatte er sofort ins Nullstadium gefluxt und war gleich darauf in tiefen, erschöpften Schlaf gesunken.

Er war glatt und ohne sichtbare Merkmale aufgewacht, wiedergeboren. Und er war *hungrig*.

Während Tristan in seine Eigenmasque fluxte, sah er sich ein von seinem PDA aufgebautes Multi-Blasen-Display an.

Die oberste Reihe war gefüllt mit eingefrorenen Holobildern der jüngsten Nachrichten. Wieder Zusammenstöße zwischen Mimiks und Bluts, mit Glomwachen, die untätig zusahen, wie

Mimiks verprügelt wurden. Und die neuesten Untersuchungsergebnisse hinsichtlich des Mordes an dem Blutführer.

Ich weiß, wer das getan hat, dachte Tristan.

Eine weitere Packung war leer, und er ließ sie auf den Boden fallen.

Und weitere Nachrichten ... ein Durchbruch auf dem Mars. Natürlich, das sagen sie ja immer. Immer »große Durchbrüche« auf dem Mars, und dennoch blieb der Planet unbewohnbar. Wer konnte schon widersprechen, wenn die Gloms sagten, dass auf dem Mars alles prächtig lief?

Er sah auf das körperlose Gesicht, das neben der Holoblase schwebte.

»Was hast du sonst noch, Joe?«

»Ich kann eine Folge von Live-Sendungen holen, die Sie vielleicht interessieren. Die Ritterspiele in McMurdo und –«

»Schon gut. Aus.«

Joe und die Blase verschwanden.

Er war jetzt satt und wollte wieder schlafen. Er hatte noch eine Menge Schlaf nachzuholen. Als er auf seine Krippe zuging, ertönte ein Signal.

Jemand war an der Tür. Aber er erwartete keinen Besuch.

»Wer ist da?«

Der Bildschirm zeigte das Gesicht von Tristans Besucher.

»Argus? Was zum –?«

Er überlegte, ob er den widerwärtigen Mutagen überhaupt zur Kenntnis nehmen sollte, aber an dessen Grinsen war etwas, das Tristan nachdenklich machte. Argus wirkte beinahe ... glücklich. Und das konnte nur bedeuten: schlechte Nachrichten für jemand anderen.

Er öffnete die Tür, und Argus drängte sofort ins Zimmer.

»Du bist zurück, Tristan.«

Tristan nickte. »Wie aufmerksam, Argus. Ja, und ich wollte mich gerade hinlegen, wenn es dir also nichts ausmacht –«

Argus knallte die Tür hinter sich zu und blieb grinsend vor Tristan stehen. Dieser fragte sich, ob er die Gehegepolizei alarmieren sollte. Argus wäre nicht der erste Mimik gewesen, der durchdrehte.

Sie hatten sogar eine Bezeichnung dafür. *Mimikkoller.* Manchmal drehte ein Mimik durch. Zu viele Fluxe, zu viel Psycker.

Argus stieß ihm in die Rippen. »Du hast es versaut, Tristan.«

»Tatsächlich?« Tristan versuchte, sich sein Unbehagen nicht anmerken zu lassen. *Argus weiß etwas.* »Wenn du damit meinst, dass ich dir aufgemacht habe, hast du Recht.«

Argus blinzelte ein paar Mal schnell hintereinander. Eine Art Tick, als würde etwas die Signale stören, die von seinem Gehirn zu seinem Mund flossen. Seltsam.

»Du kannst dir deine Träume von Selbstheit abschminken, Tristan.«

Wieder versuchte er, ihm einen Hieb zu versetzen, diesmal in die Magengrube, aber Tristan hob den Arm und lenkte den Schlag ab. Allmählich ging ihm das hier auf die Nerven.

»Sag, was du zu sagen hast, und dann verschwinde, Argus.«

»Ich habe dir schon gesagt: das hätte *mein* Einsatz sein sollen. Wenn *ich* gegangen wäre, hätte ich den richtigen Virus mitgebracht.«

Tristan erstarrte und hatte das Gefühl, ein Schwall interstellarer Kälte würde durch seine Adern schießen. Er versuchte, seiner Stimme nichts anmerken zu lassen.

»Was soll das heißen?«

»D-Dass ich F-Freunde im Daten-l-labor habe«, stotterte Argus, und da war wieder dieses seltsame Blinzeln. »Und die haben mir gesagt, dass sie nicht wissen, was du gebracht hast, aber jedenfalls haben sie noch nie einen solchen Dataviron ges-sehen. Sie schicken M-Muster herum, um ihn zu iden-identi-fizieren.«

Wieder das Blinzeln. Argus' Mund ging auf und zu. Es sah geradezu komisch aus, ein verrückter Mimik, der versuchte –

Jetzt hing Argus die Zunge halb aus dem Mund, und dann, so als würde er versuchen, Tristan mit einem Trick zu beeindrucken, begann sich die Zunge wie ein Ballon auszudehnen.

Tristan lachte.

»Argus, ich habe gar nicht gewusst, dass du –«

Die Zunge dehnte sich noch weiter aus und platzte, bespritzte Tristan mit rotem Zeug. Tristan fuhr entsetzt zurück, als sich in Argus' Gesicht plötzlich Höcker bildeten, pulsierten, sich hin und her bewegten, ausdehnten und schließlich aufplatzten.

Was zum Teufel ging hier vor? Zu häufiges Fluxen war schädlich ... das wussten alle Mimiks. Aber so etwas hatte Tristan noch nie gesehen. Argus verdrehte die Augen in einem völlig verformten Kopf; sie sahen aus, als wollten sie ihm aus dem Schädel springen.

Und dann taten sie genau das ... ein widerliches Geräusch, und dann hingen die weißen Kugeln aus den blutigen Höhlen, als etwas im Inneren von Argus' Schädel sie herausquetschte.

Tristan keuchte entsetzt.

»Joe! Was geht hier vor?«

Argus sank auf die Knie. Er griff sich an den Hals, seine beiden Hände schlossen sich um seine Kehle. Er musste dort schreckliche Schmerzen haben – oder dachte Argus vielleicht, er könne damit dem Schrecklichen Einhalt gebieten, das in seinem Kopf vor sich ging?

Das Joe-Gesicht erschien und sagte ruhig: »Sir, über dieses Phänomen ist in meinen medizinischen Dateien nichts zu finden. Und es gibt auch keine Bilder im Ocean, die ...«

Ein erstickter Schrei von Argus übertönte den Bericht des PDA. Seine Hände sanken von seinem Hals herunter, die Finger blähten sich auf wie kleine Ballons, schwollen an ... aber statt zu platzen, schien das Fleisch der Finger zusammenzuschmelzen und rosa Klumpen am Ende seiner stummelhaft wirkenden Arme zu bilden.

Argus sank zu Boden und krümmte sich stöhnend und ächzend zusammen. Seine Kleider verbargen, was sonst noch mit seinem Körper geschah. Tristan wusste nicht, was er tun sollte. Er hatte Angst, sich Argus zu nähern, besonders Argus' Kopf – seine Kopfhaut warf Blasen, als ob die harte Knochenstruktur seines Schädels zu Brei geworden wäre.

Tristan spürte die Nährflüssigkeit in seinem Magen gluckern. Er hatte Argus nie gemocht und sich einige Male ernsthaft überlegt, ihn zu töten, aber das … niemand verdiente das.

»Sir?«

»Joe! Hast du etwas gefunden?«

»Ja, Sir. Ich glaube, es gibt verwandte Vorkommnisse.«

Eine Holoblase erschien vor Tristan, verdeckte Argus' sich windenden Körper, der sozusagen ohne Hitze auf dem Boden kochte. Die Blase zeigte andere Mimiks in diesem schrecklichen Schmelzvorgang, den Argus gerade durchmachte.

»Was ist das?«

»Eine Live-Schaltung zu irgendeinem anderen Raum im Gehege, Sir. Andere scheinen unter dem gleichen Gebrechen zu leiden.«

Aber mit *wem* genau passierte das?

Tristans Herz schlug schneller. Was ging hier vor?

Er trat durch die Holoblase und sah, dass Argus zu atmen aufgehört hatte … dass sein Körper sich langsam in eine Pfütze verwandelte.

Tristan rannte zur Tür … hinaus ins Gehege.

Nur Mimiks … nur Mimiks litten darunter.

Tristan stand auf dem freien Platz in der Mitte des Geheges

und musste sich immer wieder daran erinnern, dass er atmen musste, dass er den Gestank, das Blut, die Blasen werfenden Körper ... *überall* ... ignorieren musste.

Nicht jeder sterbende Mimik befand sich im gleichen Zustand. Ein paar schienen länger zu brauchen, um die Kontrolle über ihre Zellstruktur zu verlieren, während andere sich schon in eine klebrige Masse verwandelt hatten.

Tristan zwang sich, an all dem Wahnsinn vorbeizugehen.

Ein Mimik, der den Kopf unnatürlich schief hielt, versuchte, den Mund zu öffnen, so als ob er etwas zu Tristan sagen wollte. *Bitte ... hilf mir,* bedeutete das vielleicht.

Aber der Mund des Mimik war nur noch ein unförmiger Klumpen ... der bald völlig verschwinden würde. Ein Auge starrte Tristan an, bis es schließlich aus dem herauströpfelte, was früher einmal ein Kopf gewesen war.

Tristan taumelte weiter. Das kann einfach nicht sein. Das muss ein Traum sein, ein Albtraum. Aber wenn es geschieht, warum geschieht es dann nicht auch mit mir?

Weitere Schritte zu einer Stelle, wo die schmelzenden Mimikkörper nur noch dampfende Haufen waren, dampfend aufgrund der Hitze der schnellen Zellauflösung. Tristan versuchte, einen Sinn in das Schreckliche zu bringen. Es war beinahe so, als ob seine Mimikkollegen plötzlich einen Schnellflux begonnen hätten ... ins Nichts. Etwas verwandelte ihre Körper in rohes, organisches Material, ohne jeden genetischen Plan.

Die Schreie verhallten jetzt allmählich, und der Wahnsinn – zumindest dieser Teil davon – neigte sich dem Ende zu. Die wenigen Menschen, die in der Nähe des Geheges wohnten oder arbeiteten, sahen mit entsetzten Gesichtern zu.

Benommen lehnte sich Tristan an eine Wand und ließ sich dann in die Hocke sinken. Wieder wanderte sein Bewusstsein zu der entscheidenden Frage zurück.

Warum nicht ich?

Dann erschien das Joe-Gesicht.

»Sir, Cyrill wünscht Sie –«

»Ja«, sagte Tristan. Cyrill … Cyrill wird es wissen …

Und dann erschien Cyrill in einer Blase, das Gesicht wutverzerrt.

»Tristan – das hast *du* getan!«

Tristan schoss in die Höhe und schüttelte den Kopf. Tristans VAE-Programm registrierte all seine Gesten, seinen Gesichtsausdruck. Für Cyrill würde es genau so sein, als ob er ihn sähe.

»Ich habe das nicht getan, Cyrill. Wie können Sie sagen –?«

»Dieses Katzenauge, von dem du ein Muster mitgebracht hast … die müssen gewusst haben, dass du kommst. Die haben *gewollt,* dass du ein Muster zurückbringst. Und schau, was es angerichtet hat –«

Die Blase füllte sich mit einem Dutzend schneller Bilder von Mimiks, überall in Kaze Glom, und alle durchliefen sie dieselbe Zellauflösung.

»Jeder Mimik?«, sagte Tristan leise.

»Der Virus ist *überall,* von unseren eigenen Shuttles zu all unseren weltweiten Zentren gebracht … noch hat nicht jeder Mimik Anzeichen der Seuche erkennen lassen, aber wir müssen annehmen, dass auch die scheinbar Gesunden infiziert sind und sich in der Inkubationsperiode befinden. Bald wird jeder Kaze-Mimik eine Pfütze aus Schleim sein.«

Ein Virus? Innerhalb der Grenzen von Kaze war jeder Mimik für Informationen und Anweisungen mit dem Glom verbunden. Aber einen Virus hatte es nie gegeben. Ein Virus konnte unmöglich unentdeckt bleiben. Unmöglich – bis jetzt.

»Und alles deinetwegen, Tristan!«

»Meinetwegen?« Tristan wurde zornig. »Wer hat die Mission geplant? *Sie!* Wer hat bestimmt, von welchem Katzenauge das Muster entnommen werden soll? *Sie.* Ich habe *Ihre* Anweisungen befolgt.«

»Jetzt fehlt grade noch, dass du all deinen anderen Verbrechen auch noch das der Insubordination hinzufügst.«

»Der Tod all dieser Mimiks ist *Ihre* Schuld!«

»Mimiks? Wen schert schon, was mit euch Mimiks passiert. Wir können immer wieder welche von euch klonen – oder zumindest konnten wir das. Auf die DNS-Bänke kommt es an, und die sind verseucht! Unser Goleman-Bestand ist ruiniert. Unsere Mimikoperationen sind gelähmt – Kaze Glom *selbst* ist gelähmt!«

Irgendetwas musste Tristan entgangen sein. Der Schock, der Schrecken erschwerte das Denken.

»Du hast uns verkauft, Tristan. Du bist ein Verräter an deinem Glom!«

»Nein. Wie könnte ich –?«

Cyrill stieß mit dem Finger nach Tristan, geradeso, als könnte er damit die Meilen überwinden und ihm ins Auge stoßen.

»Du warst es nicht? Du hast nichts getan? Dann sag mir dies – wie kommt es dann, dass du noch auf den Beinen bist? Wie kommt es, dass *du* am Leben bist, während jeder Mimik – jeder *Kaze*-Mimik, um es genau zu sagen – tot ist oder im Sterben liegt? Jeder Einzelne mit nur einer Ausnahme – *dir*!«

Richtig, dachte Tristan. Das ist es. Ich lebe. Das muss Cyrill argwöhnisch machen. Ganz natürlich, dass er mich für einen Verräter hält.

»Geh jetzt zurück in dein Quartier, Tristan. Ich schicke ein Polizeiteam, das dich in den Tower bringt. Vielleicht finden wir heraus, was dich am Leben erhält. Denk daran, es gibt für dich kein Versteck. Und jetzt beeil dich –«

Cyrill verschwand. Er hatte das Recht, Angst zu haben. Und Wut – obwohl Tristan nicht verstand, was geschehen war und weshalb er allein überlebt hatte.

Und dann erinnerte er sich an etwas.

Cyrill wusste nicht, dass er einen Universalschlüssel hatte.

Ich kann hier raus ... wenn ich will.

Aber wohin? Wo gab es Sicherheit?

Und noch eine Frage: Wer hatte sonst noch gewusst, was er gestohlen hatte? Jetzt, wo er darüber nachdachte, wurde ihm bewusst, dass es trotz allem gar nicht so schwierig gewesen war, an das Katzenauge zu kommen. Es war sogar eher leicht gewesen.

Zu leicht.

Hatte Lani Rouge gewusst, was in dem Katzenauge war? Hatte Flagge Glom darauf gewartet, dass Kaze jemanden schicken würde, um es zu stehlen?

Er musste nachdenken. Wenn Cyrill ihn erwischte, würde er eine komplette Psychosondierung an ihm vornehmen und genau erfahren, was Tristan getan hatte, um zurückzukommen. Das allein würde schon als Grund für seine Liquidierung ausreichen. Aber selbst ohne das würden sie ihn zweifellos auseinander nehmen, um herauszufinden, was ihn am Leben hielt, während andere starben.

Da waren zwei Dinge, die im Augenblick zu seinen Gunsten sprachen, wurde ihm bewusst. Das eine war, dass niemand wusste, dass er einen Universalschlüssel besaß. Cyrill dachte, dass Tristan in einem engen Sektor von Kaze Glom eingeschlossen war. Das andere war, dass jeder ihn für einen Menschen halten würde, weil ja alle Mimiks tot waren oder starben. Und inmitten von all dem Chaos hier würde er so lange nicht überprüft werden, bis Cyrill Alarm schlug.

Und bis dahin kann ich draußen sein, dachte Tristan. Vielleicht.

Aber wohin?

Ich lebe, ich bin frei ... aber wie in der alten Fabel trage ich einen Fluch ... das Kainsmal.

Ich habe meinen Bruder erschlagen – Hunderte *meiner Brüder.*

Ich klinge wie Krek, dachte er.

Aber im Augenblick könnte er einen Bruder gebrauchen.

Was würden Okasan und Mung denken? Er hatte geschworen, dass er nie an das Katzenauge herangekommen war; er hatte ihnen in die Augen gesehen und versprochen, es noch einmal zu versuchen und ihnen das Muster zu bringen, falls er Erfolg haben sollte.

Lügen waren die geringsten seiner Verfehlungen. Er hatte für eines der beiden großen Gloms die Rolle eines Trojanischen Pferdes gespielt, hatte ihm die Möglichkeit gegeben, seinen wichtigsten Rivalen in die Knie zu zwingen. Er hatte ganz allein das sensible Machtgefüge zunichte gemacht, und jetzt stand Flagge Glom kurz davor, die entscheidende Kraft auf dem Planeten zu werden.

Aber die größten Verlierer bei all dem würden die Mimikrebellen sein. Sie würden –

Bei dem Gedanken, was in den Freizonen geschehen könnte, wenn all die entflohenen Mimiks schmolzen, erfasste Tristan Entsetzen.

Und Proteus … wenn sie nicht schon tot waren, würden sie das bald sein. Er dachte an Krek. Er war schroff und hart gewesen, aber er hatte eine Lebensfreude an sich gehabt, um die Tristan ihn beneidete. Und er hatte Tristan auf der Plattform der Rohrbahn das Leben gerettet.

Ich wette, das tut Krek jetzt Leid, dachte er. Falls er noch am Leben ist.

Wenn Tristan die Freizone erreichte, würde er allen überlebenden Proteanern aus dem Weg gehen müssen … ihnen aus dem Weg gehen müssen wie … wie eine Seuche.

Ein ersticktes Geräusch – halb Lachen, halb Schluchzen – drang aus seiner Kehle und verhallte.

Aber die Wahrheit blieb. Jeder überlebende Proteaner würde ihn sofort töten, wenn er ihn zu Gesicht bekam. Und das mit allem Recht.

Am Leben, frei … und verflucht.

Tristan begann sich seinen Weg durch die schreckliche Leichenlandschaft zu bahnen. Er wäre am liebsten zum Tor gelaufen, aber sein eingeschränktes Grid würde ihn nicht passieren lassen. Er musste in sein Abteil zurück, den Universalschlüssel benutzen und dann das Gehege verlassen, ehe Cyrills »Team« eintraf.

Tristan zwang sich, schnell zu gehen – nicht zu rennen – die Gehweise eines Real, der erregt und angewidert war, aber vor niemandem floh.

Tristan würgte es, als er sein Abteil betrat. Der Gestank, der von Argus' Überresten ausging, war überwältigend. Er hielt den Atem an und holte den Universalschlüssel. Dann füllte er sich die Taschen mit Konzentratpackungen, schnappte sich jede Schablone, die er finden konnte, und rannte in den Flur.

Wenn er Glück hatte, würde er auf dem Weg nach draußen dem »Team« nicht begegnen; wenn er noch mehr Glück hatte, würden die Überreste von Argus sie eine Weile ablenken, sie vielleicht glauben lassen, dass dieser Tristan-Mimik schließlich doch nicht immun gewesen war.

Und er, wenn er *wirklich* Glück hatte, würde das Innere von Kaze Glom nie wiedersehen.

Aber selbst wenn ihm die Flucht gelang, hatte er immer noch kein Ziel …

»Joe, den sichersten Weg zur Freizone Nord –«

»Aber Cyrill hat Sie angewiesen, in Ihr Abteil zurückzukehren und zu warten –«

»Darüber setze ich mich hinweg. Ich möchte zu dem Lagerhaus zurück, wo ich gestern Morgen Okasan begegnet bin.«

Er dachte an seine Träume von Selbstheit und wie naiv er gewesen war.

Heute hat die Welt sich verändert, dachte Tristan. Und ich war das Instrument – das *Werkzeug* – jener Veränderung.

Ein verfluchtes Werkzeug … das war alles, was er je gewesen war. Er würde –

»Cyrill wird sehr ärgerlich sein.«

Er wünschte, er hätte jetzt Zeit, die situativen Logikkomponenten des PDA auszuschalten. Bis das hier alles vorbei war, brauchte er nichts, was ihn jede Sekunde daran erinnerte, was *seiner Ansicht nach* Tristan tun sollte. Das war ein für alle Mal vorbei. Von diesem Augenblick an war Tristan derjenige, der die Entscheidungen traf.

»Vergiss Cyrill, Joe. Hast du den Weg?«

Rote Linien in Tristans Roaming Grid zeigten einen labyrinthischen Weg zu den Rohrbahnen, in die Freizone und zu dem Lagerhaus.

Tristan beeilte sich. Selbst in den Fluren füllte sich die Luft mit dem Ekel erregenden Gestank von sich auflösenden Mimiks hinter jeder Tür.

Er verdrängte die Bilder, aber die Erinnerung an die Angst in Cyrills Gesicht konnte er nicht verdrängen.

Krieg … das Wort hallte durch sein Gehirn.

Heute ist Krieg ausgebrochen, dachte er. Und ich bin daran beteiligt.

Ein anderes Wort trat an die Stelle von Krieg, ein Wort, das bislang für ihn keine Bedeutung gehabt hatte, ein Wort aus den Vids, besonders den eigenartigen Vids, die sich mit Männern mit Waffen befassten, die einander in den alten Wüsten des Wilden Westens gegenüberstanden, um der Ehre und um ihres Landes willen.

Sühne.

Er konnte nur einen Pfad vor sich sehen: Verbindung mit Okasan aufnehmen. Wenn sie ihn haben wollte. Wenn es nicht zu spät war.

Und dann Lani finden.

TEIL VIER

IN DEN KRIEG

23

Die Freizone hatte sich verändert.

Tristan spürte das in dem Augenblick, in dem er die Plattform der Rohrbahnstation in der Freizone Nord betrat. Spannung lag in der Luft.

Er sah sich auf der überfüllten Plattform um. Die Leute drängten, schubsten, hatten es eilig, die nächste Bahn zu besteigen. Ein Stück rechts von ihm kam es zu einer Rangelei, und eine Frau wäre beinahe von der Plattform gefallen.

Angst, die an Panik grenzte.

Tristan ahnte den Grund: Mimik-Schmelzer. Der Virus hatte inzwischen zweifellos die Freizone erreicht, und das hatte zur Folge gehabt, dass sich arglose Mimiks, ob ihre Anwesenheit nun legal war oder nicht, in Schleim verwandelt hatten. Die verängstigten Menschen, die sich hier auf der Plattform zusammendrängten, wussten offensichtlich nicht, dass der Virus nur Mimiks erfasste. Wie konnten sie auch?

Dass Flagge zugeben würde, über den Virus Bescheid zu wissen, konnte er sich nicht vorstellen. Und Kaze würde sowohl aus wirtschaftlichen als auch aus politischen Gründen Stillschweigen bewahren. Die Welt würde bald genug erfahren, dass der Mimikbestand von Kaze Glom vernichtet war, aber wie konnten sie zugeben, dass sie selbst den tödlichen Virus aus Flagge herausgeschmuggelt und sich selbst mit der Seuche infiziert hatten?

Das würde sie zur Zielscheibe des Spotts sämtlicher Welten machen.

Da die meisten Mimiks in der Freizone Flüchtlinge waren und sich alle Mühe gaben, als Reals angesehen zu werden, konnten diese verängstigten Menschen hier lediglich wissen, dass einige ihrer Mitbewohner auf schreckliche Weise ums Leben gekommen waren. Und wenn das eine ansteckende Krankheit war, wollten sie schleunigst hier weg.

Ja, es ist ansteckend, dachte Tristan, wandte sich ab und ging zum Ausgang. Eine regelrechte Seuche. Aber keine Sorge – ihr seid alle immun.

Und ich bin es auch.

Warum?

Diese Frage hatte ihn während der ganzen Fahrt von Kaze bis hierher gequält.

Tristan warf einen Blick auf sein Grid, während er die Rampe hinuntereilte, und schlug dann die Richtung zu dem Lagerhaus ein, wo er Okasan das erste Mal begegnet war.

Äußerlich schien die Freizone unverändert, aber die Stimmung und die Menschen waren anders. Es gab weniger Leute, die sich in den Straßen drängten, und überhaupt niemanden, der gemächlich dahinschlenderte. Diese Freizonler hasteten alle mit angespannten Gesichtern und zielbewusst dahin, als hätten sie es eilig, ihr Ziel zu erreichen, um dort die Tür hinter sich zu schließen. Es herrschte Belagerungsmentalität.

Immerhin machte es die Fortbewegung leichter. Es ging schnell voran, aber einmal kam er dabei auch an einer in Fäulnis übergehenden Pfütze vorbei – alles, was von einem Freizonen-Mimik übrig geblieben war. Die Leute schlugen einen weiten Bogen um die Pfütze oder machten kehrt. Tristan wandte beim Vorbeigehen die Augen ab.

Das habe ich getan, dachte er. Und dann flüsterte er: *»Tut mir Leid!«*

Er sah sich immer wieder nach Polizeipatrouillen um, entdeckte aber nur zwei, und die machten auf ihn den Eindruck, ein bestimmtes Ziel zu haben. Obwohl er wusste, dass sie ihn in dieser Masque nicht erkennen würden, machte ihn ihre Anwesenheit dennoch nervös. Und dass sie so beiläufig in ihrem Schweber dahinglitten, verstärkte das Gefühl noch ... geradeso, als ob die Freizone ihnen gehörte.

Tristans Magen verkrampfte sich bei dem Gedanken, dass das vielleicht das nächste Ziel von Flagge sein könnte: Freizone Nord für sich zu beanspruchen und zu annektieren.

Er fand den Lagerhaus-Distrikt und verweilte kurz in einer Gasse zwischen den langweilig wirkenden Zweckbauten. Sie sahen sich alle so ähnlich. Welche von diesen quaderförmigen –

»Hallo, Verräter Tristan.«

Tristan fuhr herum. Die Stimme kannte er. Krek stand am Eingang zu der Seitengasse und schlug sich mit der Faust in die offene Handfläche. Er war nicht allein. Tristan erkannte Callin und ein paar von den anderen Proteanern, die er in dem Versteck gesehen hatte.

Freude und Erleichterung verdrängten sein Entsetzen, und Tristan trat zögernd einen Schritt auf sie zu.

»Krek? Du lebst? Der Helix sei Dank! Wieso?«

»Überrascht? Hast wohl gedacht, du bist der einzige Mimik außerhalb von Flagge, der noch auf den Beinen ist, wie?«

»Nein. Nein, das ist nicht –«

»Also, es hat nicht geklappt. Tut mir Leid, dich enttäuschen zu müssen.«

»Nein, du verstehst nicht. Ich bin wirklich froh –«

Callin sprang mit einem Satz vor und versetzte Tristan, ehe er reagieren konnte, einen Fausthieb. Ein weiß glühender Schmerz zuckte durch sein Gehirn, und er taumelte gegen die Wand.

Er schüttelte heftig den Kopf, um damit den Schmerz zu

verdrängen, und als er aufblickte, waren die Proteaner näher gerückt. Er sah den Hass in ihren Augen lodern und wusste, dass er ihn verdient hatte.

Er wollte wegrennen, kämpfte aber dagegen an. Sein Gefühl sagte ihm, dass er ohnehin nicht sehr weit kommen würde.

»Wir haben heute eine Menge Brüder verloren, Verräter«, sagte Krek. »Jeder Kaze-Mimik ist tot. Nur du nicht.«

»Ich weiß, ich weiß«, sagte er und fühlte sich dabei unsagbar erbärmlich. »Aber ich weiß nicht, wieso. Ihr lebt auch – ihr alle. Warum? Ich verstehe das alles nicht.«

»Lügner!«, schrie Callin. Er trat mit erhobener Faust drohend einen Schritt auf ihn zu, aber Krek packte ihn.

Tristan breitete die Arme aus, wie um ihn willkommen zu heißen. »Nur zu. Tu es. Ich habe es verdient.«

Und das meinte er auch so. Er lehnte sich an die Wand und ließ sich langsam in die Hocke sinken.

Der Tod wirkte jetzt so einladend auf ihn. Sich all den toten Mimiks anzuschließen ... Er hatte nur wenige von ihnen gekannt, und keiner hatte ihm etwas bedeutet, aber ihr Tod lastete unsagbar schwer auf seinen Schultern. Mimiks, die aus irgendeinem Grund überlebt hatten, gaben ihm die Schuld und hassten ihn. Wenn Kaze Glom nicht schon jetzt einen Preis auf seinen Kopf ausgesetzt hatte, würde das sicher bis zum Abend geschehen. Cyrill, sein spiritueller Vater, wollte seinen Kopf. Lani war irgendwo in Flagge und möglicherweise Teil dieser schrecklichen Verschwörung.

Es gab niemanden mehr, dem er vertrauen konnte, niemanden, der ihm vertraute – und alle, die er kannte, waren entweder tot oder machten auf ihn Jagd. Welchen Sinn hatte es also, sich zu wehren?

»Komm schon«, sagte Tristan. »Bringen wir es hinter uns.«

Als nichts geschah, blickte er auf und sah, wie die Proteaner auf ihn herunterblickten.

»Gut gespielte Reue, Verräter«, sagte Krek. »Bei einem anderen könnte mich das vielleicht sogar überzeugen. Aber das bin ich nicht.« Er trat näher. »Und außerdem wird es nicht so leicht sein. Dich in Stücke reißen? Dich zu Tode prügeln? Obwohl wir das im Augenblick mit dem größten Vergnügen tun würden – es ist zu gut für dich. Wenn du hier abtrittst, dann werden wir dafür sorgen, dass es genau so geschieht wie bei deinen Brüdern. Du wirst am eigenen Leib ihre Angst und ihre Qual zu spüren bekommen. Aber im Augenblick ist es noch nicht so weit.«

Tristan sah ihn erstaunt an. »Was soll das bedeuten?«

»Das soll bedeuten, dass wir, was dich betrifft, ein Versprechen gegeben haben, und dieses Versprechen beabsichtigen wir zu halten.«

Krek gab zwei Mimiks ein Zeichen, worauf diese Tristan in die Höhe zerrten und ihn festhielten, während Callin eine Art Pflaster auf Tristans Hals drückte.

»Aber nachdem wir diese Verpflichtung erfüllt haben, gehörst du *uns.* Und dann werden wir uns näher mit dir befassen.«

Tristan spürte ein Prickeln auf seiner Haut, und dann sah er Lichter vor seinen Augen tanzen. Aber sie lösten sich viel zu schnell auf und machten alles umfassender Schwärze Platz.

Tristan erwachte nach Luft ringend. Er hustete, wischte sich faulig riechendes Wasser von den Augen und sah sich um. Er kannte diesen Ort: das Proteus-Versteck.

»Bist du jetzt wach?« Das war wieder Krek. »Gut, ich werde das, was ich jetzt sage, nämlich nicht wiederholen. Der einzige Grund, weshalb wir dich da draußen nicht in Stücke gerissen haben, ist Okasan. Die alte Frau möchte mit dir reden.«

»Okasan?« Wie konnte er ihr unter die Augen treten? »Ich will sie nicht sehen.«

Krek schubste ihn unsanft. »Was *du* willst, ist ohne Belang. Sie hat gesagt, du könntest vielleicht etwas Wichtiges wissen. Etwas Nützliches. Ich denke zwar, dass sie sich da täuscht, aber die Entscheidung liegt bei ihr. Sie hat diese Gruppe gegründet, hat die ersten Mitglieder zusammengebracht, dieses Versteck für uns gefunden – und deshalb stehen wir in ihrer Schuld. Wir tun das, was sie uns sagt. Wir haben ihr versprochen, dass wir sie zuerst mit dir reden lassen, ehe wir dich in die Mangel nehmen. Aber nachher …«

»Tut doch, was ihr wollt«, sagte Tristan.

»Du hast bloß Glück, dass sie noch nicht da ist. Eine Art Aufschub, könnte man sagen. Aber das wird nicht lang dauern. Sie ist schon unterwegs.« Er grinste – nicht gerade ein hübscher Anblick. »Und während wir hier warten, kannst du dir ja die Zeit mit einem alten Freund vertreiben. Ein Wiedersehen, könnte man sagen.«

Krek gab Callin ein Zeichen, worauf dieser sich von dem Vid abwandte, in dem gerade Nachrichten liefen, und Tristan gemeinsam mit Krek durch einen muffigen Korridor schleppte, den beiderseits Türen säumten, die früher einmal in Lagerräume geführt haben mochten.

»Ja, Verräter Tristan«, sagte Krek. »Wir haben Okasan versprochen, dass wir dich uns erst dann vornehmen, wenn sie mit dir gesprochen hat. Aber für das, was jemand tut, der *nicht* zu Proteus gehört, sind wir ja nicht verantwortlich, oder?«

Sie blieben vor der letzten Tür des Korridors stehen. Sie stand offen. Krek klopfte an den Türstock.

»Besuch!«, sagte er.

Dann stießen er und Callin Tristan hinein und schlossen die Tür hinter ihm. Er hörte sie beim Weggehen lachen.

Tristan blickte sich schnell um – zwei Betten, eine schwache Leuchtplatte in der Decke, ein alter Aluminiumklapptisch mit zwei nicht dazu passenden Stühlen …

… und jemand, der mit dem Gesicht zur Wand auf dem Bett zu seiner Rechten lag.

Tristan sah zu, wie die Gestalt sich regte, sich zur Seite wälzte und sich schließlich auf der dünnen Matratze aufsetzte. Er stellte fest, dass die Gestalt einen dicken Verband an der rechten Schulter trug. Und als er die echsenartige Haut und die mächtigen Fänge in ihrem Gesicht sah, trat er einen Schritt zurück.

Eel.

»So«, sagte der Mimikgladiator mit seiner rauen Stimme. »Du bist das also.«

Jeder Instinkt in Tristan riet ihm wegzurennen, aber es gab von hier kein Entkommen, und selbst wenn er sich hätte befreien können: Wohin sollte er gehen? Mit ihm würde es ohnehin bald aus sein. Warum also nicht hier?

Er sah den anderen an. »Ja. Ich. Hallo Eel.«

Eel stand auf und ging mit schweren Schritten auf ihn zu. Seine Augen loderten. Tristan blieb stehen.

Mach es schnell. Tu es jetzt. Auf diese Weise brauche ich wenigstens Okasan nicht unter die Augen zu treten.

Eel schob sein Gesicht dicht an das von Tristan heran, so nahe, dass ihre Nasen sich fast berührten, und starrte ihn an. Tristan hielt dem reptilischen Blick stand. Er spannte alle Muskeln an, wusste, dass ihm die Krallen an Eels unverletztem Arm jeden Augenblick die Eingeweide aufreißen würden.

Aber der erwartete Schlag kam nicht.

Worauf wartest du?

Eel trat einen Schritt zurück und wandte sich ab.

»Die sagen, dass dein Name Tristan ist.«

Tristan wusste, dass das Gefühl der Erleichterung darüber, immer noch unversehrt zu sein, unberechtigt war, aber er konnte es nicht verdrängen.

»Die?«

»Diese geflohenen Mimiks hier.«

»Ja ... Tristan.«

»Die haben mich zu einer Ärztin gebracht, weißt du«, sagte er, ohne Tristan dabei anzusehen. Seine Stimme war ausdruckslos, so, als würde er die Worte irgendwo ablesen.

»Ich habe den Verband gesehen.«

»Sie hat mir gesagt, ich hätte Glück gehabt. Großes Glück. Dass ich es nie lebend bis zu ihr geschafft hätte, wenn jemand mir nicht die Wunden verstopft hätte.«

»Ja, da hat sie wahrscheinlich Recht.«

»Aber das war keiner von diesen Mimiks. Die sagen, das musst du gewesen sein.«

»Nun, du hast ziemlich stark geblutet.«

Jetzt drehte sich Eel wieder zu ihm um. »Dann warst das also tatsächlich du. Warum?«

»Die Ärztin hat es ja gesagt – du wärst sonst verblutet.«

»Aber warum hast du das getan?« Er trat wieder vor ihn. »Ich war darauf aus, dich zu töten – und es hätte mir sogar *Spaß gemacht.* Dieser Schuss hat dir das Leben gerettet. Was sollte es dich kümmern, dass ich sterben würde?«

»Ich hatte keinen Streit mit dir.«

»Aber *ich* mit dir! Als die Polizei mich geweckt und mir gesagt hat, ein Mimikagent aus Kaze hätte meine Masque gestohlen, war ich wütend. Aber als ich dann feststellte, dass meine Garderobe verschwunden war, da hätte ich beinahe durchgedreht. Ich habe mir ein paar Reserveschablonen geschnappt und bin zur Rohrbahnstation gerannt und habe dort gewartet. Der Polizei könntest du vielleicht entwischen, aber nicht mir. Ich war dort, um dich *umzubringen.*«

»Und mit Recht. An deiner Stelle hätte ich ganz genauso gehandelt. Man hat auf dich geschossen, weil du auf dieser Plattform warst, und du warst meinetwegen dort. Also fühlte ich mich verantwortlich. Ich weiß nicht viel über dich, aber ich wusste jedenfalls, dass du etwas Besseres verdient hast, als von einem Blut hinterrücks erschossen zu werden.«

»Das war kein Blut. Das war ein Scharfschütze von der Flagge-Polizei. Man hat mir gesagt, die hätten ihn dort aufgestellt, um sicherzugehen, dass niemand dich daran hindern würde, zu deinem Glom zurückzukehren.«

Tristan schloss die Augen und spürte Übelkeit in sich aufsteigen. Die Schuldgefühle für die von ihm verursachte Katastrophe waren seit dem Schock seiner Gefangennahme durch Proteus etwas abgeklungen, fluteten aber jetzt wie eine Welle zurück.

Er setzte sich auf das andere Bett und starrte auf den Boden.

»Wie – woher weißt du das?«

»Diese Proteus-Mimiks haben es mir gesagt. Sie haben den Schützen gefangen und es aus ihm herausgequetscht.«

Was bin ich doch für ein Plasmid, dachte Tristan. Was für ein wertloser Mutagen! Da hielt ich mich für so schlau, weil ich ständig der Flagge-Polizei entwischen konnte, und dabei haben die die ganze Zeit bloß mit mir gespielt.

»Was ist mit diesen Mimiks hier?«, fragte Eel.

Tristan kämpfte gegen die Selbstverachtung an, die immer wieder in ihm aufwallte. »Was?«

»Diese Proteus-Gruppe. Was ist mit denen?«

»Das sind Flüchtlinge, viele aus Arenen – wie du.«

»Ich bin nicht weggelaufen«, herrschte Eel ihn an, aber dann änderte sich sein Tonfall. »Aber vielleicht sollte ich das.«

»Weil sie auf dich geschossen haben?«

Der mächtige Reptilkopf nickte. »Von meinem eigenen Glom in den Rücken geschossen. Die mussten wissen, dass ich das bin – alles andere haben sie ja auch gewusst –, aber das hat sie nicht abgehalten. Für die war ich entbehrlich.«

»Ich würde das an deiner Stelle nicht persönlich nehmen«,

sagte Tristan. »Ich wette, die hätten sogar einen von ihren eigenen Polizisten erschossen, bloß um mich entkommen zu lassen.«

»Trotzdem macht es einen nachdenklich. Und dann sind da diese Mimiks hier. Die haben mich nicht gekannt. Nicht persönlich. Die einzige Gelegenheit, ihre Bekanntschaft zu machen, wäre in der Arena gewesen, und in dem Fall hätte ich sie bestimmt ziemlich zugerichtet – und trotzdem haben sie mich zu einer Ärztin geschleppt. Sie haben mir das Leben gerettet. Und deshalb habe ich jetzt das Gefühl, in ihrer Schuld zu stehen.«

»Ich bin sicher, dass die das nicht so sehen.«

»Wie die es sehen, ist mir egal. Schuld ist Schuld. Und dir gegenüber empfinde ich genauso. Weil du meine Wunde versorgt hast.« Er wandte sich wieder ab. »Dabei mag ich es nicht, jemandem verpflichtet zu sein.«

»Nun, meinetwegen brauchst du dir keine Sorgen zu machen. Es war meine Schuld, dass man auf dich geschossen hat, also sind wir quitt. Aber selbst wenn das nicht der Fall wäre – ich bezweifle, dass es mich noch lange geben wird.«

»Ja«, sagte Eel. »Die hassen dich wirklich abgrundtief. Sie geben dir die Schuld am Tod all dieser Kaze-Mimiks. Dabei haben sie keinen Einzigen von ihnen gekannt. Ich verstehe Proteus nicht.«

»Sie sind der Ansicht, alle Mimiks seien miteinander verwandt. Du weißt schon, das Goleman-Chromosom und das alles.«

»Ja, das haben sie zu mir auch gesagt. Die wollen, dass ich mich ihnen anschließe.«

»Nun, da für Proteus ja alle Mimiks eine einzige große Familie sind, würde ich sagen, dass du bereits Mitglied bist.«

»Eine Familie«, sagte Eel leise.

»Eine eigentümliche Vorstellung für einen Mimik, wie? Ich

habe gehört, diese ganze Proteus-Sache geht auf Okasan zurück.«

»Okasan.« Eel starrte ihn an. »Dann gibt es sie also wirklich? Das ist nicht bloß eine Legende?«

»Ich habe eine alte Frau kennen gelernt, die sich Okasan nennt. Sie scheint mir echt zu sein. Und obwohl sie eine Realperson ist – wenigstens behauptet sie das –, scheint sie wirklich um uns Mimiks besorgt zu sein.«

»Selbst um dich?«

Tristan schluckte. »Als ich sie das erste Mal sah, hat sie mir diesen Eindruck gemacht. Aber ich bezweifle, dass das jetzt noch der Fall ist.« *Nicht, nachdem ich sie angelogen und mein tödliches kleines Päckchen nach Hause geschmuggelt habe.* »Die Proteaner werfen mir Genozid vor, und Okasan ist da vermutlich der gleichen Ansicht. Nachdem sie mit mir gesprochen hat, werden die Proteaner mich wahrscheinlich von meinem Elend erlösen.«

»Vielleicht hatten sie gehofft, dass ich ihnen das abnehmen würde. Das ist wahrscheinlich der Grund, weshalb sie dich hier reingesteckt haben. Aber ich kann dir kein Leid zufügen. Ich kann ein gutes Wort für dich einlegen.«

Tristan rührte das Angebot, aber er wusste, dass es sinnlos war. »Spar dir die Mühe. Und überhaupt – warum sollten sie auf dich hören?«

»Weil ich vorhabe, mich ihnen anzuschließen.«

Das war nun wirklich eine Überraschung. »Mit all der Freiheit, die du genießt? Deinem eigenen Apartment? Warum solltest du das aufgeben, um hier zu leben?«

»Weil ich schließlich doch in einem solchen Loch enden werde. Das Apartment gehört nicht mir. Das haben die Arena-Bosse zur Verfügung gestellt. Das Gleiche gilt für meine Bewegungsfreiheit. Alles Vergünstigungen, die man als Champion genießt … solange ich Champion bleibe. Aber was geschieht, wenn ich anfange zu verlieren?« Er deutete mit dem Daumen über seine Schulter. »Ab ins Gehege.«

»Immer noch besser als dieses muffige Loch.«

»Vielleicht. Vielleicht auch nicht.« Eel fing an, auf und ab zu gehen. »Ich hatte hier Zeit zum Nachdenken ... über diese Idee von einer Familie ... die Vorstellung, zu etwas zu gehören, das größer ist als ich ... mit einem größeren Organismus verbunden zu sein. Ich glaube, das gefällt mir.«

Tristan nickte. »Ich weiß, was du meinst.« Er hatte ebenfalls angefangen, an der Vorstellung Gefallen zu finden. Aber das konnte er ja jetzt vergessen.

»Und nach dem, was Flagge den Kaze-Mimiks angetan hat«, sagte Eel. »Das zeigt ja, was sie von uns halten. Wegwerfprodukte.«

»Eigentum. Ein Werkzeug, das man ersetzen kann.«

»Ja, eben, etwas, das man wegwirft, wenn man es nicht mehr braucht. Aber eine Familie ... eine Familie ist etwas für immer.« Er blieb stehen. »Zum Teufel mit Flagge. Ich schließe mich Proteus an.«

Tristan fragte sich, wie lange ein Mimik, der ein Luxusapartment gewöhnt war, das Leben hier unten aushalten würde. Aber was er dachte, war schließlich unwichtig.

Tristan griff in seine Tasche. »Dann wirst du das hier brauchen.«

Er stellte überrascht fest, dass alle Taschen leer waren, und dann wurde ihm bewusst, dass seine Überraschung fehl am Platz war. Warum sollten die Proteaner ihm seine Schablonen lassen?

»Ich habe deine Garderobe mitgebracht. Deine neuen Brüder haben sie. Frag sie danach.«

Eel starrte ihn einen Augenblick lang an. »Das hast du getan? Du hast sie mitgebracht?«

So war es eigentlich nicht gewesen, dachte Tristan.

In seiner Eile, Kaze hinter sich zu lassen, hatte er nach allem gegriffen, was auch nur annähernd nützlich ausgesehen hatte. Und Eels Garderobe war einfach zur Hand gewesen.

Tristan zuckte mit den Achseln. »Ich werde sie bestimmt nicht mehr brauchen.«

Eel ging auf die Tür zu. »Ich weiß nicht, ob es viel nützen wird, aber ich werde für dich tun, was ich kann.«

Tristan sagte nichts, als Eel hinauseilte. Er blieb zusammengekauert auf dem Bett sitzen und starrte zu Boden. Und dann hörte er, wie die Tür aufging. Er blickte auf und erwartete, Krek oder Callin zu sehen. Aber es war eine Frau.

Lani.

24

Tristan schoss in die Höhe.

»Sie sind das?«, sagte er. »Sind Sie es wirklich?«

Sie nickte. »Eigentlich sollte ich diese Frage stellen, finden Sie nicht? Die haben mir gesagt, Tristan sei in diesem Raum, aber ich stehe hier jemandem gegenüber, den ich noch nie zuvor gesehen habe.« Sie schüttelte den Kopf. »Das ist so verdammt verwirrend.«

»Ich bin derselbe Mann, zu dem Sie gesagt haben, ein Mensch zu sein, eine *Person* zu sein, sei mehr, als nur einen bestimmten Satz Gene zu haben. Und Sie haben mir auch gesagt, ich solle mir von niemandem etwas anderes einreden lassen.«

Sie biss sich auf die Unterlippe und sah so aus, als würde sie gleich zu weinen anfangen. »Ja«, sagte sie leise. »Sie sind es.«

Er trat einen Schritt auf sie zu und hielt inne.

Ich bin es. Aber bist du es auch?

Wenn er nur sicher sein könnte. Das konnte ein Trick sein, eine gemeine Hinterhältigkeit der Proteaner. Möglicherweise hatten sie sich eine beschreibbare Schablone beschafft und Lanis Genom an sich gebracht. Woher sollte er wissen, ob es nicht einer der Proteaner war – nicht Krek oder Callin, oder einer der anderen –, der nur darauf wartete, wie er sich lächerlich machte?

Eine Demütigung vor der Exekution.

»Seit wann sind Sie schon hier?«, fragte er.

»Ich bin gerade angekommen. Okasan hat mich hergebracht.«

»Okasan ... dann ist sie hier.«

Das bedeutete, dass seine Zeit zur Neige ging.

»Ja. Sie möchte mit Ihnen sprechen. Aber ich habe Okasan gebeten, Sie vorher aufsuchen zu dürfen. Die anderen wollten das nicht zulassen, aber Okasan hat es erlaubt.«

Sie war Lani ... sie musste Lani sein ... wie sehr er sich doch danach sehnte, dass sie die echte Lani war.

Vielleicht zu sehr.

Er hielt sich bewusst zurück.

Sie griff in ihre Gürteltasche, holte etwas heraus und hielt es Tristan hin.

»Hier. Das habe ich Ihnen mitgebracht.«

Tristan starrte das runde, flache Etui an. »Meine Garderobe. Wie haben Sie –«

»Ich habe mich in das Lagerhaus geschlichen und das Etui gefunden. Ich dachte, Sie würden es haben wollen.«

Tristan ging einen Schritt auf sie zu und nahm das Etui entgegen.

Ja ... es war seines. Er erkannte die Markierungen auf dem Deckel. Er strich mit den Fingern darüber und starrte Lani dabei an.

Und sie war Lani. Ihre Stimme, ihr Tonfall, wie sie sich bewegte … alles genau so, wie er es in Erinnerung hatte. Und wie hätten die Proteaner auch an seine Garderobe kommen sollen?

Er legte ihr die Hand auf die Schulter, strich mit den Fingern über ihren Arm. Er wollte sie in die Arme nehmen, sie an sich spüren, sie küssen, wie sie sich in ihrem Apartment geküsst hatten.

Wann war das gewesen, gestern? Es schien ihm, als läge es eine Ewigkeit zurück.

»Das haben Sie für mich getan?«

»Nun ja … nicht ausschließlich für Sie. Ich habe es auch für mich getan.«

»Ich verstehe nicht.«

Sie wurde rot. »Trev … da ist die Trev-Schablone drinnen. Ich wollte nicht, dass sie verloren geht.«

»Oh.«

»Das verstehen Sie doch, oder?«

Tristan war sich dessen nicht sicher, aber allein dass sie hier war, dass er ihren Arm berühren durfte, erfüllte ihn mit so wundervollen Gefühlen.

Aber sie dachte an Trev … immer Trev.

»Ich bin einfach froh, dass Sie hier sind.«

»Ich … ich habe mich gefragt, ob Sie vielleicht …« Ihr Gesicht wurde noch röter, und sie wandte sich ab. »Das fällt mir so schwer.«

Und plötzlich begriff Tristan.

»Sie haben sich gefragt, ob ich wieder in Trev fluxen würde.«

Sie nickte, sah ihn aber immer noch nicht an. »Ja.«

Als er nichts sagte, blickte sie auf.

»Sie sind böse? Habe ich Sie verletzt?«

Ein alberner Satz – *Warum wollen Sie nicht mit meinem echten Ich zusammen sein, statt mit jemandem, der ich sein kann?* – schoss ihm durch den Kopf.

Aber wie absurd war das? Die drei Mal, die sie zusammen gewesen waren, war er vier verschiedene Personen gewesen. Und eine von diesen Personen war sie gewesen.

Wer war also das *echte* Ich? Selbst Tristan war sich da nicht sicher.

»Ehrlich gesagt *weiß ich nicht,* wie ich mich fühle«, sagte er.

Er nahm die Hand von ihrem Arm, aber sie griff danach, drückte sie.

»Sie müssen das verstehen. Trev ging eines Abends weg, und seitdem habe ich ihn nie mehr gesehen. Er hätte am Morgen zurückkommen sollen, aber er kam nicht. Wir hatten nie die Gelegenheit, uns voneinander zu verabschieden. Können Sie das verstehen?«

Teilweise konnte Tristan das, aber er spürte, dass ihm vieles verschlossen blieb. Er hatte das, was Lani und Trev verbunden hatte, nie erlebt, wie konnte sie also von ihm erwarten, dass er es verstand …

»Wenn das alles ist, was Sie wollen«, sagte er, »dann brauchen Sie mich nicht. Jeder Mimik eignet sich dafür.«

»Nein«, sagte sie entschieden und drückte seine Hand so fest, dass es wehtat. »Es ist eben *nicht* so, dass jeder Mimik sich eignet. Das müssen Sie sein.«

»Und warum?«

»Wegen dem, was ich in Ihnen fühle. Äußerlich ändern Sie sich ständig, aber innerlich bleiben Sie derselbe, und da sind Sie wie … oh, ich wünschte, ich könnte das besser ausdrücken … innerlich sind Sie *nicht* genauso wie Trev, aber Sie haben etwas mit ihm gemeinsam. Irgendeine Art Verwandtschaft. Und deshalb müssen Sie es sein. Bitte. Werden Sie ihn für mich zurückbringen? Nur dieses eine Mal?« Sie atmete tief. »Und ich schwöre es, ich werde diese Bitte nie wieder äußern.«

Wie wahr, dachte er. Ich bin dann nämlich nicht mehr da …

»Also gut«, sagte er. »Wenn es Ihnen so viel bedeutet. Aber Sie müssen rausgehen.«

Er wollte nicht vor ihr fluxen.

»Ich verstehe.«

Als sie hinausgegangen war, nahm Tristan seine Eigenschablone heraus und schob die von Trev ein. Er lehnte sich an die Wand, als die Fluxschmerzen ihn durchzuckten, aber sie waren relativ mild, da Eigen-zu-Trev keine größeren strukturellen Veränderungen bedeutete.

Als er ein wenig verschnauft hatte, ging er zur Tür und rief nach Lani.

»So … es ist so weit.«

Sie erschien nicht sofort, und als sie eintrat, bewegte sie sich vorsichtig, wie jemand, der eine Wunde untersucht. Als sie ihn sah, blieb sie stehen. Ihre beiden Hände flogen an ihren Mund, und sie starrte ihn an.

Nach einem Augenblick der Starre begann sie sich wieder zu bewegen. Zuerst langsam, zögernd. Ohne den Blick ihrer tränenfeuchten Augen von ihm abzuwenden, tastete sie mit der Hand hinter sich, fand die Tür und zog sie hinter sich ins Schloss. Ein paar zögernde Schritte, und dann fiel sie ihm förmlich entgegen. Tristan fing sie auf, und sie klammerte sich schluchzend an ihn.

»Oh, Trev«, flüsterte sie. »Warum hast du mich verlassen?«

Und dann küsste sie ihn, küsste seinen Hals, seine Wangen, seine Augen, seinen Mund. Sie zerrte an seinen Kleidern, an ihren eigenen, und als er ihre bloße Haut unter seinen Händen spürte, übertrug sich ihre Leidenschaft auf Tristan. Mit jedem schneller werdenden Herzschlag bedeutete es weniger und weniger für ihn, dass sie den Namen eines anderen Mannes rief. Er begehrte Lani, wie er sein ganzes Leben lang noch nichts und niemanden begehrt hatte. Bald war nichts mehr zwischen ihnen, und sie taumelten aufs Bett, ineinander verschlungen, verschmolzen in einem zeitlosen Flux aus Leidenschaft und Begierde.

Und als es vorbei war und sie dalagen, Lani leise schluchzend und Tristan völlig ausgepumpt, aber auch glücklich, zog er die feuchte Decke über sie und presste ihren zitternden Körper dicht an den seinen. Tristan wusste, dass er dieses Gefühl, benutzt worden zu sein, ertragen konnte – es vielleicht sogar mit der Zeit würde ablegen können –, wenn das Tragen von Trevs Masque bedeutete, dass er Lani an seiner Seite behalten durfte.

Eine Stimme in ihm wollte wissen: Was ist das für ein Leben – vorzugeben, ein Toter zu sein? Doch eine andere sagte: Macht das einen Unterschied? Irgendeine Masque musst du tragen – und wenn diese hier die Bindung zu Lani verstärkt, dann trage sie doch.

Alles – alles, um sie zu behalten.

Und dann mischte sich eine dritte Stimme ein: Du behältst *gar nichts.* Du bist ein toter Mann.

Wie um das zu bestätigen, war das Quietschen der Tür zu hören.

»Oh, oh«, sagte eine nur zu vertraute Stimme. »Als sie sagte, sie wolle ein paar Minuten allein mit dir, hätte ich nie gedacht, dass sie das im Sinn hatte.«

Tristan hob den Kopf und sah Krek, der ihn von der offenen Tür her anstarrte. Plötzlich weiteten sich Kreks Augen.

»Verdammt! Du hast gefluxt. Und wo hast du *die* Schablone her? Von allen Masquen musst du –« Und dann stockte er und nickte. »Jetzt verstehe ich. *Sie* hat sie gebracht. Nun ja, Schluss mit dem Vergnügen. Zeit, die Lady aufzusuchen.« Als Tristan Lani die Stirn küsste und sich anschickte, unter der Decke herauszuschlüpfen, klammerte sie sich an ihm fest.

»Nein. Geh nicht. Bleib noch eine Weile. Okasan wird warten.«

»Okasan vielleicht schon, aber andere nicht«, wandte Tristan ein. »Es hat keinen Sinn, das Unvermeidbare aufzuschieben.«

»Was ist unvermeidbar?«

Er starrte sie an. »Weißt du es nicht?«

Ihr ausdrucksloser Blick verriet ihm, dass sie keine Ahnung hatte, was ihm bevorstand.

»Ich weiß, dass sie schrecklich böse auf dich sind, aber es ist nicht deine Schuld.«

»Stimmt«, flüsterte er. »Und ich bin sicher, Okasan und ich werden sie davon überzeugen können.« Er hoffte, dass das zuversichtlich genug klang.

»Dann wirst du zurückkommen?«

»Bald, hoffe ich.« Er senkte seine Stimme zu einem Flüstern und machte ihr impulsiv einen Vorschlag: »Wenn ich zurückkomme und mein Interface mit der Trev-Schablone zuschmelze, wirst du dann mit mir weggehen?«

»Du bist dann für immer Trev?«

»Ja.«

Sie schlang die Arme um seinen Hals. »Oh, Tristan! Das wäre wunderbar.«

»Komm jetzt, Mimik«, sagte Krek. »Du hast genug Zeit gehabt.«

Tristan entzog sich ihr. »Warte hier«, sagte er zu ihr, während er in seinen einteiligen Anzug schlüpfte. »Ich komme so bald es geht zurück.«

Wenn ich überhaupt zurückkommen kann.

Er hatte nicht das Herz, ihr zu sagen, dass die Wahrscheinlichkeit sehr groß war, dass sie im Begriff stand, Trev ein zweites Mal zu verlieren.

25

Kreks kräftige rechte Hand hielt Tristans Oberarm fest, als er ihn durch den Korridor führte.

»Du meinst, diese Masque wird dir helfen, Verräter? Das kannst du dir aus dem Kopf schlagen. Sosehr wir Trev auch gemocht haben – dass du so aussiehst wie er, wird keinen umstimmen.«

»Das ist nicht für euch«, sagte Tristan.

»Dann für den Datameister? Glückspilz. Als Verurteilter ist dir dein letzter Wunsch bereits erfüllt worden. Diese Lady da hinten ist ganz schön durcheinander. Aber die, zu der wir jetzt gehen, ist klar im Kopf.«

Krek brachte Tristan ruckartig zum Stehen und stieß ihn dann durch eine Tür rechts von ihm. Tristan taumelte hinein und stand vor einer alten Frau, die in ein langes, schwarzes Gewand gehüllt war, das von ihrem Hals bis zum Boden reichte; sie saß auf einem Stuhl in der Mitte des kleinen Raums.

Okasan.

Ihre Augen erfassten ihn und ließen ihn nicht los. Sie blickten so unendlich traurig und schienen zu wachsen, anzuschwellen, sich auszudehnen, bis sie den ganzen Raum beherrschten, bis er nichts anderes mehr sehen konnte, bis er in Gefahr war, in jene unergründlichen Abgründe des Leids zu taumeln.

Und dann ließen sie ihn los, huschten nach rechts, und er hörte, wie Okasans Stimme sagte: »Danke, Krek. Du kannst jetzt gehen.«

»Keine gute Idee, Okasan. Er hat nichts zu verlieren. Wer weiß, was er unternehmen wird.«

»Bitte. Ich weiß deine Besorgnis zu schätzen, aber ich weiß, was ich tue.«

Tristan spürte, wie Kreks Finger sich in seinen Arm pressten. »Ich warte draußen. Komm bloß nicht auf die Idee, dieser Frau etwas anzutun. Der Preis dafür wäre – unvorstellbar.«

Okasan etwas anzutun?, dachte Tristan, als Krek ihn losließ und zur Tür zurückging. Für was für ein Monstrum halten die mich eigentlich?

Er gab sich selbst die Antwort darauf: einen Massenmörder.

»Er hätte bleiben können«, sagte Tristan, als Krek den Raum verlassen hatte.

»Er hasst dich so«, sagte Okasan. »Warum willst du, dass er hier bleibt?«

Damit ich dir nicht allein in die Augen zu sehen brauche, dachte er. Aber er sagte nichts.

»Tristan, Tristan«, sagte sie und schüttelte langsam den Kopf und sah ihn dabei mit ihren traurigen Augen an. »Warum hast du mich angelogen? Warum konntest du mir nicht vertrauen?«

Diese Augen ... wie die der Mutter eines Kindes, das man erschlagen hat ... und Tristan hatte die Tat begangen.

Ein Dutzend Dinge, die er sagen könnte, gingen ihm durch den Kopf. Wie konnte man ihm die Schuld für all das Sterben geben, für den Tod so vieler Mimiks? Er hatte nicht gewusst, was er überbracht hatte. Er hatte nicht verlangt, dass sein Leben verschont wurde. Er würde auch tot sein – wenn Okasan nicht gewesen wäre.

So viele Erklärungen.

Aber er sagte nichts.

Stattdessen sprach Okasan.

»Ist es *so* schwer ... so schrecklich schwer, jemandem zu vertrauen, Tristan?« Sie lächelte. »Du wolltest die Selbstheit, wolltest ein Mensch sein ... und Vertrauen ist etwas so Menschliches.«

Er spürte einen ungeheuren Druck in seiner Brust. Vertrauen ... hätte das ausgereicht, um diesen schrecklichen Genozid zu verhindern? Das Ungeheuerliche seiner Tat drang zu ihm durch, in seiner ganzen Schrecklichkeit, und schließlich drückte die Last ihn auf die Knie, und er schrie seine Schuld, seine Reue in einem langen, lauten Schrei heraus, der den ganzen Raum erfüllte.

Tristan kniete vor Okasan, die Hände vor dem Gesicht, weinte zum ersten Mal seit seiner viel zu kurzen Kindheit, völlig hilflos im Angesicht dieser überwältigenden Gefühle.

Und dann spürte er, wie sich Okasans Hand auf seinen Kopf legte, ihm das Haar glatt strich und ihn schließlich nach vorn zog, bis sein Gesicht auf ihren Knien ruhte. Er vergrub das Gesicht in den schwarzen Falten ihres Gewandes und gab sich ganz seinem Schluchzen hin.

Er fühlte, wie ihre Hand ihm über den Hinterkopf strich, ihn zu beruhigen versuchte. War es möglich, dass sie ihn nicht hasste? Nein. Wie konnte sie ihn nicht hassen?

Aber wenn … *wenn* … Okasan ihm vergeben konnte, dann würde er es vielleicht auch schaffen, sich selbst zu vergeben.

Als er schließlich wieder sprechen konnte …

»Selbstheit«, sagte er, ohne den Kopf zu heben. »Die haben mir die Selbstheit versprochen. Und das hat mich blind gemacht.«

»Armer Tristan«, sagte sie und strich ihm immer noch über das Haar. »Selbstheit ist eine Legende, ein Spielzeug, das die Gloms ihren fähigsten Mimiks vorgaukeln. Frag dich doch selbst: Weshalb sollte ein Glom seine besten Mimiks deaktivieren und sie als Reals in die Welt entlassen?«

Tristan hob den Kopf, konnte ihr aber immer noch nicht in die Augen sehen. Er starrte auf die feuchten Flecken, die seine Tränen auf ihrem Kleid hinterlassen hatten.

»Als Belohnung für Jahre loyaler Dienste«, sagte er.

Aber bereits als die Worte über seine Lippen kamen, erkannte er die Lüge.

»Denk nach«, sagte sie. »Ein Glom existiert für seine eigenen Interessen. Welchen Nutzen bringt es einem Glom, seine besten Mimiks zu verlieren?«

»Es geht nicht darum, einen Mimik zu verlieren«, sagte Tristan und erinnerte sich an das, was man ihm seit der Kindheit eingetrichtert hatte. »Selbstheit ist ein Anreiz, sein Bestes zu geben, ein Lohn für Jahre beispielhaften Dienstes.«

Okasan gab einen angewiderten Laut von sich. »Mimiks sind keine Angestellten. Sie sind Eigentum. Wenn die Schaltkreise in deinem Lieblingsanzug nach ›Jahren beispielhaften Dienstes‹ ausgeleiert sind, gibst du diesem Anzug dann einen besonderen Platz in deinem Kleiderschrank und lässt ihn dort für alle Zeit hängen?«

»Aber ich kenne Mimiks, die sich die Selbstheit erworben haben.«

»Wirklich? Sag mir, wo einer lebt, dann gehen wir ihn besuchen.«

»Das kann ich nicht. Selbstheit bedeutet, dass man eine neue Identität annimmt. Alle Verbindungen zur eigenen Vergangenheit als Mimik müssen gekappt werden. Aber ich habe einige von ihnen kennen gelernt. Sie besuchen die Gehege und ...«

Er blickte auf und sah, wie Okasan den Kopf schüttelte.

»Schauspieler«, sagte sie. »Von den Gloms engagiert und in die Gehege geschickt. Die Legende von der Selbstheit erlaubt es den Gloms, die besten Mimiks auszuwählen und ihre mDNS zu recyceln.«

Tristan wurde kalt. »Die Bottiche?«

»Nicht die Bottiche für die große Masse. ›Selbstheit‹-Mimiks kommen in spezielle Bottiche, wo ihre hochwertigen mDNS-Ketten gemischt und zu neuen und besseren Hybriden zusammengefügt werden können. Du selbst bist höchstwahrscheinlich das Produkt einer solchen Paarung.«

»Aber Mung hat mir gesagt, dass er einmal ein Mimik war … oder war das auch eine Lüge?«

»Mung war tatsächlich ein Mimik, aber er hat nicht gewartet, bis sein Glom ihm die ›Selbstheit‹ gewährt hat. Ein Sklave kann seinen Herrn und Meister nicht um die Freiheit bitten. Ein Sklave muss sie sich nehmen. Durch Täuschung, Gewalt oder Diebstahl oder mit jedem anderen notwendigen Mittel.«

Tristan schloss die Augen und klammerte sich an Okasans Knien fest. Er hatte den Eindruck, der ganze Raum um ihn sei ins Schwanken geraten. Noch vor zwei Tagen hätte er sie als Verrückte abgetan, als Spinnerin. Verschwörung – lächerlich! Aber jetzt, nach dem Angriff Flagges auf Kaze – einem Angriff, bei dem keine Menschen getötet, sondern nur Eigentum beschädigt worden war … nach Cyrills wütender Reaktion – nicht über die Qualen, die seine Mimiks erdulden mussten, sondern über die Verseuchung der mDNS-Bottiche von Kaze – Qualen.

Er schlug die Augen auf und löste sich von ihr. Er hatte noch nicht genug Vertrauen zu seinen Kräften, um aufzustehen, also ließ er sich einfach auf den Boden nieder und saß mit übereinander geschlagenen Beinen vor ihr, wie ein Schüler vor einem Lehrer.

Lehre mich.

»Warum bin ich noch am Leben?«, sagte er. »Wenn jemand hätte sterben sollen – *es verdient hätte* zu sterben –, dann war das doch ich.«

»Weil dich jemand gegen den Virus immunisiert hat.«

Tristan erschrak, spürte, wie seine Muskeln sich anspannten. »*Was?* Wann? Wer?«

»Jemand, der wusste, dass du der ›G-Kette‹ ausgesetzt sein würdest.«

»Was ist eine G-Kette?«

»Der Virus, den du von Flagge nach Kaze gebracht hast. Ich habe in all den Jahren immer wieder Gerüchte gehört, dass Flagge an einem Virus arbeitet, der das Pilot-Chromosom angreift –«

»Das Goleman-Chromosom?«

Okasans Mund verzog sich. »Ja, das so genannte ›Goleman-Chromosom‹, wie es inzwischen allgemein genannt wird, aber ursprünglich wurde es als ›der Pilot‹ bezeichnet. Aber wie auch immer man es nennt, Flagge wusste, dass der Rest der mDNS, wenn der Virus imstande war, das Pilot-Chromosom außer Funktion zu setzen, nicht mehr fluxfähig sein würde.

Wir erfuhren, dass Flagge alle seine Mimiks mit einem Virusabwehrstoff behandelte. Welcher Virus damit abgewehrt werden sollte, wussten wir nicht. Aber wir waren nicht beunruhigt. Es ist nicht ungewöhnlich, wie du ja selbst weißt, Massenimpfungen an Mimikpopulationen vorzunehmen.«

Tristan nickte. Mimik-Gehege waren gewöhnlich überfüllt, und es kam in beinahe regelmäßigen Abständen zu Epidemien, obwohl sie vom Rest der Welt abgeriegelt waren. Er war im Laufe der Jahre häufig geimpft worden.

»Wir haben uns eine gewisse Menge des Gegenmittels verschaffen können und damit diejenigen unserer Mimiks geimpft, die durch Flagge reisen mussten – als reine Vorsichtsmaßnahme«, sagte sie leise und starrte dabei eine leere Wand an. »Aber wir hatten nie gedacht, uns nie vorgestellt …«

»Aber wie –?«

»Wahrscheinlich durch ein Impfpflaster –«

»An meinem Hals!« Tristan erinnerte sich an die Scheibe, die er vor Smalley's Bar abgeschält hatte.

Er berichtete ihr davon.

Okasan nickte. »Die wollten sicher sein, dass dir nichts passiert, wenn du vorzeitig der G-Kette ausgesetzt wirst. Die wollten, dass du durch nichts behindert wirst.«

Tristan schluckte und starrte zu Boden. »Wie es aussieht, haben alle mir geholfen – du, Kaze und ganz besonders Flagge.«

»Ja ... *Flagge.*«

Das klang so giftig, dass Tristans Kopf in die Höhe fuhr. Er sah jetzt eine ganz andere Okasan – die Lippen zu einem schmalen Strich zusammengepresst, Augen, aus denen die Wut flammte. Er hatte sie nie so zu Gesicht bekommen, hätte sich nie vorstellen können, dass sie zu solchem Zorn fähig sein würde.

»Flagge hätte eine ›G-Kette‹ entwickeln können, die lediglich das Pilot-Chromosom außer Funktion setzt, aber nein, sie haben ihre ganzen Anstrengungen darauf konzentriert, eine Kette zu entwickeln, die den Pilot auf Schmelzkonfiguration brachte. Es hat ihnen nicht ausgereicht, Kazes Mimiks einsatzunfähig zu machen – nein, Flagge beschloss, sie auf die scheußlichste Art hinzumetzeln, die man sich vorstellen kann. Und dafür werden sie bezahlen, Tristan. Ich schwöre es dir, sie werden bezahlen.«

»Das werden sie, Okasan.«

Tristan drehte sich um, als er Kreks Stimme hörte, und sah ihn in der Tür stehen.

Der Gladiator deutete auf ihn. »Aber zuerst bezahlt dieser hier.«

Tristan erhob sich und sah Krek an. Der Augenblick war gekommen. Hier würde ihn sein Schicksal treffen.

»Krek«, sagte Okasan. »Glaubst du nicht, dass schon genug Mimiks gestorben sind?«

»Viel zu viele«, nickte Krek. »So viele, dass einer keinen Unterschied mehr macht.«

»Du weißt, ich mische mich normalerweise nicht in die inneren Angelegenheiten von Proteus ein«, sagte Okasan, »aber diesmal muss ich das. Bitte. Ich brauche diesen Mimik.«

»Wir auch.«

»Hör mir zu, Krek. Ich möchte, dass du das in einem größeren Zusammenhang siehst. Kaze Glom ist gelähmt. Flagge wird über die nächsten Jahre hinweg Nutzen aus seinem Coup ziehen und Kaze an wirtschaftlicher Macht weit hinter sich lassen. Das labile Gleichgewicht zwischen beiden Gloms ist dahin. Wenn Flagge als mächtigstes aller Gloms die Herrschaft antritt, wird die Mimik-Befreiungsbewegung tot sein. Flagge wird die Freizonen annektieren; die Polizei von Flagge wird *überall* sein. Es wird keinen Ort mehr geben, wo ihr euch verstecken könnt – nicht einmal hier unten. Das wird das Ende von allem sein, für das wir gearbeitet haben.«

Tristan hatte das Gefühl, Kreks Blick würde ihn verbrennen.

»Und *er* ist schuld daran. Ein Grund mehr, ihn dafür bezahlen zu lassen.«

»Nein, Krek. Wenn Proteus überleben soll, wenn die Mimiks je frei sein sollen, müssen wir Mittel und Wege finden, wieder ein Gleichgewicht zwischen den zwei mächtigsten Gloms herzustellen, entweder indem wir Kaze helfen oder indem wir Flagge schaden. Ich sehe keine Möglichkeit, Kaze zu helfen, aber ich denke, wir können Flagge schaden. Und ich *will* Flagge schaden. Tristan zu töten hilft uns dabei nicht … es behindert uns.«

»Das ist mir egal.«

»Töte ihn, und du tötest vielleicht die Zukunft von Proteus.«

Krek stand stumm da; sein Blick wanderte zwischen Tristan und Okasan hin und her. Okasans Worte hatten zumindest bewirkt, dass er nachdachte.

Schließlich fragte er: »Was kann er tun, was wir anderen nicht können?«

»Wenn wir einen Schlag gegen Flagge führen, dann muss

dieser Schlag ein Datencenter treffen. Tristan ist dort gewesen. Warst du dort?«

»Nein. Aber wir haben den Datameister.«

»Sie werden wir auch brauchen.« Ihr Tonfall wurde schärfer. »Wir werden jede Hilfe brauchen, die wir bekommen können, einschließlich der Hilfe von Tristan. *Speziell* der Hilfe von Tristan.«

»Und du würdest ihm vertrauen? Nach dem, was er getan hat?«

Tristan wusste, dass es jetzt Zeit war, für sich selbst zu sprechen.

»Ich hatte nie die Absicht, Mimiks Schaden zuzufügen – oder sonst jemandem. Ich habe nur meinen Auftrag erfüllt … das, was man mir gesagt hat … so wie ich das immer getan habe. Ich dachte, das sei mein entscheidender, letzter Schritt zur Selbstheit.«

Krek schnaubte. »Selbstheit. Ja, das habe ich mir auch einmal einreden lassen.«

»Aber jetzt *habe* ich eine gewisse Art von Selbstheit – ich bin ein Mimik ohne ein Glom. Und glaube mir, Krek, ich würde alles tun, um mich an Flagge zu rächen.«

»Alles?«

»Versteh mich nicht falsch. Ich will leben – jetzt mehr als je zuvor.« Er ging auf Krek zu. »Aber Flagge hat mich missbraucht … mich als ein Werkzeug für Massenmord missbraucht. Ganz gleich, wie lange ich lebe, ich werde das nie ganz sühnen können, wozu mich Flagge missbraucht hat. Aber ich kann es versuchen. Und deshalb bin ich bereit zu sterben. Hast du das gehört, Krek? *Sterben!* Wenn ich damit helfen kann, Flagge zu stürzen.«

Krek starrte ihn einen Augenblick an und sah dann zu Okasan hinüber.

»Glaubst du ihm?«

»Ja«, sagte Okasan, »ich glaube ihm.«

»Ich auch, verdammt. Aber die anderen zu überzeugen wird nicht leicht sein.«

»Er will eine Chance, Flagge Schaden zuzufügen. Das sollten die anderen bei Proteus eigentlich ohne Mühe begreifen können.«

»Ja, aber *sie* wollen eine Chance, *ihm* wehzutun!«

»Bitte, sorge dafür, dass sie das nicht tun. Unterdessen werde ich mich um den Datameister kümmern und sehen, ob wir eine Möglichkeit finden, das Datencenter zu beschädigen.«

»Und du kannst mit mir kommen, Mimik«, sagte Krek.

Wenigstens nennt er mich nicht mehr »Verräter«, dachte Tristan.

»Wir wollen sehen, ob wir meine Brüder davon überzeugen können, dass ich für dich eine nützlichere Art zu sterben gefunden habe.«

26

»Wo gehen wir hin?«, fragte Lani, als die Raupe auf einen der Boulevards der Freizone einbog. Der Verkehr war spärlich, und der Fahrer kam schnell voran.

»Mung hat einen Sicherplatz«, sagte Okasan. »Seit wir von dem Kaze-Holocaust gehört haben, hat er alle verfügbaren Informationen über das Flagge-Datencenter gesammelt.«

»Das kann nicht viel sein. Selbst die Leute, die dort arbeiten, wissen fast überhaupt nichts darüber.«

»Sie würden überrascht sein, wie viel wir uns im Laufe der Jahre aus Bruchstücken zusammengefügt haben«, sagte Okasan mit einem schwachen Lächeln. »Und mit Ihrer Hilfe hoffen wir, noch ein paar wichtige Lücken zu füllen.«

»Bitte, erhoffen Sie sich nicht zu viel. Ich weiß sehr wenig über das Datencenter. Ich hatte nur Zugang zu den Bereichen, wo ich eingesetzt werde, sonst nirgends.«

»Ich bin überzeugt, dass Sie mehr wissen, als Sie denken.«

Lani hoffte das auch. Alle ihre im Datencenter tätigen Bekannten hatten nach Betreten der Anlage nur Zugang zu wenigen Stellen. Sie war überzeugt, dass das ganz bewusst so gehandhabt wurde. Vermutlich hatte nur eine Hand voll Leute in den oberen Etagen von Flagge Einblick in das gesamte Geschehen.

Sie zuckte zusammen, als sie einen Polizeischweber von Flagge über ihnen dahingleiten sah. Ihr erster Instinkt war es, den Kopf einzuziehen, um ihr Gesicht zu verbergen; dann erinnerte sie sich daran, dass die Glaskuppel der Raupe eine Einbahnmembran war.

Sie ergriff Okasans Arm. »Verfolgen die uns?«

Okasan blickte auf und beugte sich dann zu ihrem Fahrer vor. »Was meinst du, Charl?«

Charl zuckte mit den Achseln. Er hatte breite Schultern und einen breiten, gelben Haarstreifen, der über seine Schädelmitte verlief. Lani vermutete, dass er ein Mimik war, aber sie war sich dessen nicht sicher.

»Der da ist gerade erst aufgetaucht. Hier draußen wimmelt es heute regelrecht von Rotköpfen. Das ist jetzt der Dritte, den ich gesehen habe. Die gehen längsseits, schweben ein oder zwei Sekunden über uns und drehen dann wieder ab. Ich glaube, wir fallen deshalb auf, weil heute so wenig Verkehr ist.«

»Trotzdem«, sagte Okasan. »Ich denke, wir sollten besonders vorsichtig sein. Fahr ein paar Umwege. Wir müssen darauf achten, dass man uns nicht verfolgt.«

Lani sah zu, wie der Schweber noch ein paar Sekunden verweilte und dann nach links abdrehte.

Erleichtert lehnte sie sich zurück und dachte an Tristan …

und dass es ganz anders gewesen war, mit ihm als Trev zu schlafen, als sie das erwartet hatte. Er hatte wie Trev ausgesehen, sich wie Trev angefühlt. Aber er hatte sie nicht wie Trev geliebt. Es war anders gewesen.

Besser.

Bis jetzt hatte sie sich das nicht klargemacht, aber Trev war im letzten Jahr ihres Zusammenseins häufig innerlich abwesend gewesen – im letzten Jahr seines Lebens. Selbst wenn er sie geliebt hatte, hatte sie immer das Gefühl gehabt, er sei teilweise abwesend. Da war etwas an ihm, das ihr den Eindruck vermittelt hatte, er würde durch sie hindurchsehen.

Aber Tristan ... Tristan war *da* gewesen. Voll und ganz – in ihr, nur für sie da. In diesen wunderbaren, ekstatischen Augenblicken war sie seine Welt gewesen.

Und er die ihre.

Sie konnte sich nicht daran erinnern, wann jemand je ein solches Gefühl in ihr erweckt hatte.

Vielleicht war es nur die Erregung des Augenblicks gewesen – als würde sie etwas Verbotenes tun, indem sie einen Mimik in der Masque ihres toten Liebhabers liebte.

Aber nein. Es war mehr als nur die Befriedigung ihrer sexuellen Bedürfnisse gewesen. So etwas, die physischen Empfindungen, konnte sie ebenso gut aus dem Ocean herunterladen. Und das hatte sie auch ... oft seit Trevs Tod. Das mit Tristan war ganz anders gewesen. Sie hatte förmlich in der wilden Leidenschaft gebadet, die von Tristan ausging, etwas, was keine virtuelle Realität ihr geben konnte.

Leidenschaft.

Tristan liebte sie. Das hatte sie gespürt.

Und, bei der Helix, sie glaubte, dasselbe zu empfinden – *befürchtete,* dasselbe zu empfinden.

In einen Mimik verliebt ... war das etwas Ekelhaftes? Wie konnte man jemanden lieben, der ständig seinen Körper wechselte? Sicher, heutzutage konnte jeder den Körper wechseln, aber nicht binnen Minuten – Nanitenrestrukturierung und Genspleißen kosteten Zeit. Ein Mimik konnte gerade noch der tote Ex und im nächsten Augenblick eine Frau sein.

Aber der Tristan im Herzen des Mimik änderte sich nicht. Welche Masque er auch immer trug, sie hatte in ihm diesen Kern von Anstand gespürt, jemanden, der erfahren und zugleich naiv war, reif, und doch in einem Stadium des … *Werdens.*

Und das hatte sie erfrischend gefunden … und so ungemein anziehend.

Ein Schatten fiel über die Raupe, und sie hörte Charl sagen: »Ich glaube, wir kriegen Ärger.«

Lani blickte auf und sah drei Flagge-Polizeifahrzeuge über ihnen schweben. Sie hatte das Gefühl, plötzlich ein bleischweres Gewicht im Magen zu haben.

»Was machen die?«, fragte sie, als die drei Schweber auf die Raupe heruntersanken – einer vorn, einer dahinter und einer unmittelbar über ihnen.

»Sie nehmen uns in die Zange«, sagte Charl.

»Sie haben es auf mich abgesehen.«

»Warum?«, fragte Okasan. »Sie haben doch nichts verbrochen.«

»Aber sie verdächtigen mich. Und ich hätte mein Apartment nicht verlassen dürfen – und sicherlich nicht in die Freizone gehen. Jeder, der sich in meiner Gesellschaft befindet, wird jetzt mit hineingezogen werden. Lassen Sie mich raus, dann renne ich weg. Während die auf mich Jagd machen, können Sie entkommen.«

»Sie werden nichts dergleichen tun«, sagte Okasan. »Sie können vor einem Polizeischweber nicht wegrennen, das schaffen Sie nicht, und wir auch nicht.«

»Aber diese Raupe ist wesentlich geländegängiger als ein

Schweber«, sagte Charl. »Bis jetzt bin ich ganz korrekt gefahren, aber ich glaube, es ist jetzt Zeit, das zu ändern.«

Er riss das Steuerrad nach rechts und trat aufs Gas. Lani hielt sich fest, als die Raupe in eine Seitengasse bog und dann schneller wurde –

Und plötzlich zum Stillstand kam.

»Verdammt!«, schrie Charl.

Lani sah, warum er abgebremst hatte. Ein Flagge-Schweber blockierte die schmale Gasse. Sie drehte sich um und sah, wie einer der ersten drei Schweber hinter ihnen hereinglitt.

»Jetzt haben sie uns völlig in der Zange«, sagte Charl. »Die müssen uns schon die ganze Zeit gefolgt sein.«

»Die Frage ist«, sagte Okasan, »wen wollen sie haben?«

»Ganz bestimmt mich«, sagte Lani. Ihre Hände zitterten. Ihretwegen würde Okasan jetzt in eine Gefängniszelle in Flagge wandern. »Was sollten die von Ihnen wollen?«

Okasans Gesichtsausdruck hatte sich verhärtet. »Oh, die sind schon eine ganze Weile hinter mir her.« Sie beugte sich vor. »Ist dein IDplant in Ordnung?«

Charl nickte. »Das Beste, das ich bekommen konnte.«

»Und meines weist mich als Spleißerin im Ruhestand aus.« Sie sah zu Lani hinüber. »Aber was ist mit Ihnen?«

Lani sah, wie einer der rot behelmten Männer aus dem Schweber vor ihnen stieg und auf sie zukam.

»Das geht schon klar«, sagte sie, bemüht, zuversichtlicher zu klingen, als ihr zumute war. »Ich bin schließlich wertvoll. Datameister wachsen nicht auf Bäumen.«

Der Polizist schlug mit seiner behandschuhten Hand gegen die Fahrertür der Raupe. »Aufmachen und IDs zeigen.«

Charl legte einen Schalter um, worauf sich die Membran zurückrollte. Der Polizist hob die Hand; jetzt konnte man die schwarze Scheibe einer Vid-Platte in seiner Handfläche erkennen. Seine Augen waren hinter der Sichtscheibe verborgen, und die untere Hälfte seines Gesichts ließ keinen Ausdruck erkennen.

»Wir haben sie, Sir.« Eine kurze Pause und dann: »Ja, sofort, Sir. Und was machen wir mit dem Fahrer?« Wieder eine Pause, dann ein kaum wahrnehmbares Nicken. »Ja, Sir.«

Er schob die Vid-Platte wieder ein und gab dann dem Schweber, aus dem er gekommen war, ein Handzeichen. Zwei weitere Rothelme stiegen aus und näherten sich ihnen.

»Alle raus«, sagte der erste Polizist.

Charl stand auf und war Okasan behilflich, aus dem hinteren Abteil zu steigen. Lani folgte ihr.

»Wo bringen Sie uns hin?«, fragte Okasan.

»Wir machen eine kleine Spazierfahrt. Sie beide jedenfalls.« Dann deutete er mit einer Kopfbewegung auf Charl. »Er bleibt hier.«

»Ich gehe mit ihr«, sagte Charl und bewegte sich auf Okasan zu.

»Irrtum«, sagte der Polizist.

Und dann sah Lani eine Pistole in seiner Hand, sah einen Blitz, und plötzlich fiel Charl mit weit ausgebreiteten Armen nach hinten. Sein Mund war entsetzt aufgerissen, und in seiner Brust war ein rauchendes Loch zu sehen.

Lani schrie auf, als die Männer sie und Okasan packten und zu dem wartenden Schweber stießen.

»Wie lange werden die uns hier festhalten?«, sagte Lani.

Sie konnte gar nicht mehr zählen, wie oft sie in diesem winzigen, fensterlosen Raum auf und ab gegangen war. Kahle Wände, kahler Boden und so klein, dass sie das Gefühl hatte, nicht richtig atmen zu können. Keinerlei Möbel mit Ausnahme eines einzigen, wackligen Stuhls, den sie Okasan überlassen hatte.

»Das ist die übliche Taktik«, sagte Okasan. »Das Warten soll einen zermürben.«

Lani blieb stehen und sah die alte Frau an. »Das klingt so, als ob Sie das schon einmal durchgemacht hätten.«

»Das stimmt.«

»Wann?«

»Das ist nicht wichtig.«

Lani setzte ihren endlosen Marsch fort.

»Der arme Charl«, sagte sie. »Die haben ihm keine Chance gegeben. Ihn einfach niedergeschossen wie einen … einen –«

»Wie einen weggelaufenen Mimik.«

Ein großer, schlanker Mann in mittleren Jahren mit einem schwarzen Clingsuit stand in der Tür und lächelte.

»Und genau das war er«, fuhr er fort. »Flüchtlinge können jederzeit liquidiert werden.« Der Mann lachte. »Das ist das Gesetz. Und das war mein Wunsch.«

Er wandte sich Okasan zu. Sein Lächeln wurde breiter, als er vor sie trat.

»Und endlich, nach all den Jahren, begegnen wir uns wieder.«

Okasan starrte ihn mit unverhohlener Abscheu an. »Hallo, Streig.«

»Oooh – wie schmeichelhaft, dass Sie sich an meinen Namen erinnern«, sagte er und verbeugte sich spöttisch. »Aber welchen Ihrer Namen soll ich benutzen? Den, unter dem Sie geboren wurden, oder einen Ihrer vielen Decknamen?«

»Okasan reicht. Daran habe ich mich inzwischen gewöhnt.«

»Ja, das kann ich mir vorstellen. Gut. Also Okasan.«

Lani hatte den Mann während des kurzen Wortwechsels studiert. Diese Stimme … sie hatte sie schon einmal gehört.

Plötzlich wusste sie es. »Sie sind das! Sie sind dieser Polizei-Lieutenant, der mich unter Hausarrest gestellt hat!«

Er drehte sich halb zu Lani herum. »Mein Kompliment zu Ihrer Beobachtungsgabe. Aber ich bin kein ›Lieutenant‹, und ich bin auch nicht bei der Polizei.« Wieder eine spöttische

Bewegung. »Commander Streig, Flagge-Abwehr, zu Ihren Diensten.«

»FA? Aber warum haben Sie –?«

»Eine Polizeiuniform getragen? Bloß eine der vielen Rollen, die ich in diesem kleinen Spiel übernehmen musste. Und es war ein ganz beachtliches Spiel. *Mein* Spiel, um es genau zu sagen. Ich habe Jahre damit verbracht, alles vorzubereiten.« Er lächelte. »Und es ist genau so abgelaufen, wie ich das geplant hatte.« Er hob den rechten Zeigefinger. »Nein, warten Sie. ›Genau‹ ist nicht ganz richtig formuliert. Es ist *besser* abgelaufen, als ich es geplant hatte. Schließlich ist ja nicht nur die gesamte Industrie von Kaze praktisch erledigt, sondern ich habe auch noch als Dreingabe die berüchtigte ›Okasan‹ geschnappt.«

»Und dabei vielleicht auch noch einen Sitz im Aufsichtsrat von Flagge ›geschnappt‹?«, sagte Okasan.

Lani sah die alte Frau an. Sie wirkte so ruhig, als habe sie sich mit allem abgefunden. Und sie und dieser FA-Beamte schienen sich von früher zu kennen. Wieso?

Streig zuckte mit den Achseln. »Das ist nicht mehr und nicht weniger, als mir zusteht. Als ich erfahren hatte, dass die G-Kette entwickelt worden war, wusste ich sofort, dass wir sie einsetzen mussten. Die Frage war nur, *wie*. Wir wussten, dass man den Virus am Ende zu uns würde zurückverfolgen können, selbst wenn es uns gelang, ihn an den Verteidigungseinrichtungen von Kaze vorbeizuschmuggeln. Die negative Publicity und die ganzen juristischen Probleme würden unsere Gewinne schmälern, sie vielleicht sogar zunichte machen. Und da hatte ich eine Idee: Wenn wir es nicht *hineinschmuggeln*, wenn wir Kaze dazu bringen konnten, den Virus zu *holen*, würde Kaze niemandem außer sich selbst die Schuld geben können. Der Aufsichtsrat hat meinen Plan gebilligt, und dann habe ich ihn mit Hilfe unserer Kontakte in Kaze erfolgreich durchgeführt.«

»Aber der Mimikagent war durch den Virus verletzbar«, sagte Okasan. »Wie haben Sie ihn immunisiert?«

Warum stellt sie ihm ständig Fragen?, überlegte Lani.

»Ah!«, sagte Streig. »Das war ein Problem. Ich wusste natürlich, dass er einen sterilen Negativdruck-Behälter dazu benutzen würde, um die Virusprobe unterzubringen, aber was war, wenn es zu einer Panne kam und er angesteckt wurde? Er durfte unter gar keinen Umständen vor der Ankunft in Kaze schmelzen. Ich entschied mich dafür, dass er am besten in Smalley's Smart Bar immunisiert werden konnte. Sein Kontakt dort war ein NOK-Spieler« – eine weitere Verbeugung –, »in dessen Maske sich Ihr sehr Ergebener befand. Während –«

»Ich bin beeindruckt, Streig«, sagte Okasan. »Sie erlauben, dass ich Ihnen ein Kompliment zu dieser Fähigkeit mache, so viele Identitäten anzunehmen. Man könnte fast den Verdacht bekommen, dass Sie vielleicht ... ein Mimik sind.«

Streigs Gesicht rötete sich vor Wut – die erste Empfindung, die er seit dem Betreten der kleinen Zelle hatte erkennen lassen. »Hüten Sie Ihre Zunge, alte Frau. Was mit Ihnen in den nächsten paar Stunden geschieht, kann lediglich unangenehm oder ein absoluter Albtraum sein. Die Entscheidung liegt bei mir.«

Okasan schien unbeeindruckt. »Das kann ich mir gut vorstellen.«

»Dann sollten Sie es nicht vergessen.« Streig hatte seine Beherrschung wieder zurückgewonnen. »Wie ich schon sagte, während der Zeit, die der Mimik bei Smalley's verbrachte, hat einer meiner Leute an ihm ein transdermales Pflaster mit einem Gegenmittel für G-Ketten angebracht.«

»Das klingt ja gerade so, als ob Sie jede Komplikation vorhergesehen hätten«, sagte Okasan. »Aber ich bezweifle stark, dass Sie auch den Absturz Tristans in der Freizone geplant haben.«

»Nun, das nicht. Ich muss gestehen, dass das nicht Teil des Szenarios war. Als er mit dem Polizeischweber auf die Mauer zuraste, trieben wir ihn in Richtung einer Laserbatterie, die vorher ausgeschaltet worden war. Wenn er ein besserer Pilot gewesen wäre, hätte das auch geklappt: Er hätte die Mauer überflogen, und dann hätte ich dafür gesorgt, dass er uns entkommt. Aber der ungeschickte Plasmid hat sein Fahrzeug beschädigt und musste deshalb in der Freizone aussteigen.

Aber Improvisation ist eine meiner Stärken. Ich hatte ihn zwar aus den Augen verloren, als er im Untergrund war, aber dafür hatte ich in den Rohrbahnen Waffen aufgestellt und Scharfschützen eingesetzt, um damit sicherzustellen, dass niemand seine Rückkehr nach Hause störte. Es ist alles prächtig gelaufen. Wir haben ihm solche Schwierigkeiten gemacht, dass er nie auf die Idee kam, dass er in Wirklichkeit für uns arbeitete.«

»Aber Sie haben ihn zum Mörder gemacht!«, sagte Lani. »Er hat seinen Mimikkameraden den Tod gebracht. Haben Sie eigentlich eine Vorstellung, wie schrecklich ihm zumute war?«

Kaum dass die Worte ausgesprochen waren, kam sie sich albern vor. Aber sie hatte den Schmerz in Tristans Gesicht gesehen und jetzt ohne lange nachzudenken ihren Gefühlen freien Lauf gelassen.

Streig starrte sie an, als ob sie den Verstand verloren hätte. Oder unter dem Einfluss von Hhhelll stünde.

»Haben Sie eigentlich auch nur die leiseste Ahnung, wie wenig mir die Gefühle eines Kaze-Mimikagenten bedeuten? Ja, ob er überhaupt Gefühle *hat*?« Er trat einen Schritt auf sie zu, und man konnte die Wut in seinen Augen sehen. »Ich würde wirklich gern wissen, weshalb Sie eine so idiotische Frage überhaupt stellen?«

Lani wich zurück; sie hatte Angst, er könnte sie schlagen. Aber dann verflog sein Zorn, und er lächelte.

»Aber warum sollte mich eine solche Idiotie bei jemandem überraschen, der sich mit einem Mimik-Lover einlässt.«

Lani keuchte. »Trev! Sie haben mich beobachtet?«

»Nein, *ihn* haben wir beobachtet, in der Hoffnung, dass er uns zu Okasan führen würde. Bedauerlicherweise sind die Bluts uns zuvorgekommen. Aber wir dachten, er könnte uns nützlich sein, also haben wir unserem Kontakt in Kaze sein Genom zugesteckt – um den Mimikagenten gleich zu erkennen, wenn er hier auftauchte.«

Lani hätte ihm am liebsten die Augen ausgekratzt, aber Okasan erhob die Stimme und gab Streig die Gelegenheit, sich wieder seinem Lieblingsthema zuzuwenden: Streig.

»Ihr Plan ist also auf geradezu triumphale Weise gelungen, und Ihr Aufstieg in den Weltaufsichtsrat ist sichergestellt. Warum haben Sie mich dann weiterhin verfolgt?«

»Weil in den Aufsichtsrat zu kommen nur der erste Schritt ist.«

»Natürlich, Sie wollen Vorsitzender sein. Das wundert mich überhaupt nicht. Aber Sie werden in einer neuen Arena spielen, Streig, mit Gegenspielern, die viel erfahrener und besser für den Kampf gerüstet sind als ein paar harmlose Mimiks.«

»Ja. Aber denen wird nicht Spleiß 662RHC zur Verfügung stehen.«

Lani sah, wie Okasan auf ihrem Stuhl erstarrte. Ihr Gesicht wurde weiß. Als sie weiterredete, klang ihre Stimme heiser.

»Spleiß 662 … was ist das?«

Streig lachte. »Spleiß 662RHC. Das Loyalitätsgen … das Unterwürfigkeitsgen … wie auch immer Sie es nennen wollen. Jetzt tun Sie bloß nicht so, als hätten Sie noch nie davon gehört, alte Frau. Sie haben es geschaffen.«

»Ich … ich weiß nicht, wovon Sie reden.«

»Und beleidigen Sie mich nicht, indem Sie lügen. Ich habe

nach Ihrem ›Tod‹ das wenige, was wir von Ihren Aufzeichnungen finden konnten, gründlich durchkämmt. Ich fand drei Hinweise auf 662RHC, ... aber keine Sequenz dafür. Ich weiß, dass es existiert. Ich weiß, dass Sie damit experimentiert haben. Ich weiß, dass es funktioniert.« Streig schob sein Gesicht ganz dicht an das von Okasan. »Und ich *will* es.«

Offenbar hatte Okasan erkannt, dass es wenig Sinn hatte, ihr Wissen um diesen »Spleiß« länger zu leugnen. Sie wich Streigs Blick nicht aus und sagte leise:

»Lieber sterbe ich.«

»Wenn Sie es nicht hergeben, nehmen wir es uns. Sie wissen, dass wir das können.«

»Dann müssen Sie sich verdammt anstrengen.«

»Darauf können Sie sich verlassen.« Streig richtete sich auf und sagte, ohne sich umzuwenden: »Also gut. Zeit für den Transport.«

Im gleichen Augenblick traten zwei Polizeiwachen ein. Einer nahm Okasans Arm und zog sie in die Höhe.

»Wo bringen Sie sie hin?«, schrie Lani.

»In die Zitadelle. Und nicht nur sie. Sie kommen ebenfalls mit.«

Lanis Mund wurde trocken. Sie schluckte. »Ich? Aber ich –«

»Sie sind Datameister, nicht wahr. Wir werden Ihrer Freundin ein paar Informationen abzapfen – sogar eine ganze Menge. Und die müssen wir aufzeichnen und codieren. Und dazu brauchen wir Sie.«

Der zweite Polizist packte sie am Arm und zerrte sie zur Tür. Plötzlich hatte Lani Angst – aber nicht um sich selbst, sondern um Okasan.

»Was werden Sie mit ihr machen?«, schrie sie. »Sie ist doch bloß eine alte Frau. Sie weiß überhaupt nichts!«

Streig drehte sich um und starrte sie an. Er musterte ihr Gesicht einige Augenblicke, ehe er sprach.

»Ich dachte, Sie machen uns hier etwas vor, aber das ist gar nicht der Fall. Erstaunlich … wirklich erstaunlich. Sie haben also keine Ahnung, wer sie wirklich ist, oder?«

27

Tristan blickte auf und sah sich in der großen Kaverne des unterirdischen Verstecks von mindestens einem Dutzend finster blickender Proteaner umgeben. Callin war unter ihnen.

»Ein hübscher Trick, Trevs Masque zu tragen«, sagte Callin.

»Kein Trick«, erwiderte Tristan. »Darum hat man mich gebeten.«

»Sagst du. Aber was auch der Grund sein mag, uns macht es das schwer, auf dich richtig wütend zu werden. Trev war ein guter Realmensch. Einer von ganz wenigen. Fast wie ein Bruder.«

Wo führt das hin?, dachte Tristan, während sich hinter Callin weitere Mimiks zusammendrängten. Er begann sich zu fragen, ob diese kampfgestählten Ex-Gladiatoren vielleicht hier unten gelegentlich ihre alten Fähigkeiten erprobten.

Sekunden später sollte seine Frage beantwortet werden.

»Aber wir haben hier jemanden, der Trev nie gekannt hat«, sagte Callin. »Und den hält deshalb auch nichts zurück.«

Er drehte sich um und brüllte über seine Schulter: »Dee! Dee, komm her!«

Die Proteaner machten eine Gasse frei, die direkt auf Tristan wies … ließen ihm freien Ausblick auf den Mimikgladiator, der auf ihn zukam.

Und der Anblick, der sich ihm bot, ließ ihn einen Schritt nach hinten treten, wo er gegen eine Wand von Mimiks prallte, die ihn wieder zurückstießen.

Der Mimik, den er hier sah, war der größte, den Tristan je zu Gesicht bekommen hatte. Er hatte gar nicht gewusst, dass es so große Mimiks überhaupt gab.

Callin trat näher an Tristan heran, als würde er seine Not genießen.

»Ich darf Dr. Dee vorstellen. Die haben ihn in dem Jahr gemacht, in dem die Masse-Vorschriften noch nicht eingeführt waren. Als Zweibeiner hat er die optimale Größe – noch größer, und sein Gewicht würde seine Beweglichkeit beeinträchtigen. In der Arena unbesiegt, bis dann die Masse-Vorschriften wieder eingeführt wurden. Die meisten übergroßen Kämpfer wie er wurden für andere Arbeiten eingesetzt. Nicht Dr. Dee. Er ist entkommen.« Callin lachte. »Wer hätte ihn auch aufhalten können?«

»Dr. Dee«, sagte Tristan. Obwohl er schwitzte, spürte er, wie ihm innerlich eiskalt wurde. Er musste sich jetzt bemühen, seine Körperfunktionen unter Kontrolle zu bekommen.

»Dr. Dee ist eine Abkürzung«, sagte Callin und grinste. »Sein voller Name ist Dr. Death.«

Callin und die übrigen Mimiks lachten, während Dr. Dee ganz langsam auf Tristan zuging. Er war sich offenkundig der Dramatik seines Auftritts bewusst und wusste auch, wie man einen Gegner einschüchtert.

Tristan erinnerte sich, solche Vids gesehen zu haben. Ein Sportvergnügen wie in der Mimikarena. Die Kämpfe waren alle arrangiert, aber die Kämpfer trugen alle exotische Namen und waren auch entsprechend kostümiert. Ganz ähnlich der Arena, nur dass dort die *Körper* ebenso exotisch wie die Namen und die Kostüme waren.

Tristan starrte die auf ihn zukommende Fleischmasse an.

Dr. Deaths Kopf war oben knollenförmig ausgewölbt, eine harte Stirnramme, die so aussah, als bestünde sie hauptsächlich aus Knochen mit wenig Platz für ein Gehirn. Selbst wenn sich zwei oder mehr Gegner an ihn klammerten, konnte Dr. Dee leicht mit dem Kopf zustoßen und ein oder zwei Angreifer von sich schleudern. Seine Hände waren riesige Pranken, und jeder seiner dicken Finger endete in einem langen Nagel.

Damit konnte man jemanden packen und ihn aufreißen.

Tristan spürte, wie seine Lippen trocken wurden, und hörte seinen Herzschlag in den Ohren dröhnen. Er erkannte, dass er die Kontrolle über sein Nervensystem völlig verloren hatte.

Als Dr. Dee in den Kreis trat, warf er seinen schmutzigen Umhang von sich und legte so seinen muskelbepackten Oberkörper frei. Nur mit einem Lendentuch bekleidet, das gerade bis an sein Interface reichte, stand er jetzt vor Tristan. Er ließ seine Muskelstränge spielen, streckte beide Hände über den Kopf, packte das linke Handgelenk mit der rechten Hand, sodass seine an Baumstämme erinnernden Arme zu bersten drohten. Er riss den Mund auf, sodass man spitz zugefeilte Fänge erkennen konnte, und dann atmete er mit einem keuchenden Geräusch einen Schwall Luft ein.

Er sah aus wie ein Dschinn aus einer Lampe, den man aus einem dunklen Winkel der Hölle heraufbeschworen hatte.

Tristan sah sich um, suchte nach Hilfe oder einem Ausweg. Nichts. Im Augenblick wäre ihm sogar ein Besuch der Flagge-Polizei willkommen gewesen.

»Mimiks – bereit zum Kampf!«, brüllte Callin.

Dr. Dee stieß den rechten Arm in die Luft und brüllte: »Proteus!«

Das Wort war kaum zu verstehen. Sprache war nicht die starke Seite des guten Doktors.

»Das ist nicht fair!«, sagte jemand.

Tristan sah sich um und entdeckte Eel – immer noch in seiner Echsenmasque, den Arm bandagiert –, der sich in den Kreis drängte.

»Du hast hier nichts zu sagen, Eel«, erklärte Callin. »Du bist noch nicht einmal einen Tag lang Mitglied.«

»Nun, ich werde trotzdem sprechen. Wir beide, du und ich, wissen, dass Krek Okasan versprochen hat, dass wir diesen Mimik nicht töten würden.«

»Stimmt«, sagte Callin sichtlich unbeeindruckt. »Und daran werden wir uns auch halten. Aber Krek ist gerade nicht hier, und es war ja auch nicht davon die Rede, dass wir diesen Mimik-Killer nicht *wünschen* lassen, dass er tot wäre.«

»Dann lasst ihn wenigstens in etwas fluxen, das ihm eine Chance verschafft«, sagte Eel.

Callin antwortete mit zusammengebissenen Zähnen: »Er bekommt dieselbe Chance, die er den Brüdern in Kaze gegeben hat. Und jetzt weg mit dir, Eel.«

Die anderen Mimiks zogen Eel zur Seite und stießen ihn aus dem Kreis heraus. Er sah Tristan an, zuckte mit den Achseln und deutete dabei auf seinen verletzten Arm, wie um zu sagen: Ich würde dir ja gern zu Hilfe kommen, aber so kann ich nicht viel ausrichten.

Tristan nickte dankbar. Wenigstens hatte er es versucht.

»Fangt an«, schrie Callin. »Kampf!«

Dr. Dee vergeudete keine Sekunde. Seine erste Bewegung war ebenso schnell wie unerwartet. Sein rechter Fuß zuckte in die Höhe und krachte gegen Tristans Schläfe. Tristan sah grelle Blitze und flog zur Seite.

Die Mimiks jubelten – und Tristan wurde plötzlich etwas bewusst. Das ist genauso wie die Arena. Der einzige Unterschied ist, dass es hier die Mimiks sind, die nach Blut schreien.

Er kam mühsam auf die Beine.

»Gefällt dir das?«, sagte er zu Callin. »Mimiks, die gegen Mimiks kämpfen? Nicht anders als –«

Aber Dr. Dee ließ ihn nicht ausreden. Diesmal schossen seine beiden mächtigen Fäuste vor und versuchten, Tristans Kopf einzuklemmen.

Tristan ließ sich gerade noch rechtzeitig auf die Knie fallen, und die beiden Fäuste krachten gegeneinander – sicherlich ohne dem »Doktor« ernsthaften Schmerz zuzufügen –, Zentimeter über seinem Kopf. Tristan kam hoch und schlug Dr. Dee die Faust in den Unterleib, ein gewaltiger Schlag, der dem Mimikriesen einen Grunzlaut entlockte, ihn aber nicht weiter beeindruckte. Er stürmte vor und zwang Tristan, den Rückzug anzutreten, bis er gegen eine Wand stieß.

Er konnte sich nirgends verstecken, nicht fliehen. Der Mimikgladiator grinste.

Und dann ertönte eine schrille Stimme, verschaffte sich in all dem Lärm Gehör.

»Aufhören! Halt! Macht Schluss!«

Dr. Dee neigte den Kopf zur Seite. Er sah Callin an, der seinerseits in den hinteren Bereich des großen Saals blickte. Schwer zu glauben, dass die aufgeputschten Mimiks auf diese Stimme hören würden.

Tristan drehte sich um und sah dorthin, wo alle hinsahen ... sah zuerst ein kleines Geschöpf, einen Zwerg-Triceratops, der in den Saal galoppierte, gefolgt von einer runden Gestalt in fließenden Gewändern – Mung.

Warum war Mung hier? Er sollte sich doch mit Okasan und Lani treffen. Tristan sah, wie Krek hinter ihm hereinkam. Ihre grimmigen Mienen sagten ihm, dass etwas Schreckliches passiert sein musste.

»Die haben Okasan!«, rief Mung.

»Wer?«, fragte Callin.

»Flagge-Polizei. Drei oder vier Schweber haben sie abgefangen, als sie zu mir unterwegs waren.«

»O nein!«, sagte Tristan.

Er hatte schon zuvor geglaubt, Angst zu haben, aber jetzt

erlebte er viel tiefer gehendes Entsetzen. Er schob sich an Dr. Dee vorbei, wich der gewaltigen Pranke aus, die ihn zu packen versuchte, und eilte zu Mung.

»Was ist mit Lani?«

»Die haben sie auch. Sie haben beide Frauen mitgenommen. Aber Charl haben sie getötet. Ihn einfach … ermordet.«

»Wieder ein Mimik tot!«, sagte Krek und stieß mit dem Finger nach Tristans Gesicht. »Wenn du daran schuld bist –«

»Sei doch kein Idiot«, entgegnete Tristan. Krek machte ihm jetzt keine Angst mehr, nicht einmal Dr. Dee. Nur das, was vielleicht Lani passieren könnte. Er drehte sich zu Mung um. »Haben Sie eine Ahnung, wo man sie hingebracht hat?«

»Ja. Und das ist seltsam. Augenzeugen, mit denen ich gesprochen habe, haben gesagt, die Flagge-Polizei hätte Okasan gefangen genommen, aber als ich ihren Peiler eingeschaltet habe –«

»Peiler?«

»Ja. Okasan hat ein Peiler-Implant. Als sie nicht pünktlich an unserem Treffpunkt erschien, habe ich den Peiler aktiviert und gesehen, dass sie nicht mehr in der Freizone war. Sie war in Flagge Quarter. Und dann verschwand ihr Peilsignal vor meinen Augen.«

»Bedeutet das, dass sie tot ist?«, fragte Tristan, dessen Herz wie wild schlug.

»Nein. Nur, dass sie ein abgeschirmtes Gebäude betreten hat.«

»Die Flagge-Polizeizentrale«, sagte Krek. »Dass die abgeschirmt ist, überrascht mich nicht.«

»Aber das ist ja gerade das Seltsame. Man hat sie nicht zur Polizeizentrale gebracht. Man hat sie zum FA-Gebäude gebracht.«

»Die Flagge-Abwehr!«, sagte Tristan. »Aber sagten Sie nicht –?«

»Ja. Sie ist von der Polizei verhaftet, aber dann zur FA gebracht worden. Und das deutet für mich darauf hin, dass die Flagge-Abwehr hinter diesem widerwärtigen Komplott steckte, den G-Ketten-Virus nach Kaze Glom zu bringen.«

»Aber was sollten diese Mistkerle von Okasan wollen?«, fragte Krek.

»Die FA ist ihr seit Jahrzehnten auf den Fersen, wahrscheinlich lange vor der Zeit, wo man die meisten von euch deinkubiert hat. Und jetzt haben sie sie.«

»Eine verdammte Schande«, sagte Krek und schüttelte den Kopf. »Sie ist die beste Realperson, die wir je gekannt haben.«

»Und je kennen *werden*!«, sagte Mung. »Ihr müsst sie befreien!«

»Augenblick mal, Mung. Wir lieben und verehren sie, und sie hat vielen von uns das Leben gerettet, aber selbst wenn wir nicht all unsere Mitglieder in Kaze verloren hätten« – Tristan zuckte bei dem Blick zusammen, den Krek ihm zuwarf –, »könnten wir trotzdem das FA-Gebäude nicht angreifen. Wir –«

»Aber dort ist sie ja gar nicht mehr!«, rief Mung. »Die haben sie in die Zitadelle gebracht!«

Krek lachte bellend. »Na prima! Das ist natürlich etwas anderes! Wir ziehen einfach in die Flagge-Zitadelle und holen Okasan heraus.«

»Ihr versteht nicht«, sagte Mung, und Tristan hatte einen Augenblick lang das Gefühl, der Ex-Mimik würde gleich in Tränen ausbrechen. »Die FA ist all die Jahre nicht deshalb hinter ihr her, weil sie Okasan ist, sondern wegen eines Gens, das sie vor vielen Jahren entwickelt hat.«

»Ein Gen?«, sagte Tristan. »Sie war Spleißer?«

»Nicht irgendein Spleißer – *der* Spleißer. Sehen Sie, Okasan selbst war einmal ein Werkzeug der Gloms – *aller* Gloms. Sie hat freiberuflich für den gearbeitet, der das höchste Gebot abgab – damals konnte man das noch. Sie hat nie viel darüber nachgedacht, wie die Produkte ihrer Arbeit benutzt wurden – ihr kam es nur auf die Arbeit selbst an. Sonst hatte sie für nichts Interesse.

Aber dann kam der Tag, wo sie ein Gen lokalisierte, das allen Leuten gemeinsam ist, die die besten Soldaten, die besten Firmenangestellten und die besten Mannschaftsspieler sind. Dieses Gen hat sie modifiziert. Dann spleißte sie es in ein paar Schablonen, die sie an einigen Mimiks erprobte. Die Ergebnisse waren verblüffend. Die Testmimiks waren ihr blind ergeben – sie wären für sie gestorben. Das Loyalitätsgen, Willfährigkeitsgen oder Unterwürfigkeitsgen, oder wie man es sonst auch nennen will – sie hatte es als 662RHC bezeichnet –, *hat funktioniert.*

Und das machte ihr Angst. Besonders, als sie sich umsah und feststellte, wie die anderen Gentechniken, die sie entwickelt hatte, von den Gloms missbraucht wurden. Plötzlich waren ihre Augen geöffnet. Ihre Arbeit hatte zu gewaltigen Konsequenzen geführt, die weit über das hinausgingen, was sie sich in ihrem Labor vorgestellt hatte. Und die Konsequenzen dieses neuen Gens würden die allerschlimmsten sein. Also zerstörte sie ihre gesamten neuen Forschungsergebnisse – einschließlich der 662RHC-Schablonen und aller Hinweise darauf.

Und dann tat sie etwas Unvorstellbares. Sie ging vor Gericht und erhob Anklage gegen die Gloms wegen Missbrauchs einiger ihrer vorangegangenen Erfindungen. Die Gloms hatten damals die Gerichte noch nicht völlig unter Kontrolle, deshalb schickten sie Killerkommandos nach ihr aus. Sie täuschte ihren Tod vor, aber die Gloms fanden Hinweise darauf, dass sie ein Loyalitätsgen entwickelt hatte. Ganz haben sie an ihren Tod nie geglaubt, und deshalb haben sie die ganze Zeit nicht aufgehört, nach ihr zu suchen. Und jetzt haben sie sie gefunden.«

Mung hielt inne, um Atem zu holen.

»Deshalb haben sie sie in die Zitadelle gebracht. Sie werden ihr Gedächtnis sondieren – sie wird sie daran nicht hindern können. Und am Ende werden sie das Loyalitätsgen haben.«

Er kämpfte gegen ein Schluchzen an und blickte sich um.

»Und dann wird der Schrecken erst anfangen: Die werden es in jeden Mimik und jede Schablone spleißen, aber damit werden sie sich noch nicht zufrieden geben. Anschließend werden sie dafür sorgen, dass jeder Bürger von Flagge es bekommt. Und da sie bald das mächtigste Glom sein werden, wird es nicht lange dauern, bis sie es *jedem* einspleißen. Man stelle sich vor: Jedes Lebewesen auf Erden Flagge loyal ergeben – bis in den Tod!«

Die Proteaner standen stumm da, während das Schreckensszenario in Tristans Kopf Gestalt annahm. Aber noch etwas anderes, was Okasan betraf, beschäftigte ihn. Sie war alt … eine Genetikerin mit bahnbrechenden Erfindungen … die ihren Tod vorgetäuscht hatte.

Jetzt fing Krek zu reden an und riss ihn damit aus seinen Gedanken.

»Ach, das ist doch bloß Geschwätz. Die Leute reden seit Ewigkeiten von einem Loyalitätsgen. Milliarden sind dafür ausgegeben worden, und bis jetzt hat nie jemand eines erfunden. Außerdem mag Okasan ja wirklich eine großartige Person sein, aber ich kann einfach nicht glauben, dass diese nette, alte Frau etwas erfunden hat, was all die andern klugen Köpfe nicht geschafft haben.«

»Ihr Plasmiden!«, schimpfte Mung. »Seid ihr denn alle so dämlich? Okasan ist nicht *irgendeine alte Frau*! Sie ist Teresa Goleman! Sie hat mDNS erfunden. Flagge hat die einzige Frau entführt, die ihr alle hier jemals als ›Mutter‹ bezeichnen könnt!«

28

»Man stelle sich vor«, sagte Tristan leise. »Teresa Goleman … noch am Leben.«

»Und du bist ihr persönlich begegnet«, sagte Eel.

Die beiden saßen ein wenig abseits und nahmen Konzentrat zu sich, während die Mitglieder von Proteus in ihrem Versteck herumrannten. Eel war zu seiner Dohan-Lee-Masque zurückgekehrt; seine bandagierte Schulter war unter einem ausgefransten Jumpsuit verborgen.

»Ja. Okasan und Teresa Goleman … ein und dieselbe Person. Kein Wunder, dass sie sich so für Mimiks interessiert. Sie ist unsere Mutter.«

»Das geht doch ein wenig weit, findest du nicht?«, sagte Eel. »Wir sind Klone. Wir haben keine Mutter – und übrigens auch keinen Vater.«

»Aber sie ist mehr als bloß eine spirituelle Mutter«, sagte Tristan. »Jede Einzelne unserer Zellen enthält genetisches Material von ihr – das Goleman-Chromosom. Ich glaube schon, dass sie das auch genetisch zu unserer Mutter macht. Und wenn das der Fall ist …«

»Dann sind alle Mimiks Brüder«, erklärte Eel. »Genau so, wie Krek es immer sagt.«

Tristan nickte, als ihm das ganze Wunder schließlich bewusst wurde. »Ja. Wir sind alle Brüder, gehören alle zur selben Familie.«

Familie … er hatte all jene Familien in den alten Vids gesehen, und manchmal hatte er beobachtet, wie Leute zusammenkamen, Menschen, die einander liebten … und damit zu einer Familie wurden.

Einfach so. Dieses Gefühl des Zusammengehörens war fremdartig und neu, aber Tristan nahm den Gedanken auf.

Er sah Eel an. »Irgendwie verändert das alles, nicht wahr.«

»Ja, allerdings«, sagte Eel leise und blickte sich um. »Allerdings.«

Proteus hatte sich lange Zeit gelassen, um den Beschluss zu fassen, in Flagge einzudringen. Ihr Kämpferblut hatte bereits gekocht, als Mung Dr. Dee davon abgehalten hatte, Tristan in Stücke zu reißen, und das Wort »Mutter« – zusammen mit der Tatsache, dass die Frau, die diese Rolle für sie erfüllte, ihre Hilfe brauchte – verlagerte den Brennpunkt ihrer Wut von Tristan auf das Glom, das den G-Ketten-Virus entwickelt hatte.

Ein paar Mimiks zögerten noch, waren nicht überzeugt, dass dies eine gute Idee war. Eel war einer davon.

»Die Zitadelle angreifen«, sagte er und schüttelte den Kopf und blickte auf die erregten Proteaner, die sich in den Krieg stürzen wollten. »Ich weiß nicht ... das ist doch verrückt. Die Zitadelle ist so gut bewacht – der bestgeschützte Gebäudekomplex in ganz Flagge.«

»Aber sieh es doch einmal aus ihrem Blickwinkel«, sagte Tristan. »Proteus existiert als Zufluchtsort für geflüchtete Mimiks. Aber wenn Flagge das Loyalitätsgen in die Hand bekommt und es in seine Mimiks einspleißt, wird es keine flüchtigen Mimiks mehr geben, keine neuen Anhänger für Proteus. Und wenn Flagge dann erst einmal anfängt, das Gen auch in seine Reals einzuspleißen, wird auch der Gedanke der Mimikrechte sterben.«

»Aber das ist doch ein Selbstmordkommando.«

»Vielleicht. Vielleicht auch nicht.« Tristan hatte seine zweite Konzentratpackung geleert und griff jetzt nach einer dritten. »Aber ich kann das Krek schon nachfühlen. Für Proteus ist das ein Einsatz auf Leben und Tod: Okasan retten – ich meine Dr. Goleman –, ehe Flagge ihr den 662RHC-Code entreißt, und dabei dem Datencenter einigen Schaden zufügen, sonst sind die Tage von Proteus gezählt. Und irgendwelche

Träume, die der eine oder andere von uns jemals von Selbstheit oder Freiheit oder gar *freiem Willen* hatte, sind dahin.«

»Aber die Zitadelle wimmelt doch von Polizei«, sagte Eel. »Die besten Leute, die sie haben.«

»Wie gut sie sind, ist ohne Belang, wenn wir aus einer Richtung angreifen, mit der sie nicht rechnen und auf die sie nicht vorbereitet sind – von unten.«

»Aber wenn der Alarm ertönt, holen sie doch sofort Verstärkungen.«

»Deshalb muss es blitzschnell ablaufen. Ein so genannter chirurgischer Schlag. Sobald wir einmal drinnen sind, können wir Okasans Peiler dazu benutzen, um sie zu finden. Dann befreien wir sie und verschwinden wieder.«

Und hoffentlich wird Lani bei ihr sein, dachte Tristan.

Wenn nicht, dann würde er sich vielleicht von den anderen trennen und nach ihr suchen müssen.

»Wie meinst du also, Bruder Eel? Wirst du mitkommen?«

Eel gab keine Antwort. Er saß neben Tristan und starrte vor sich hin, machte aber nicht den Eindruck, etwas zu sehen. Seine Gedanken schienen Lichtjahre entfernt zu sein.

Schließlich sah es so aus, als ob er zu einer Entscheidung gekommen wäre. Sein Blick kehrte aus der Ferne zurück und wandte sich Tristan zu.

»Also gut. Aber ich muss einen kurzen Blick auf diesen Universalschlüssel werfen, den diese Burschen angeblich haben.«

»Flagge hat dir dieses Luxusapartment gegeben und dein Roaming Grid nicht freigeschaltet?«

»Beinahe frei – für die Freizone und fast ganz Flagge Quarter, aber zum Bereich der Zitadelle habe ich keinen Zugang. Es gäbe ja auch keinen Grund für mich, jemals dorthin zu gehen, hat man mir gesagt. Und da hatten sie auch Recht. Bis jetzt.« Er stand auf und sah sich um. »Wo ist Krek?«

Tristan hatte den Proteus-Anführer nicht mehr aus den Augen gelassen, seit die Entscheidung zum Angriff gefallen war. »Dort drüben.«

Eel nickte und setzte sich in Bewegung, aber nach ein paar Schritten blieb er stehen und kehrte um. Er zog etwas aus der Tasche und hielt es Tristan hin.

»Da. Nimm das.«

Tristan nahm den Gegenstand: eine Schablone. Er blickte zu Eel auf.

»Wer ist das?«

»Meine Echsenschablone – die, die ich trug, als ich dich in der Rohrbahnstation erwischt habe. Ich nenne sie ›Drachenmodus‹. Du kannst sie bei dem Angriff verwenden. Das ist eine hervorragende Kampfmasque.«

»Aber was ist mit dir?«

»Ich habe noch eine. Nimm du die hier. Könnte sein, dass du sie brauchst. Aber sei vorsichtig. Beim ersten Einsatz ist sie möglicherweise schwer zu beherrschen.«

Tristan starrte die kleine Scheibe an. Das war ein gewichtiges Geschenk. Eel gab ihm eine seiner wertvollen Gladiator-Schablonen. Tristan war gerührt.

»Vielen Dank. Das werde ich dir nie vergessen. Und ich werde sie gut einsetzen.«

Tristan blickte ihm nach, wie er zu Krek ging und mit ihm redete, und sah, wie Krek dann einen anderen Mimik zu sich rief und Eel mit ihm wegschickte.

Und dann war Krek allein.

Zeit für Tristan, seinen Wunsch vorzubringen. Er atmete tief durch und ging dann zu Krek hinüber, der damit beschäftigt war, Pulser zu laden.

»Ich komme mit.«

Krek blickte auf und starrte ihn einen Augenblick lang an. »Wer mitkommt, entscheide ich, und du gehörst nicht mit dazu.«

Das hatte Tristan befürchtet. Aber er musste es schaffen, Krek zu überzeugen. Er *musste* an dem Angriff beteiligt sein. Er war vielleicht Lanis einzige Chance.

»Ihr braucht mich. Ich bin der Einzige von uns, der schon einmal in der Zitadelle war. Ich –«

»›Uns‹? Seit wann bist du einer von ›uns‹?«

»Seit ich auf der Flucht bin.«

»Nein. Das reicht nicht. Du hast schon einmal gelogen, und diese Lüge hat zahllose Mimikbrüder das Leben gekostet. Nicht zu glauben! Du verlangst, dass wir *unser* Leben riskieren, indem wir dich mitnehmen.«

»Ihr müsst ihn mitnehmen.« Das war Mung, der näher trat und jetzt auf Tristan zeigte. »Er kennt sich in den unteren Etagen der Zitadelle aus. Er hat ihr Datencenter über VR erkundet. Okasan wird die 662RHC-Sequenz nicht freiwillig aufgeben, also wird Flagge ihr Gehirn danach absuchen müssen. Deshalb haben sie sie in die Zitadelle gebracht. Sie werden die Gedächtnissonde in ihrem Datencenter einsetzen. Und Tristan ist dort gewesen.«

»Uns ist egal, wo er gewesen ist.« Das war die Stimme von Callin. »Wir wollen keinen Verräter –«

»Verdammt!«

Ohne Vorwarnung – er war selbst überrascht – stieß Tristan Callin heftig mit beiden Händen von sich. Die Augen des Mimik weiteten sich vor Verblüffung, als er ein paar Schritte zurücktaumelte, und verengten sich dann wutentbrannt. Tristan war das gleichgültig. Er war es leid, ständig herumgestoßen zu werden. Er hatte sich nun genug misshandeln lassen – körperlich wie mit Worten –, und jetzt war Schluss damit.

Als Callin auf ihn losging, packte Tristan den Pulser, den Krek gerade geladen hatte, und richtete ihn auf Callins Brust.

»Das würde ich mir gut überlegen.«

Callin blieb stehen. »Ich habe es doch gewusst! Ich wusste, du –«

»Nenn mich noch einmal ›Verräter‹, und ich mach aus deinem blöden Schädel Gelee!« Tristan hob seine Stimme. Er wollte, dass alle Proteaner ihn hörten. »Ich bin *kein* Verräter. Ihr könnt mich einen Narren nennen, einen Lügner, einen Idioten, aber ich bin *kein* Verräter. Ja, ich habe den G-Ketten-Virus nach Kaze gebracht, aber ich wusste nicht, was ich bei mir hatte. Ja, ich übernehme die Verantwortung für das, was ich getan habe – und glaubt mir, den Anblick meiner Kaze-Mimikkollegen, die die Qual der Zellauflösung erlitten haben, werde ich so lange ich lebe nicht vergessen können –, aber den nächsten Mimik, der auch nur andeutet, dass ich das absichtlich getan habe, *bringe ich um*! Ist das klar?«

Sie umringten ihn jetzt. Er sah, wie ihre Hände sich zu Fäusten ballten. Sie konnten es nicht erwarten, auf ihn loszugehen.

»Mit oder ohne Pulser«, sage Callin und funkelte ihn an, »du glaubst doch nicht etwa ernsthaft, du würdest hier lebend herauskommen, oder?«

»Vielleicht ist mir das auch völlig egal«, sagte Tristan mit leiser Stimme. »Mir scheint, ich habe nicht viel zu verlieren. Mein altes Glom hat einen Preis auf meinen Kopf ausgesetzt, da bin ich sicher. Meine Mimikkollegen – oder sollte ich sagen meine Mimik*brüder* – nennen mich einen Verräter. Die einzige Frau auf der Welt, die ich ›Mutter‹ nennen kann, hat man verhaftet und hält sie gefangen.«

Und mit ihr die Frau, die ich liebe, fügte er stumm hinzu.

»Was soll das dann alles, Tristan?«, sagte Mung.

»Ja, Mimik«, sagte Krek und deutete auf die Waffe, die Tristan in der Hand hielt. »Was soll dir das denn einbringen?«

»Eure Aufmerksamkeit. Hört mir zu. Ihr alle gebt mir die Schuld für das Mimikgemetzel, aber fragt euch doch mal, wem gebe ich die Schuld? *Ich* gebe den Leuten die Schuld, die die G-Kette erfunden und mich durch einen gemeinen Trick dazu gebracht haben, ihn nach Hause zu bringen. Dieselben Leute, die unsere ›Mutter‹ – *und Lani* – gefangen genommen haben.«

Tristan hörte, wie seine Stimme zu beben begann, als Wut in ihm aufstieg.

»Niemand in dieser Kaverne – *niemand* – ist mehr darauf erpicht, Flagge Glom zu schaden, als ich. Ich würde die Zitadelle, ja das ganze verdammte Flagge Quarter, vernichten, wenn ich das könnte. So, und da stehe ich jetzt, ein Mimikagent, den man für verdeckte Einsätze und Spionage ausgebildet hat, und der Einzige von euch, der jemals in der Zitadelle war, *und ihr wollt mich nicht einsetzen*!« Ihm wurde bewusst, dass er angefangen hatte zu schreien. Er musterte die Gesichter um ihn herum. Fing er an, Eindruck auf sie zu machen?

»Überlegt doch«, sagte er und wurde leiser. »Ich stehe euch zu Diensten. Nützt mich. Wenn nicht« – er warf Callin den Pulser hin –, »dann benutzt das hier.«

Einen schlimmen Augenblick lang sah Callin so aus, als würde er genau das tun. Aber dann wanderte sein Blick zu Krek. *Alle* sahen sie Krek an, bemerkte Tristan.

Doch Krek starrte Tristan an. Für ein paar Herzschläge schien sich der Blick des Mimikführers in Tristans Gehirn zu bohren. Dann nickte er und wandte sich den anderen zu.

»Ich bin dafür, dass wir ihn mitnehmen. Er könnte in der Tat sehr wichtig für unser Vorhaben sein. Aber wir müssen abstimmen. Es muss einstimmig sein.« Er trat in die Mitte des Kreises. »Alle, die dafür sind, dass wir uns von Tristan in die Zitadelle führen lassen, heben die Hand.«

Krek hob die seine, und dann gingen langsam andere Hände in die Höhe, bis sie alle oben waren.

Mit einer Ausnahme.

»Du stimmst gegen ihn, Callin?«, sagte Krek.

Callin zögerte und hielt dann Tristan den Pulser wieder hin. »Machen wir es einstimmig.« Er deutete auf Tristan. »Aber ich werde jede Bewegung beobachten, die du machst.«

»Na klar doch«, sagte Tristan und versuchte dann, mit dem wütenden Mimik eine Art Entspannung herbeizuführen. »Für mich wird es beruhigend sein, dass du auf mich aufpasst.«

Callin schüttelte den Kopf und wandte sich ab.

»Wo gehst du hin?«, fragte Krek.

»Ich will sehen, ob ich Verstärkung für uns finde«, sagte Callin. »Wir werden jede Hilfe brauchen, die wir bekommen können.«

»Wo will er Verstärkung finden?«, fragte Mung, als Callin sich entfernte.

Krek schüttelte den Kopf. »Ich weiß nicht. Callin ist ein guter Mimik, aber ein seltsamer. Ich weiß auch nicht, wie der tickt.«

Tristan wurde in die Planung einbezogen. Da die Zeit knapp war, mussten sie sich mit lückenhaften Karten begnügen, die sie von dem Tunnelsystem besaßen. Was ihnen zur Verfügung stand, ließ erkennen, dass zwei Seitentunnel dicht bei den unteren Etagen der Zitadelle verliefen, und einer davon sah sogar so aus, als ob er von den unteren Regionen des riesigen Gebäudekomplexes in zwei Teile zerschnitten worden sei.

Dieser Tunnel könnte möglicherweise der Schlüssel sein, dachte Tristan. Er würde sie bis zur Südwand einer der unteren Etagen führen. Und dort – wer würde schon mit einem Angriff von unten rechnen? – würden sie vielleicht die Möglichkeit haben, sich lautlos einzuschleichen.

Wenn nicht, dann würden sie es mit Gewalt tun müssen.

Während ihre Pläne allmählich Gestalt annahmen und Tristan seinen Beitrag dazu leistete, spürte er, wie seine Akzeptanz seitens der anderen Mimiks langsam zunahm.

Und dann war die Zeit zum Handeln gekommen.

Ihre Waffen waren voll aufgeladen, ihre Körper mit Konzentraten voll getankt. Sie hatten Schneidlaser und mit Zerstörungswerkzeugen voll gestopfte Taschen. Die Proteaner hatten ihre wildesten Schablonen dabei, hielten sie aber in Reserve, weil sie für den Marsch durch die Tunnel konventionellere Körper vorzogen.

Tristan hatte sich dafür entschieden, bei seiner Trev-Masque zu bleiben – nicht nur wegen ihrer Behändigkeit –, war ansonsten aber wie die anderen bewaffnet: ein Karabiner, den er am Riemen über dem Rücken trug, ein kompakter Pulser im Gürtel und ein Stahlrohr in der Hand, das von einem der Bluts stammte, die Proteus gestern getötet hatte.

Er war bereit ... *mehr* als bereit.

»Callin?«, rief Krek und sah sich um.

Mung eilte herbei. »Er hat angerufen und gesagt, wir sollen ohne ihn anfangen. Er wird nachkommen.«

»Wo ist er?«

»Das hat er nicht gesagt.«

»Aber er kennt doch die Route gar nicht«, wandte Krek ein.

»Mach dir deshalb keine Sorgen«, erklärte Mung. »Ich lade es in sein Gitter, wenn er herkommt.«

Die Tunnel waren für jemanden von Mungs Fülle ein unüberwindbares Hindernis; er würde also zurückbleiben müssen.

Krek zögerte. »Mir gefällt das nicht. Callin ist einer meiner besten –«

»Geht! Geht!«, scheuchte Mung ihn weiter. »Weiß die Helix, was die mit eurer Mutter machen, während ihr hier Zeit vergeudet.«

Das gab den Ausschlag.

»Also gut, Mimiks. Tut euch mit euren Partnern zusammen, dann gehen wir.«

Krek hatte aus den Proteanern zweiköpfige Kampfteams gebildet – das ging vermutlich auf die Team-Kämpfe in der Arena zurück –, und Tristan bildete mit Eel ein Team.

Jetzt sah er sich um, entdeckte ihn aber nicht.

»Wo ist Eel?«, fragte Tristan.

Das wusste niemand.

»Seht euch das an!«, rief Mung, der mit einem Pulserkarabiner und einer Pistole vom nördlichen Ende der Hauptkammer herbeieilte. »Die habe ich unten an einem der Treppenschächte gefunden, die an die Oberfläche führen.«

»Verdammt!«, schrie Krek, als er die Waffen sah. »Die sind von Eel. Er ist weggerannt!« Er fuhr zu Tristan herum. »Du bist sein Partner. Warum hast du ihn nicht aufgehalten?«

»Ich hatte keine Ahnung!«, sagte Tristan. »Er war ganz wild auf den Kampf … wenigstens war das mein Eindruck.«

»Ist ja großartig! Er wird uns an die Flagge-Polizei verraten.«

»Nein«, widersprach Tristan. »Nein, das glaube ich nicht. Er wird uns nicht verraten. Aber ich habe das Gefühl, er glaubt nicht an unseren Sieg. Und vielleicht hat er sich an all die Bequemlichkeit und die Vorrechte eines Arena-Champions zu sehr gewöhnt, um das alles in einer aussichtslosen Sache aufs Spiel zu setzen.«

Tristan war enttäuscht … und der Gedanke, wie Eel zu seinem Luxusapartment zurückeilte und dort im Dunkeln saß in der Hoffnung, nicht mit dem Angriff von Proteus auf die Zitadelle in Verbindung gebracht zu werden, machte ihm Sorge. Tristan fühlte sich persönlich verraten. Doch statt Zorn wollte in ihm nur Trauer aufkommen.

Eel hatte seine Familie aufgegeben – für ein paar Luxusgegenstände.

»Hey!«, rief einer der anderen Mimiks. »Dieser lausige Mistkerl hat unseren Universalschlüssel mitgenommen!«

»Bruder oder nicht«, stieß Krek zwischen zusammengebissenen Zähnen hervor, »das kostet ihn den Kopf. Doch egal, wir kommen auch so nach Flagge Glom. Um Eel kümmern wir uns später. Gehen wir.« Er wandte sich an Tristan. »Ich bin solo – Callin sollte mein Partner sein –, und du bist das jetzt auch. Sieht so aus, dass wir jetzt ein Team sind. Mach deine Sache gut, Tristan.«

»Keine Angst. Geh voraus, Krek.«

Aber während Krek die Klappe öffnete, die in die Tunnel führte, wollte Eel Tristan nicht aus dem Kopf gehen. Wenn der Gladiator vorhatte, diese Schlacht auszusitzen, warum hatte er dann den Universalschlüssel von Proteus mitgenommen? Wozu brauchte er den?

29

Sie folgten in nördlicher Richtung einem großen, relativ geraden Tunnel.

»Was ist mit Wohnern?«, fragte Tristan und sah sich nach den verräterischen Löchern in den geneigten Wänden um.

»Nicht hier oben«, sagte Krek. »Die sind weitgehend auf die westlichen Tunnel beschränkt. Frag mich nicht, warum das so ist, es hat aber jedenfalls den Anschein, dass sie diese Gegend bevorzugen.«

Nachdem sie beinahe zwei Stunden durch schleimiges Wasser und stickige Luft marschiert waren, umgeben von Weltraumschwärze, die nur von ihren Laserlampen aufgehellt wurde, stießen sie auf einen Schutthaufen, der den Tunnel versperrte.

»Verdammt!«, sagte Krek. »Was ist das jetzt? Wir sollten eigentlich schon da sein.«

»Ich glaube, das sind wir auch«, sagte Tristan.

Er rief sein Roaming Grid auf und sah auf die Karte des Tunnelsystems, die er vorher geladen hatte. Dies war die Abzweigung, die am unteren Bereich der Zitadelle enden sollte. Und wenn die Erbauer der Zitadelle einen Tunnel hatten durchschneiden müssen, lag es dann nicht nahe, den nicht mehr benötigten Schacht aufzufüllen, und zwar mit ... Bauschutt?

Tristan stieg auf den Haufen aus Granitbrocken und zwängte sich durch den engen Zwischenraum zwischen dem höchsten Punkt des Schutthügels und dem gewölbten Tunneldach. Als er seine Lampe nach vorn richtete und sah, wie der Strahl von einer glatten Onyxfläche zurückgeworfen wurde, schlug sein Herz schneller.

Er drehte sich um und rief hinunter: »Wir sind da!«

»So ... aber wie hineinkommen?«

Tristan hörte, wie jemand von hinten näher kam, und drehte sich in der Erwartung, Krek zu sehen, um, sah sich aber stattdessen Callin gegenüber.

»Oh, oh«, sagte Tristan. »Der verlorene Sohn kehrt zurück. Wo warst du denn die ganze –«

Und dann sah er den Pulser, der auf ihn gerichtet war.

Callin richtete seine Lampe auf die Wand der Zitadelle vor ihnen.

»Ich denke, du hast Recht«, sagte er und steckte seine Waffe ein. »Wir *sind* da.«

»Was hast du denn gedacht –?«

»Ich weiß nicht, *was* ich über dich denken soll, Mimik. Besonders jetzt, wo dein Kumpel Eel weggelaufen ist. Ihr beiden könntet euch ja eine hübsche kleine Falle für uns ausgedacht haben.«

»Hör auf, Callin.«

»Das würde ich gern. Glaub mir, ich habe Besseres zu tun.

Aber solange ich mir nicht ganz sicher bin, werde ich dich beobachten. Jede Bewegung, jeden Schritt.«

»Dann tu, was du nicht lassen kannst«, sagte Tristan. »Aber unterdessen müssen wir sehen, wie wir durch diese Mauer kommen.«

Callin schob sich an ihm vorbei. »Na gut, dann wollen wir mal loslegen.«

Sie hatten nicht das Glück, einen geeigneten Luftschacht zu finden, der in die Tunnelmündung ragte, aber die Dopplergeräte lokalisierten ein relativ dünnes Wandstück – nur einen Meter dick –, und sie fingen an, sich hindurchzuschneiden.

Je näher sie der Innenwand rückten, desto wichtiger war es, absolute Stille zu bewahren.

Als sie schließlich eine große, einigermaßen kreisförmige Vertiefung aus der Mauer geschnitten hatten – groß genug für Dr. Dee – und sie nur noch wenige Zentimeter Mauer von der anderen Seite trennten, befahl Krek, die Arbeit einzustellen, und brachte ein elektronisches Ohr an der Mauer an.

»Dort drinnen ist es still«, sagte er, nachdem er eine Weile auf das Display des Geräts gesehen hatte. »Da bewegt sich nichts, nicht einmal Atemzüge sind zu hören.«

»Dann rennen wir wenigstens nicht in einen Hinterhalt«, sagte Callin.

»Macht mir ein Guckloch«, sagte Krek.

Ein dünner Laserbohrer öffnete ein Loch von einem Zentimeter Durchmesser, aber kein Licht fiel hindurch. Krek schraubte eine Minikamera in die Öffnung und betrachtete dann das elektronisch verstärkte und aufgehellte Bild.

Er blickte auf und grinste. »Eine Art Lagerraum. Und leer ist er auch. Weiter!«

Minuten später waren die letzten Reste der Mauer gefallen, und sie versammelten sich in dem kleinen Raum.

»Also gut, Brüder«, sagte Krek und streifte seinen Jumper ab. »Holt eure wildesten Kampfschablonen heraus. Zeit zu fluxen.«

»Sollten wir nicht warten?«, gab Tristan zu bedenken.

»Worauf? Ein Blick auf uns, selbst so wie wir sind, und die wissen, dass wir nicht hierher gehören. Da können wir ebenso gut jedem, der uns zu sehen bekommt, einen Schock versetzen – und kampfbereit sein.«

Was er sagte, hatte einiges für sich.

Tristan trat zur Seite und zog das Etui heraus, das Mung ihm gegeben hatte. Der Peiler war auf Okasans Implant abgestimmt. Solange sie sich in den Tunneln befunden hatten, war er tot gewesen, aber jetzt waren sie in der Zitadelle …

Eine rote Diode blinkte in der linken, unteren Ecke des dreidimensionalen Displays.

»Wir haben sie!«, sagte er. »Okasan ist –«

Die Worte erstarben ihm in der Kehle, als er aufblickte und die Umwandlungen sah, die rings um ihn stattfanden. Unter Ächzen und Stöhnen fluxten die Proteaner in monströse Gestalten, die radikaler waren als alles, was er für möglich gehalten hätte, selbst für Arenamimiks – Gestalten, die nicht nur im Kampf einen Vorteil boten, sondern auch Angst und Ekel hervorrufen sollten.

Krek war ihm am nächsten; er lag auf dem Boden und wand sich. Sein Oberkörper hatte irisierende Schuppen entwickelt, war ansonsten aber wenig verändert. Ganz anders seine untere Hälfte: Seine Beine waren zusammengewachsen, und jetzt dehnte und streckte sich vor Tristans entsetzten und zugleich faszinierten Augen dieser neue Unterkörper und nahm eine schlanke, schlangenhafte Gestalt an. Krek war von der Brust abwärts zur Schlange geworden.

Links von Tristan stöhnte Callin. Tristan sah zu, wie die eingezogenen Beine des Mimik scheinbar mit seinem Brustkasten verschmolzen, während andere Gliedmaßen – lang, mehrgliedrig und haarig – aus seinem Torso wuchsen.

Und dahinter wuchs Dr. Dee unter jedem Arm ein langer Greiftentakel, wie von einem Tintenfisch. Andere wurden zu Halbtausendfüßlern, und allein die Helix wusste, was für Transformationen in den tieferen Schatten stattfanden.

Schließlich war es vorbei, und die Proteaner waren alle wieder auf den Beinen … oder was auch immer sie anstelle von Beinen benutzten.

Krek bäumte sich auf seiner schlangenhaften, unteren Körperhälfte auf und glitt zu Tristan hinüber.

»Kein Flux? Ich dachte, Eel hätte dir eine Kämpferschablone gegeben.«

»Ja, das hat er, aber Eel ist weggelaufen, und ich bin nicht sicher, ob ich diesem ›Drachenmodus‹ vertrauen kann.«

Plausibel und vielleicht zur Hälfte wahr. Er hatte sich selbst eingeredet, dass das eigentlich keine Lüge war.

Callin trat näher … auf sechs Beinen. Seine Arme, seine Schultern und der Kopf waren noch menschlich und in ihrer Struktur wenig verändert, aber der Rest von ihm war überwiegend tarantelartig.

»Mir gefällt das nicht«, sagte Callin. »Du führst irgendetwas im Schilde. Entweder fluxt du jetzt, oder du gehst in den Tunnel zurück.«

»*Jemand* muss menschlich aussehen. Wir wissen nicht, worauf wir stoßen werden, und einer von uns muss möglicherweise eine Polizeiuniform und einen Helm anziehen. Meinst du, du schaffst das, so wie du jetzt aussiehst, Callin?«

Callin hatte darauf keine Antwort, und so wies er auf das spitz zulaufende Ende seines knolligen Spinnenkörpers.

»Siehst du das?«

Vor Tristans Augen schob sich ein gebogener Stachel aus der Spitze heraus.

»Das ist keine Spinndrüse. Ich habe das modifizieren lassen. Das ist Gift. Und ich beobachte dich.«

Callin entfernte sich, aber Krek blieb stehen und starrte Tristan an.

»Es geht um den Datameister, nicht wahr?«, sagte er.

Kreks unerwartet richtiger Schluss verblüffte Tristan, und er stammelte: »Was? Nein. Ich meine, wieso –?«

»Spar dir das. Ich habe euch beide ja vorher zusammen gesehen, hast du das vergessen? Mir machst du nichts vor.«

Tristan spürte, wie sich in ihm alles verkrampfte. Lani war irgendwo in der Nähe, das konnte er spüren, und falls er sie fand, wollte er, dass sie ihn erkannte. Er war so weit gekommen, jetzt würde er sich von niemandem mehr von seinem Ziel abbringen lassen.

Aber er hatte noch einen weiteren Grund, der ihn davon abhielt, in eine Kampfmasque zu fluxen, einen Grund, den er vor diesen Leuten nicht hatte aussprechen wollen. Seine Beziehung zu Lani befand sich noch in einem sehr zerbrechlichen Stadium. Er wollte, dass sie in ihm einen Menschen sah, und er wollte ihr deshalb auch als Mensch gegenübertreten. Und auf keinen Fall wollte er ihr als Drachenmann unter die Augen treten.

»Ich habe gemeint, was ich da sagte, dass jemand –«

»Ja, da bin ich deiner Ansicht«, sagte Krek. »Jemand sollte ganz menschenähnlich bleiben – für alle Fälle.« Krek trat näher an ihn heran, und seine Stimme wurde leiser. »Aber damit es da keine Unklarheiten gibt, Mimik: Unser Hauptziel ist Okasan. *Das* ist der Grund, warum wir hier sind. Du weißt nicht, ob dein Datameister überhaupt in der Zitadelle ist. Aber wenn das der Fall ist und wir sie mitnehmen können, solange wir hier sind, dann meinetwegen. Dann tun wir das sehr gerne. Aber Okasan kommt zuerst. Ich will dich nicht dabei erwischen, wie du dich wegstiehlst, um nach dieser Frau zu suchen, solange wir unsere Mutter noch nicht gerettet haben. Ist das klar?«

Tristan überlegte, ob er eine solche Bedingung akzeptieren konnte. Er wollte mehr als alles andere Lani und Okasan retten. Aber falls es darauf hinauslief, eine Wahl zu treffen, so würde sie auf Lani fallen.

Aber wenn wir Okasan finden, wird sie wissen, wo Lani ist.

»Ja, das ist klar«, sagte Tristan. »Okasan kommt zuerst.«

»Habe ich darauf dein Wort? Dein Wort als Mimikbruder?«

Tristan sah ihn scharf an. »Du würdest mein Wort akzeptieren? Ich habe dich schon einmal belogen.«

»Ich weiß. Aber damals warst du noch nicht in der Familie.«

Familie ... wieder dieses Wort, dieses Gefühl.

Tristan streckte dem anderen die Hand hin. »Also, mein Wort darauf.«

Krek griff nach der Hand und drückte sie. »Gut! So, wo ist Okasan jetzt?«

Tristan hielt ihm den Peiler hin und deutete auf das rote Blinken. »Nach diesem Leuchtpunkt hier befindet sie sich etwa zwanzig Stockwerke tiefer in der Nord-West-Ecke.«

»Hast du eine Ahnung, was dort ist?«

»Vielleicht das Datencenter oder die Sicherheitswache – die sind beide im selben Komplex.«

»Also ist sie jedenfalls in einem Nest von Rotköpfen.«

»Ich fürchte ja. Sobald ich herausgefunden habe, auf welcher Etage wir uns im Augenblick befinden, werde ich eine bessere Vorstellung haben.«

»Ausgezeichnet. Und ich verspreche dir, sobald wir –«

»Seht euch das an!«, rief einer der Mimiks.

Tristan folgte Krek zu der Stelle, wo ein Mimik, der anstelle einer rechten Hand eine Krebsschere hatte, mit seiner normalen linken Hand eine Laserlampe auf eine Vertiefung in der Wand richtete.

»Sieht aus wie ein Energieverteiler«, sagte Callin.

»Für die ganze Zitadelle?«, fragte jemand.

»Nein«, antwortete Callin. »Wahrscheinlich bloß für dieses Stockwerk. Oder vielleicht auch nur für diesen Teil des Stockwerks.« Er sah Krek an. »Aber ein wenig Verwirrung kann uns ja nicht schaden, oder?«

»Im Gegenteil, es hilft uns sogar«, sagte Krek. »Nur zu.«

Callin hob seinen Pulser. »Alle zurücktreten.«

Ein Schlurfen, Gleiten, Rascheln, Klappern und Klicken – dann zuckte ein roter Strahl auf den Verteiler. Ein kurzes, weißes Aufblitzen und dann …

Zwei Paneele in der Ecke leuchteten schwach.

»Notbeleuchtung«, sagte Krek und grinste. »Es hat funktioniert. Also, gut. Wir müssen weiter nach unten. Tristan hat den Peiler. Er übernimmt die Führung. Haltet eure Waffen bereit.«

Tristan öffnete die Tür und spähte hinaus. Ein langer, verlassener Flur, schwach von den Leuchtpaneelen in der Decke erhellt, die innere Wand hier und da von Türen unterbrochen, dehnte sich in beide Richtungen.

In der Hoffnung, dass die Vidplatten noch stromlos waren, winkte er den Proteanern, dass sie ihm folgen sollten, und führte sie nach links. Aus seiner VR-Ausbildung wusste er noch, dass nur die Zentralschächte bis hinunter zum Datencenter führten.

Das Problem war nur, dass er weder wusste, auf welchem Stockwerk sie sich befanden, noch wie man von hier zu diesen Schächten kam.

Er hastete den anderen voraus zur nächsten Ecke. Für ihn stand außer Zweifel, dass der Abschnittcomputer des Gebäudes die Problemzone bereits lokalisiert hatte und jetzt bemüht war, den Verteiler neu zu programmieren. Aber diese zerschmolzene Masse würde niemand reparieren können. Nach einigen gescheiterten Versuchen würde der Computer Energie von anderen Quellen umleiten und einen Inspektor schicken, um das Problem persönlich zu inspizieren.

Tristan wollte bis dahin im Fallschacht sein.

Er drehte sich um und sah zu, wie die Proteaner hinter ihm durch den Flur krochen, rutschten und krabbelten. Er lächelte bei der Vorstellung, ein Flagger könne um die Ecke kommen und dieses Bild sehen.

Der wird meinen, in einen Vorraum der Hölle getreten zu sein.

Und dann tat jemand genau das.

Tristan war zwei oder drei Meter von der Ecke entfernt, als eine Frau in mittleren Jahren auftauchte. Sie schien tief in Gedanken. Als sie neben Tristan war, blickte sie auf und nickte; dann wanderte ihr Blick weiter nach hinten. Ihr Kopf fuhr in die Höhe, und sie erstarrte. Die Kinnlade fiel ihr herunter, als sie mit geweiteten Augen an Tristan vorbeistarrte.

»Hallo«, sagte Tristan. »Wir sind auf einer Tour und haben uns anscheinend verlaufen.«

Ein würgender Laut entrang sich ihrer Kehle, und sie begann, sich rückwärts zu entfernen. Sie hatte den nächsten Seitengang halb erreicht, als Tristan sie am Arm packte und zu sich heranzog. Er presste ihr die Hand auf den Mund.

»Kein Wort«, sagte er. »Beantworten Sie meine Fragen, dann passiert Ihnen nichts. Verstanden?«

Sie nickte, während ihre hervortretenden Augen die Proteaner fixierten.

»Gut. Was ist der kürzeste Weg zu den zentralen Fallschächten?«

Er nahm die Hand einen Zentimeter von ihrem Mund. Ihr Atem brannte heiß auf seiner Handfläche.

»Gehen Sie hier nach rechts, dann zwei Korridore weiter und noch einmal nach rechts. Dann sind Sie dort.«

»Danke. Irgendwelche Wachen auf unserem Weg?«

Sie zögerte, und Tristan sah, wie ihre Augen in die Richtung huschten, aus der sie gekommen war.

»Keine Lügen!«, sagte er, und dabei schloss sich seine Hand fester um ihren Arm. »Wo und wie viele?«

»Zwei. Unmittelbar vor den Schächten.«

»Sehr gut. Sie waren uns eine große Hilfe. Und jetzt werden Sie uns eine Weile begleiten.« Angst stand in ihren Augen, und ihr Mund öffnete sich halb. Sie versuchte, seinen Griff abzuschütteln, aber er presste ihr die Hand wieder auf die Lippen. »Es passiert Ihnen nichts, solange Sie ruhig bleiben. Unser Kampf gilt nicht Ihnen.«

»Töten wir sie doch und bringen es hinter uns«, sagte Callin.

Tristan spürte, wie die Frau sich aufbäumte, als der Mimik mit seinem Spinnenkörper näher rückte.

»Das würden die Flagger mit uns machen«, zischte Callin.

»Aber wir sind keine Flagger, oder?«, erwiderte Tristan. Er sah der Frau in die Augen. »Aber wenn sie auch nur einen Mucks von sich gibt, dann tue ich es – persönlich.«

Das hatte Tristan nicht vor, hoffte aber, dass sie ihm glaubte.

Er stieß sie nach hinten, und Krek wies sie einem der anderen Mimiks zu; dann ging Tristan wieder weiter, führte sie um die Ecke herum und plante seinen nächsten Schritt, während sie durch den jetzt noch breiteren Flur eilten.

Dicht vor dem zweiten Korridor hob Tristan die Hand, um sie zum Stehen zu bringen. Die Proteaner drängten sich hinter ihm zusammen, als er um die Ecke spähte und zwei rot behelmte Wachen in einer kleinen Kabine unmittelbar gegenüber den Schachteingängen sah.

Er atmete tief durch, gab Krek seine Waffen und trat in den Flur.

»Entschuldigung, können Sie mir sagen, welche Etage das ist?«

»S-5«, sagte einer der beiden Männer. »Aber wer sind Sie?«

»Ich habe Sie noch nie gesehen«, sagte der andere. »Treten Sie vor, wir machen eine ID-Prüfung.«

Tristan drehte sich um und rannte in die Richtung zurück, aus der er gekommen war – und blieb stehen. Er brauchte nicht lange zu warten. Sekunden später kamen die beiden Wachen mit gezogenen Waffen um die Ecke – und blieben ruckartig stehen. Tristan konnte ihre Augen hinter den Gesichtsplatten nicht sehen, aber ihre aufgerissenen Münder sagten ihm alles.

»Darf ich meine Familie vorstellen?«, sagte Tristan.

Ehe die Wachen reagieren konnten, streckte sie das konzentrierte Feuer aus einem halben Dutzend Pulser nieder.

Die Frau schrie.

»Lasst sie«, rief Tristan voll Sorge, ein übereifriger Proteaner könnte sie töten. »Sobald wir in den Schächten sind, weiß ohnehin jeder, dass wir hier sind.«

Er ließ sich seine Waffen von Krek zurückgeben und rannte auf den Fallschacht zu.

»Hinunter auf Etage S-25!«, rief er. »S-25!«

Tristan sprang von der Plattform in die Expressspur in der Mitte des Schachts und flog an den langsameren Passagieren, die an den Rändern dahinglitten, vorbei in die Tiefe.

»Notfall! Weg freimachen!«

Er hörte Schreie und blickte nach oben. Die Flagger im Schacht – Männer wie Frauen – packten die nächst gelegenen Handgriffe und fuhren entsetzt zurück, als Krek, Callin und die anderen mit lautem Gelächter durch die Schachtmitte in die Tiefe fielen.

Tristan sah auf den Peiler und sah zu, wie der rote Punkt mit Okasans Position höher stieg. Als er sich der Mitte näherte, sah er auf die Etagenmarkierung an der Schachtwand: S-23.

Für ihn gab es jetzt keinen Zweifel mehr: Okasan war im Datencenter. Und sie waren beinahe da. Er steckte den Peiler weg, zog seinen Pulser heraus und ließ sich zur Vorderseite des Schachts treiben.

»Du gehst als Erster raus, Tristan«, rief Krek von oben. »Und dass du mir ja nicht zögerst, deine Waffe einzusetzen. Flagge wird dir keine Chance geben, also gib du ihnen auch keine.«

Tristan warf einen Blick auf seinen Handpulser, um sich zu vergewissern, dass er entsichert war, und stellte fest, dass seine Hände zitterten.

Adrenalin? Angst? Vielleicht ein wenig von beidem. Vielleicht sogar eine ganze Menge von beidem.

Je tiefer sie in die Eingeweide der Zitadelle hinuntersanken, desto geringer war ihre Chance, hier lebend herauszukommen. In seiner Hast, zu Okasan und – wie er hoffte – Lani zu kommen, hatte Tristan die finstere Realität entweder nicht erkannt oder einfach verdrängt. Aber jetzt, wo sie sich der Etage mit dem Datencenter von Flagge und dem dazugehörigen Polizeiposten näherten, begann die wachsende Unvermeidbarkeit des Todes an seinen Nerven zu zerren.

Besser so sterben, dachte er, als in den Tunneln wie eine Ratte gejagt zu werden.

Er krümmte seinen schweißnassen Finger um den Abzug und bereitete sich darauf vor, schießend aus dem Schacht zu springen.

Er packte den Handgriff der Etage S-25 und schwang sich aus dem Schacht, wobei Kreks Worte in ihm nachhallten.

Flagge wird dir keine Chance geben, also gib du ihnen auch keine.

Zwei Wachen standen gelangweilt an der gegenüberliegenden Wand. Das änderte sich in dem Augenblick, als sie Tristans gezogene Waffe sahen. Sie reagierten schnell, aber Tristan war im Vorteil. Beide gingen geräuschvoll zu Boden, wobei der Erste bereits tot war, ehe er den Boden erreicht hatte, und der Zweite schmerzerfüllt brüllte. Ein Schuss von Krek erlöste ihn von seinem Leid.

Und dann füllte sich der Vorraum mit Proteanern.

Krek schickte die meisten nach links zu dem Polizeiposten und forderte die übrigen auf, hier zu bleiben, auf die Schächte zu achten und den Vorraum zu halten.

»Erschießt jeden, der versucht, diese Etage zu betreten.«

Als Krek sich jetzt Tristan zuwandte, hallten aus der Richtung des Polizeipostens entsetzte Schreie zu ihnen herüber.

»In welcher Richtung ist Okasan?«

Tristan zog den Peiler heraus und drehte sich selbst mit dem Gerät in der Hand so lange im Kreis, bis der Lichtpunkt dicht vor ihm schwebte.

»Dort.«

Der Peiler führte ihn um eine Ecke herum zum Polizeiposten – oder das, was davon übrig war. Der Gestank von verbranntem Fleisch hing in der rauchgeschwängerten Luft; überall lagen rot behelmte Leichen herum. Aber auch Proteus war nicht ungeschoren davongekommen. Er kam an zwei sterbenden Mimiks vorbei, deren Wunden noch rauchten und deren Körper sich langsam in den Neutralzustand zurückverwandelten.

Der Peiler wies nach links, aber Tristan sah dort keine Tür. Sie gingen weiter auf die Schreie und den Kampflärm zu.

Bis Tristan und Krek eintrafen, war es vorbei. Ein Polizist ohne Helm, die Hände hoch erhoben, stand inmitten der Trümmer seines Büros.

»Helix!«, sagte er. In seinen Augen stand Furcht, aber kein Respekt. Schließlich war er ein Polizist von Flagge, und diese Kreaturen, die ihm da gegenüberstanden, waren bloß … Mimiks. »Was bildet ihr Missgeburten euch eigentlich ein?«

Krek ignorierte ihn. Er sah zu Callin hinüber, der am Computer tätig war. »Alle erfasst?«

Callin nickte. »Die Zahl der Leichen entspricht der Zahl der Diensthabenden. Wir haben sie alle erwischt. Dieser hier ist der Letzte.«

»Vid-Platten aus?«

»Sämtliche Kommunikation von hier ist *aus*«, sagte Callin. Er sah den Polizisten an und grinste. »Endlich allein.«

»Aber nicht für lange«, sagte der Polizist mit einem spöttischen Lächeln. »Der Alarm läuft. Hier wird eine Kompanie, nein, was sage ich, eine *Brigade* auftauchen, ehe ihr wisst, was mit euch passiert.«

»Aber die können nur durch den Fallschacht«, sagte Krek. »Und dann putzen wir sie der Reihe nach weg.«

»Die werden so viele schicken, dass ihr nicht schnell genug schießen könnt.«

»Gut«, sagte Callin. »Je mehr, desto besser.«

»Seid ihr alle verrückt geworden?«, fragte der Beamte. »Ihr Missgeburten seid schon so gut wie tot. Was glaubt ihr eigentlich,was ihr hier erreichen könnt?«

»Wir sind gekommen, um unsere Mutter zu holen«, sagte Krek.

Der Polizist sah sich benommen um. Herunterhängende Kinnladen von Flagge-Bürgern wurden allmählich ein vertrauter Anblick.

»Eure was?«

»Okasan«, sagte Krek und glitt näher. »Wo ist sie?«

»Nie von ihr gehört.«

Krek stieß den Mann ohne Warnung zu Boden und sprang dann auf ihn und wand das Schlangenende seines Körpers um die Brust des Mannes.

»Bitte!«, stieß der Polizist hervor, und sein Gesicht wurde rot. »Bekomme keine Luft!«

»Genau das wollte ich«, sagte Krek. »Ich musste Mimikbrüder auf die Weise töten, als ich in der Arena war. Keine angenehme Art zu sterben.«

Tristan sah zu, wie der Druck des Schlangenleibes auf die Brust des Mannes zunahm.

»Die alte Frau«, sagte Krek. »Wo? Sag es mir, dann lass ich dich leben.«

Das Gesicht des Polizisten war inzwischen dunkelrot angelaufen; er brachte nur noch ein Flüstern zustande. »Das muss ... Streigs Gefangene sein.«

»Streig? Wer ist das?«

»FA ... sie ist ... in der ... Interimszelle.«

»Gut«, sagte Krek, lockerte seinen Griff und ließ den Mann los. »War das nicht einfach?«

»Verdammte Missgeburten!«, stieß der Polizist hervor. »Die hätten diesen Virus auf euch alle ansetzen sollen!«

Callin trat an Tristan vorbei und jagte dem Polizisten einen Schuss aus seinem Pulser in den Kopf.

»Ich habe ihm gesagt, dass wir ihn leben lassen«, sagte Krek ärgerlich.

»Er hat nach seinem Pulser gegriffen«, sagte Callin. Als Krek ihn weiterhin anstarrte, zuckte er mit den Achseln. »Also gut, er hat *daran gedacht*, nach seinem Pulser zu greifen.«

Tristan ging der Tod des Mannes nicht nahe, aber trotzdem musste er es sagen: »Er trägt keinen Pulser.«

Callin blickte auf den toten Beamten hinab und sah dann wieder Krek an. Er grinste. »Ja schon, aber *wenn* er einen getragen hätte, hätte er daran gedacht, danach zu greifen.«

Die anderen Proteaner lachten.

Krek schüttelte den Kopf. »Bleibt hier, und sichert diesen Bereich.« Er wandte sich wieder an Tristan. »Gehen wir.«

Dem Peilsignal folgend, führte er Krek und zwei weitere

Proteaner durch eine Tür in einen kleinen Raum mit zwei weiteren Türen. Eine stand offen, die andere war durch vierzig oder fünfzig Querstangen versperrt, die alle etwa zwei Zentimeter dick und ungefähr genauso weit voneinander entfernt waren.

Tristan rannte zur Tür und packte die Stangen, als er hindurchspähte. Und sah …

Okasan, immer noch in ihrem langen, schwarzen Gewand, auf einem Bett sitzend und zu Boden starrend.

Er spürte, wie sich seine Kehle bei ihrem Anblick verengte. Das letzte Mal, als er sie gesehen hatte, war sie eine nette, alte, menschliche Frau gewesen, sonst nichts. Jetzt war sie so viel mehr.

»Okasan!«

Die Frau hob langsam den Kopf und starrte ihn verständnislos an, als würde sie ihn nicht erkennen, und einen Augenblick, in dem ihm das Herz stockte, dachte er: *Die haben sie sondiert und dabei ihren Verstand kaputtgemacht.* Aber dann trat ein Leuchten in ihre Augen. Sie keuchte und erhob sich ein wenig zittrig.

»Nein. Das kannst nicht du sein.«

»Ich bin es aber, Okasan.«

Tristan spürte, wie die Proteaner sich um ihn drängten; alle wollten ihre Mutter sehen.

»Nein«, sagte sie, und jetzt flackerte Zorn in ihren Augen, als sie vortrat. »Das ist ein Trick, und ich werde nicht –«

Aber dann hielt sie inne, und ihre Augen weiteten sich, als sie die Proteaner sah.

»Oh, nein! Du bist es wirklich. Und du hast die anderen mitgebracht!«

»Nun, sie haben *mich* mitgebracht.«

»Tristan, du hättest nicht hierher kommen sollen! Keiner von euch!«

Jetzt meldete sich Krek zu Wort. »Wir wissen, wer du bist, Okasan. Wir konnten unsere Mutter nicht im Gefängnis lassen.«

»Mutter?« Sie trat einen Schritt zurück.

»Ja, Dr. Goleman. Mung hat es uns gesagt.«

»Mung! Er hat geschworen, dass er nie –«

»Er hatte Angst, panische Angst, was sie mit dir tun könnten, um das Loyalitätsgen zu bekommen.«

»*Das* hat er euch gesagt? Helix! Gibt es irgendetwas, was er euch *nicht* gesagt hat?«

»Darüber kannst du mit Mung reden, sobald wir dich hier rausgeholt haben. Zum Reden ist jetzt keine Zeit.« Krek beugte sich vor und studierte das Zellenschloss. »Sieht nach einem Kombinationsschlüssel aus.«

»Verdammt«, sagte Tristan. »Dieser Beamte hätte das gewusst, aber dank Callin redet er jetzt nicht mehr.«

»Niemand von der Polizei kann helfen«, sagte Okasan. »Ein FA-Commander namens Streig hat das Schloss neu codiert, nachdem er mich hier abgesetzt hat. Nur er kann diese Tür öffnen.«

»Und wo ist er?

»Das weiß ich nicht.«

»Na gut«, sagte Krek. »Dann müssen wir es eben auf die harte Tour probieren.« Er wandte sich an einen Mimik in einer Blutegelmasque. »Hol den Schneidlaser.«

»Nein!«, rief Okasan. »Das dauert viel zu lang, und ihr habt keine Zeit. Die Polizei wird in Kürze einen Gegenangriff unternehmen. Ihr müsst weg!«

»Ja«, sagte Tristan. »Sobald wir dich da rausgeholt haben.«

»Lasst mich hier! Ich kann weder euch noch sonst jemandem mehr nützen.«

»›Nützen‹? Was hat das denn damit zu tun?«, fragte Krek. »Du bist unsere Mutter.«

Der Egelmimik kam jetzt mit dem Schneidlaser zurück und begann, ihn aufzubauen.

»Bitte, hört mir zu«, sagte Okasan. »Lasst mich hier und rettet euch.«

Krek klopfte dem Egelmimik auf die Schulter und zeigte auf die unterste Stange an der Tür. »Fang damit an – ganz außen am Rand, wo die Stange im Türrahmen verankert ist.«

Als der dünne rote Strahl sich in das Metall zu fressen begann, wandte sich Krek wieder an Okasan.

»Jetzt will ich dir sagen, wie es ablaufen wird. Wir schneiden die Stangen ab, angefangen ganz unten, und arbeiten uns nach oben vor. Sobald genügend Platz ist, legst du dich auf den Boden, wir packen dich an den Händen und ziehen dich durch. Das dauert nicht lange.«

»Aber das ist nicht notwendig. Mir passiert hier nichts. Die haben sich das, was sie wollten, bereits von mir genommen.«

»Das Gen?« Eine Welle der Verzweiflung schlug über Tristan zusammen. »Die haben den 662RHC-Spleiß?«

Okasan nickte traurig. »Sie sind in mein Bewusstsein eingedrungen und haben alles kopiert, was sie wollten. Und deinen Datameister haben sie dazu benutzt, es zu speichern.«

»Lani?« Tristan sprang auf die Tür zu und klammerte sich an die Gitterstäbe. »Sie ist hier? Wo?«

»Das weiß ich nicht genau. Sie könnte noch im Datensessel sein. Ich habe Angst um sie, Tristan.«

»Angst?« Er spürte eine bleischwere Last in der Magengrube. »Warum? Sie werden sie nicht liquidieren – als Datameister ist sie viel zu wertvoll.«

»Das ist wahr«, sagte Okasan. »Aber ich habe gehört, wie Streig gesagt hat, dass sie eine Komplizin sei und man ihr deshalb nicht mehr vertrauen könne.«

»Aber was *bedeutet* das? Die werden ihr doch nichts zu Leide tun, oder?«

Okasan wandte sich ab. »Das wäre nicht das erste Mal, dass Flagge Datameister compt, die unkooperativ geworden sind.«

»Nein!«

Tristan ließ die Gitterstäbe los und sank gegen eine Wand. Er schloss die Augen und presste den Hinterkopf an die kühle Metallfläche, spürte, wie bittere Galle in seiner Kehle aufstieg.

Lani ... gecompt ... das bedeutete Deaktivieren des Hirnstamms und Computerkontrolle all ihrer lebenserhaltenden Funktionen ... sie würde auf diese Weise am Leben und bei Bewusstsein bleiben, aber völlig von ihrem Körper abgeschnitten sein.

Bewusstsein ... Aber nicht lange. Das Grauenhafte ihrer Existenz in Verbindung mit einer gnadenlosen Überlastung ihres Gehirns im Datencenter würde dem bald ein Ende machen. Ihre Intelligenz würde davonschmelzen, und ihr Bewusstsein würde in einen bodenlosen Abgrund der Psychose stürzen.

»Um *ihre* Befreiung solltet ihr euch kümmern«, sagte Okasan. »Nicht um mich.«

»Was meinst du?«, fragte Tristan.

»Nein. Nicht solange Okasan nicht frei ist.«

»Aber selbst, wenn ich Lani nicht finde, kann ich im Datencenter einigen Schaden anrichten. Vielleicht gelingt es mir sogar, ihre Kopie der Loyalitätsgen-Sequenz zu zerstören.«

»Lass ihn gehen, Krek«, sagte Okasan.

Der Mimikanführer sah auf die Stelle, wo der Laser immer noch an der ersten Stange im Einsatz war.

»Wie geht es voran?«

»Langsam«, antwortete der Egelmimik. »Ich weiß nicht, was das für eine Legierung ist, aber das Zeug ist jedenfalls zäh.«

»Also gut«, sagte Krek zu Tristan. »Das wird hier länger dauern, als ich dachte. Geh und sieh nach, ob du sie finden kannst. Und richte möglichst viel Schaden an. Aber eines muss dir klar sein: Sobald Okasan frei ist, verschwinden wir hier – ob du dabei bist oder nicht.«

»Verstanden«, sagte Tristan. »Und … vielen Dank.«

Er rannte durch die Trümmer des Polizeipostens und eilte zum Aufzug, der zum Datencenter führte. Callin packte ihn am Arm, als er vorbeikam.

»Und wo treibt es unseren menschlich aussehenden Bruder in solcher Eile hin?«

Tristan entriss ihm seinen Arm. Er hatte nicht vor, Callin mehr zu sagen, als unbedingt notwendig war.

»Zum Datencenter.«

»Tatsächlich?« Callin zog den Pulser aus Tristans Gürtel. »Nun, dann wirst du das hier nicht brauchen.«

»Warum nicht?«

»Weil das ganze Datencenter mit Unterdrückern gesichert ist. Energiewaffen funktionieren dort nicht.«

Tristan konnte erkennen, dass das vernünftig war: Das verminderte die Gefahr einer zufälligen – oder noch wichtiger, einer absichtlichen – Entladung in einem empfindlichen Bereich. Aber woher wusste Callin das?

»Seit wann bist du ein solcher Experte für diese Anlage?«

»Das findet man hier alles im Stationscomputer.« Er reichte Tristan eine Stahlstange. »Da. Damit kannst du dort unten mehr Schaden anrichten als mit einer ganzen Batterie Pulser. Soll ich mitkommen?«

Tristan schüttelte den Kopf, während er sich die Stange in den Gürtel steckte. Ein Frösteln überkam ihn bei dem Gedanken, sich mit Callins haarigem Spinnenkörper in die winzige Liftkabine zwängen zu müssen.

»Danke, aber ich komme schon klar.«

»Und du willst auch ganz sicher nicht vorher in eine Kämpfermasque fluxen?«

»Ich denke, mit den Datentechnikern, auf die ich dort stoße, komme ich auch so zurecht.«

Dann eilte er weiter. Er brauchte sich nicht umzusehen, um zu wissen, dass Callin ihn beobachtete. Er spürte förmlich, wie sich der argwöhnische Blick des Mimik in seinen Rücken bohrte.

Aber dann schüttelte er das ungute Gefühl einfach ab. Irgendwo dort vorn war Lani, und sie war in Gefahr. Hoffentlich fand er sie noch rechtzeitig.

30

Tristan sprang aus der Liftkabine, die Stahlstange erhoben. Die sechs Datentechniker in dem Raum zogen sich verängstigt zurück.

»Wer sind Sie?«, fragte eine Frau mit kurz geschnittenem, braunem Haar, die eine Abteilungsleiterkombination trug. »Ist dort oben jetzt alles vorbei? Was ist denn los?«

Tristan erkannte, dass sie ihn für einen Flagger hielt.

»Alles ist wieder unter Kontrolle.«

Das löste Jubel aus, und sie fielen sich erleichtert in die Arme.

»Wir haben den Überfall auf den Bildschirmen gesehen«, erklärte die Frau. »Es war schrecklich. Und dann sind die Bildschirme alle schwarz geworden. Wir hatten solche *Angst.*«

»Die haben den Polizeiposten inzwischen zurückerobert«, beruhigte er sie. »Aber wie sieht es auf dieser Etage aus? Haben sich von den Mimiks welche hier unten eingeschlichen?«

»Nein, der Helix sei Dank«, sagte einer der Männer.

»Ich habe es immer gewusst, dass diese verdammten Dinger uns noch Ärger machen würden«, sagte ein anderer. »Hab ich das nicht gesagt? Alle sollten wir sie erledigen, sage ich.«

Tristans Miene blieb ausdruckslos. »Also, die, die den Polizeiposten angegriffen haben, sind wir jetzt eindeutig los. Die Beamten, die den Einsatz geleitet haben, wollen Sie verhören, also gehen Sie in die obere Etage. Wo ist der Rest Ihrer Schicht?«

»Das sind wir«, sagte die Abteilungsleiterin. »Die ganze Etage ist für ein Sonderprojekt der FA geräumt worden.«

Die Teresa-Goleman-Gehirnsondierung, dachte Tristan. Ein *sehr* spezielles Projekt.

Er nickte, als ob ihm das nicht neu wäre. »Ist von den FA-Leuten noch jemand hier?«

»Das glaube ich nicht«, sagte die Frau. »Wir durften nichts sehen und mussten auch unsere Monitorschirme für die Räume abschalten, wo sie gearbeitet haben. Und offen gestanden, nachdem wir das miterlebt haben, was dort oben passiert ist, waren wir alle ein wenig durcheinander, wenn Sie verstehen, was ich meine.«

»Und ob ich das verstehe«, sagte Tristan mit beruhigender Stimme. »Und ich kann mir gut vorstellen, dass Sie nach Hause und zu Ihren Lieben zurück wollen. Deshalb sollten Sie zusehen, dass Sie die Befragung schnell hinter sich bekommen; dann können Sie nach Hause.«

Der Aufzug musste zweimal fahren, aber schließlich waren sie alle oben. Tristan wusste nicht, wie man sie oben empfangen hatte, aber darüber konnte er sich jetzt nicht den Kopf zerbrechen. Die Uhr tickte.

Als sich die Lifttür hinter der zweiten Gruppe geschlossen hatte, drehte sich Tristan um, rannte an den in Reihen angeordneten Zellen vorbei und sah in jede hinein. Die beiden Ersten waren leer, aber in der Dritten …

Die obere Hälfte ihres Kopfes war von der Haube eingeschlossen, aber er kannte diese Lippen, kannte den nackten Körper, der ausgestreckt auf der Liege lag.

Lani.

Beinahe wäre er in Freudentränen ausgebrochen, als er sie sah. Sie sah so verletzbar aus … ihr Körper ebenso wie ihr Bewusstsein … entblößt.

Vorsichtig trat er neben sie und blickte auf sie hinab. Sie atmete gleichmäßig, ohne Zweifel noch unter dem Einfluss des Wellenmusters, das der Helm ausstrahlte. Er fühlte sich wie der Prinz in dem alten Trickflachi, das er einmal gesehen hatte, wusste aber, dass es mehr als einen Kuss brauchen würde, um dieses Dornröschen aus dem Schlaf zu wecken.

Er musste das Wellenmuster stoppen. Aber wie? Würde es ihr schaden, wenn er zu abrupt abschaltete?

Er musste es riskieren. Für alles andere reichte die Zeit nicht.

Tristan fand den Handschalter und legte ihn um. Der Helm klappte auf und fuhr zurück.

Tristan sah zu, wie Lanis Körper einen Augenblick lang starr wurde, sah, wie ihre Augen sich unter ihren Lidern bewegten. Ihre Augenlider flatterten und gingen dann auf. Ihre Pupillen tanzten ziellos herum und erfassten dann sein Gesicht.

Ihre Stimme war belegt, trocken. »Tristan … bist das du?«

Tristan! Nicht Trev – sie hatte *Tristan* gesagt!

»Ja, Lani, ich –«

»Nein!«, schrie sie. »Das ist auch bloß wieder einer von Streigs schmierigen Tricks!«

»Lani, glaub mir –«

Und dann sah er, wie ihre Augen sich weiteten, als sie an seiner Schulter vorbeisah. Er hörte ein Geräusch hinter sich. Als er sich umdrehte, schoss ein stechender Schmerz durch seinen Hinterkopf. Er taumelte nach vorn gegen die Liege und spürte einen weiteren Schlag, der ihn diesmal am Hals traf.

Benommen drehte er sich um, während er eingehüllt in einen Nebel von Schmerzen zu Boden ging, sah zwei Männer mit verkniffenen Gesichtern in braunen Jumpsuits, die sich über ihn lehnten, ihre Pulser wie Knüppel benutzten.

FA-Männer – sie mussten bei dem Überfall hier unten eingeschlossen worden sein, sich versteckt und auf Rettung gewartet haben.

Er griff nach seiner Stahlstange und hatte sie halb aus dem Gürtel, als sie anfingen, ihn zu treten – harte, bösartige Tritte mit ihren schweren Stiefeln, Tritte in den Bauch, in den Unterleib, gegen die Brust, ins Gesicht. Er spürte, wie ihm die Stange entglitt, während er sich zur Seite wälzte und sich zu schützen versuchte.

Aber die Tritte hörten nicht auf. Tristan hörte, wie seine Rippen knackten, spürte den stechenden Schmerz, der damit einherging, versuchte sich aufzurichten, aber einer der beiden Männer sprang ihm mit beiden Füßen auf den Rücken, schmetterte ihn auf den Boden zurück.

Wie durch einen Nebel hörte er Lani schreien.

»Aufhören! Aufhören! Sie bringen ihn um!«

Aber niemand hörte sie, und Tristan spürte, wie sein Bewusstsein ihm entglitt … über den Abgrund davonglitt.

Und dann eine Stimme, die das Dröhnen in seinen Ohren übertönte; sie hallte, als käme sie von weit über ihm, als dringe sie durch einen Schacht zu ihm.

»Ich denke, er ist fertig, meint ihr nicht auch, Leute?«

Aber die Tritte wollten nicht aufhören.

»Ich habe gesagt, genug!«

Und endlich hörten sie auf.

»Tut mir Leid, euch bei eurem Vergnügen zu stören, aber möglicherweise wollen wir einen von diesen Mimiks sondieren, wenn das alles vorbei ist, und ich bezweifle, dass dort oben, sobald die Polizei Ordnung geschaffen hat, noch welche am Leben sind.«

Die Stimme kam näher, als würde sie ihn inspizieren. »Also, sieh sich das einer an! Er trägt die Masque des toten Liebhabers unseres Datameisters. Ich wette, das ist derselbe retrogenomische Mimikagent, den ich ausgetrickst habe und der uns den G-Ketten-Virus nach Kaze gebracht hat.«

Was meinte er mit *ausgetrickst* …? Hatte dieser FA-Mann mit dem Mimik-Holocaust zu tun?

Tristan versuchte, den Kopf zu heben, um ihn sehen zu können, aber seine gequälten Muskeln versagten ihm den Dienst.

Die Stimme kam näher. »Jetzt begegnen wir uns also wieder, Mimik. Nur dass du das letzte Mal, als ich dich gesehen habe, viel besser ausgesehen hast.«

Das letzte Mal, dachte Tristan. Wann war das gewesen?

»Oh, oh, oh«, sagte die Stimme. »Ihr beiden habt anscheinend wirklich Spaß daran gehabt.« Er lachte. »Kontaktsport ist eine feine Sache, was?«

Wieder Gelächter, diesmal von anderen Stimmen. Eine der Stimmen sagte: »Ich weiß gar nicht, wann ich das letzte Mal solchen Spaß hatte.«

Lanis Stimme, schrill vor Wut und Angst. »Ihr widerwärtigen Untermenschen …« Und dann das Klatschen von Fleisch auf Fleisch.

Dann wieder die erste Stimme: »Also gut, schleppt dieses Stück Dreck hier weg, während ich unseren kleinen Datameister wieder in den Schlaf versetze.«

Tristan wurde undeutlich bewusst, wie sich die Schmerzen, die seinen Körper einhüllten, verstärkten, als die beiden FA-Leute ihn mit dem Gesicht nach unten an den Füßen wegzerrten. Er zwang sich, kurz die Augen zu öffnen und sah die Blutspur, die er dabei auf dem Boden hinterließ, dann fielen sie ihm wieder zu.

Er wurde in eine Ecke geworfen, wo er sich bemühte, bei

Bewusstsein zu bleiben, klammerte sich gleichsam mit den Fingernägeln fest.

»So, das wäre ein Mimik, den wir abhaken können«, sagte eine Stimme. »Wie viele stehen uns jetzt noch bevor?«

»Keine Ahnung«, sagte eine zweite Stimme. »Ehe die Bildschirme ausgefallen sind, habe ich mehr Mimiks gesehen, als ich mir das je gewünscht habe. Und es war keiner dabei, dem ich gern im Dunkeln begegnen würde.«

Tristan klammerte sich an den Geräuschen fest wie ein schiffbrüchiger Matrose, der auf dunkler See nach Treibgut sucht, nach irgendetwas, das ihn über Wasser halten kann.

»Da bin ich ganz deiner Ansicht. Ich bin *wirklich* froh, dass der hier in Menschengestalt runtergekommen ist. Stell dir vor, er hätte auch all die Zähne und Stacheln gehabt wie die anderen.«

Lachen. »Allerdings! Ich hätte Streig die Ehre überlassen, ihn mit einem toten Pulser anzugreifen.«

Streig ... war das der Mann in dem anderen Raum? Der, der gesagt hatte, sie wären sich schon einmal begegnet? Die Abteilungsleiterin oben hatte den Namen erwähnt ... und Okasan auch. Aber Tristan war noch nie jemandem namens Streig begegnet, geschweige denn jemandem von der FA.

»Ja. Zum Teufel mit diesen Unterdrückern. Wahrscheinlich habe ich meinen Pulser am Schädel von diesem Ding kaputtgemacht. Und dann ist noch Mimikblut dran.«

»An meinem auch. Hast du einen Lappen?«

»Nein, aber da sollte schon irgendwo einer sein.«

Als die Stimmen sich entfernten, wurde Tristan bewusst, dass es für ihn noch eine Hoffnung gab: Eels Schablone. Wenn sie tatsächlich der »Drachenmodus«-Genotyp war, den Eel in der Rohrbahnstation benutzt hatte, dann könnte es ihn möglicherweise retten, in diese Masque zu fluxen. Die nichtmenschlichen Spleiße würden das Knochen- und Bindegewebe aufbauen und damit die meisten seiner Wunden heilen, vielleicht sogar die Rippenbrüche.

Falls sein geschundener Körper noch über die Reserven verfügte, um einen Flux zu überstehen. Er hatte mit den übrigen Mimiks Konzentrate aufgetankt, und sein Körper sollte deshalb unter normalen Umständen für jeglichen Flux bereit sein.

Aber jetzt …?

Und dann war da natürlich die Frage, ob eine Schablone verlässlich war, die er von einem Mimik erhalten hatte, der seine Brüder im Stich gelassen hatte, als die jeden verfügbaren Körper brauchten. Die Helix allein wusste, welchen Genotyp diese Schablone enthielt.

Aber er hatte keine andere.

Vorsichtig schob Tristan die Hand in die Tasche und fand die Scheibe. Er schob seinen Jumpsuit auseinander, fand den Interfaceschlitz und tauschte die Schablonen aus. Die wertvolle Trev-Schablone konnte er noch in die Tasche stecken, ehe der Flux begann.

Die plötzliche Schmerzwelle, die in ihm aufstieg, war so heftig, dass ein Stöhnen über seine zusammengepressten Lippen drang. Etwas stimmte nicht! Er hatte beim Fluxen noch nie einen derartigen Schmerz verspürt. Waren es die Knochenbrüche – oder eine fehlerhafte Schablone?

Obwohl er sich alle Mühe gab stillzuhalten, fing sein Körper zu zittern und zu beben an.

»Hey!«, sagte eine der Stimmen. »Mit dem Mimik stimmt etwas nicht.«

»Das sieht so aus, als ob er einen Anfall hätte oder so etwas. Streig wird gar nicht begeistert sein, wenn er stirbt.«

»Vielleicht hättest du ihm nicht so heftig gegen den Kopf treten sollen.«

»Das war ich doch gar nicht! Den Kopf hast du dir doch vorgenommen!«

Die Stimmen der Männer verhallten, während die Schmerzen in Tristans Brust sich verdoppelten ... verdreifachten.

Es ist vorbei, dachte er. Eel bekommt seine Rache und lacht als Letzter.

Aber gerade als Tristan dachte, er müsse vor Schmerzen sterben, begannen sie nachzulassen. Er blickte auf seine Hand und sah Schuppen, wo vorher noch Haut gewesen war, scharfe Klauen, wo vorher sorgfältig geschnittene Fingernägel gewesen waren.

Er hörte auf zu zittern, hielt den Atem an und lag vollkommen reglos da.

»Oh, verdammt!«, sagte eine der Stimmen. »Jetzt atmet er nicht mehr.«

Tristan spürte, wie sie näher kamen, fühlte eine Schuhspitze, die ihn nicht besonders sanft in den Rücken stieß.

»Hier stimmt etwas nicht«, sagte die andere Stimme. »Er sieht anders aus –«

Tristan rollte sich zur Seite und packte den Fuß. Sein Besitzer – die Augen große, weiße, vortretende Kugeln, der Mund ein dunkles Oval – stieß einen entsetzten Angstschrei aus. Sein Partner hob den Pulser und zielte auf Tristans Kopf.

Tristan hatte immer noch Schmerzen, besonders im Rückenbereich, aber es war ein weit entfernter Schmerz. Er fühlte sich stark und spürte, wie in ihm unmenschliche Wut aufwallte. Er erinnerte sich undeutlich an Eels Warnung, aber diese Worte lagen weit hinter ihm, wo auch dieser weit entfernte Schmerz war. Es ging um das Hier und Jetzt, und da war nur scharlachrote Wut – und der Drang zu töten.

Er sprang auf und drehte den Fuß des Mannes dabei wild herum. Er spürte, wie in dem Knöchel etwas knackte und dann auch noch weiter oben am Bein, als der FA-Mann umkippte, stöhnend und mit beiden Händen sich ans Knie greifend zu Boden sank.

Sein Partner zog sich zurück, richtete seinen Pulser auf Tristans Gesicht. Tristan konnte das wiederholte Klicken des nutzlosen Abzugs hören und dazu die ebenso nutzlosen Hilferufe.

»Das hilft jetzt gar nichts«, sagte Tristan. Seine Stimme klang fremdartig und schroff. »Unterdrücker, wohl vergessen?«

Der Mann versuchte, sich umzudrehen und wegzurennen, aber Tristan packte ihn am Handgelenk und drehte es herum, während er den Mann zugleich zu sich zog. Der Mann schrie auf, als sein Arm mit einem befriedigenden Geräusch aus dem Schultergelenk gerissen wurde. Er ging zu Boden.

Tristan packte ihn an der Vorderseite seines einteiligen Anzugs und zog ihn in die Höhe; dann schnappte er sich den ersten Polizisten und zerrte ihn ebenfalls hoch. Er stieß die beiden FA-Männer zusammen, rammte das Gesicht des einen in das des anderen.

WHAMM!

»›Ich weiß gar nicht, wann ich das letzte Mal solchen Spaß hatte?‹«

WHAMM!

»Hat das nicht einer von euch gesagt?«

WHAMM!

»Macht's immer noch Spaß?«

WHAMM!

»Nein? Also, *mir* schon!«

Die beiden Männer befanden sich inzwischen in einem Stadium, wo sie keine Antworten mehr geben konnten. Sie hingen schlaff in seinen Händen, und ihre Gesichter waren eine einzige blutige Masse. Ein Teil von ihm – der »Drachen«teil – wollte hier stehen und sie weiter gegeneinander stoßen, bis ihre Schädel eine weiche klebrige Masse waren, aber da war auch ein anderer Teil, der hartnäckig drängte, zu Lani zu gehen.

Tristan ließ die beiden fallen und öffnete die Tür zu der inneren Zelle. Ein Mann stand mit dem Rücken zu ihm da und strich mit den Händen über Lanis nackte Schenkel, ihren Unterleib, ihren –

Er fuhr herum. »Ich dachte, ich hätte euch gesagt, dass ihr nicht –«

Tristan hatte sich auf den Mann zubewegt, und seine Wut war inzwischen ins Unermessliche gewachsen, aber als er das Gesicht sah, erstarrte er. Dieses Gesicht kannte er … er hatte es erst vor zwei Tagen gesehen … bei Smalley's … auf der anderen Seite eines NOK-Bretts.

Bin ich ein solcher Idiot?, fragte er sich verbittert. Die haben mit mir gespielt wie mit einer Holopuppe.

»Han!«, schrie der Mann. »Barr!«

»Die können dich nicht hören … Padre.«

In den Zügen des Mannes mischten sich Verblüffung und Entsetzen

»Padre? Wer ist –« Und dann schien er sich zu erinnern. »Oh, ja. Du bist das also. Du willst wohl deinen kleinen Datameister befreien? Wie passt das denn zusammen? Ein Mimik und eine Realperson? Wie spaßig.«

Tristan wollte sich auf ihn werfen, aber Streigs Hand legte sich an der Konsole zu seiner Linken auf einen Schalter.

»Nicht!«, schrie der FA-Mann. »Noch einen Schritt näher, und ich röste ihr das Gehirn!«

Tristan hielt inne. Der Drache in ihm wollte sich auf Streig stürzen und ihm die Kehle herausreißen. Aber der andere Teil seiner Persönlichkeit kämpfte dagegen an.

Bluffte Streig? Konnte er Lani von dieser Konsole aus Schaden zufügen? Tristans VR-Ausbildung hatte sich nicht mit solchen Einzelheiten befasst.

»Tu das nicht.«

Streig lächelte. »So … sie *bedeutet* dir also etwas. Wenn das nicht interessant ist. Psycker von der Trev-Schablone? Aber nein … die benutzt du ja gar nicht. Es muss« – das Grinsen wurde breiter – »wahre Liebe sein.« Seine Hand strich liebkosend über Lanis Venushügel. »Unerwiderte Liebe … oder könnte es sein, dass sie sie erwidert? Ich hätte nie gedacht, dass unser kleiner Datameister so verdreht sein könnte.«

Tristan trat unwillkürlich einen Schritt auf ihn zu.

»Ich warne dich, Mimik, sie wird nicht gecompt – sie wird hirntot sein. Und bilde dir bloß nicht ein, dass du die Stromzufuhr abschalten kannst. Wir haben hier eine kleine Pattsituation. Also werden wir alle drei einfach da bleiben, wo wir gerade sind, bis die Polizei deinen Monsterkollegen den Posten oben wieder abgenommen hat.«

Tristan knirschte wütend mit den Zähnen. Streig schien im Vorteil zu sein – *falls* er seine Drohung wahr machen konnte.

Tristan konnte nicht ewig hier stehen bleiben. Er musste sich entscheiden.

Wieder ein Lächeln von Streig. »Du hast das genauso gut gespielt, wie du bei Smalley's NOK gespielt hast – nämlich jämmerlich.«

»Was war das vorher, von wegen ›austricksen‹«, sagte Tristan. Wenn es ihm gelang, Streig abzulenken …

»›Austricksen‹ ist wohl nicht das richtige Wort dafür. Dieses Trojanische-Pferd-Konzept für die Freisetzung der G-Kette war mein Plan, musst du wissen.«

Tristan zuckte zusammen und sah die zerfließenden gequälten Gesichter all der sterbenden Mimiks vor sich.

Das also war der Mann, der das zu verantworten hatte!

»Und du warst wirklich ein ausgezeichnetes Pferd«, sagte Streig. »Ein tanzendes Pferd. Ich habe die Melodie gespielt, und du –«

Plötzlich fiel die Hauptbeleuchtung aus, als ob jemand … einen Schalter umgelegt hätte.

Streig begann an der Konsole herumzuhantieren, schlug mit der flachen Hand darauf, und seine Stimme wurde schrill. »Was ist passiert? Wo ist die Energie?«

Tristan war mit einem mächtigen Satz quer durch den Raum geeilt, ehe die Notbeleuchtung eingeschaltet wurde, und als Streig aufblickte, war er über ihm.

»Zurück!«, schrie Streig. »Es funktioniert immer noch! Ich kann ...«

Tristan stieß die ausgestreckten Finger seiner rechten Hand unter Streigs Kinn; die Klauen an den Spitzen bohrten sich in das weiche Fleisch, stachen in Streigs Mundhöhle, als Tristan ihn wild um sich schlagend in die Höhe hob. Streig versuchte etwas zu sagen, brachte aber nur würgende, gurgelnde Laute hervor. Tristan konnte die Spitzen seiner Klauen in dem Blut unter Streigs Zunge sehen.

»Du!«, stieß Tristan zwischen seinen dolchähnlichen Zähnen hervor. »Du nennst *uns* Ungeheuer?«

Und dann ließ er dem Drachen freie Hand.

Er schleuderte Streig gegen die Wand und begann mit seinen Klauen auf ihn einzuhacken. Die kleine Zelle war plötzlich feucht und kalt, und Tristan sah – als hätte er seinen Körper verlassen – in einer Art Starre zu, wie seine Masque auf Streig einhackte, seinen Anzug zerfetzte, ihm die Haut in Streifen herunterriss, das Fleisch bis zu den Knochen zerfetzte, Streigs von Krämpfen geschüttelten Körper hin und her warf, sodass rote Blut- und Gewebeklumpen herumflogen, die Wand besudelten, Tristan selbst bespritzten.

Und dann eine Stimme, schrill und flehend. Nicht die Stimme Streigs, denn Streig konnte nicht mehr sprechen. Nein ... eine andere Stimme. Die einer Frau. Er hörte seinen Namen und konzentrierte sich darauf.

»Tristan! Oh, Tristan, wenn du das bist, dann hör auf! Du darfst ihn nicht noch mehr zurichten. Du darfst –«

Er drehte sich um und sah durch einen Schleier, wie die Überreste von Streigs Körper an der Wand herunterrutschten und dabei eine dicke Blutspur an den Wandplatten hinterließen.

Er sah, wie Lani sich auf der Liege aufsetzte, ihn anstarrte, die Hände vor den Mund gelegt. Der Energieausfall hatte sie aufwachen lassen.

»Das *bist* doch du, nicht wahr, Tristan?«

Er blickte auf seine blutigen Hände mit den Klauen, an denen Fleischfetzen hingen, auf die roten Blutspritzer auf seinem Anzug, und schämte sich. Er hatte nicht gewollt, dass sie ihn in einer anderen Masque als der von Trev sah, aber jetzt hatte sie ihn als Mann-Drachen gesehen, hatte gesehen, wie er einen Menschen in Stücke riss.

Er könnte es leugnen, könnte sagen, Tristan sei im oberen Stockwerk, aber damit würde er nur alles hinauszögern. Er machte den Mund auf –

»Ja, das ist Tristan.«

Lani zuckte zusammen, und Tristan wirbelte herum und sah Callin in der Tür stehen. Sein menschlicher Kopf und seine Arme waren halb im Raum, sein Spinnenkörper hinter ihm im Schatten. Er trug einen Hochleistungs-Pulserkarabiner.

»Ich denke, ich habe mich in dir getäuscht«, sagte Callin. »Gute Arbeit, was du da mit diesen FA-Plasmiden gemacht hast.« Er richtete den Pulser auf Streig. »Ganz besonders mit dem hier.«

Tristan sah sich nicht um. Er wollte das nicht sehen.

»Die Energieversorgung … warst du das?«

Callin nickte. »Als du diese Techniker nach oben geschickt hast, habe ich mich gefragt, was du eigentlich hier unten machst. Dann fand ich diese zwei blutigen Körper dort draußen und hörte, wie der da mit dir seine Spielchen trieb.«

Tristan schloss die Augen – wenn Callin in dem Augenblick

hereingestürmt wäre, hätte das das Ende für Lani bedeuten können.

»Vielen Dank, dass du gewartet hast.«

»Als ich hörte, was er sagte, habe ich nach oben gerufen und denen gesagt, sie sollen die Energiezufuhr hier abstellen.«

Tristan war gerührt. »Das hast du für mich getan?«

Callin zuckte mit den Achseln. »Zu dem Zeitpunkt war ich bereits überzeugt, dass du wirklich einer von uns bist, und ich dachte, du hättest eine persönliche Rechnung mit ihm zu begleichen, und da …«

»Danke … Bruder.«

Callin nickte und lächelte, dann sah er Lani an. »Kommen Sie mit, Datameister?«

Lani – Tristan hatte Angst davor, ihr in die Augen zu sehen, zwang sich aber dazu, sich umzudrehen. Er sah, wie sie von der Liege glitt und sich aufrichtete. In ihrer Nacktheit sah sie so verletzlich aus. Er hätte sie am liebsten an sich gedrückt, ihr gesagt, dass alles gut werden würde, dass er sie beschützen würde, aber das konnte er nicht … nicht so.

»Ich – ich kann nicht hier bleiben.«

Sie sah Tristan an, und dann wanderte ihr Blick zu den blutigen Überresten von Streig. Sie erschauderte und sah wieder Tristan an, aber nicht so, wie sie ihn vorher in Trevs Masque angesehen hatte.

»Aber Streig …«, sagte sie. »Er hat doch – oder hatte – ein Katzenauge mit der 662RHC-Sequenz. Ohne die können wir hier nicht weg.«

»Sieh nach, ob du sie finden kannst, Tristan«, sagte Callin. »Unsere Zeit wird knapp.«

»Ist Okasan schon frei?«, fragte er und trat neben Streigs Leiche und kauerte sich neben ihr hin.

»Okasan?«, sagte Lani, und jetzt hellte sich ihr Gesicht zum ersten Mal auf. »Ihr habt sie gefunden?«

»Ja«, sagte Callin, »aber es ist verdammt mühsam, die Käfigstangen durchzusägen. Die Polizei hat bereits einen Gegenangriff gestartet, aber wir haben sie zurückgeschlagen. Wir rösten die Jungs jedes Mal, wenn sie auftauchen. Ich vermute daher, dass sie bald Bots schicken werden. Wir müssen zur fünften Etage unterwegs sein, ehe es dazu kommt.«

Tristan wühlte im Fleisch des Toten herum und suchte die winzige Kugel.

»Lani, bist du ganz sicher, dass er sie hatte?«

»Er hat sie mir gezeigt, nachdem sie dich geschlagen haben, hat gesagt, dass man damit die Welt in zwei Klassen aufteilen würde; diejenigen, die das Gen haben, und diejenigen, die ihnen sagen, was sie zu tun hätten. Du musst –«

»Ich hab's«, sagte Tristan und hob eine winzige, blutverkrustete Kugel in die Höhe. Er machte Anstalten, sie in die Tasche zu stecken.

»Moment mal«, sagte Callin.

Er blickte auf und sah, wie Callin den Pulserkarabiner auf ihn richtete. »Was machst du da, Callin?«

»Sicherstellen, dass das hier nicht verschwindet. Leg es auf den Boden, und tritt einen Schritt zurück.«

Tristan kam der Aufforderung nach und überlegte, was Callin wohl vorhaben mochte. Ein Pulser war hier unten nutzlos wegen der –

Ein Energiestrahl zischte aus dem Lauf, fuhr kurz um die Umrisse des Katzenauges, bis die winzige Kugel explodierte.

»Wie hast du das gemacht?«, wollte Tristan wissen. »Die Unterdrücker –«

»Sind abgeschaltet. So viel zu Okasans Loyalitätsgen.«

»Nun, die Probe, die ja. Aber ich bin sicher, dass er Kopien gemacht hat – massenhaft Kopien.«

»Nein«, sagte Lani. »Das war das einzige Exemplar. Streig wollte nicht, dass man es kopiert – er ließ nicht einmal jemanden in seine Nähe. Vor der Sondierung habe ich gehört, wie er den Technikern gesagt hat, sie sollen die Selbstreplizierungsprotokolle abschalten. Ich vermute, er wollte das einzige Exemplar unter seiner Kontrolle haben.«

»Sehr gut«, sagte Tristan und spürte, wie seine Stimmung sich hob. »Dann haben wir wenigstens eines unserer Ziele erreicht. Jetzt müssen wir nur noch dich und Okasan hier rausschaffen.«

»Und das wird wesentlich mehr Mühe machen«, sagte Callin. »Aber zuerst« – mit diesen Worten warf er Tristan die Pistole aus seinem Gürtel zu – »wollen wir noch einigen Schaden anrichten, ehe wir hier weggehen. Fang du hier an, ich beginne am anderen Ende des Korridors.«

Er ging rückwärts zur Tür hinaus und verschwand.

Tristan sah zuerst Lani und dann die Überreste von Streig an. »Es tut mir Leid, dass du das mit ansehen musstest. Ich habe die Beherrschung verloren und –«

»Ist schon gut«, sagte sie, aber er glaubte ihr nicht ganz. »Wenn es jemanden gibt, der das verdient hat …« Sie sah sich um. »Die haben mir meine Kleider weggenommen.«

»Ich habe im Vorraum welche gesehen. Hol sie, und ich zerstöre inzwischen ihre Datenbänke.«

Tristan sah Lani nach, wie sie hinauseilte, und drehte sich dann wieder zu den Überresten Streigs um und starrte sie an. Eigentlich hätte es mehr Mühe bereiten müssen, einen so bösen und mächtigen Mann zu töten. Und doch hatte er geblutet und war genauso schnell und leicht wie der niedrigste DNS-Anpassling gestorben. An seinem Abgang war überhaupt nichts Besonderes gewesen, nur dass er, das hoffte Tristan zumindest, schmerzhafter gewesen war. Und das hatte sich Streig wahrlich verdient.

Tristan schaltete seinen Pulser auf Maximalleistung und fing an zu feuern.

31

»Die haben uns die Energie abgeschaltet«, sagte Krek.

Tristan war gerade mit Lani aus der Aufzugkabine gestiegen. Er hatte erwartet, den Polizeiposten ebenso hell vorzufinden, wie er ihn verlassen hatte. Aber jetzt leuchteten nur die Notpaneele an der Decke.

»Wann?«

»Ist noch nicht lange her. Wir haben es kommen sehen. Auf den Displays konnte man sehen, dass sie sämtliche unterirdischen Etagen evakuieren, und dann sahen wir, wie sie die Energie abschalteten, eine Etage nach der anderen, bis es schließlich auch hier dunkel wurde.«

»Verdammt«, sagte Callin und hob seinen Pulser. Er war vor Tristan und Lani allein mit dem Aufzug nach oben gefahren. »Ich wollte das Ding hier neu aufladen.«

Sie hatten gemeinsam dem Datencenter beträchtlichen Schaden zugefügt, waren von Zelle zu Zelle gegangen und hatten sämtliche Lagerstätten für Katzenaugen und alle Übertragungs- und Replikationseinheiten zerstört, die sie hatten finden können.

»Ich bin sicher, in den Waffenschränken gibt es genug aufgeladene Pulser«, sagte Tristan. Er drehte sich zu Krek um. »Ist Okasan schon frei?«

Krek schüttelte den Kopf. »Nein, bis jetzt noch nicht. Es sind so viele Stangen, und das Schneiden geht so furchtbar langsam vonstatten.«

»Kann ich sie sehen?«, fragte Lani.

Sie hatte sich ihren Clingsuit zurückgeholt, und doch stand sie vielleicht einen Meter von ihnen entfernt, die Arme vor der Brust verschränkt, als wäre sie immer noch nackt, und starrte Krek und die anderen Mimiks mit einer Art ehrfürchtiger

Scheu an. Tristan war aufgefallen, dass sie sich während der Fahrt in der Aufzugkabine an die Wand gelehnt hatte. Er hatte sich so danach gesehnt, sie in die Arme zu nehmen, es aber nicht gewagt – nicht mit diesen blutigen Schuppenarmen. Er hatte gehofft, gleich nach dem Eintreffen hier oben wieder in Trev zu fluxen, aber das schien jetzt nicht besonders klug. Die Situation verschlechterte sich schnell, und er würde jedes Quäntchen Kampfkraft brauchen, das diese Drachenmasque ihm bot.

Tristan ließ Krek und Callin stehen und führte sie zu den Wartezellen. Als sie näher kamen, hörte er Okasan lautstark rufen:

»Lasst mich, ich sage es euch! Jede Minute, die ihr mit mir verschwendet, verringert eure Chancen, hier lebend rauszukommen!«

»Okasan!«, rief Lani und rannte auf die Zellentür zu, musste aber, bevor sie ihr Ziel erreichte, stehen bleiben, weil der Mimik immer noch mit dem Schneidlaser an den unteren Stangen arbeitete.

Okasan lächelte erleichtert und zwängte ihren Finger zwischen zwei der waagerechten Stangen hindurch.

»Lani! Die haben Ihnen nichts zu Leide getan! Oh, ich bin so froh! Ich hätte mich verantwortlich gefühlt.« Ihr Lächeln verblasste. »Und ich bin schon für so viel verantwortlich.«

Lani strich zärtlich über die Finger der alten Frau.

»Nein. Mir fehlt nichts. Tristan hat mich gerettet. Und, Okasan – das Loyalitätsgen ... die einzige Kopie ist zerstört.«

»Aber Streig –«

»Den gibt es auch nicht mehr. Tristan ... hat das erledigt.«

Okasan sah ihn über Lanis Schulter hinweg an. »Das ist Tristan?«

Der nickte. »Ja, ich bin es, Okasan. Und das Gen ist zerstört.«

Okasans Blick schien ins Leere zu wandern. »Dann ist das Geheimnis von 662RHC wieder ein Geheimnis. Meines.«

Tristan beugte sich vor, um zu sehen, welche Fortschritte die Schneidarbeit machte.

Erst zwei von den unteren Stangen waren entfernt worden, und der Laser hatte die Dritte an einem Ende gerade erst zur Hälfte durchgeschnitten. Okasan würde die Beine bis zum Knie durchschieben können, aber ganz bestimmt nicht mehr.

Tristans Stimmung, dem die Befreiung Lanis und die Zerstörung des 662RHC Mut gemacht hatten, sank wieder.

Bei diesem Tempo würden sie alle getötet werden, bis Okasan frei war. Er zermarterte sich das Gehirn, suchte nach einer Lösung. Wie konnte man das hier beschleunigen?

Krek glitt herein. »Die haben die Energiezufuhr zu den Schächten abgeschnitten.«

Lani wandte sich von Okasan ab und sah sie an. »Dann sitzen wir hier in der Falle – genauso eingesperrt wie Okasan.«

»Nicht unbedingt«, erwiderte Tristan. »Wir könnten Energie aus Notaggregaten in die Schächte leiten.«

»Darauf würde ich mich nicht verlassen, Bruder«, sagte Krek.

Tristan zuckte mit den Achseln und wandte sich ab. Um die Schächte würde er sich später kümmern. Im Augenblick gab es ein viel dringenderes Problem: Sie mussten Okasan befreien.

»Ich habe eine Idee«, sagte Okasan. »In der Wand hier neben der Tür ist so eine Art Platte. Sie befindet sich genau gegenüber dem Schlossmechanismus auf eurer Seite. Wenn ich diese Platte öffnen kann, finde ich vielleicht eine Möglichkeit, das Schloss zu überbrücken.«

»Tatsächlich?«, fragte Krek. »Wie ist die Platte an der Wand befestigt? Kann man sie wegstemmen?«

»Das glaube ich nicht«, sagte sie. »Schiebt mir einen von euren Pulsern unter der Stange durch, dann versuche ich, einen Strahl darauf zu richten. Schlimmer kann ich es damit ja schließlich nicht machen.«

»Man soll alles probieren«, erklärte Krek. Er zog eine Pistole aus dem Gürtel und reichte sie dem Egelmimik, der den Laserschneider bediente. »Da. Schieb sie unten durch.«

Als der Egelmimik den Pulser unter der Stange durchschob, blickte Okasan auf. Ihre Augen blieben kurz an denen von Tristan hängen, und der schrie entsetzt auf, als er die schreckliche Entschlossenheit in ihrem Blick sah.

»Nein! Gib sie ihr nicht!«

Aber zu spät. Okasan hob die Waffe vom Boden auf und trat von der Tür zurück.

»Warum nicht?«, fragte Krek. »Was ist denn?«

Aber Okasan ließ Tristan nicht zu Wort kommen.

»Ihr könnt mich nicht rechtzeitig hier rausholen«, sagte sie leise. »Ihr seid alle sehr tapfer, und ich bin zutiefst gerührt von eurer Loyalität, aber die traurige Wahrheit ist, dass ich, ganz gleich, was ihr tut, immer noch in dieser Zelle sein werde, wenn die Flagger diesen Posten zurückerobern. Und das werden sie. Die einzige Frage ist jetzt, wie viele von euch dabei sterben werden. Wenn ihr hier bleibt und mich zu befreien versucht, werdet ihr alle sterben.«

»Wir verlassen dich nicht«, erklärte Krek.

»Das weiß ich«, sagte Okasan. »Und deshalb muss ich euch verlassen.«

Nein, dachte Tristan, der genau wusste, was Okasan vorhatte. Nicht jetzt, nicht nachdem ich erfahren habe, wer du bist.

Lani, Krek und die anderen flehten sie im Chor an, als ihnen bewusst wurde, was Tristan bereits erraten hatte.

Okasan schloss die Augen und schüttelte den Kopf. »Dank Tristan ist die Welt gerade vor 662RHC bewahrt worden.

Aber wenn ich am Leben bin, wenn dieser Posten zurückerobert wird, wird jemand von der FA – ein anderer Streig – mich erneut sondieren lassen. Und dann wird Flagge Glom wieder den Schlüssel zur Herrschaft über die Welt haben. Ich darf nicht zulassen, dass das geschieht.«

»Okasan«, sagte Tristan und hörte, wie seine Stimme zu einem Schluchzen wurde. »Mutter … bitte!«

»Mutter …«, sagte sie und sah sie mit feuchten Augen an. »Ich habe mich so lange Zeit wegen des Missbrauchs meiner mDNS geschämt. Aber wenn ich euch jetzt ansehe, durch die schrecklichen Gestalten hindurchsehe, die ihr angenommen habt, sehe ich da etwas Gutes, Edles. Ich bin stolz auf euch – euch alle.«

»Weiterschneiden«, wies Krek den Egelmimik an. »Wir holen dich raus.«

»Das Beste, was ihr für mich tun könnt, ist überleben. Das ist das größte Geschenk, das ihr mir machen könnt. Lebt weiter und findet andere Mimiks und befreit sie. Wenn euer Aufstand sich herumspricht, wird das andere Mimiks nachdenklich machen. Ihr habt hier ein Feuer entfacht – breitet seine Flammen über den ganzen Globus aus, über die Planeten. Aber um das zu tun, müsst ihr mich hier zurücklassen. Lebt wohl.«

Wieder flehten Lani, Krek und die anderen Mimiks sie an, aber Tristan war von der Kraft der fremdartigen Gefühle, die in ihm tobten, wie benommen. Er packte die Gitterstäbe, wollte sich hindurchzwängen und diese alte Frau packen, sie umarmen und ihr sagen, dass er sie gerade erst gefunden hatte und sie nicht schon wieder verlieren wollte.

Aber Okasan achtete nicht auf die verzweifelten Rufe. Kühl entschlossen trat sie an die plattformartige Erhebung, die ihr in der Zelle als Bett diente, und legte sich auf den Rücken. Sie nahm eine Einstellung an der Pulserpistole vor und presste sich die Mündung dann über ihrem Herzen gegen die Brust.

Sie wandte den Kopf zu ihnen. »Geht«, sagte sie. »Bitte, seht euch das nicht an.«

Aber Tristan wollte nicht gehen – und die anderen ebenfalls nicht. Ihre Bitten wurden noch lauter.

»Nun gut«, sagte Okasan mit einem bebenden Lächeln. »Lebt wohl.«

Als Lanis Schreie an seine Ohren drangen, fand Tristan endlich seine Stimme wieder, aber der Protestschrei, den er ausstoßen wollte, kam als ein gequältes Heulen heraus.

Und das erstickte in seiner Kehle, als er sah, wie Okasans Daumen den Abzug betätigte, sah, wie ihr Körper sich aufbäumte, als der Strahl ein Loch in ihr Herz bohrte. Ihre Arme bewegten sich zuckend, und der Pulser fiel klirrend zu Boden. Ihr Körper bäumte sich einen Augenblick lang auf und wurde dann schlaff.

Die Schreie verstummten, wie erstickt von dem Schrecken, den sie gerade miterlebt hatten, wichen Schluchzen und Stöhnen. Lani drehte sich um und klammerte sich einen Augenblick an Tristan, wich dann aber zurück – von dem Blut auf seiner Drachenhaut angewidert? – und taumelte davon.

Tristan folgte ihr nicht. Er blieb, wo er war, starrte durch die Gitterstäbe und hatte das Gefühl, er müsse vor Schmerz ohnmächtig werden.

Okasan ... Teresa Goleman ... seine Mutter ... war tot.

32

Als schließlich sämtliche Mimiks Okasans sterblichen Überresten ihren Respekt erwiesen hatten und die Tür zum Zellenbereich zugeschweißt war, sammelte Krek seine Truppen und wandte sich an sie. Er räusperte sich angestrengt.

»Wie ihr wisst«, sagte er dann, »ist die Energiezufuhr zu den Schächten abgeschaltet worden. Die Schwerkraftabschwächer wieder neu in Gang zu setzen ist bisher trotz aller Anstrengungen nicht gelungen. Wenn also nicht jemand eine besonders schlaue Idee hat, stecken wir fest.«

»Nicht unbedingt«, sagte Tristan, dessen Verstand fieberhaft arbeitete.

Er hatte verzweifelt überlegt, was es für einen Ausweg aus dieser Falle geben könnte. Nicht nur, weil er Lani retten wollte, sondern auch, weil Okasan ihnen eine Mission anvertraut hatte: die Mimikrevolution auszuweiten. Er hatte sich gelobt, ihren letzten Wunsch zu erfüllen.

»Die Schächte sind tot, Bruder. Das sind jetzt dunkle, leere Löcher.«

»Genau«, sagte Tristan. »Dunkel und leer. Mit Handgriffen an den Wänden. Wir können hinausklettern.«

Kreks Gesicht hellte sich auf, und unter den anderen Mimiks erhob sich beifälliges Murmeln.

»Verdammt noch mal, er hat Recht!«, sagte Callin. »Damit werden die nicht rechnen.« Er schlug Tristan auf die Schulter und lachte: »Seid ihr nicht alle froh darüber, dass ich darauf bestanden habe, ihn mitzubringen?«

Das lockerte die düstere Stimmung etwas auf, wenn auch nur für kurze Zeit.

»Wie weit müssen wir klettern?«, fragte Lani.

»Zwanzig Stockwerke«, erklärte Tristan.

»So weit kann ich nicht klettern.«

»Das brauchst du auch nicht«, beruhigte er sie. »Ich werde dich tragen.«

»Als Trev?«

Ihr Gesichtsausdruck verriet Tristan, dass sie auf ein Ja hoffte. Aber das war nicht möglich.

»Nein. Trev könnte ebenfalls keine zwanzig Stockwerke

klettern. Aber mit der Vitalität und der speziellen Muskulatur dieser Kampfschablone kann ich uns beide hier rausbringen.«

»Wie willst du das anstellen? Du brauchst dazu beide Hände.«

»Ich werde mir schon etwas einfallen lassen.«

Während Krek die Proteaner in den dunklen Schacht dirigierte, trug Tristan Gürtel und Halfter der toten Polizisten zusammen und baute daraus ein Tragegestell für Lani.

Krek wartete im leeren Vorraum auf sie und half mit, Lani auf Tristans Rücken zu schnallen.

»So«, sagte Krek zu ihr gewandt, nachdem er den letzten Riemen festgeschnallt hatte. »Du brauchst dich jetzt bloß an seinem Hals festzuhalten, dann wird alles gut.«

Tristan bemerkte, dass sie kurz zögerte, ehe sie die Arme um seinen schuppigen Hals schlang.

»Keine Angst«, sagte er zu ihr. »Es wird nicht lange dauern.«

»Hoffentlich«, sagte sie. »Schaffst du die ganze Strecke mit meinem zusätzlichen Gewicht?«

»Das wird leicht sein. Das eigentliche Problem ist, dass die Polizisten uns verfolgen werden.«

»Genug geredet«, sagte Krek. »Ihr beiden seid die Letzten. Geht jetzt, ich werde die –« Er hielt inne, neigte den Kopf leicht zur Seite und lauschte. »Was ist das? Es kommt aus dem Fallschacht.«

Er glitt auf die Öffnung zu und streckte seinen Kopf in die Öffnung hinein. Er konnte ihn gerade noch rechtzeitig zurückziehen, als von oben ein Sperrfeuer roter Strahlen herabzuckte.

»Bots!«, rief er. Er drehte sich zu Tristan um. »Los jetzt! Schnell!«

Tristan spürte, wie Lanis Arme sich fester um seinen Hals legten, als er sich in den Schacht schwang. Der Gegenangriff hatte begonnen. Er hatte gehofft, noch ein wenig mehr Zeit zu haben, um den Abstand zwischen sich und den Sicherheitsbots zu vergrößern. Die Geflügelten flogen, die Kastenförmigen rollten, und beide Modelle waren massiv gepanzert, und sobald sie sich einmal in Bewegung gesetzt hatten, waren sie kaum noch aufzuhalten.

Sobald die Lenker der Bots erkannt hatten, dass der Posten verlassen war, würden sie den Aufwärtsschacht wieder mit Energie versorgen und die Bots hinter ihnen herschicken.

Als Tristan mit dem Aufstieg begann, stellte er fest, dass Krek zu der Polizeistation zurückkehrte.

»Krek! Hier geht's lang! Wo gehst du hin?«

»Sieh zu, dass du weiterkommst!«, sagte er und bedeutete Tristan mit einer Handbewegung, dass er sich beeilen solle. »Ich lenke sie ab.«

»Nein!«, schrie Tristan. »Die braten dich!«

»Dazu müssen sie mich zuerst erwischen. Ich werde dafür sorgen, dass sie glauben, wir hätten uns ins Datencenter zurückgezogen. Bis die dann herausgefunden haben, dass da bloß ein einziger Mimik ist, seid ihr wieder im Tunnel. Und jetzt *Beeilung*! Wenn die euch sehen, dann reimen die sich zusammen, was wir vorhaben.« Er winkte. »Grüß mir die anderen, und sag ihnen, sie sollen keine Zeit mit Trauern vergeuden. Sag ihnen, sie sollen zusehen, dass sie frei werden. Das ist alles, worauf es jetzt ankommt.«

Tristan wusste, dass Krek Recht hatte. Proteus' einzige Hoffnung war ein Ablenkungsmanöver dieser Art. Trotzdem zerriss es ihm das Herz, Krek davongleiten zu sehen. Er wusste, dass dies das letzte Mal war, dass er diesen noblen Mimik zu Gesicht bekommen würde.

Die Tränen behinderten Tristans Sicht, als er zu klettern begann. Noch vor wenigen Tagen hätte er Kreks Entscheidung völlig unbegreiflich gefunden. Aber jetzt ... wenn Lani nicht hier gewesen wäre, hätte er sich vielleicht erboten, an Kreks Stelle hier zu bleiben, und hätte den Führer nach oben geschickt, damit er seine Mimiktruppen in Sicherheit bringen konnte.

Er blinzelte ein paar Mal, um wieder besser sehen zu können, und konzentrierte sich dann darauf, in der Dunkelheit die Handgriffe an der Wand zu finden und so schnell und so lautlos wie nur möglich zu klettern.

Als er die Öffnung für die Etage S-24 fand, war diese leer, nur schwach von einer Notbeleuchtung erhellt. Gut. Wenn alle unterirdischen Etagen so verlassen waren, würden sie es vielleicht schaffen.

Plötzlich flüsterte Lani ihm ins Ohr: »Tristan, schau. Dort unten.«

Tristan blickte in die Tiefe und sah einen geflügelten Sicherheitsbot in den Schacht gleiten. Sein Herz schlug wie wild. Hatten sie Verdacht geschöpft?

Er schwang sich aus dem Schacht in den Vorraum im vierundzwanzigsten Stockwerk. Den Pulser schussbereit in der Hand, kauerte er dicht neben der Öffnung und betete, dass sie die Infrarotsensoren und Bewegungsmelder des Bots nicht alarmiert hatten. Aber er verließ sich nicht darauf. Zwei Körper, die so aneinander geschnallt waren, wie der seine und der von Lani, strahlten eine Menge Hitze ab. Nach einer Weile riskierte er einen Blick in den Schacht.

Er fing an zu zählen.

Er kam aber nicht weit, bis der schimmernde, schwarze Keil des Sicherheitsbots durch die Öffnung glitt, die linke Flügelspitze nur wenige Zentimeter von seiner Nase entfernt.

Tristan zögerte nicht. Er packte die Tragfläche und drehte sie von sich weg, sodass der rückwärtige Bereich des Bots freigelegt war. Jedermann wusste, dass Bots im Heckbereich verletzbar waren, und jeder hielt das für nutzloses Wissen. Bots wichen nie zurück. Sie gingen immer wieder auf einen los, bis sie abgeschossen wurden oder bis nichts mehr übrig war, was sie töten konnten.

Aber im Augenblick sah Tristan die Schubaggregate und die Lenkvorrichtung einer solchen Hecksektion.

»Schließ die Augen«, forderte er Lani auf, drehte den Kopf herum und jagte schnell hintereinander drei Strahlenschüsse in das Aggregat.

Der Bot startete wie ein orbitales Shuttle, prallte von den Wänden ab und kreiselte in einen nahe gelegenen Seitengang.

Tristan hatte sich bereits in Bewegung gesetzt – zurück in den Schacht, wo er so schnell er konnte nach oben kletterte. Wenn weitere Bots kamen, musste er weiter oben sein. Und dass welche kommen würden, stand für ihn außer Zweifel. Wer auch immer sie lenkte, würde ein paar von dem Gegenangriff auf die Wachstation abziehen, um nachzusehen, was da in Etage vierundzwanzig passiert war. Und das war gut: Zeit, die damit vergeudet wurde, eine leere Etage abzusuchen, während Proteus entkam.

Die anderen waren weit vor ihm, würden aber auf ihn warten. Der Plan sah vor, sich in dem Vorraum auf S-5 neu zu formieren und dann zusammen zum Tunnel zu eilen.

Die Kletterpartie kam Tristan endlos vor, und Lanis zusätzliches Gewicht machte die Sache nicht einfacher. Seine Muskeln schmerzten, seine Lungen brannten, aber er schwitzte nicht – das lag an seiner Drachenhaut, vermutete er.

Schließlich erreichte er S-5 und fand die anderen im Zwielicht des Vorraums. Sie warteten auf ihn ... und auf Krek.

Als Tristan die Riemen löste und Lani von seinem Rücken herunterklettern ließ, hastete Callin zum Schachteingang und blickte in die Tiefe. »Wo ist Krek?«

Vor diesem Augenblick hatte sich Tristan während der ganzen Kletterpartie gefürchtet.

»Er kommt nicht.«

Callins Stimme übertönte das Stimmengewirr der anderen. »Was soll das heißen?«

Tristan berichtete ihnen von Kreks Opfer. Schweigen machte sich breit. Las er da eine unausgesprochene Frage in ihren Augen?

Warum bist du nicht geblieben?

»Lasst uns runtergehen und ihn holen!«, sagte jemand.

Ein Chor beifälliger Stimmen erhob sich, und die Gruppe strömte auf den Fallschacht zu. Tristan trat ihnen in den Weg.

»Nein! Halt! Kreks letzte Worte zu mir waren: ›Sag ihnen, sie sollen zusehen, dass sie frei werden. Das ist alles, worauf es jetzt ankommt.‹ Das müsst ihr akzeptieren.«

»Du magst ja vielleicht einen Bruder zurücklassen«, sagte Callin und drängte zum Schacht, »aber wir nicht.«

»Verdammt noch mal!«, rief Tristan. »Euer Bruder – *unser* Bruder – opfert sich selbst auf, damit wir entkommen und weiterkämpfen können. Unsere *Mutter* hat dasselbe getan. Und jetzt wollt ihr da wieder runter, um ganz sicher zu gehen, dass ihr Tod sinnlos war. Die Gloms werden uns auslöschen, und Okasan und Krek werden umsonst gestorben sein. Ist es das, was ihr wollt?«

Callin stand sprungbereit am Rand, aber er bewegte sich nicht.

»Okasan und Krek …«, flüsterte Tristan. »Sie hatten beide denselben letzten Wunsch: Werdet frei. Die Freiheit liegt dort vorne im Korridor. Wir werden überleben und weiterkämpfen. Und wir werden dafür sorgen, dass die Gloms sich noch wünschen, sie hätten das Wort ›Mimik‹ nie gehört.«

Schließlich drehte sich Callin zu Tristan herum: »Du hast Recht. Ich fühle mich nicht wohl dabei, aber …«

Tristan deutete in den Korridor hinein. »Gehen wir.«

Lani schräg hinter sich, führte er die Mimiks aus dem Vorraum heraus. Er wollte gerade den Korridor betreten, als ihn ein plötzlicher Impuls warnte. Er hob die Hand und schob vorsichtig den Kopf um die Ecke –

Und riss ihn gleich wieder zurück. Mehrere Sicherheitsleute eröffneten das Feuer und ließen den Korridor blitzartig taghell werden.

Die Mimiks begannen, das Feuer zu erwidern, schossen ungezielt um die Ecke.

»Die haben Schilde!«, sagte Callin.

Tristan legte sich auf den Boden und spähte vorsichtig hinaus. Callin hatte Recht. Die Polizisten schoben eine ganze Phalanx schwer gepanzerter Barrieren vor sich her.

»Vielleicht sollten wir es in einem anderen Stockwerk versuchen«, sagte Callin.

Er zog sich zu den Schächten zurück, aber jetzt schlug ihm von oben und unten Pulserfeuer entgegen.

»Die haben die verdammten Schächte besetzt!«, schrie er. Er zog sich hastig zurück. »Wir stecken in der Falle.«

»Schlimmer noch«, sagte Tristan. »Es ist nur eine Frage der Zeit, bis die Bots hier auftauchen und uns von hinten angreifen.«

»Was machen wir jetzt?«

Wer hat mich eigentlich zum Anführer gemacht?, fragte sich Tristan. Er wollte diesen Job nicht, aber *jemand* musste schließlich entscheiden, wie es weitergehen sollte.

»Die einzige Möglichkeit, die ich sehe, ist, diese Polizeiplasmiden im Korridor anzugreifen. Meiner Zählung nach sind es etwa zwölf – wahrscheinlich eine reine Vorsichtsmaßnahme, dass man die dort stationiert hat. Die sollen sicherstellen, dass sich keine weiteren Mimiks durch die Tunnel hereinschleichen.«

»Die machen uns doch hinter ihren Schilden fertig, ehe wir an sie herankommen«, sagte Callin.

»Ich weiß. Für ein paar von uns wird das Selbstmord sein, aber diejenigen, die durchkommen, können sie dann erledigen, und die Überlebenden haben dann freie Bahn zum Tunnel. Die andere Möglichkeit ist, hier auf die Bots zu warten, und dann wird *keiner* von uns überleben.«

»Da fällt einem die Wahl wirklich schwer, was?«, sagte Callin und spähte erneut vorsichtig um die Ecke. »Entweder wir – oh, verdammt!« Er fuhr zurück. »Verstärkung!«

Tristan hörte laute Jubelrufe aus dem Korridor. Ein kurzer Blick verriet ihm, dass hinter den Barrieren ein weiteres Dutzend Uniformierter aufgetaucht war.

»Wir sind erledigt«, sagte Callin. »Bei so vielen kommen wir nie durch.«

Tristan gebot Callin mit einer Handbewegung zu schweigen. Diese neuen Polizisten hatten etwas Seltsames an sich – ihre Helme saßen nicht richtig ... und die Uniformen ... selbst das Smartfabric hatte sichtlich Schwierigkeiten, sich ihren Körpern anzupassen.

Die Wachen mussten es ebenfalls bemerkt haben. Ihr Beifall schlug in Schreckensschreie um, als die Neuankömmlinge sich die Helme herunterrissen und *sie* angriffen.

Was ging hier vor?

Und dann wusste Tristan es plötzlich.

»Das sind Mimiks! Die sehen aus wie ... Gladiatoren!«

Wieder kam Beifall auf, aber diesmal auf Tristans Seite des Korridors, als die Neuankömmlinge sich auf die Wachen stürzten.

Tristan kniff die Augen zusammen und erkannte eine nur zu vertraute »Drachen-Modus«-Masque. Er richtete sich auf und trat in den Korridor.

»Eel? Eel, bist du das?«

Der »Drache« warf einen Polizisten, der sich nicht mehr bewegte, zur Seite und hob die Faust.

»Proteus!«

Alle Mimiks fielen in den Ruf mit ein, und er hallte laut durch die Korridore.

Tristan packte Lanis Hand und zog sie nach vorn.

»Wer sind die?«, wollte sie wissen.

»Verstärkung – neue Rekruten!«

Tristan rannte auf die Barrieren zu und umarmte Eel.

»Warum hast du dich davongeschlichen?«

»Ich war ziemlich sicher, dass ich ein paar von meinen Gladiator-Kollegen dazu überreden könnte mitzumachen, aber ich brauchte Kreks Universalschlüssel, um Bewegungsfreiheit zu haben. Und da ich nicht sicher war, dass Krek mir so weit vertrauen würde, um mir den Schlüssel zu leihen, habe ich ihn mir selbst ›geborgt‹. Die Jungs zu überreden war nicht schwierig. Wir haben einen Trupp Polizisten überfallen, ihnen die Uniformen weggenommen und sind hier als ›Verstärkung‹ aufgetaucht. Die haben uns gesagt, wir sollten nach S-5 hinunterfahren, falls dort irgendwelche verrückten Mimiks auftauchen sollten. Also sind wir hergekommen, haben gefluxt und –«

Ein Mimik mit einem Löwenkopf kam aus dem Bereich der Fallschächte durch den Korridor gerannt.

»Bots!«, schrie er. »Sie kommen die Schächte hoch!«

»Mir nach!«, rief Tristan. Er deutete zum Ende des Korridors. »Alle zum Tunnel!«

Sie hasteten so schnell sie konnten durch den Korridor. Als sie drei Viertel des Weges zurückgelegt hatten, blitzte rings um sie Pulserfeuer auf. Zwei Mimiks, die die Nachhut bildeten, wurden getroffen, ehe sie sich um die nächste Biegung im Korridor retten konnten. Einer war tot, der andere verwundet. Dr. Dee schnappte sich den Verwundeten mit seinen mächtigen Tentakeln und schleppte ihn mit.

Als Tristan um die Ecke bog, sah er sich um und entdeckte drei fliegende Bots in V-Formation. Doch das war sicherlich nur die Vorhut. Weitere waren unterwegs. Die drei holten schnell auf. Mit ihren eingebauten Pulsern würden sie unter den Mimiks gewaltigen Schaden anrichten.

Wir müssen irgendetwas tun, dachte er, uns einen kleinen Vorsprung verschaffen.

Er wurde langsamer und stieß Lani weiter. »Lauf zu!«

Sie sah ihn beunruhigt an. »Und was ist mit dir?«

»Ich komme gleich nach. Sieh du nur zu, dass du so schnell wie möglich zu dem Lagerraum kommst.«

Dann hielt er Callin auf. »Hol diesen verwundeten Mimik von Dr. Dee und sag ihm, dass er bei mir bleiben soll.«

»Was hast du vor?«

»Ich habe eine Idee.«

Eine verrückte Idee, eine verzweifelte Idee, aber wenn Okasan und Krek alles geben konnten, dann konnte er das zumindest auch riskieren.

Als der riesige Mimik um die Ecke kam, packte Callin den verwundeten Bruder und rief: »Bleib bei Tristan, Dee.«

Dr. Dee warf Tristan einen merkwürdigen Blick zu, als der ihm erklärte, was er tun sollte.

Aber als Tristan sagte: »Die sind darauf programmiert, nicht auf andere Bots zu schießen«, nickte Dr. Dee und lächelte; er zeigte dabei einen Mund voll spitzer Zähne.

Sie kauerten sich an der Ecke hin. Als die Bots in V-Formation angeflogen kamen, schlang Dr. Dee einen Tentakel um die Tragfläche eines der Bots. Er legte seine ganze Kraft und sein Gewicht hinein und schwang den Bot herum, benutzte ihn wie einen Knüppel gegen den in der Mitte und schmetterte ihn auf diese Weise gegen den Bot am Ende des Vs.

Die Bots wirbelten durcheinander; ihre Sensoren sagten ihnen, dass sie angegriffen wurden, aber ihre Programmierung hinderte sie daran, ihresgleichen anzugreifen.

Tristan hatte gehofft, dass sie in dem Durcheinander ihre

verletzbaren Heckpartien seinem Pulser aussetzen würden, und das wäre wohl auch geschehen, wenn Dr. Dee aus dem Weg gegangen wäre. Aber der Riese war jetzt voller Kampfeslust und durch nichts mehr aufzuhalten.

»Bots töten Bruder! Dee tötet Bots!«

Er schwang den ersten Bot an der Tragfläche, hämmerte wild auf die anderen ein und gab bei jedem Treffer wilde Grunzlaute von sich, bis Tristan schließlich seinen freien Tentakel packen musste.

»Das genügt jetzt, Dee. Beruhige dich. Die tun uns nichts mehr.«

Endlich hörte Dr. Dee auf, und Tristan sah zu, wie die beiden Bots durch die Luft davontaumelten und dabei immer wieder an die Wände stießen, als sie wie Betrunkene durch den Korridor schwebten.

Dee brüllte ein kaum verständliches »Proteus!« und warf ihnen den dritten Bot nach. Er fiel krachend zu Boden und kam nicht mehr in die Höhe, bewegte sich ziellos im Kreis.

Und dann rannten Tristan und der Riese in entgegengesetzter Richtung davon. Dr. Dee lachte und schlug Tristan so heftig auf den Rücken, dass dieser beinahe zu Boden gegangen wäre.

»Dee mag Tristan!«

Tristan taumelte und hatte Mühe, das Gleichgewicht zu wahren.

»Du bist auch in Ordnung«, sagte Tristan, entfernte sich aber vorsichtshalber ein paar Schritte von Dr. Dee. Noch ein solcher Beweis seiner Zuneigung, und man würde ihn durch die Tunnel tragen müssen.

Vor dem Lagerraum lagen mehrere tote Wachen. Offenbar hatten die Mimiks eine kleine Gruppe der Uniformierten überrascht und ihnen den Garaus gemacht, ehe die überhaupt wussten, wie ihnen geschah.

Tristan und Dr. Dee stiegen über die Leichen hinweg und gingen an den beiden Proteanern vorbei, die die Tür bewachten.

Lani erwartete ihn, und die Erleichterung in ihren Augen tat ihm gut. Er half Lani durch die Öffnung in der Wand. Callin und Dr. Dee folgten ihnen.

»Bots und Wachen im Korridor!«, hallte es aus der Tür, und die restlichen Mimiks beeilten sich, in den Tunnel zu kommen.

Sie krochen durch die Öffnung über dem Schutthaufen und rutschten auf der anderen Seite hinunter.

»Die Bots können uns nicht weiter als bis zu den abgeschirmten Wänden folgen«, sagte Tristan, »aber die Polizei schon. Sobald die sich mit Nachtsichtgeräten ausgerüstet haben, werden sie kommen.«

»Ich weiß«, sagte Callin und griff nach einem Sack, den er an dem Schutthaufen abgelegt hatte.

»Ein paar von uns werden hier bleiben müssen und kämpfen«, sagte Tristan. »Sonst verfolgen die uns bis nach Hause.«

»Ich hoffe, dass das nicht notwendig sein wird«, sagte Callin. »Ich habe mir da eine kleine Überraschung ausgedacht.«

»Was denn?«

»Wirst schon sehen.«

In dem Augenblick fingen die Mimiks, die oben auf dem Schutthaufen Wache hielten, an, in die Öffnung zu feuern.

»Sie kommen!«, schrie jemand.

Tristan packte Lanis Hand und führte sie in die Dunkelheit hinein.

»Wohin?«, fragte sie.

»Zurück in die Freizone – und die Freiheit.« *Vielleicht.*

Einige der Mimiks hatten in menschenähnlichere Gestalten zurückgefluxt, aber Callin behielt seine Spinnenmasque. Und Tristan konnte auch erkennen, weshalb er das tat: Seine acht

Beine erlaubten ihm, schnell und sicher durch die mit Trümmern und Steinbrocken übersäten Gänge zu eilen.

Jetzt blitzten rings um sie Pulserschüsse auf.

»Die haben anscheinend ein ganzes Regiment hinter uns hergeschickt!«, schrie jemand.

»Lauft!«, sagte Callin. »Seht zu, dass ihr einen möglichst großen Vorsprung gewinnt! Die werden damit rechnen, dass wir ihnen unterwegs irgendwo einen Hinterhalt legen, und das wird dafür sorgen, dass sie sich langsam bewegen.«

»Keine schlechte Idee«, sagte Tristan.

»Ich habe das im Griff, Bruder«, erklärte Callin.

Sie eilten weiter, setzten ihre Lampen nur sparsam ein. Tristan stellte fest, dass seine Drachennetzhaut in der Dunkelheit eine viel bessere Sicht bot als jedes menschliche Auge, das er je benutzt hatte. Jetzt kamen sie an einen besonders dunklen, feuchten Tunnelabschnitt. Callin zog zwei Gegenstände aus dem Sack, den er die ganze Zeit mitgeschleppt hatte, und gab sie Lani und Tristan.

Tristan musterte den Gegenstand argwöhnisch: eine zehn Zentimeter große Scheibe an einem elastischen Band.

»Was ist das?«

»Ein Spielzeug«, sagte Lani. »Ich, äh, habe neulich eines gekauft. Die Kinder sind ganz wild darauf. Es hat eine Kolonie phosphoreszierender, thermophiler Bakterien unter der Membran.«

»Legt es an«, sagte Callin.

»Wo?«

»Am Kopf würde ich vorschlagen. Und dann lauft ihr so schnell ihr könnt durch diesen Gang.«

Während sie weitereilten, blieb Callin, wo er war, und reichte jedem Mimik eine der Scheiben.

Tristan zog sich in der Dunkelheit das elastische Band über den Kopf und schob sich die Scheibe über der Stirn zurecht.

»Ich glaube, jetzt spinnt Callin«, sagte er. Dann blickte er Lani an und sah die Scheibe mitten auf ihrer Stirn. »Da, schau. Das Ding leuchtet.«

»Deines auch. Die Bakterien reagieren auf deine Körperwärme.«

Er blickte sich um und sah, wie die Scheiben eine nach der anderen grünlich zu leuchten begannen, als die Mimiks sie sich überstreiften.

»Machen uns die Dinger nicht zu Zielscheiben für unsere Verfolger?«, fragte Tristan Callin.

»Vertrau mir, Bruder«, erwiderte der Spinnenmimik. »Dort, wo du jetzt bist, brauchst du das Ding.«

Lani stolperte, aber Tristan fing sie auf.

»Trag sie, Tristan«, erklärte Callin.

»Ist schon gut«, sagte sie. »Ich kann gehen. Ich bin ja kein Kind.«

»Wenn jetzt nicht alles auf Schnelligkeit ankommen würde«, meinte Callin, »würde ich dir zustimmen. Aber je schneller du läufst, desto größer ist die Gefahr, dass du stürzt und dich verletzt. Und Blut können wir hier nicht gebrauchen. Ganz besonders hier nicht.«

Tristan spürte, wie seine Schuppen sich aufrichteten. Er glaubte zu wissen, was Callin meinte.

»Warum nicht?«, fragte Lani.

Tristan hob Lani hoch und trug sie.

»Lass uns einfach tun, was er gesagt hat.« Er wurde schneller. »Wenigstens eine Weile.«

Nach einer schier endlosen Zeitspanne in tiefer Finsternis erreichten sie ein etwas geräumigeres Tunnelstück. Callin sah Tristan an.

»Was meinst du? Ein guter Platz für einen Hinterhalt?«

»Warum fragst du mich? Ich war noch nie in diesen Tunneln.«

»Du bist als Agent ausgebildet worden. Ich bin bloß Gladiator. Krek hat immer alle Befehle gegeben. Ich habe sie bloß ausgeführt.«

Tristan sah sich um. Überall waren Gitter und Nischen.

»Also, wenn wir einen Mimik mit einem Pulser hinter jedes Gitter und in jede Wandnische stellen und dann warten, bis die Rotköpfe aus diesem engen Bereich kommen … dann müssen die Flagger ihr Feuer ausbreiten, und wir können das unsere konzentrieren. Das einzige Problem ist, dass es so verdammt viele sind.«

»Vielleicht werden weniger durchkommen, als du denkst.«

Tristan sah ihn an. »Hast du einen Deal mit …?«

»Iii-iiih!«

Der Schrei hallte durch die Dunkelheit, und Lani presste sich an Tristan.

»Was war das?«

Ehe Tristan antworten konnte, schrillten weitere Schreie aus dem Tunnel. Und dann andere aus menschlichen Kehlen, Schmerzensschreie und dazwischen das Blitzen von Pulserfeuer.

Callin hatte bereits angefangen, die Mimiks hinter Gittern und in Nischen zu postieren.

»Man nennt sie Wohner«, sagte Tristan.

»Das Wort habe ich schon einmal gehört«, erwiderte sie, während er sie zu einer massiv wirkenden Säule führte. »Krek hat sie dazu benutzt, den Flagge-Scharfschützen zum Reden zu bringen.«

Tristan unterdrückte ein Schaudern. »Ich denke, Wohner könnten selbst Tote zum Reden bringen.«

Er half Callin dabei, die restlichen Mimiks in Stellung zu bringen, als bereits die ersten Polizisten aus dem Tunnel kamen. Einige schossen im Laufen immer wieder über die Schulter nach hinten; andere taumelten, versuchten sich von den

Schreckgestalten zu befreien, die sich an ihnen festklammerten.

»Konzentriert euer Feuer auf die ohne Wohner!«, schrie Tristan. »Die anderen sind so gut wie tot.«

»Das haben sie jetzt davon, dass sie diese kleinen Glühscheiben nicht tragen«, murmelte Callin. »Wenn man die nicht hat, ist man ein ›Opfer‹.«

»Seit wann?«, fragte Tristan.

»Seit heute, als ich mit ihren Anführern ein ›großes Opfer‹ vereinbart habe. Ich habe ihnen gesagt, dass sie in dem Tunnel warten und nur die mit Glühscheiben durchlassen sollen – und dann gibt es ein Festmahl für sie.«

»War das die ›Verstärkung‹, die du vorbereitet hast?«

Er nickte. »Unsere neuen Verbündeten – für den Augenblick.«

Jetzt zuckten von allen Seiten Pulserstrahlen und trafen die Verfolger. Die Polizisten, die nicht sofort getroffen wurden, hatten keine Deckung; sie mussten sich auf den schmierigen Boden fallen lassen und das Feuer im Liegen erwidern.

Keiner zog sich in den Tunnel zurück.

»Die wollen anscheinend lieber hier sterben, als sich noch mal mit den Wohnern rumzuschlagen«, sagte Callin.

»Kannst du ihnen das verübeln?«, erwiderte Tristan.

Callin schüttelte den Kopf. »Nein, eigentlich nicht. Die Jungs tun mir fast Leid.« Er grinste und feuerte auf einen Uniformierten, der kriechend Deckung suchte. »Aber nur fast.«

Das Feuergefecht war bald zu Ende. Im Tunnel verstummten jetzt die Schreie und das Kreischen, während die Blitze immer weniger wurden und schließlich ganz erloschen. Das einzige Geräusch, das man jetzt im Tunnel hören würde, würden die Wohner sein … bei der Mahlzeit.

»Meinst du, wir haben sie alle erwischt?«, fragte Callin. »Ich meine, die Wohner und wir?«

»Alle nicht«, sagte Tristan. »Wir wissen, dass hier keiner überlebt hat, aber ich bin überzeugt, am anderen Ende haben sich ein paar in Sicherheit bringen können.«

»Verdammt!«, sagte Callin. »Ich wollte keine Überlebenden.«

»Nein. Sei froh, dass welche durchgekommen sind. Wir brauchen Überlebende, damit sie verbreiten, was für Schrecken in den Tunneln lauern.«

»Daran habe ich nicht gedacht. Vielleicht hält sie das davon ab, uns zu jagen.«

»Noch besser ist, wenn sie glauben, dass wir mit ihren Männern umgekommen sind. Dann gibt es keine Mimiks mehr, die man jagen muss.«

Tristan ging zu der Säule, wo er Lani zurückgelassen hatte, und fand sie am Fuß der Säule kauernd. Sie fröstelte und blickte mit vor Entsetzen geweiteten Augen zu ihm auf. Sie hatte heute viel durchgemacht und sah so aus, als würde nicht mehr viel fehlen, dass sie einen Schock erlitt.

Tristan tat sie Leid. Ihr stand nämlich noch ein weiterer Schock bevor; den würde er ihr versetzen müssen, so ungern er das tat.

33

»Tristan?«

Sie saß auf dem Bett, wo sie sich geliebt hatten ... wie lange war das her? Noch nicht einmal einen Tag, und doch schien es eine Ewigkeit zu sein.

So viel war seitdem geschehen, dachte Tristan. So viel hat sich geändert, ganz besonders in mir.

»Ich bin's.«

Statt zu ihr zu kommen, wählte er das andere Bett. Er setzte sich auf die Kante und sah sie an.

Die überlebenden Proteaner und ihre neuen Mitglieder hatten ohne weitere Störungen zu ihrem Versteck zurückgefunden. Eigentlich hätten sie jetzt feiern müssen, aber so kurz nach dem Tod von Okasan und Krek war niemandem danach zumute.

Und so hatten sich Tristan und Lani davongeschlichen, während die anderen Proteaner mit ihren neuen Brüdern Bekanntschaft schlossen.

»Aber ich hatte gedacht, du würdest dich wieder verwandeln in …«

»Trev? Das habe ich nicht gesagt. Ich habe nur gesagt, dass ich aus dieser Drachen-Modus-Masque fluxen würde.«

Tristan war in ein anderes Zimmer gegangen und hatte in seine Eigenmasque gefluxt – seine alltägliche Kaze-Identität. So menschlich aussehend, wie nur möglich … aber nicht als Trev.

»Aber ich hatte angenommen … ich meine, nachdem was du gesagt hast, ehe die dich weggeholt haben –«

War das, was er tat, ihr gegenüber fair? War es wirklich so wichtig, dass sie ihn als Trev wollte? Aber ihm hatte sich eine neue Erkenntnis eröffnet, eine, die mit Freiheit und Selbstheit zu tun hatte.

Er hatte in seiner Verblendung geglaubt, die Kazes würden ihm die Selbstheit verleihen, und er würde dann frei sein und reisen und sich unter normalen Menschen bewegen können, ohne als Mimik erkannt zu werden. Aber er hatte erfahren müssen, dass das alles eine Lüge war. Selbstheit *kann nicht* verliehen werden. Man kann um sie kämpfen, kann sie sich nehmen – aber sie kann nicht gegeben werden.

Und noch etwas anderes … echte Selbstheit bedeutete viel mehr als bloße Freiheit. Er war jetzt frei, *jemand* zu werden, und dieser Jemand konnte nicht »Trev« sein, weil das eine lebende Lüge gewesen wäre.

Er war frei, jemand zu werden – aber wer? Er wusste es nicht, noch nicht.

»Ich weiß«, sagte Tristan. »Ich weiß, dass ich versprochen habe, mein Interface zu schmelzen und immer Trev zu bleiben, aber … ich hoffe, du wirst nicht darauf bestehen, dass ich das tue.«

»Nicht darauf bestehen …? Ich verstehe nicht.«

»Ich muss ein Mimik bleiben – ein *funktionsfähiger* Mimik. Du hast ja gehört, was Okasan gesagt hat: Wir haben etwas begonnen – und jetzt dürfen wir nicht zulassen, dass es wieder aufhört.«

»Aber … Wir können in die Freizone ziehen und dort als ganz normale Menschen weiterleben. Du hast es selbst gesagt: Flagge glaubt, wir alle seien tot.«

»Genau das ist es. Wir werden sie in dem Glauben lassen, dass wir tot sind – eine Weile zumindest. Und dann werden wir uns erheben und uns wieder zeigen.« Das Feuer loderte in ihm, ließ ihn aufstehen und voll Unruhe in dem kleinen Zimmer auf und ab gehen. »Ihnen zeigen, dass Proteus nicht getötet werden kann. Ihr glaubt, ihr habt uns dort draußen ausgelöscht? Ratet mal! Wir sind hier drüben. Wir dürfen nicht zulassen, dass Proteus stirbt. Wir müssen weiterhin um die Freiheit der Mimiks kämpfen, die Mimikrevolution vorantreiben.«

»Aber du hast doch nie zu Proteus gehört. Sie haben dich gehasst, und du hast sie gefürchtet.«

»Ja, aber das war vor …«

»Vor was?«

Wie konnte er es ihr begreiflich machen?

Das war, bevor er von Okasan gewusst hatte, bevor er und seine Mimikkollegen ins Herz von Flagge Glom eingedrungen waren, um sie zu retten, bevor er Schulter an Schulter mit ihnen dem Tod ins Auge geblickt hatte, bevor Krek das höchste Opfer gebracht hatte, um den Mimiks, die er Brüder nannte, Zeit zu verschaffen, bevor Tristan gewusst hatte, was es bedeutete, Teil einer Familie zu sein, bevor er gesehen hatte, wie die Frau, die die Mutter von ihnen allen war, ihr eigenes Leben beendet hatte, um damit ihren Kindern die Chance zu geben, in Freiheit über ihr eigenes Schicksal zu bestimmen.

»Vor *allem,* Lani. Der Mimik, der dieses Versprechen abgegeben hat, existiert nicht mehr. Jener Mimik hat sein ganzes Leben lang versucht, vor sich selbst zu fliehen, vor dem, was er war. Aber den gibt es nicht mehr. Dieser Mimik will ein Mimik bleiben und seine Fahne vor den Gloms aufpflanzen und ihnen trotzen, ihnen und allen anderen seine Herausforderung entgegenschreien: ›Sagt doch, dass ich euch gehöre!‹«

»Das klingt mir nicht nach einem Mimik, der lange leben wird«, sagte sie leise.

»Mag sein, aber wenigstens wird er nicht den Rest seiner Tage damit verbringen, dass er vorgibt, jemand zu sein, der er gar nicht ist.«

»Du wirst immer ein Mimik bleiben?«

Tristan zögerte. »Das ist nicht der Punkt. Solange ich das Goleman-Chromosom habe, bin ich ein Mimik. Ob ich bis ans Ende meiner Tage weiter fluxen werde? Hoffentlich nicht. Aber bis dieser Krieg vorbei ist, ja. Und nachher –« Er lachte, tarnte damit das, was er dieser Frau sagen musste, von der er wusste, dass er sie liebte. »Lani, ich passe in jede Masque … aber ich muss eine finden, die *mir* passt.«

Tristan griff in die Tasche, zog eine Scheibe heraus und gab sie Lani.

»Das ist Trevs Schablone. Behalte sie. Das ist alles, was von einem guten Mann übrig geblieben ist. Aber er ist tot, und ich bin es nicht. Also werde ich diese Masque nicht mehr tragen.«

Tränen traten ihr in die Augen. Eine glitt aus ihrem Augenwinkel, und die Spur aus salzigem Wasser, die sie auf ihrer Wange hinterließ, fraß sich tief in sein Herz hinein.

»Ich dachte, du liebst mich.«

Tristan kniete vor ihr nieder. »Oh, und ob ich dich liebe, Lani.« Er legte die Hände auf ihre Knie. »Aber du musst mich auch lieben. Nicht Trev. *Mich.* Ich weiß, dir ist es so vorgekommen, als ob du Trev wieder hättest, aber das hast du nicht. Und als wir uns auf diesem Bett geliebt haben, hatte ich das Gefühl, dass das mir gegolten hat, aber das war nicht so.«

Lani schluchzte. Ihre Tränen fielen auf Tristans Handrücken. Er musste selbst mit den Tränen kämpfen.

»Der im Inneren dieser Gestalt liebt dich«, sagte er. »Aber meine Brüder brauchen mich. Kannst du warten?«

Sie schniefte. »Ich glaube schon.« Sie blickte zu ihm auf. »Doch, das glaube ich wirklich.« Sie sah auf die Schablone, die sie in der Hand hielt, und Tristan glaubte, ihre Gedanken lesen zu können.

»Ich könnte diese Masque für dich tragen – immer. Du würdest mich nie in einer anderen Gestalt sehen. Aber das wäre nicht ich. Ich muss *jemand* werden, Lani.«

»Dennoch weiß ich, dass ich in deinem Leben nie an erster Stelle stehen werde. Proteus wird vor mir kommen, nicht wahr?«

Es kostete solche Mühe zu nicken, aber er musste ehrlich sein. »Ja. Jetzt schon. Aus irgendeinem Grund sehen sie in mir inzwischen ihren Anführer. Und wenn sie mich brauchen, werde ich dieser Anführer sein. Für den Augenblick. Aber nicht für immer.«

»Du verlangst viel.«

Nicht so viel, wie es mich gekostet hätte, mit Trevs Schablone zu verschmelzen, dachte er.

Aber er sagte: »Ich weiß.«

»Ich weiß nicht, was ich tun soll«, sagte sie. »In Flagge bin ich eine Flüchtige. Ich kann nicht zu meiner alten Arbeit zurückkehren –«

»Eine Arbeit, die dir wehgetan hat. Eine Arbeit, die dich förmlich aufgefressen hätte.« Tristan schüttelte den Kopf. »Das unterscheidet sich nicht sehr vom Leben eines Mimik.«

»Mag sein. Aber ich kann nicht einmal in mein Apartment zurück oder meine Ersparnisse holen. Ich habe alles verloren. Aber das war mir gleichgültig, weil ich dachte, du …«

»Ich bin immer noch hier, Lani. Und wenn du mich willst, kann ich immer noch bei dir sein. Wir können in der Freizone einen Platz finden, um dort zu leben. Ich kann ganz losgelöst von Proteus eine Identität als Real annehmen. Wir können gemeinsam ein neues Leben beginnen. Wir werden beide ganz von vorn beginnen, *gemeinsam* uns selbst entdecken, uns gegenseitig entdecken. Das kann etwas Wunderbares sein.«

»Wenn du überlebst.«

»Ich habe entschieden die Absicht zu überleben. Ich werde alles tun, was du willst.«

Nur nicht Trev werden.

Lani saß eine Weile stumm da. Dann sagte sie: »Ich muss darüber nachdenken.«

»Natürlich.«

Er beugte sich vor und küsste sie auf die Stirn.

»Und ich muss gehen. Die anderen warten.«

Lani nickte.

Als er sich von ihr abwandte, hatte er das Gefühl, eine Welt zu verlassen und in eine andere einzutreten. Für wie lange … das wusste er nicht.

Tristan trat in den Korridor und schloss die Tür. Er hatte das Gefühl, eine Kammer seines Herzens für immer abzuschließen. Aber als er weiterging, spürte er, wie sich neue Kammern öffneten, wie ihn eine neue Art Leben und neue Energie durchfluteten.

Er ging jetzt zu seinen Brüdern, und er war so verdammt stolz auf sie. Gemeinsam würden sie die Welt verändern.

Als er den großen Saal betrat, sprangen seine Brüder auf und reckten die Fäuste in die Luft. Ihr Ruf hallte durch ihr Zuhause.

»Proteus!«

Und Tristan kannte eine Antwort auf die Frage, die ihn gequält hatte.

Wer bin ich?

Ich bin der Führer von Proteus.

Er hob selbst die Faust, und seine Stimme hallte befehlend, ein Ruf in die Schlacht.

»PROTEUS!«